马一鸣从警记

常书欣　著

四川文艺出版社

果麦文化 出品

每一位警察都是照进城市里的一道光，
即便照到了最黑暗的角落，也改变不了本质。

目 录

▽

第一章

菜鸟学警训练营

拳打出头鸟

春夏之交是每年南堡岛最美的时候，车驶过入岛的跨江大桥，抬眼是碧空如洗万里无云，低头是静水深流鸥鸟声声，人如在海天之间穿梭，极目之处，一片蔚蓝海水包围着的岛屿，仿佛童话世界一样姹紫嫣红。

一辆疾驰的警车里，前座的女警欧阳惠敏摁下了车窗，带着清新和湿意的空气钻了进来，那久违的心旷神怡仿佛唤醒了后座那位一直沉闷地在翻看手机的男警，他也摁下车窗，将头伸了出来。

后视镜里显现出他的容颜，寸发竖眉，脸上疙疙瘩瘩如丘壑纵横，除了"凶相毕露"，你都想不出更好的形容词来，他是此行的主角潘渊明，滨海市局保密处处长，兼督察处主持工作，即便是十多年的同事，欧阳惠敏在目睹这副尊容时还是会有凛然之感。

"还有多远？"潘渊明随口问道，关上了车窗，声音低沉，显得有点心事重重。

"快了，还有十几分钟。"欧阳惠敏道。

"我记得南堡看守所就在这个岛上。"

"对，集训地就在看守所隔壁，是一个武警、海警共用的训练场地，市局征用了。"欧阳惠敏回道，不料没听到回应，看来这个话题似乎提不起潘处长的兴趣。她拿着准备好的资料又道，"要不，您先看看个人档案？"

"看什么看？一群小屁孩没事找事，欠收拾。"潘渊明鄙夷道。

这下连司机都嗤笑出声，起因很简单，这里集训刚开始两周就投诉不断，而且投诉直达省厅，奇怪的是省厅居然也当回事，转回了市局，这两位就被局领导责令协同巡察来了。

政工出身的欧阳惠敏知道像潘处长这样从基层上来的干部能有多粗线条，她善意提醒着："潘处长，话我还得说到啊。今年情况特殊，针对警务高科技、新领域的需求，这一批学员是国考特招的，生物工程学、外语专业、计算机应用以及网络安全等，学历最低都是大本，还有硕博学位的，年龄偏大者居多，别说市局，省厅都当金豆豆捧着。"

"说白了就是一帮没有纪律性的菜鸟呗。你看投诉多扯淡？投诉伙食质量不好，投诉教官言语不文明、作风粗暴。还有投诉住宿条件差的，咋？给他们提供空调和24小时热水呀？还有投诉不尊重女性的，我就不相信，都是各所抽出来的业务骨干，大训练场上，他们敢对女学员怎么样。"潘渊明道。

司机又笑了，欧阳惠敏讪笑着："咱们总得做个样子嘛。"

"其他三个集训队怎么样？"潘渊明问。

"那不一样，另外三个集训队的队员都是有警校或者公安大学背景的，甚至其中很多是从事过辅警工作的，没有什么问题。"欧阳惠敏回道。

"这不就得了，这就是骄纵的问题，谁家还不是惯着的孩子毛病就多，还是欠收拾。"潘渊明说了半天，又回到了原点。

这回连欧阳惠敏也忍不住苦笑了下，她严重怀疑，潘处可能不关心投诉，而是想解决投诉的人。

说话间车已驶近，在高墙电网的毗邻处，围墙稍矮，设置有岗哨的无标志场所就是了。车通过岗哨时已经听到了校场上操练的声音，驶进场内泊停，下车就看到了几辆花花绿绿的轿车，奥迪、奔驰、讴歌，甚至还有一辆颜色夸张的玛莎拉蒂，再侧头看那一群列队的学员，不用猜，车主肯定在这些人中间。就这事，结结实实把潘渊明搞得惊愕表情僵在了脸上。

"终于有让您惊讶的了。"欧阳惠敏笑着道。

"炫富炫到训练场也不管管，这教官是有问题。"潘渊明的脸拉下来了。

想到的点完全不一样，欧阳惠敏愣了下，脱口道："您不至于也有仇富心态吧？"

"我不仇富，但我愁富啊……现在的新人招进来能干什么？打游戏？追剧？玩手机？过于优渥的条件对一个人的上进是起反作用力的。"潘渊明说着，背着手，踱向了操场。

此时，四列学员正演示着警体拳，方队的长条桌上摆着各式警械，这估计是日常的培训，教官正穿梭在队列中间喊着演示招数的名称，抱腿顶摔、掀腿压颈、侧踹横踢……现场的学员听令学样，"嗨吼"的号子齐声喊了出来，倒也像模像样。每个动作停顿数秒，教官在检视学员的姿势错误，演示到"前蹬弹腿"时，教官指着一位高个女生提醒了句："腿蹬直不蹬高，胸要挺……陈薇羽，说你呢。"

那女生把胸挺了挺，不料搞怪的来了，有人戏谑道："教官，她没胸。"

正绷着劲拿捏架势的众学员被这句逗得扑哧一声散架了，嘻嘻哈哈笑成一团。那位叫陈薇羽的女生气得上前要踹说话的男生，那男生一闪身，躲到别人身后了。

"别笑了，笑什么？马一鸣，你成心是不是？"教官吼了句，此时恰看到了两位来人。他收拢队伍，重新列队后，他奔向了踱步来的欧阳惠敏和潘渊明，敬礼，方要说话，被潘渊明严厉的眼神吓得一激灵，一下子语结了。

"看来你镇不住场子啊。"潘渊明审视了几眼道。那学员群里诧异的、好奇的、谑笑的，种种眼神不一而足，完全不像一支纪律队伍应有的统一。

"这个……"教官语噎，面色难堪，欲言又止。

潘渊明没有理会，踱到了队伍前面，顺着队列，一个个脸庞审视而过，走到头又返回来，看到桌上的警械，随便指了一位道："你，出列。"

是刚才被戏弄的女生。她的个子很高，比潘渊明还高出半个头，有点鹤立鸡群的感觉。

她郑重敬礼道："报告，2021届集训四队学员陈薇羽，请指示。"

"我问你，现用警械是如何分类的？"潘渊明问。

"分四大类，分别为驱逐性的、约束性的、震慑性的、自卫性的。"

"警械使用的原则是什么？"

"人民警察使用警械和武器，应当以制止违法犯罪行为，尽量减少人员伤亡、财产损失为原则。"

"好，完全正确，入列。"潘渊明称赞了一声，那女生满心欢喜地归队。

潘渊明旋即又点了几位男生问了些简单的常识，还好，桌面上的电击器、爆震弹，一个一个都能说上名来。当点到某位男生，看到潘渊明手里拎起手铐时，那男生瞪目，似乎觉得被侮辱了智商。

"这是手铐啊。"那男生道。

"用法呢？"潘渊明问。

"那两个圈，套手腕上不就行了？"那男生道。这话惹得众学员哈哈大笑，不过笑完觉得倒也没什么错，这就是最常见的警械，谁都认识啊。

"归队……我巡视各队，发现各队遗漏了最简单，也是最重要的一样东西，就是手铐。别小看它，大多数时候不配枪，甚至不着装的时候，可能你身上可以携带的警械只有它。会用，它可能作用无限；如果不会用，那它的作用可能极其有限。多数时候，让嫌疑人蹲下、手抱头，你轻松套人家手腕上当然没问题，可假如嫌疑人不配合呢？"潘渊明拎着手铐问众学员。

"摁住，铐上。"

"来个掀腿压颈，别着胳膊铐上。"

"不对不对，对方要有武器呢？"

"那咱们也得有啊，教官不是说了吗，喝令不许动。"

"你以为坏蛋和咱们一样，也服从命令？"

"……"

学员们七嘴八舌地讨论着，没经历过倒真想象不出来。可能这就是潘渊明要的效果。他扬着手铐笑着道："来，咱们演示一下。我就是那个坏蛋，据准确情报，我没有武器，但我是惯犯，绝对不会配合警察，可能挣扎，可能逃跑，也可能打起来，你们谁出来……就像那位同学说的，把这两个圈套我手腕上？"

嗯，什么情况？面前的中年男实在其貌不扬，偏偏还那么自信，那眼光绝对是赤裸裸的挑衅。

"铐住我一只手就算合格。我听说这个班是特招，个个眼高于顶，这怎么看着，是不是眼高手低了？都两周了，手铐怎么用还没学会？"潘渊明的表情不屑，对这些学员极尽嘲讽。

有人受不了，叱喝一声："我来！"

只见一个短发黑脸膛女生出列。真没想到第一位站出来的是女生，潘渊明对她赞赏地一竖大拇指，一扬铐子，那女生接住，一合，塞进了裤腰。接着女生一手作势，是标准的训练姿势，潘渊明却是不经意地侧过了身。

"筱燕，加油。"女生们莫名地激动，倒比场上的人还紧张。

男生们大眼瞪小眼。这时，有个不和谐的声音叹道："哎呀，二锤太冲动了。"

有人回头，说怪话的又是马一鸣，"二锤"这个外号都是他给人家起的。有人讽刺了："你行，你上啊！"

"那我不成二锤了？"马一鸣鼻子哼哼，不屑道。

队列前面，说时迟那时快，沈筱燕趁着潘渊明侧身已经放松的刹那，一个箭步奔上去，那去势是标准的拉肘别臂，如果被拉到，对手会瞬间被制伏半跪在地，如果反抗，接下来对手面临的肯定是肘膝连击或者抱臂背摔。

潘渊明反应似乎迟了些，已觉胜券在握的沈筱燕叱喝着，已经触到潘渊明的衣袖，却不料潘渊明一个侧身躲开了，堪堪错开的距离不过半臂长短。沈筱燕变招也快，一拧身，一个漂亮的回旋腿，女生们齐声叫好，话音未落，就看到这招又落空了。有人看到潘渊明一伸手，准确地挡住了沈筱燕的踢腿，她又后退了两步。

接下来似乎就脱离轨道了，沈筱燕喝声不绝，蹬腿、弹腿、长拳、肘拳，追着潘渊明暴打，而这老头像玩速度球一样，两只蒲扇大手总是准确地挡着沈筱燕的攻击点，围观者看着拳来腿来好不热闹，其实什么用都没有，那老头就转了两圈还在原地，沈筱燕倒有点后劲不足了。

"停！"潘渊明一喊，沈筱燕就停了。潘渊明指着她道："你都忘了你要干什么？"

啊对，要铐人呢，怎么打起来了？沈筱燕一摸铐子，不好意思了。

"如果你的目标明确、专一的话，说不定就成功铐上我了。注意在实战中，机会可能只有一次，而且稍纵即逝。嫌疑人和警察一打照面，下意识的反应就是跑，如果你不能在瞬间制伏他，那他就成功逃脱了……对不起，我逃脱了。"潘渊明笑着道。

沈筱燕不好意思地把手铐交回到潘渊明手上。潘渊明赞许似的又补充着："已经很不错了啊，这水平基本可以吊打你们班男生了吧？"

一褒一贬，把男学员刺激得不轻，不过大家一想那二锤姑娘打起来的拼命架势，马上又气馁了。

"男生呢？没人想来试试？连我这位上了年纪的'嫌疑人'也铐不住，将来怎么当警察？要不，你们集体喊一句，'我不是男人，我不行'，解散拉倒？"潘渊明挑衅着，话有点恶毒，女生们跟着起哄。

终于有人站出来了，个子很高，很壮实，像是练过健身，一捋袖子，胳膊上的肌肉一块一块的。

"好，够帅，来。"潘渊明二话不说，扔出了铐子。

那帅哥接着，都没吭声，直接就扑上来，一手拿铐子，一手要抓潘渊明。他脸上挂着坏笑，玩的就是这么个猝不及防。这极快的速度惊得女生都尖叫了一声，却不料还是叫早了。潘渊明一矮身，绊腿阴招使出来，那男生一下子收势不住，被绊得踉踉跄跄往前几步。紧跟着潘渊明追上去，背上一个肘拳，那男生"吧唧"一声摔在地上。这下简单了，他被潘渊明扭着胳膊给反铐上了。

这让人目不暇接的攻防逆转，还没看明白就结束了。那男生红着脸被教官解开了铐子，潘渊明竖着拇指赞着："勇气可嘉，可对付坏人需要的不只是勇气，还得讲技巧和策略……入列。继续，谁还想试试……这样吧，二对一，你们出来两个人，我特别允许你们使用一切手段铐住像我这样的嫌疑人。"

潘渊明的戏谑加刺激，挑逗得这群男生血脉贲张，就是嘛，一个不行上两个，一双不行上两双。于是集训场上演了几幕对战好戏，不是还没靠近潘渊明就被绊了腿，就是刚靠近就被他来了个背摔，再不就是扭住了潘渊明的胳膊还没来得及上铐，咦，被人家反手一拧不知道怎么铐到自己手上了。还有更狠的，一个攻上路，一个直接扑着去抱潘渊明的双腿，却不料人家不慌不忙，一侧身，一个漂亮的摆击侧踹，让下面的扑空，把上面的踹翻了，紧跟着把踹翻的一拧，和扑空的摆到一起，咔嚓两下，倒把他俩铐上了。

这老头人虽丑了点，可动作实在太帅了，而且也是警体拳的动作，能玩得这么飒，连摔得灰头土脸的男生都忍不住鼓掌叫好。眼看着二十几个男生噼里啪啦给摔翻了五六对，就没人敢上场了。这时候，教官和欧阳惠敏眼里都闪着戏谑的笑意，可能两人想法都一致，没有比这更适合的教育方式了，这回吃瘪的可老实多了。在这些眼高于顶的学员眼中能看到紧张而崇拜的眼光，那可真不容易。

"还有谁？"潘渊明手里拿着铐子问。那铐子像有了灵性一样，叮叮当当响着在他手里转圈，速度很快，像挽着一朵银色的花，蓦地收住，稳稳地停在他的指肚上。

这时候有人在动了，是那位个子最高的姑娘，似乎叫陈薇羽来着。她双手拉拉左右队友，后退着，那两位队友看她时，她眼睛瞟着另一处，然后那两人会心一笑，拉着其他人也往后退，就像牵一发动全身一样，整个队伍齐齐向后退。潘渊明愣住了，不过当他看清结果时，笑了。

有一个人被孤立出来了，那货也笑着，感觉到不对时一看左右，坏了，赶紧往后退，却不料被同学们齐齐一推，又推出去了。

他中等个子，偏瘦，普通到一下子说不出体貌特征来，给潘渊明初始的印象一般。

潘渊明笑着问道："你是说人没胸的那个吧？原来你没胆啊？"

马一鸣一撇嘴："这个不用向组织汇报吧？"

"不用，你叫什么？"潘渊明笑着问。敢这么说话，不是没胆，而是胆大得没边了。

"姓马，名一鸣，一鸣惊人的一鸣，也是那一鸣惊人的人。"马一鸣道，惹得学员们哄堂大笑。这货狂得没边了。

潘渊明笑着，冷不丁把手铐甩了出来，马一鸣伸手抓到手里，咔嚓一合，手插在腰后，保持着这个姿势道："我可是被逼的啊，你说的，对付嫌疑人可以使用一切手段？"

"来！能铐住我，我收你当徒弟。"潘渊明勾着食指，眼神睥睨。

"想得美。"

马一鸣嗤鼻不屑，一个箭步冲上去，潘渊明见来势凌厉，急速地退了两步……

一鸣成公敌

马一鸣几个箭步蹿向潘渊明，潘渊明拉开两步距离，眼看冲上来了，却不料马一鸣一刹一停身，急速转向，滑向一边，把拉开架势的潘渊明给放了鸽子，他边溜还边嘚瑟："嘿，老头，你有两下啊，想顺手牵羊摁我？"

这家伙像猴儿一样机灵，绕着往潘渊明背后转圈，连讽刺带蹦跶，惹得一干同学哈哈直笑。有人喊："马一鸣，赶紧蹲下，手抱头。"还有人说得更刺激："马一鸣，自己当个猴耍戏呢！"

马一鸣走着跳着还不忘回敬一句，这貌似儿戏的态度让潘渊明心头有一丝不祥之感，他有点奇怪，这种第六感像对危险的直觉一样，介于灵与不灵之间，可他面对的是位学员啊，就这货，放派出所里也是挨训的料，怎么可能给他如此奇怪的感觉？

连绕几圈，学员堆里倒彩声一片，就在潘渊明也觉得这个家伙在拖延时间时，一个不防，马一鸣弓着身冲上来了，而且冲的是他的背后。潘渊明一侧身，一个漂亮的侧踹出腿了。对于马一鸣这样的中等个子，那腿几乎就是一个劈面的边腿，被踢中就是四仰八叉只有哼哼的份。

马一鸣意外地不闪不避，右手直杵向潘渊明的小腿部，有眼尖的女生看得真切，惊得呀声尖叫。"啪"的一声，潘渊明立时感到一阵剧痛，噔噔噔连退几步。这时候他看到马一鸣冲上来了，下意识地出肘，要给冲来的马一鸣一个肘拳自保，却不料马一鸣一拳侧勾，打在了他的肘部，又是一阵剧痛。此时潘渊明再想退，已经没有机会了。马一鸣侧身，出腿、绊人，拧着胳膊，一个漂亮的警体拳"绊腿跪裆"完成了，被放翻的潘渊明想要来个"懒驴打滚"挣扎，拧着胳膊的马一鸣顺手在他脊背上一磕，疼得潘渊明直龇牙咧嘴。而马一鸣却奸笑着嚷道："哈哈，小老头再践，逮着你了吧。"

"咔嚓"一扣铐子，而且是两手反铐，马一鸣拍拍手站起身来，愣了。

这时候，教官早吓得张口结舌不知道该说什么，连"停"都忘喊了。欧阳惠敏奔上前，一把推开马一鸣，说了句："胡闹……钥匙，钥匙。"

她俯身急着给潘渊明开铐子，再看那些学员，一个个都傻眼了，你看看我，我看看你。有人分明看到了马一鸣使诈，把铐子握在手里当拳套使，可是实打实、肉到肉地把这老头给放翻了，大家都觉得有点不妥，可这老头之前那么嚣张，对比起来又觉得没什么不妥。

但还是有点不妥，这肯定是来视察的领导，这一照面就把领导给打了，算怎么回事？

"兔崽子，你赢了。"潘渊明起身揉着肘，耸着背，腿、肘、背各挨一记，有些年没有感觉到这么真切的疼痛了，这让他的脸扭曲得更丑了。

教官难堪地训斥着："谁教你的拿铐子当拳套阴人了？"

"那不领导说的，授权我们使用一切手段铐住……他这个坏蛋？"马一鸣辩道。

看着潘渊明那和坏蛋颇有些神似的尴尬样子，众学员偷笑，教官脸上许是挂不住了，再要说话，潘渊明摆手制止了，挥手道："继续训练。"

这时候连司机也紧张地奔上来了，和欧阳惠敏一起搀着潘处长，教官哪还有心训练，给了学员个自由活动的命令，然后领着几人往休息处去了。

领导一走，小话就来。那位先站出来被潘渊明摔了个狗吃屎的学员，像不认识似的审视着马一鸣，半天憋了句："牛！太牛了！"

"不用这么崇拜，虽然你是发自内心的。"马一鸣得意道。这娃叫刁乃春，健身达人，队里能和他杠的，也就这一位了。

不料刁乃春一点都不崇拜，好奇问道："我说你别癞蛤蟆跳秤盘不知道自己几斤几两，好歹我也练了多年健身，真以为我就那么差，一招就被人摔翻了？"

"哟？啥意思？"马一鸣一愣，有点明白了。这位当地人，两周已经换了两辆豪车的主，在这里已经收获了不少拥趸，肯定有过人之处。马一鸣回想，刚刚这货似乎有放水之嫌。他不解地看看周围，好像学员们都用同情的眼光看着他。

终于有人点破了，那位高个子的陈薇羽幸灾乐祸地笑着说了："恭喜你这位一鸣惊人的人啊，还没当上警察，倒先把管警察的督察处长给打了。"

众学员有好奇的、窃笑的、小声交头接耳的，还有在网上查找这几位来路的。愣了半晌的马一鸣越听越心虚，越听越忐忑，他不时地望着那几位的去向，好久都没见人出来……

腿上、肘上瘀青了一块，背后那块更狠，都有点肿了，本来准备救治学员的简易药箱倒先给潘处长用上了。教官看潘渊明上完药揉着伤处，紧张得手足无措。还是潘渊明宽慰他："你紧张什么？没事，咱们警中可是输赢凭本事。"

"不是，潘处，这小子手太黑，咋这么没轻没重。"教官紧张解释着，却无从解释。

"技不如人，不能怪人手黑。咦？不过这种握着铐子当拳套的手法，一般是经验丰富的老警察才会这么用。这人什么出身？"潘渊明现在明白输在哪儿了，铐子握手上不但等于多了两个钢制拳套，而且拳沿露出的部位也是现成的攻击武器，这个可以理解，但用在一个学员手上就让他想不通了。

教官还没接上，欧阳惠敏说话了："出身你问我啊。这期的学员大部分政审都是我做的，这个马一鸣我有印象，哲学专业毕业，而且有国家二级心理咨询师资格。"

不说还好，潘渊明一听"哎哟"了一声道："这人丢大了，学哲学的都这么能打吗？"

"那倒不是，这个人家庭背景很特殊。"欧阳惠敏道。

"让我猜猜，这小子绝对有个警察爸爸，从小教过。"潘渊明眼睛一亮。

"不只一个，父母都是警察，爷爷也是警察，如果加上他，那就三代从警了，还有一个叔叔是军人，连堂弟都是警察。"欧阳惠敏道。

这一下听得潘渊明肃然起敬，而且心里宽慰了许多。不过接下来就不那么贴心了，教官倒奇也怪哉说上了："啊？这我倒不知道，没搞错吧？您不说我还以为哪家的坏小子呢，从入队第一天起就没消停过，抽烟喝酒都会，全班就六个女生，都投诉过他，不是给人家起恶心的外号就是调戏人家……您没看他快成公害了？全体一致把他推出来。"

这可是始料未及了，没承想这么夸张。潘渊明赶紧制止着："别光说他，其他的情况呢？你把队里情况都给我说说。对了，我看气氛还行啊？怎么这么多投诉？"

"潘处啊，您把我撸了吧。"教官苦着脸诉着，"您是没瞧着报到那阵仗，本来是乘坐大巴一起来这儿，可那天有一半由家属开着车一直送到这儿，就这期学员里，别说家里，自个儿买百万豪车的都有，名下还有公司呢，嫌饭菜不好吃，打个电话助理就给送来了，送龙虾、刺身的都有；还有经营视频号的那什么网红来着，他粉丝都有好几万……还有家里不知道什么背景的，电话能通过市局同事打到我这儿，问孩子怎么样，伙食怎么样，在队里受人欺负了没有……哎哟，您是不知道，挡都挡不住。"

一大堆苦水倾倒出来了——就教官这级别恐怕扛不住。潘渊明"哦"了声，若有所思，揉着伤处的动作慢了下来。欧阳惠敏看到点苗头，笑道："潘处，我怎么觉得您吃了个下马威，兴趣反而上来了？"

"让你说着了，请示一下丁局，就说这个队问题很严重，咱俩在这儿蹲点，解决了问题再回去。"潘渊明拉下了衣服，如是道。

这么斩钉截铁，欧阳惠敏吓了一跳，提醒道："一刀切可容易激化矛盾啊，这些人是学员，不是学生了，甚至等他们从集训队走上岗位，那警衔起步就要赶上一个所长了。"

"训练也讲究技巧和策略嘛，矛盾可以不激化，转移一下不就行了。我看马一鸣就行，就从他开始。"潘渊明起身走着，还有点疼，姿势很不雅。

教官心里开始打小鼓，觉得潘处咽不下这口气，该整治马一鸣这家伙了。不过他倒一点都不觉得同情，反而觉得很应该，而且很有必要，最好马上整顿一下……

毕竟上级来了人，学员们还是注意了点，中午休息时间，不管男女学员，可了劲地藏违禁品，比如花花绿绿的画报，比如未经登记和许可的平板电脑、手机，比如偶尔可以抿几口的小酒壶，甚至还有简易麻将牌，等等，均属于集训期间不得随便使用的物品。很多项目有涉密性质，比如不许拍照、不许扩散训练内容，等等，尽管学员们都没觉得有什么密可保的。

午休两个小时，下午两点准备开始训练，简单洗漱后，随着集合的哨声，学员们从宿舍三三两两奔向训练场地，听着教官的口令集合列队了。这时候，潘渊明和欧阳惠敏两人从教官休息处踱出来，保持站姿的学员没有听到继续的命令，心里就开始揣度了，揣度的时候，下意识地看向了马一鸣。

"马一鸣，虽然你人不咋地，不过我还是对你表示阶级同情，保重啊兄弟。"身后有人道。这人是马一鸣的同室郑委，长着桃花眼美人脸，入队后大家才知道他居然是个"网红"。

"兄弟我挺你，是他挑衅，他就是整你你也不能认怂啊。"乔小旦小声道。这是位家在县城的，头天报到觉得自己的气质和马一鸣很投缘，顺理成章就有了上下铺的交情。

"没事，要是被开了，到我公司当保安队队长，五险一金十四薪，保证超过警察待遇。"又一位道。此人就在马一鸣旁边，叫商利民，在马一鸣看来属于有病系列，当富二代实在枯燥乏味，然后追求理想就追到这儿挨操练了。

"都滚，打架不敢站出来的，没资格叫我兄弟。"马一鸣小声道。

"你也没站出来，其实是大家一退，就把你露出来了。"郑委调侃了句。

这倒是实情，一下子把马一鸣噎住了。这时候两位上级来人已经踱到队伍近前，教官敬礼，潘渊明大剌剌地站到了队伍前，开门见山训话了：

"相信你们有渠道知道我是谁。我来有两个用意，一是解决学员们的投诉问题，二是解决本集训队伍存在的问题。投诉先放放，先把这个队里的不正之风解决一下……马一鸣，出列。"

哎哟，现世报呀，马一鸣咧着嘴站出来了，苦着脸看着潘渊明。潘渊明肃穆道："我了解了点情况，据说马一鸣你没少给本届学员起侮辱性外号？"

"有吗？"马一鸣一愣，"警察说话要讲证据啊。"

"人证很多，我数了一下，六位女学员你都给人家起了外号。陈薇羽叫'高妹'；计巧巧同学，你叫人家'二巧'；宋佳子同学，你叫人家'二哆'；沈筱燕同学就因为皮肤黑了点，你叫人家'二锤'；还有曹韵梅同学，人家研究生学历的不带搭理你，你叫人家'二傻'；最后一位蒋韩颖同学，就显老一点，你叫人家'二姨'？"潘渊明一口气数出来了，听得男生笑得浑身直耸，女生气得咬牙切齿。开训第二天，这绰号不知道怎么就在男生里传开了，经过女生缜密侦查，矛头直指罪魁祸首马一鸣。

不过这位始作俑者脸皮厚，反而是其他被起外号的人有点尴尬。欧阳惠敏听到这学员外号也不禁莞尔，年轻时谁都有这么荒唐可笑过，面前这位看来是荒唐集大成者，一个班大部分人都被他打上了个形象标签。

"男生别笑啊，你们也没逃过他的黑手吧？郝昂扬同学，你叫人家'耗子'；盛奇寒同学，你叫人家'冰棍'；戈霆杰同学，你叫人家'鸽子'；丰中华同学，你叫人家'华子'；阙骅同学，你叫人家'马子'，你是不认识那个字吧？这些倒也罢了，刁乃春同学，你叫人家'奶子'，过分了吧？"潘渊明拉着脸问。

本来咬牙切齿的几位女生给逗得扑哧笑出来了，那位刁乃春倒是表情扭曲哭笑不得。马一鸣听到此处，解释着："'奶子'这个绰号不是我起的。"

　　"那谁起的？"潘渊明问。

　　"他。"马一鸣道。队里刁乃春呸了声"胡说"。

　　马一鸣抢着道："真是他，他天天在楼道里光着膀子炫肌肉，牛皮哄哄说，看他的胸，看他的胸，然后不知道谁就开始叫他'奶子'了。"

　　这解释把男生女生逗得齐齐哈哈大笑，就连拉着脸的几位领导都没憋住。教官笑着叹了口气，马一鸣哗众取宠的本事小觑不得，很多严肃的事经常被他三言两语搅了场，这不，恐怕又继续不下去了。

　　潘渊明像在找托词，略一失态便端好了姿态，还没说话，马一鸣抢白道："领导，您不能公报私仇啊。"

　　"咱们没仇，但这些同学应该都同仇敌忾了，你以为呢？"潘渊明问。

　　"有来有往嘛，他们还叫我马缺德呢，您看我不是也没骄傲嘛。"马一鸣道。

　　队伍里大部分人又被气笑了。女生给马一鸣的定义是嘴毒手黑脸皮厚，看来是准确无比，就连潘渊明都没想到这家伙脸皮厚得让他都很难应对，这情形肯定得马上改道，不能继续。他一看众学员，喊着口令道："我将给马一鸣同学一个处理……其他人，向后转，齐步走。"

　　队伍被喊走了，走到听不到两人说话的距离潘渊明才喊停。没观众了，潘渊明态度温和地看着马一鸣道："我要借此整顿队伍，给你个警告，你肯定不服是吧？"

"当然不服了，不管是警察条例还是集训纪律，都没有规定不能给同事起绰号这一条啊，连正规的大行动都有代号呢，其实那不就是一码事吗？"马一鸣道。

"有道理啊，那给个面子，口头警告再加罚你操场跑两圈，就当处分了。"潘渊明直接道。

马一鸣可没想到这么轻松过关，他惊讶地问道："真的？"

"我说话你看像不算数的？"潘渊明背起了手，走向了队伍。欧阳惠敏跟着，做了个去跑的手势。这下马一鸣可乐了，颠儿颠儿地奔着沿操场跑上了。

可能接下来要发生什么事，欧阳惠敏同情地看着马一鸣，憋着笑，跟着潘渊明走到了队伍前。潘渊明直截了当道："根据马一鸣同学的申诉和解释，警察条例和集训纪律确实没有规定不能给同学们起绰号这一条，所以我只能口头警告；而且考虑到他的申诉和解释，不能仅仅针对一人一事，这个队伍里有比起绰号更严重的违纪、违规事情，不揪正事，揪这绰号闲事，人家也无法心服口服。"

坏啦！矛头又指向队伍里了，全队人的眼光不由得投向乐滋滋跑步的马一鸣，那股子恨意油然而生，由心至眼，看得真真切切。可以想象到，这货肯定为择清自己，把大家都拉下水了。

偏偏潘渊明故意加码了，对着跑步的马一鸣喊着："马一鸣，你觉得我应该这样处理吗？"

"应该应该。"马一鸣回应了句，估计没挨着处分，乐得屁颠屁颠地跑，还得意地给同学们做着鬼脸。

"好吧，那就把所有违纪违规的事都列一下，这才公平，别不吭声啊。"潘渊明踱向队伍，在陈薇羽面前停下了，陈薇羽紧张得不吭声，却不料潘渊明轻轻喊了句："嘿，Siri。"

口袋里的手机回应了，陈薇羽噘着嘴，掏出贴身藏的手机上交。潘渊明笑笑道："真以为我老古董了，玩不了你们的高科技？"

一个被逮了，潘渊明见其他人还准备蒙混过关，他喊着口令：马步，左前，挺胸，弓腿。

潘渊明挨个瞅着，马步一前一弓，裤子绷紧了，兜里可就绷出了一个手机形状。那些学员羞赧地掏出手机，不敢藏了，霎时便有一摞手机递到了潘渊明和欧阳惠敏的手上。这还没完，潘渊明让各宿舍抽了一个代表，先自查宿舍，然后再交叉检查，谁查漏了，自己写检查。

这招毒啊，已经预见到将要全军覆没的学员们一个个面如死灰，看着跟着教官和两位上级带队去查宿舍的身影，那叫一个束手无策。

这时候，跑完两圈乐滋滋回来的马一鸣，不解地看着回宿舍的小队伍和站在操场的大队伍，纳闷地问着兄弟们怎么了。然后平时没轻没重开玩笑的一干男女，像吃了炸药一样个个对他怒目而视，咬牙切齿。

"叛徒！"

"小人！"

"真缺德！"

"败类！"

"不要脸！"

马一鸣被围在中间，蒙头蒙脑的。他忙不迭地抹着脸上被喷的唾沫，咋也想不明白，自己怎么就这么天怒人怨地成公敌了……

快刀斩乱麻

当集训队大院那几辆好车被家属开走时，整顿已经接近了尾声，足足用了四个小时。潘渊明、欧阳惠敏再加上教官和另外两名工作人员，忙得连晚饭都没来得及吃，那收缴出来的违禁物品，足足摆满了几张大桌子。

严格地讲，不算收缴，不过得统一登记，而且必须在规定时间内使用，并且不能带回宿舍。该反人性的规定源于连年下降的集训质量，后来发现，罪魁祸首是手机以及其他电子产品。想想也是，现代人谁不是躺被窝里聊天追剧打游戏，就差点的也会刷短视频了，一玩就是半夜，第二天别说训练了，起床可能都成问题。

但这么着一刀给切了，收拾得这么干净，欧阳惠敏的心里就有点发毛了，看着登记物品的学员那一脸如丧考妣的样子，她都担心下一刻会发生什么始料未及的事。接近尾声的时候，她悄悄凑到虎着脸吓唬学员的潘渊明身边，小声道："潘处，差不多就行了，您今天这架势得把他们吓得晚上做噩梦啊。"

"做噩梦也比熬夜强，等工作了有他们熬的。我说严教官，你这工作做得可是极不到位啊，人家藏的比交的还多。"潘渊明道。那几大桌子的手机、平板、微型电脑，甚至还有花里胡哨的各类游戏机，更甚者，还有集训严令禁止的酒和烟。

严教官有点尴尬，不好意思道："都是成人了，总不能挨个搜身吧？那不尊重女性的说法就这么来的，训练时收了部手机，结果就被投诉了。"

"哎哟喂，"老潘给气得叹了口气，瞅着这些花花绿绿的玩意儿。有样东西引起了他的注意，怪模怪样的，他随口问道："这什么玩意儿？"

"化妆盒……这个是脱毛仪，女生用品。"欧阳惠敏提醒道。

女士用的就不方便看了，不过还是让他惊讶，有样认识的东西，比如口红，但惊讶的是，像摆子弹一样，足有二三十支。欧阳惠敏知道"直男"很难理解，笑着解释："口红之于女人，和烟酒之于男士一样是无法抗拒的，这不稀罕，爱美之心人皆有之啊。"

"哼，臭美。"潘老直男给了个不屑的评价，踱来踱去似乎在想还有什么遗漏的。教官提醒吃饭时，他摆手道："再想想，还有哪儿得收拾一下。你别以为这就能老实了，差得远呢，我在总队搞过警察教育，不来上几个回合啊，这人就服帖不了。"

"这下就够狠了，还能怎么着啊？"欧阳惠敏道。

"肯定会有反弹，就这么一棍子敲打就都老实了的，你放心，都不会有啥出息。"潘渊明道。

欧阳惠敏诧异问道："那您是期待有出息，却又敲打着让老实，这不相悖的吗？"

"不矛盾，最大的勇气是压力下的优雅，总有那种让你叹服的奇葩存在。"潘渊明道。听者一头雾水，说完他却径自出去了。欧阳惠敏追着跟上，却不知接下来该怎么办。这里离市区尚有两个小时的路程，住下似乎不合适，而往返，那就有点太累了。她还没来得及问，潘渊明的警务通手机响了，潘渊明回身给她做了个手势，欧阳惠敏会意，自动拉开了距离。这位潘处长还兼着保密处的业务，但凡这种情况，都是有保密事务。

这个电话接了很长，足有半个小时。接完电话，潘渊明忧色重重，和欧阳惠敏一起驱车返回市区。

"哦哟，我的限量版口红啊。"

"哦哟，姐的花容月貌啊。"

"哦哟，明天素颜可怎么出去见人呢。"

323 女宿舍，宋佳子抱着枕头，在欲哭无泪地倾诉，这会儿，应该是贴个面膜，试个口红色系，然后慵懒地玩会儿手机的时间，因为今天的突查，现在只能抱着枕头自叹自艾了。

"佳子，又没人在，你说话别这么嗲行不行？是登记统一存放，又不是没收。再说，收了也没什么不好，你天天钻被窝里玩到半夜，早上不累啊。"在看书的沈筱燕道。这位黑姑娘上大学时服过兵役，对纪律约束天然免疫，其他人可就受不了了，熄灯上床前，都不知道该干什么。

陈薇羽问道："二……哦不，筱燕。""二锤"差点脱口而出，宋佳子听得笑了。

陈薇羽赶紧改口道："你当兵时，也这样？"

"比这个严多了。相信我，离开手机，用不了几天，你的精神面貌会有一个大的变化。手机当工具是服务于人，当玩具可就是束缚人了。"沈筱燕道。

"好吧，命运不掌握在自己手里，只能接受了。"陈薇羽颓丧地躺在铺上。

虽然同处一室，但她们平时的交流并不多，一般休息时间都是各玩各的手机，现在无聊了，倒真想交流了。

沈筱燕看看另一位没吭声的计巧巧，提议道："二巧，要不咱们讲故事呗，我在服役的时候大家无聊，就是这么打发时光的，天南海北地讲讲各地好玩的故事，有时间了，一起去各地玩玩聚聚。"

"我不好意思说我哪儿来的，说了你们会生气的。"计巧巧细声细气，不好意思道。

"咦，你不是在滨海考的吗？"宋佳子好奇地问。

陈薇羽不信道："什么意思，你什么故乡有这么大魔力？"

"去年滨海招警是全国招考，我大学毕业户籍没转回去。其实我和马一鸣是老乡，都是五原市的。他不认识我，但我知道他。我比他低一届，我在九中，他在十七中，当时我们九中有一位校花很出名，他是追求者之一。"计巧巧道。

这逸事可勾起大伙的兴趣了。陈薇羽说："继续啊，那白菜不会被拱了吧？"

宋佳子却是判断："就马缺德那不要脸的劲，一准儿拱了。"

"我后来听说的啊，有好几个版本，我也说不清楚，有的说是校花和校外一个大痞子勾搭上了，有的说是被黑社会一个老大劫持了，还有说被谁家公子看上了，反正是出事了。那时候马一鸣在场，被人差点打死，之后警察抓了好几个人，那校花后来也转学走了。没想到过了几年，我在这儿又见到他了。"计巧巧说着在校时的往事。

不过听者却一头雾水，沈筱燕道："二巧，你这说得逻辑混乱，因果不明啊。马一鸣是为虎作伥还是英雄救美，性质都没讲清楚。"

"他那时候还是个小屁孩，救什么美啊？"宋佳子道。

"哎呀，自古英雄出少年，就那十八九岁的愣劲才会为爱情豁出去一切。我上中学时，可有男生经常为了个女生打得头破血流的。"陈薇羽笑道。

"对，那时候傻了吧唧的，肯定是英雄救美。"计巧巧道。

宋佳子一拍大腿道："我明白了，英雄救美，然后碰了个头破血流，再然后，就不相信爱情，也不相信女人了，所以就变成了这个恶心样子。"

"也不算很恶心吧……最起码今天很给力。要不然潘处长真给全体学员一个下马威，那以后谁也抬不起头来，会成为我们心里的魔障的，就像我现在想起我在军队的教官来，还是紧张。"沈筱燕道。

"给力？他值得夸吗？故意跟我过不去呢。我在想怎么整他一下，就怕这货太缺德，我整不过他。"陈薇羽恶狠狠地道。她说完，同室三位都看着她。她低头，下意识地护住自己的胸部，生气似的喊着："看什么看？"

可能所有的仇恨都来自那句"她没胸"，这仇结得够深了，深得其他三位女生哈哈大笑，刺激得陈薇羽面红耳赤，攀到上铺和宋佳子扭打到了一起……

一层是男宿舍，可能是为了节约经费的缘故，双人间改成了四人间。因为相处日短，彼此间也就同宿舍的更熟悉一点。今天的事在男学员这里导致的后果一样，没了手机，没有娱乐，都傻不楞登地等着熄灯，而且发愁熄灯后要如何入睡。

"吱嘎"一声，郑委推门进来了，捂着肚子，表情扭曲。商利民好奇问道："你不拉屎去了吗，拉完怎么还这样子？"

"哎呀，我已经习惯看着手机上厕所了，没手机我拉不出来。"郑委痛苦地躺到了铺上。

对面上铺的乔小旦没心没肺地笑了，郑委埋怨道："笑个屁啊，不是你查人家121那么狠，人家能把咱们扫荡干净吗？"

乔小旦难堪地解释着："委哥，仨领导看着，我敢徇私枉法吗？"

"不能怨小旦。督察处的，再加上政治处的，你历史上有问题都能给你查得清清楚楚，何况这么大点个宿舍，能藏得住吗？教官吧，是睁只眼闭只眼，没较那真，真较真我们早完了。"商利民道。他是全队年龄最大的，一毕业就开始经商，看事看人很通透，可就是让人想不通他为啥考警察来了，而且还一考就是七八年。

"哎，我说兄弟们，你们说是不是因为一鸣让人家丢脸了，然后人家领导给咱们集体穿小鞋？"乔小旦小声问。

郑委一听，怒从心头起，愤愤道："这领导格局也太低了，要整好好整马一鸣啊，整咱们算怎么回事？"

"不是不是，只是借题发挥而已。马一鸣的事是偶然，被整顿的事是必然。别说教官，我都看不过眼，你一天撩七八个妹子，拍十几条视频，天天早上起床让我们喊你，我都替你脸红。"商利民指摘道。

"靠！"郑委气得竖起中指回道，"连个奸商都好意思说我个贫下中农觉悟低，我要像你有钱有房有公司，还用撩妹子吗？都妹子来撩我了。"

话不投机，商利民"哎"了声，门"嘭"的一声开了，马一鸣不知道从什么地方回来，把自己往床上狠狠一扔，半晌无语。

乔小旦小心翼翼地伸出脑袋，看到他两眼发直，于是关切地问道："一鸣，怎么了？不舒服？"

"现在应该除了他，都不舒服。"郑委道。

"再扯信不信我揍你一顿！你看你男生女相、花枝招展的什么东西？我可能出卖大伙吗？我那酒壶，我那烟，还有我那麻将牌……我藏的违禁物品不比谁都多？那小老头就故意找碴儿来了。你看看全班这德行，自己不咋地，还觉得自己算根葱往上投诉，这下好了吧？在这个时代，一般提的问题不会解决，但提问题的人，一定会被解决，这都不懂，第一天出来混啊？"马一鸣勃然大怒，没来由地火冒三丈，吓得郑委不敢吭声了。

商利民和着稀泥："算了算了，统一管理，又不是没收，这点上我和一鸣观点一致啊，我们既然是当警察来了，那肯定是往那个方向走，原来的样子肯定会被改，这个变化的过程肯定是要有阵痛的。"

乔小旦眨巴着纯朴的眼睛问道："老商，你是不是怕马一鸣揍你，所以一直和他保持观点一致？"

商利民一噎，这倒把发火的马一鸣给逗乐了。马一鸣干脆把下午的事和大家一起回溯了一下，再听其他人说一遍，捋了两遍，马一鸣有点明悟了，一拍额头道："上恶当了。"

"什么意思？"众人好奇。

"这样啊……这小老头下午故意说绰号的事，故意把你们支开，然后他跟我说，让我给个面子罚跑两圈这事情就当过了，然后我一跑，他就开始整全队了，这是官方常用语啊。'根据马一鸣同学的申诉和解释，我无法处分他……考虑到他的申诉和解释，这个队伍有更严重的违规事'，这是故意给你们个心理暗示。而且还大声问我，'嗨，应该这么处理吗'，我一回应，再加上这个暗示……完了，你们全被带沟里了，锅就扣我脑袋上了。这是警察整人常用的手法啊。比如逮个团伙，找其中一个人，啥都不问，但故意给他好待遇，又抽烟又吃好的还给笑脸，还故意让其他同伙看到，下意识让其他同伙认为这个人反水了……结果就是都交代了。"马一鸣捋清了，气得五内生烟，可偏偏还毫无办法。

对呀，这是光明正大的阳谋，自己理解错了，自己掉坑里，偏偏自己屁股也不干净，那可是自己冤枉都不好意思说呀。

商利民表示理解了："一鸣呀，你出卖不出卖不重要，这么爱出风头的，大家怨气不往你身上撒，往谁身上撒呀？"

"有道理，我觉得主要是大家早都看你不顺眼了……看，看，又瞪我？"郑委牢骚了句，虽是同室，但也对马一鸣的嚣张个性颇有微词。

马一鸣气结。恰在这时，门被推开了，邻舍的戈霆杰、刁乃春、阙骅应声而入，而且做贼似的关上了门。

马一鸣侧头瞧瞧，不屑道："咋？来找事啊？解释我不会，打架我在行，不怕你块头大，我一个打你们仨。"

"这个我信。"阙骅笑着道，像是示好。

马一鸣不解了，戈霆杰理解道："我们也不相信这种损人不利己的事是你干的。"

"哟，鸽子，你这个兄弟我认了。"马一鸣乐了。

不料戈霆杰话锋一转道："损人利己才是你的个性啊，对吧，兄弟们。"

众人一笑，马一鸣回应一字："滚！"

刁乃春哈哈笑道："消消气。我们来跟你商量个事，不争取就没权利啊。你看看大家傻乎乎的，现在谁能离了手机啊，而且我告诉你，管束只可能越收越紧，如果我们都和小绵羊一样，那以后就啥都没了，等熬出这几个月，出去指不定得跟社会脱节成什么样子呢。"

"你是豪车没了，大餐没了，和我们掉到同一水平线上了，心有不甘吧？我不受影响，我拿着手机都没人跟我联系。"马一鸣道。

阙骅劝着："别这样，咱们同一条船上的，得同舟共济。"

"你直接点说，不就想什么损人利己的事你们不敢干，来劝我吗？不，损人利你。"马一鸣道。

乔小旦义正词严回绝着："不答应。一鸣，你别惹事，那个潘处长肯定盯上你了，能不能好好出了集训都得两说，好容易才考过了。"

"都考过了，一只脚已经迈进来了，又不是违法犯罪，他能把你开除了？再说这个事很简单，你明天只要敢故意旷工，就算你帮忙了，我们呢……用这个说服你够不够？"刁乃春掏出一摞纸币。

马一鸣一愣："收买我？就旷操旷工，能挣这么多？我怎么觉得有诈呀？"

"干脆给你明白了说，有不服管教的，当教官的没治，他才没法管别人。要是都老老实实的没人敢挑头，那就成一潭死水了。只要有你这么个奇葩存在，大家瞅着，嗨，其实也没什么可怕的啊，这事就好办了。"刁乃春眼神闪烁，极尽教唆，看马一鸣没接钱，他加码道，"我们凑的现金，现在实在是不能拿出更多的，你要敢偷溜出去，我把银行卡给你。"

同室的觉得不妥，马一鸣也思忖着。那三位只觉得这事可能要黄了，却不料马一鸣一伸手夺走了钱道："成交，老子心里有气，明天正好睡懒觉，天王老子来了我也不起床……你说的啊，改天我出去刷你的银行卡。"

"好嘞，痛快。走了，明天看好戏。"刁乃春花了钱，却比马一鸣还高兴，搂着同室两人出去了。

回到自己宿舍，几人才憋不住笑出声来，阙骅有点担心道："他能斗过那个潘处吗？"

"要是潘处治了他，反正是他挨治了；要是治不了，可还好意思来治咱们啊？要收拾不了马一鸣，他还好意思天天来这儿呀？只要这潘老黑不来，剩下的事就好解决了。"刁乃春说着，惬意地躺在铺上，开始憧憬明天那出好戏能演到什么程度……

老奸斗巨猾

"哈哈……我听说你被个新学员给打了？你多大年纪了，至于还在腿脚功夫上逞强啊？"

"哎哟，集训保密纪律该强调了，这还不到 24 小时都传您这儿了？"

"比你想象的广，我都是从厅里知道的消息……你处理方式是不是欠妥啊？让你解决问题去了，不是让你解决提问题的人去了。"

"这并不冲突啊，从一个普通人成长为人民警察，身上要去掉的东西太多，那些在普通人看来就是些小毛病的事，滋长在警察身上可就成大问题了，您希望他们把这些带进队伍里来？"

"你总能找到理由支持你的武断，你知道你这叫什么吗？作风霸道。"

"批评我接受，我有个请求。"

"说。"

"给我个霸道的机会，我有些想法，想在这届学员身上尝试一下。为适应犯罪新形势的变化，我们培养打击犯罪的方式也应该有所变化，这些入职有望成为各领域骨干的特招学员，要是扛不起担子，将来毁的可能是一组一队人啊。"

两人下着楼，前面的人驻足了，是丁局长。这事可能触及更深更远的忧虑，他扶着楼梯，手指轻轻敲击着扶手，像在思考，片刻后做了一个决定，笑看着潘渊明。

潘渊明也笑了："我明白，我是白脸，您是红脸，真要扛不住，再请您大驾出来安抚。"

领导的艺术在于让下属心领神会，潘渊明把握得很准，没有哪位领导会百分之百支持你的建议，总会留着余地。

丁局回身，且走且道："注意把握度，有点本事的人毛病、脾气都大，通过几个月集训就让学员理解、融入这支队伍我倒不期待，但我期待他们在走上岗位之前，心里能够播下信仰的种子。这个职业钱少活多、官小责大，要没点信仰还真撑不下去——就送到这儿吧，丑话说前头啊，你被打了我能接受，要是学员被打了被欺负了，我拿你是问……哦，对了，803方案你再想想办法，外围调查太慢了，这个方案关系到……唉，回头再说吧。"

潘渊明应了声，目送着丁局回返，他能送自己下楼已经是莫大的面子，恐怕还是看在去蹲点解决南堡集训问题的面子上。本来潘渊明兴致不错，可一听"803 方案"，脸又拉长了，像身上的老毛病犯了一样面色难堪。

他心事重重地出了办公楼，欧阳惠敏已经等在大院里了。

两人上车即走，看欧阳惠敏似乎表情也不对，潘渊明出声道："怎么了？有家事了？"

今天要开始正式蹲点，出于男女混训的原因，捎带上了欧阳惠敏，潘渊明还以为她有情绪了，却不料欧阳惠敏道："我个单身女人能有什么家事，您昨天猜对了。"

"哦，反弹了？"潘渊明不怒反喜。

"您高兴什么啊？"欧阳惠敏不解。

"必须高兴啊，我们都是在斗争中成长的，从小与父母斗，上学和老师斗，成家后和另一半斗，工作时和嫌疑人斗，斗起来才其乐无穷啊。你得正确看待教与学，你想改变他们，他们拒绝改变，这个矛盾的解决就是一个斗的过程。"潘渊明道。

"奇谈怪论。我得提醒你啊，仔细看下档案，这里面藏龙卧虎啊。昨晚就有电话问我了，探听是不是我带队，让给某某人提供关照……你想啊，才过去了几个小时，而且手机都被没收了。"欧阳惠敏苦笑道，往往越保密的事，恰恰泄密得最快。

"我懒得看，万一真是熟人，有顾忌反而不好办事了……说说，那群小子又出什么洋相了？"潘渊明轻松地问。

"一个旷操的，说自己病了；两个出操崴了脚的，说不上是真是假；还有两个说是吃坏了，拉肚子……反正我估计呀，还是昨天整顿太狠了，他们在示威。"欧阳惠敏道。她思忖着这可能要有难度了，狠人、烂人、坏人都好治，就怕人学赖了，要都这么装个头疼脑热拉肚子的病，你还真就没治。

"呵呵，有点意思。这种事得找着带头的，拔了刺头，其他跟风的也就老实了。哎对，不会还是马一鸣吧？"潘渊明随口问。

"又猜对了，还就是他，带头旷操的。"欧阳惠敏道。

"这小兔崽子，欠收拾。"潘渊明嘴里喃喃道，那思考的样子，肯定是在琢磨整人的方式。

欧阳惠敏有点看不懂。不过她看得出，潘渊明似乎对这个不太服管教的学员有点欣赏，这一老一少两人似乎在某种特质上有共通的地方，比如，都是那么的咄咄逼人。

驱车加速驶往南堡集训地，这路程可是真不近，足足走了近两个小时。车驶进大院泊停时，估计教官已经算好了时间，列队等候了。

潘渊明粗粗一瞧，少了好几个人，这明打明的示威让潘渊明的脸阴得有点吓人。他站到学员队伍前面，沉吟半晌出声问道："谁是学员队长？"

昨天那位高个子姑娘陈薇羽站出来了，怯生生道："报告，是我，陈薇羽。"

"什么情况？"潘渊明问。

"应到三十人，实到二十四人，缺席六人，其中男生五名，女生一名。"陈薇羽汇报着，莫名地有点紧张，看领导不满意，又补充道，"肖景辰阳和丰中华今天上午跑步时脚崴了；郑委和郝昂扬说拉肚子，没法正常训练；马一鸣得了重感冒起不了床；还有一名女学员蒋韩颖，她……痛经。"

潘渊明没说话，思忖着。欧阳惠敏翻着档案，指着一个四字的名字：肖景辰阳。标注的拟招聘单位是省厅网安总队，一般进入这个序列，其他方面的要求会相应放低，毕竟那些电脑后的键盘手体质实在堪忧，高度近视、体能不达标，甚至体重不达标都是常见情况。

第二次来，潘渊明对这位几乎没什么印象。他看着队伍里其他人，不得不说绰号还是有好处的，有几个人让他有印象，比如那位挑战过他的刁乃春，姓氏很奇特的阙骅，两人装模作样的严肃、不经意的笑意被他捕捉到了，他隐隐觉得不太对劲。

"通知他们全部到操场集合，有伤有病的，一下子这么多，作为教官，严武，你很失职啊。"

潘渊明命令着，陈薇羽小跑着去通知了。严教官不好意思地低下头来。这帮年龄和他差不多大的学员快把他折腾崩溃了，其实他早看过了，估计大部分都是装的。

不一会儿，那位女生先出来了，表情有点痛苦，欧阳惠敏上前和她交流了几句，然后带着她去了集训队队部，这个应该是真的。又一会儿，一瘸一拐出来一对，肖景辰阳显得瘦弱无比，就没病都看着单薄得很。那位丰中华就不一样了，潘渊明想起他来，是和郝昂扬一起组队攻击他的，昨天那身手可利落得紧。

快走近了，潘渊明冷不丁喊道："你们俩别训练了，去保管处拿上手机，一会儿坐车回市里看医生去。"

正装崴了脚瘸腿走的丰中华一听狂喜地"嗯"了声，扔下肖景辰阳掉头就跑。列队的学员哄然笑翻了，跑了几步的丰中华觉得不对，尴尬地站在当地，跑也不是，停也不是。

"哟，好了啊？太神奇了，赶紧跑跑活血化瘀。"潘渊明催着。看那货不动，他上前一步吼道，"咋？还让我带你？把漏了的训练补上！"

这么一吼，吓得作妖的丰中华噌噌跑起来了。潘渊明这才回头俯身，掀开肖景辰阳的裤脚看看，确实有点青肿，就安排教官带去做个冰敷。

这两位刚走，郑委和郝昂扬跟着陈薇羽出来了，两人有点紧张地站在潘渊明面前。潘渊明问道："真拉肚子，还是装的？说清楚，问题的性质不一样啊。"

郝昂扬苦着脸道："我真拉。"

郑委也苦着脸说："我相反，我是拉不出来。肚胀。"

"好，你们俩结伴，都去公厕蹲着。你真拉不是？那你拉完回来。你不拉是吧？那你拉出来再回来。这得拉出来啊，要不活人得被屎尿憋死啊……愣着干什么？快去，十万火急的事，磨蹭什么。"潘渊明训着。

学员们哈哈笑着，不料是这么个处理方式。其实潘渊明训也是做个样子，真要有病的话，坚持一下他就会松口。谁料那两人脸红耳赤，磨蹭着往公厕方向去了。

后面的潘渊明瞬间判断出他们是装病，不客气地安排着："互相监督啊，谁要弄虚作假，纪律处分。"

那俩人羞赧地钻进厕所了，站着汇报的陈薇羽掩着嘴笑。

潘渊明扫了一眼，眼看着刁乃春几人失望地吧唧嘴的微表情，隐隐明白了，一指道："刁乃春同学，你出来。"

"啊？我。"刁乃春吓了一跳，紧张地站出来了。

"昨天就是你先站出来的，敢为人先啊，像你觉悟这么高的，队里得重点培养啊。"潘渊明和颜悦色道。

"呵呵，别客气。我……我还差得远呢。"刁乃春尴尬回应着。

"给你个任务。"

"啊？别让我去叫马一鸣啊，我可惹不起他，他连您都敢打，一急了打我咋办？"

"不是不是，其他任务。"

"哦，那行。"

"去，站到厕所里监督那俩学员是不是弄虚作假。"

"啊？"

学员们又是一阵嗤笑，刁乃春再要说话，却被潘渊明的犀利眼光一刺，他本来心里就有鬼，这下惊得不敢吭声，不情不愿地往厕所去了。

收拾了这几个，潘渊明这才回头问陈薇羽："马一鸣怎么回事？"

"装死，不起床，还骂人。"陈薇羽恨恨道。

"所有女同学出列。整队，报数。"潘渊明喊着口令，在场剩下的五名女学员排成一列。潘渊明随手整了整沈筱燕的帽子、陈薇羽的领子，像发布重要命令似的道："给你们一个艰巨的任务，有没有信心完成？"

"有。"女学员应了声，有点疑惑。

"这个任务是，把生病的同学抬到这儿来。我们队伍的优秀传统是轻伤不下一线，不能让任何一位同学掉队。所以我命令你们，把马一鸣同学抬到这儿来。"

啊？几个女生不知道用意，愣了。潘渊明看看头顶，然后轻轻擦了擦额头上的汗迹，陈薇羽瞬间明白了，兴奋地敬礼道："是，保证完成任务。"

"盖好被子啊，可别着凉了。"潘渊明叮嘱着。那几位女生可比捡到宝还高兴，早兴奋地大步奔着去了。

就在操场列队的学员还纳闷的光景，那五位女生嗨哟嗨哟地抬着个褥子出现了，褥子上盖着被子，敢情真的连人带被褥给抬到操场上了。这时候擦着汗的学员们瞅瞅天上挂着的毒日头，再看看捂在被子里的马一鸣，这快三十摄氏度的气温，盖床被子晒太阳，那结果是什么可想而知，众人愕然之后，齐齐笑岔气了。

"放这儿吧，这儿暖和……一鸣，感冒得厉害啊？还能说话吗？"潘渊明关切地问。

头蒙在被子里的马一鸣怒道："不能。"

"哟哟哟，病得不轻，你们几个就看着战友，掖好被子，别凉着，最好别透气，着凉就不好了。"潘渊明道，回身喊了句，"其他人，自己活动，男生不许来这个区域惊扰伤病人员啊。"

等领导一走，大家这下可把持不住了。有人直接一屁股坐地上捂着肚子笑，好容易停下来了，瞅瞅公厕，再看看太阳底下的马一鸣，又憋不住开始笑了。

此时被捂在被子里面的马一鸣早憋不住了，听到潘渊明走了，他轻轻拉着被子想透透气，不料宋佳子一下子又给压住了，警告道："不许掀啊，这是命令。好好发发汗，感冒马上就好了。"

"热死我了……几位女神行行好，透个气。"马一鸣说着，开始掀被子。沈筱燕摁得最紧，促狭道："不是叫我二锤吗？咋成女神了？"

"别别，我是二锤，您是女神，松点松点。"马一鸣道。

"想得美，给他盖好，我苦口婆心说了，潘渊明处长发火了，别装了，你还骂我滚。"陈薇羽数落道。

被子里马一鸣叫苦道："哎哟，我哪知道他一大处长比我还缺德，能想出这损招来。"

"你都不错了，还有俩蹲在厕所里不许出来呢。"计巧巧道。

"二巧妹子，听口音咱们是老乡，给晾晾。"马一鸣蜷缩着，把脑袋从二巧的方向伸出来。刚舒了口气，陈薇羽不客气地又给推回去了，然后嫌弃似的甩着手上的汗迹说着："立竿见影啊，这汗出来，绝对包治百病。"

然后这群女生又是一阵放浪大笑，可算是逮着整马一鸣的机会了，这人真是遭报应，那五个女生愣是一点通融都不给。

公厕里，郑委和郝昂扬你看看我，我看看你，其实两人都没脱裤子，冷不丁刁乃春喊了句"潘老黑来了"，两人吓得赶紧脱裤子蹲好，可这蹲得没意思啊，拉不出来，净闻臭味了。好一会儿潘处长没来，刁乃春倒倚在门口笑。两人明白了，郝昂扬骂着："奶子，信不信我告密，是你教唆我装病的。"

"证据呢？诬蔑。呵呵。"刁乃春说道，自己倒先笑了，真个是兵败如山倒，联合了这么多顽抗分子，居然都败下阵来了。

"妈的，不行，我要举报。"郝昂扬气着了。郑委一把拉住要起身的他劝着："别添乱了，你举报那不等于承认自己是装的？性质就不一样了。将错就错，蹲会儿出去拉倒。奶子，多长时间了？"

"才十分钟，再等会儿，装也装像点。"刁乃春道。

"外面笑啥呢？"郑委问。

"有人比你俩惨，马缺德被连人带被子抬到太阳底下晒上了。哎哟我去，马缺德要和潘老黑比起来，简直是小巫见大巫了啊，这温度别说装感冒，就是真感冒也得治好啊。"刁乃春看着那个现场，没来由地心虚得直冒汗，幸亏自己没装。一回头，那俩人又懈怠了，他吓唬也不管用，两人揉着腿要出来。这茅坑蹲得腿发软发酸，鼻子闻着还这么臭，实在蹲不住了，还不如去跑步呢。

此时，躲在队部的潘渊明和欧阳惠敏两人瞄着外面的情况，看看腕上的手表，笑意不断。

欧阳惠敏看看时间过去十几分钟了，提醒道："差不多了吧，病该治好了。"

"严武，你把这俩真病的照顾好。欧阳，走。"潘渊明说着跟欧阳惠敏向训练场走去。

两人终于现身了，刁乃春那头早等不及，三个人奔着过来了。刁乃春汇报着："报告潘处长，任务圆满完成，请求归队。"

"你俩相互监督的，都拉了？"潘渊明问。

"拉了拉了。"郑委和郝昂扬使劲点头。

"好，欢迎你们归队，去吧。"潘渊明严肃道，那几位如蒙大赦地跑回去了。

脚崴的那位还在跑，不过已经上气不接下气了。潘渊明招招手，等丰中华跑过来，那气喘得话都说不利索。潘渊明躬身问道："丰中华同学，脚好了吧？"

"好了，幸亏听您的跑了几圈，越跑越好。处长，我……我可以归队了吗？"丰中华谄媚地道，那么累，还憋出笑容来了。

"你这体能不错啊，归队。"潘渊明打发走了这个，再看马一鸣处，欧阳惠敏憋不住了，使劲咬着嘴唇笑。那几位女生别提多忠于职守了，一人两只手，都摁着被角呢。

上前的潘渊明喊口令了："任务完成，全体女学员听口令，集合。"

五人放手，站成一排。一放手的刹那，马一鸣掀着被子坐起来了，大喘着气，头上脸上汩汩冒水，像刚从水里捞出来一样，衬衣都湿得沾在身上了。远处的男生在放肆大笑，站着的几位女生憋着笑。唯一没笑的是潘渊明，他蹲下来关切地问道："一鸣，感冒好点了吧？"

潘渊明说话时还故意看向女生们，马一鸣赶紧说："好了好了。"

"老办法还是好啊，焐身汗马上就好。那能参加集训了吗？"潘渊明道。

"能。"马一鸣厥了，他不惧强权，可这不能不惧，太丢脸了。

"好，把被褥扛回去，我特别允许你冲个凉换身衣服，以全新的面貌参加集训，怎么样？"潘渊明问。

"好。"马一鸣一骨碌爬起来，卷起了被褥，扛着就噌噌跑起来。他都没穿鞋，跑得居然比百米冲刺还快，一眨眼就不见人影了。

一场风波像玩笑一样消弭于无形了，看着训练重开的操场，欧阳惠敏有点佩服潘处长了，他并没戳破这些人的谎言，可却戳痛了他们最敏感的东西。

面子啊，这些调皮捣蛋哗众取宠的行为无非是为了面子，而这么一下可算是颜面扫地了，恐怕再不要脸的也不敢再轻易犯这个险了……

隐秘亦露馅

几个刺头被潘渊明摧枯拉朽地收拾一顿，队伍风气急剧好转，训练时说怪话的老实闭嘴了，总爱跑厕所偷懒耍滑的没了，连严教官都觉得训练压力轻多了。其实调皮捣蛋的这几个家伙身体素质都不错，他凭经验判断出，要是扎实把训练科目过一遍，再加上他们自带的学历光环，放到哪个警务单位也不逊色。

但有些事就是不会按你的想法走。上午、下午都是体能训练，晚饭过后有一个半小时的政治和业务学习，一部分是学习强国的内容，另一部分是具体的警务知识，学员明显就有点走神，一到学习结束，自由活动时间的哨声一响，完了，炸群了，都疯了似的冲向了保管室，拿上自己的电脑、手机，争分夺秒地享受每天睡前一个小时的正常人时间。

私藏的手机被限，这些学员今天摸着手机觉得格外亲切，给家里打电话的，给外面女友或者男友视频的，还有抓紧时间刷刷微信、微博或者看会儿剧的。集训把他们和现代生活隔离了，只有这个时候才觉得世界仍然在自己手中……好像，算是在手机中吧。

从培训室出来，欧阳惠敏若有所思地看了几眼，那些玩得起劲的学员倒没注意这位政治处来人，身边的严教官小声道："您看，有的净忙着玩，都不给家里打电话问候……我都说不出来是好是坏啊，警务信息化以后号称'掌上警务'，确实也便利了不少，可我总觉得哪儿不对劲。"

"工具和玩具是两个概念，肯定不能因噎废食，可也不能听之任之，这中间的度实在不好把握啊。"欧阳惠敏和严教官往外踱着，她随口道，"政治和业务教育都不能放松，现在全警都在重抓思想教育，可别让新人掉了课了，我感觉敷衍了事的情况不少。"

"根本没有职业经历，说什么也觉得虚啊。"严教官道。

欧阳惠敏怔了下，无奈地摇头道："是啊，现在的条件太好了，可能在这个职业岗位，都没机会遇到刀光剑影，面临生死一线，慢慢来吧，得有耐心。"

"是这样的。"

"咦？潘处呢？"

"晚饭后就没见。"

"我找找……"

两人寻找着潘处长，车还在，人却不在，以为他到外面遛弯去了，打了个电话才知道在餐厅。两人又折回来，奇怪地看着在后厨和两位厨师站在一块的潘处长，等两人上去一看，更蒙了，潘处正指着要倒掉的泔水，严格地说不算泔水，里面是白花花的米饭和各式青菜，甚至还有肉块，这是一天两顿剩下的。

严教官没敢吭声，看了欧阳惠敏一眼，欧阳惠敏揣度潘处要找到突破点了，出声问道："想来个制止浪费的警示教育？"

"你跟开百万豪车的讲不要浪费粮食，可能有效果吗？"潘渊明气哼哼道，从艰苦年代过来的人多数都看不惯这种事。

但存在即合理，看不惯并不意味着能杜绝。欧阳惠敏道："问题就在这儿，对于经历太苍白的人，任何说教都没有意义，整个这一代年轻人可能都缺乏这种意识。"

"行了，你们俩不用倒这个，什么也不用说，就当什么也没发生，休息吧。"潘渊明跟两位厨师挥挥手，带着欧阳惠敏和教官出了餐厅，他像寻找可疑目标一样熟悉着这里的环境。

欧阳惠敏小声问道："我们政治处一堆事呢，你不是准备真蹲到这儿吧？"

说是"蹲点"，正常的程序是隔三岔五来看看就行了，那是负领导责任的意思。可看潘渊明这架势，是根本不准备走了。

潘渊明闻言解释着："斩草不除根，歪风吹又生……病根得拔干净，否则很快又滋长起来了。"

"除非您把通信全禁了，封队。"欧阳惠敏道。

"我正这么想呢。"潘渊明道。

欧阳惠敏一噎，哭笑不得道："您要真那么干，家属得吵翻天，敢给吵到省厅您信不信？这里面可有一半是本地学员。"

"你是悲观主义者，总看到不好的结果。而我不一样，我是乐观主义者，总在争取最好的途径和最好的结果。"潘渊明道。

"不管你什么主义者，这个我持保留意见。"欧阳惠敏道。

"换一个角度，你是理论派，而我是实战派。我们思想境界可能差点，但现实中发生的蛛丝马迹能让我看到别人看不到的东西。"潘渊明像见猎心喜一样，看到训练场地上朦胧的夜色，语气中都听出喜悦了。

"什么意思？"欧阳惠敏愣了。

"跟我走，给你枯燥的生活找点乐子。小严，你也跟着，搞警察教育把你都搞成木头脑袋了，一点都不活泛。"潘渊明带着两人，像遛弯一样，居然离开训练场地了……

"喂，时间快到了，好了没？"

阙骅提醒着正围着刁乃春玩手机的几位，九点半要离开这里，晚十点准时熄灯上床，而且看这里虎视眈眈盯着的学管，想把已登记的东西再带回宿舍恐怕是不可能的了。

"好了好了。"刁乃春操作着手机，其他人装模作样地堵着他，挡着视线。

男生们肯定有猫腻，角落那一簇女生聚集地中的沈筱燕已经发现好几次，但一直不知道他们在干什么，小声问道："佳子，他们干什么呢？"

"男生能有什么好事，不是在撩女生，就是在看恶心视频。哎二锤，今天咱们把马一鸣整那么惨，他不会报复咱们吧？"宋佳子奇怪地问。

"你怕了？"沈筱燕反问，一下反应过来了，"你叫我什么？"

"筱燕，呀呀，口误。"宋佳子赶紧改口，说完看看黝黑闪亮的沈筱燕，自己倒笑了，"你别说啊，这个'二锤'起得别提多形象了，哈哈。"

"你等着，马一鸣回头揍你，我保证不拦着。"沈筱燕恶狠狠地道。

宋佳子一捂心口柔柔地道："哎呀，别吓唬人家好不好，大不了我多抛几个媚眼迷倒他。"

"啊哦——"计巧巧做着作呕动作，苦着脸道，"能正常说话吗？不嗲能憋死你呀？"

"我有什么办法？人家就这样。"宋佳子又一嗲，把几位同室都逗乐了。陈薇羽受不了，直接道："'二嗲'这个诨号也不错，你改不过来，我们就这么叫了啊？"

"哼，随便，人家才不在乎呢。"宋佳子又一嗲。完了，受不了了，计巧巧和陈薇羽起身跑了。沈筱燕要走却被拽住了，宋佳子神神秘秘说着："你发现了没有，刁乃春真是个富二代啊，刚来时开过帕拉梅拉，上周休息回来又换玛莎拉蒂了……他那部折叠手机好几万呢。"

"怎么了？和你有什么关系？"沈筱燕对这个暗示过于迟钝，没明白。

就见得宋佳子托腮、眯眼、噘着小嘴给了个吹泡泡的撩人动作，然后柔柔地问她："你说，在这个特殊的地方，会不会收获一段刻骨铭心的恋情？"

沈筱燕呆呆地看着做作的宋佳子，可没想到她居然在犯花痴。憋了半天，把二锤姑娘憋得"呃"地打了个嗝，严肃告诉室友："马一鸣可恶归可恶，但有一件事是对的。"

"什么意思嘛，我不是说和马一鸣。"宋佳子纠正道。

"但我是说，马一鸣起的这个绰号太形象了，你嗲就算了，还这么二？就集训几天你还想谈个恋爱，你咋不上天呢……走走，别丢人现眼，交手机回去睡觉。"沈筱燕不容分说，把室友给拉走了。

学管提示着时间到，在场学员有点不情愿地把随身物品锁到了自己的储物柜里。学管强调了两次有上级检查，私藏手机影响集训将给予纪律处分，平时没人当真，可今天潘处长给大家的印象太深刻，还真没人敢把登记过的东西私自带走，万一来个突击检查又麻烦了。

交完手机差不多就到九点四十分了，大家陆续回到宿舍洗漱，三层的女舍关闭外层铁门时，一楼的学员就乱起来了，洗漱的、上厕所的，甚至还有图方便就在水房冲凉的，反正都是男生，有些没羞没臊地洗完光着屁股就在楼道里奔回去了。

平时马一鸣就在此列，不过今天遭遇了挫折可能心情不佳，居然没有在水房狂呼鬼叫，早早地躺到了床上。洗漱回来的乔小旦和商利民也上了床，乔小旦关切道："一鸣，别郁闷了，明天正常训练，省得潘老黑又抓把柄。"

"我不郁闷，谁说我郁闷了。"马一鸣的表情若有所思，看不出究竟是不是在为白天的事郁闷。

乔小旦道："那不郁闷咋不见你去保管室，也不给家里打个电话？"

说到此处，郑委想起一事来了，翻身问道："哎对呀，一鸣，我咋很少见你和家里打电话？不对，是几乎就没打过电话。"

"想什么呢？想我父母双亡？孤苦伶仃？给我战友的关怀和温暖？"马一鸣怪声怪气道。

郑委紧张道："哇塞，你这语气，不会真是……"

"我父母双全，都是警察，而且都是警官，失望了吧？"马一鸣道。

郑委不服气了，指着他道："哎呀我去，你咋比我开视频号直播的还能吹呢？别一鸣惊人了，一吹吓人多好？"

"呵呵，傻子……睡觉。"马一鸣似乎心情不佳。

年纪稍大点的商利民看出来了他有心事，以老大哥自居地关心问道："你要有困难就跟大伙说啊，我们认识虽晚，可终归是缘。"

"好滴商哥。哎我说商哥，你腰缠万贯的，咋刚来时选宿舍就跟我们一块了？"马一鸣问。

商利民躺着道："我看人还是有心得的，一看小旦就是个淳朴孩子。"

郑委抢着道："是不是觉得我很聪慧啊？"

"不，你有点傻。"商利民道。

"我傻？"郑委理解不了，怒了。

"你说你呀，毕业光创业三年就干黄了好几项，还都是跟家里要钱，别人做公众号、做博主、做短视频，做什么都能赚钱，你干啥赔啥，你说你不是傻是什么？"商利民道。

其他两人吃吃地笑，郑委掖着被子愤愤道："老商，你对我是侮辱加伤害啊，等我当了警察成了你上级，收拾不死你。"

这个威胁轻飘飘的没人理会，乔小旦却好奇地问道："那一鸣呢？他来的时候，你没发现他不笑的时候，眼神有点吓人吗？"

"所以啊，和他站一块得势啊，多有安全感。"商利民道。

"呵呵，那老商出去要交保护费啊，我不能白给你安全感。"马一鸣道。

"哎对对对，我想起个事来。"郑委又来劲了，神秘道，"你们说警种里有没有肥差部门，比如管夜总会、洗浴中心那种地方，管那种地方的是不是很赚钱啊？"

马一鸣听得肚子疼了，"呸"了声骂道："你说的那是黑警察，就你那智商，干不完实习期就得被抓。你要想升职，只有一条路。"

"什么？"郑委被骂也不恼，好奇地问。

"你天生男生女相，漂亮就是优势啊。"马一鸣道。

听得同室哈哈大笑，被打击的郑委连呸几口，直到熄灯还在牢骚着马一鸣对他惨无人道的伤害以及侮辱。

灯熄了，夜渐渐深了，远处吹来的海风已经带上了丝丝凉意，这个孤寂的岛上，夜景同样很美，往远处看是星垂镜面、明河在天，侧耳倾听是虫语唧唧、枝叶沙沙，一点也没有都市里那种让人心烦意乱的喧嚣。

静静的夜里，亮起了两束光，跟着有隆隆车声破坏了此时的寂静。再近点，一辆绿色的轿车驶过了看守所，驶过了集训地，驶近时熄灭了车灯，在场外墙角泊停了。停车后不见人迹，只见得车辆的警示灯连闪几下。

这是信号，隔着训练场地一人高的铁栅，能看到里面几个黑影鬼鬼祟祟溜到了墙根，然后车门开了，有人提着东西，分拣着往里面塞，隔着栅栏，里面的人接着。

"快点快点。"

"春哥，咋不接电话呢？"

"废话，电话要那么容易打，我能找你？"

"至于吗？你这是当警察呢，还是被警察抓了？"

"我告诉你啊，比被警察抓了管得还严，一点人权没有。"

"快，别让人看见。"

"赶紧走，明天等我通知。"

里面的人接走东西，送货的刚上车，毫无征兆地，几束手电光亮起来了，吓得他一激灵，发动车子就要溜。车没被拦，光束照到了里面的四个人身上，有熟悉的声音响起："站住。"

"哎呀，坏事了，潘老黑。"刁乃春苦声道。

"这怎么可能知道啊？"阙骅紧张道。

戈霆杰回头看看从院外走进来的三位，纳闷道："咱们没露馅啊。"

想不通并不代表不会露馅，这都熄灯一小时了，这时候被逮着，那十成十是早守在这儿了。走得再近点，看清了，是潘渊明、欧阳惠敏和严教官三人。三人饶有兴致地打量着刁乃春等四位队员，欧阳惠敏哭笑不得了，这里离市区几十公里呢，愣是送来了几大盒订餐，还有两瓶红酒。

"哟哟哟，烧鹅、鸡块、炸鱼……酱牛肉，这都凉了，你们不是给自己吃的吧？"潘渊明问。

"不是不是，绝对不是。"四人紧张地摇头。

"还有酒，也不是给自己喝吧？吃点夜食倒不违纪，喝酒可违纪啊，集训期间绝对不能喝酒。"潘渊明道。

"不是不是，我们不会喝酒。"刁乃春看领导似乎并不准备苛责，赶紧否认，但不这么解释，可咋解释呀。

似乎就有准备好的梯子让他们下，潘渊明笑着说："我记得你，觉悟很高，可是带酒进来不管是给学员，还是给教职人员都违纪啊，你们这怎么解释？"

"那个……"刁乃春一下噎住了。阙骅赶紧补充："咱们这儿有不是警务单位的，这是给餐厅的大师傅的。"

"对对，我们看两位师傅天天做饭辛苦，想感谢他们。"刁乃春顺竿爬。

"我们正准备给您汇报呢。都是给两位师傅的，他们真的辛苦了。"丰中华谄媚道。

"这样啊……好吧，我替你们转达谢意，你们就别去了，明天一定让他们当面谢谢你们。接着。"潘渊明说着，严教官一伸手，潘渊明把几样东西都放到了严教官手里，欧阳惠敏收走了那两瓶酒。刁乃春四人一副痛不欲生的样子，交了东西还得赔着笑，郁闷地回宿舍了。

"这怎么处理啊，潘处？"严教官尴尬地问，有点庆幸潘处没有借此上纲上线，可毕竟揪出来了问题。

"刚才不说了吗，请请餐厅的两位师傅，一定转达到，是本届学员请他们，总不能咱们喝吧……去吧去吧，这事过去了，不用提。"潘渊明摆着手，严教官抱着一堆东西胆战心惊地走了。

走出来好远，欧阳惠敏小声问道："我有点看不明白，您为什么小事大做，大事反而小提，这种集训期间往里夹带酒的行为，够得着警告处分了。"

"要是在职的，我就不客气，可毕竟不是嘛，真因为点小节毁了前途那多可惜，我总得给他们改正的机会啊。"潘渊明道。

"水至清则无鱼，您把这个集训地坚壁清野了，我怎么感觉也不是什么好事。"欧阳惠敏道。

"破而后立，会让你看到焕然一新的面貌。"潘渊明道。

"绝对的纯洁不可能有的，可以在一定程度上追求共性，但绝对不可能泯灭所有人的个性，特别还是这种有独立思维的人。"欧阳惠敏道。

"你说对了，我没有期待过一个绝对纯洁的团队。"潘渊明道。

"那您期待什么？这么大刀阔斧一砍，过不了几天就死气沉沉了。"欧阳惠敏道。虽然这也是集训的目的，尽量把所有人变成合乎要求的职业人。

"我想试验一下，能不能找到一个极有个性的人，或者用你的话说，应该是那种砍不老实的人……呵呵，早点休息吧，明天再来一刀更狠的。"潘渊明道，径自往安排的宿舍方向去了。

欧阳惠敏站了良久才往回走，她总觉得哪里不对劲，可又说不上来。潘处长这么着一点一点收紧，说起来是好事，可她就是觉得有某种不安的预感，想了很久都没有想明白这种不安的来由。

对了，明天还要来一刀更狠的？还要干什么？欧阳惠敏心里揣着这个问题，愣是没想明白潘处长葫芦里还有什么猛药……

第二章

与魔鬼教官斗智斗勇

巧舌利且毒

晨曦微露的时候，这里的晨训就开始了，十圈慢跑热身，然后再是练一套警体拳。所有的集训套路都一样，都是用这样的氛围和环境迅速提高参与者的身体素质，如果去掉那些不和谐的细节，这支队伍的进步还是很明显的，刚来时最差的跑两圈就喘不过气来，而现在嘛，已经能够整齐地跑完全程了。

不过不和谐还是客观存在的，早上的操练中，刁乃春挤过了两位队友，刻意和马一鸣并排跑到了一起，这个时间段教官顶多偶尔吹哨提示下，正是说话的最佳时机。刁乃春开口说："兄弟，商量个事。"

"想退钱没门啊，昨天因为你，我脸都丢尽了。"马一鸣道。

刁乃春愤然道："你就没带脸来集训，而且我严重怀疑，你要没要过脸得两说！"

"可叫你说对了，凭不要脸挣的钱，还有退款那一说？"马一鸣道。

这话听得知道详情的乔小旦、郑委几人扑哧笑喷了。刁乃春差点被气糊涂了，他纠正道："不让你退钱，我差那点？是其他事。"

"又给钱？那刁老板您说，啥事？"马一鸣来劲了。

"昨晚给我送货的，被潘老黑截了，哎哟我去，把我们兄弟几个饿的。"刁乃春道。食堂饭菜肯定不合他胃口，在这里就靠订餐和外卖续命呢。

"呵呵，我咋觉得大快人心呢？"马一鸣幸灾乐祸道，补充刺激着这位兄弟，"刁老板，有钱等着出去踬呗，搁这儿踬有什么意思？光你吃着好酒好肉让大伙眼馋，你那么脱离群众，迟早会被群众举报的。"

"就是，吃也不带上我们，看看，遭报应了吧？"郑委帮着腔。

"你闭嘴。"刁乃春斥了句，小声跟马一鸣商量着，"兄弟帮个忙，想想辙把东西弄进来。你说，出去有没可能？你能出去的话，我给你银行卡，想办法买几部手机……反正不管怎么着，这日子不能这么过啊？我在外面健身一天的伙食费都大几百，这儿的饭菜太差了。"

这倒不是假话，但也未必就那么差，只是对于大富之家出身的刁乃春，可能真的一时无法适应。乔小旦却是好奇地问道："你一天吃几百？一月得吃上万了？"

"这我需要吹牛吗？我家的金毛一个月都得吃万把块。"刁乃春道。

"他妈的，这个货不叫奶子，叫刁凡尔赛得了。"郑委酸溜溜道。

刁乃春没理他，求着马一鸣道："行不行啊？条件你提。"

"不干。"马一鸣拒了。

"输胆了？"刁乃春刺激道。

"胆还真没输，但我发现上当了，你养狗一个月都上万了，才给了我一千，这岂不是觉得老子狗都不如？"马一鸣怒道。

左边的人哧哧笑着，刁乃春凑近了说着什么，可能是提高了条件，马一鸣笑眯眯地一瞅，说："我想想，晚上去我们宿舍合计合计。"

"说定了啊。"乃刁春喜滋滋道。

最后的条件只有两人知道，一直跟队跑的陈薇羽早看两人不顺眼了，放慢速度出声提醒："又密谋什么呢？别以为没人听见。省省吧啊，就你们那点小聪明还跟潘处斗啊，差远了。我可告诉你们，据我了解，潘处长是从一线民警一步一步升上去的，干过刑侦，做过警察教育，当过警校党委书记，又在刑事侦查总队当过总教官，多次负伤，你们玩的那点小伎俩，逃得过人家法眼吗？"

"喊，关你屁事！"马一鸣道。

刁乃春一笑，严肃道："班长，我不同意他的观点，但我誓死捍卫他说话的权利。"

"哟，你俩什么时候穿一条裤子了？"陈薇羽好歹有点适应能力了，脸色不善，却无法像马一鸣那样出口成脏。

"咦？我们穿裤子的时候你都看见了？这届女生太牛了，偷窥欲这么强，是不是晚上偷看我们光着屁股在水房冲凉？"马一鸣大惊失色道。

这说得一群男生哈哈大笑，气得陈薇羽一口气差点没喘上来。从开训她就被指定为集训班班长，她一直想融入队伍的，可不知道是因为性别、经历还是出身，直到现在都无法如愿。别说融入男生，就连融入六个女生都难，那跑在队伍后面的曹韵梅和蒋韩颖别说和男生搭腔，就是和女生都不太来往，每天自习时画一堆谁也看不懂的符号，沉浸在自己的世界里，孤僻得都快不像地球人了。

训练正常继续，教官今天只觉得轻松多了，奇怪的是潘渊明和政治处那位欧阳惠敏都没露面，这使得学员们也轻松多了。唯一心情沉重的是班长陈薇羽，她暗暗注意到了，原来男生按宿舍和关系远近有那么几拨，但今天奇怪了，这些小山头有融合的迹象，更让她感到威胁的是，似乎隐隐地以马一鸣为中心，仿佛那货出了个糗，还被当成英雄了一样。

这种怪象之于读了十几年书的学生都能理解，不管有多么的循规蹈矩，其实在每个学生心里都有一个叛逆的梦想，可能都憧憬着和老师斗、和辅导员斗、和老找事的教导主任以及校长斗……一旦现实中真有人这么干了，哪怕碰得头破血流，也会被那些想干却从来不敢逾矩的同类奉为"带头人"。

所以在学校里，往往一些成绩很差的学渣比谁都受欢迎。只是陈薇羽没料到，在这个已经毕业，而且即将走上警察岗位的团体里，依然有这种怪象的延续。

这点让她很郁闷，而且把郁闷带到了午餐的时间。她面上的表情瞒不住同室的几位，计巧巧最先发现了，用胳膊肘提醒着沈筱燕，沈筱燕又提醒着光顾看刁乃春的宋佳子，宋佳子藏不住话，连连追问。陈薇羽烦躁地把早操的事一讲，听得计巧巧吓了一跳："啊？还不老实，嫌丢的人不够啊？"

宋佳子扭头瞅瞅，评价道："这人脸皮够厚的，我咋觉得根本没反应啊？"

"依我说啊，还真别小瞧这些上蹿下跳满身刺的。我参加过军队的训练，那些在约束之内还处处出格的人，最终结果往往出现两个极端，要么出众，要么出事。"沈筱燕道。

"出众有点难，出事我觉得快了。"宋佳子道，她看到刁乃春向马一鸣飞了个示好的眼色，这莫名地让她有点生气，从集训开始，这位心仪的帅哥都没正眼瞅过她呢。咦，不对……她看刁乃春的时候，眼角余光意外地发现乔小旦正在偷瞄她，偶尔目光相触，那个淳朴的娃紧张地低头了。

这让她找回了点信心，正窃喜呢，计巧巧推了推她问道："嗨，嗨，走什么神呢？别这么花痴行不行，问你呢！"

"什么？"

"我们刚才说呀，马缺德和刁乃春早操时一起针对咱们老大，太过分了，找机会得给他点难堪，得让他明白，宁惹小人，别惹女人。"

"对，支持。"

计巧巧和沈筱燕齐声道，可能都是出于安慰陈薇羽的目的，却不料宋佳子眼睛一亮，和男生一样脱了又宽又大的作训服，端着饭盆起身，对着愕然的三姐妹得意道："挑什么机会，随时都可以，看我的。"

脱了作训服，宋佳子婀娜的身材加上沉甸甸的罩杯绝对夺人眼球，一般午饭时只有男生才敢这么穿，女学员都很低调，从来没出现过这种情况。现在，一堆男生看着宋佳子直吧唧嘴，光知道这位说话嗲，矫揉造作得厉害，可此时才发现，人家真有造作的资本啊。

她径直上前，一拍马一鸣旁边的郑委肩膀，直接道："姐们儿，让让，我和马哥说句话。"

被男生调笑也就罢了，又来了个女生叫他"姐们儿"，郑委气得脸部扭曲地回道："过分了啊，侮辱加伤害本直男。"

"别生气，回头我的闺密团给你留个位置……别这么扭捏，你一扭捏把我都比下去了……去去。"宋佳子连拽带推，把饭盆往郑委手里一放，给撵走了。

郑委气得无语，却对着女生无法发作，悻悻地另找一桌坐下。

宋佳子面对着乔小旦，故意肩膀一挪靠了下马一鸣，出声道："一点都不好奇我找你干什么？"

"早上说了高妹两句？"马一鸣反应过来了。

"你对'说'这个词的定义，是不是有待商榷啊？那叫说吗？你看看把我们老大气得都吃不下饭。我们四姐妹可是一体的啊，惹一个就等于惹了两对。"宋佳子严肃道。

但没有人发现她的小动作，她把自己胸、颈的位置放在乔小旦的视线中心，而且说话的时候她注意到了，乔小旦正偷瞄着她，频率很高，可以直观地想象出这娃太过淳朴，恐怕还没有谈过女朋友。

马一鸣根本没当回事，且吃且道："你们都叫我缺德了，还指着我多文明呀？一个破班长，科长都不算长，放屁都不响，你算算班长啥级别？还真当自己是官了？"

这恶言恶声听得宋佳子居然没怒，她冷不丁移开视线看向乔小旦，乔小旦一惊，吓得埋头往嘴里塞米饭，宋佳子不恼不怒地说着："你得相信，和女生过不去，会遭报应的。"

"呵呵，靠脸混的，居然来吓唬靠不要脸混的，这实在没有威胁性啊。"马一鸣嗤笑着，根本没把身边宋佳子的话当回事。

这时候，宋佳子埋的雷拔弦了，对面的乔小旦塞了一嘴饭，方抬头，恰看到宋佳子食指挑着胸前的褂子往下拉了拉，那雪白的胸脯、隐隐的双峰……把心猿意马的乔小旦看得两眼发直，全身僵硬，偏偏这时候宋佳子又轻轻往下一拉，更多的春光乍泄，一下子刺激得乔小旦"噗"地一喷。然后说话的马一鸣躲都没机会躲，"啊"的一声，星星点点的米饭、菜渣、肉末，结结实实糊了他一脸。

"哎呀，好恶心。"宋佳子早有准备，端起盆溜了。

其他人没看清宋佳子的小动作，都愣住了。不过现在能看清马一鸣被喷了一脸，寂静片刻后，狂笑声起。乔小旦连连说着"对不起"，伸手给马一鸣擦，一擦更糊了，气得马一鸣扔了筷子，抹着脸往洗碗的水龙头跑，乔小旦紧张地追了上去。

在一餐厅的哄堂大笑中，两人落荒而逃……

这顿饭没吃好，吓得乔小旦没敢回宿舍。马一鸣刚躺下午休，就听到了集合哨声，男女生宿舍又是踢踢踏踏一阵慌乱的脚步往外跑。奇也怪哉的是一上午没露面的潘渊明出现了，站在餐厅门口，教官集合好队伍后，行进的方向也是餐厅。

进了餐厅，列队，餐厅还是半狼藉状态，一半学员的分餐盒子自己洗了，还有一半扔在桌上。平时没注意，现在这么看确实不像样子，桌上桌下到处扔着菜、米饭，甚至还有桌上不知谁吐的带皮的肥肉。餐桌之后，是那两位战战兢兢的大师傅。

"抬出来。"潘渊明道。

两位大师傅加上严教官以及集训人员，片刻后抬出来四大桶泔水，米饭、肉、鸡蛋、菜叶清晰可见。这拨学员确实挑食，现在连他们也明白怎么回事了，个个羞愧地低着头。

"这是昨晚到今天中午三顿饭倒下的，有点让我痛心疾首啊。市局为了培养这个特招班专拨的经费，你们有机会到基层派出所、警务点看一看，他们每天的伙食还真赶不上这桶里的泔水。我们是这个社会的守护者，并不创造任何价值，所花的每一分经费都来自人民，来自纳税人的钱，就连中央都屡次发文倡导光盘行动，杜绝铺张浪费……可在这里，在这个警察的摇篮里，却每天在上演着这样的事。你们……连最起码的公序良俗都无法践行，谁还敢指望一群这样的人，去服务社会？"潘渊明拉着脸道，有点生气，话很重，他踱了几步提醒着，"今天，现在，这个现场，包括我说的话都在记录仪中，你们不是喜欢网络扩散吗？不是喜欢一较长短吗？这个视频可以给你们每人一份，可以随便发，可以传给省厅、市局，包括你们的家长，让大家都看看，他们的宝贝子女，在这里干了什么？有人愿意发吗？现在给你们机会，发到互联网也行，让网络评判一下，他们愿不愿、能不能接受这样的人，成为人民警察？"

没人敢吭声了，潘渊明又一次站在了道德的制高点上，把学员们说得无言以对。

估计这一次是真气着了，潘渊明甩着手指怒道："我听说有人投诉给省厅说这儿的伙食不好，谁投诉的，敢站出来吗？"

这一质问，吓得宋佳子心里咯噔了一下，这事是她干的，存心捣乱，而且这事好多人都知道，她紧张得不敢抬头。不过还好，总算不是审问，没人指认她。

"我就知道，没胆的孬人才会背后说闲话，你敢作敢当我倒佩服你，可惜你不敢，只敢躲在背后当懦夫。"潘渊明气势越来越盛，不料就在他气势最盛的时候，有人举手喊报告，然后前进一步，打眼地站了出来。

严教官和欧阳惠敏眼睛一直，马一鸣居然不识时务地在潘处长的气头上站出来了。

"是我投诉的。"马一鸣挺胸昂头，仿佛等待授奖一般。

这可把潘渊明气得不轻，而且他判断绝对不是马一鸣——马一鸣出身可谈不上娇贵，性格浪点是真的，真这么挑食浪费肯定不会，就这表情，就这气势，恐怕是叫板来了。潘渊明不悦地看着他道："你可是场场不离回回在啊，非要背上个处分才安心？"

"我错了。"马一鸣面无表情道。

"错在哪儿？"潘渊明怒问。

"不知道。"马一鸣道。

"不知道错在哪儿就知道错了？"潘渊明快气昏了。

却不料马一鸣眉色一飞，好奇地问道："那领导您的意思是，莫非我没错？"

"你……"潘渊明居然被噎住了。有学员没憋住嗤笑了一声，又赶紧收敛表情不敢吭声了。

"马一鸣，你有点过分啊。"欧阳惠敏稳稳地说，"潘处长正在说杜绝浪费，这没错吧？你哗众取宠、故意挑衅，你想干什么？"

"没想干什么，是领导让投诉的人站出来，所以我就站出来了。"马一鸣道。

欧阳惠敏反问道："站出来故意挑衅？"

"不，我承认我错了。投诉错了我认了，浪费肯定不对，大家都已经很羞愧了，但这是个别人的事，一竿子打翻一船人，就有点过分了，而且追究投诉的人就更过分。俗话都说了，言者无罪，闻者足戒。对于内外部反映的问题，哪怕是错误的，无论哪一级警务单位，我认为正确的态度都应该是有则改之，无则加勉；没有听说过哪个警务单位敢于冒天下之大不韪去针对提意见的人。如果有一天，警察这个集体不能接受任何意见、建议以及批评，那才是最大的错误。"马一鸣朗声道。

这有理有据的驳斥听得搞政工的欧阳惠敏都愣在当地了，最起码明面上挑不出一点毛病。潘渊明的吃惊不亚于欧阳惠敏，眼前这个人给他一个错觉，仿佛是站在局长的位置训话，话说得四平八稳，滴水不漏。

"有道理，非常有道理……解散！"潘渊明怒容满面，拂袖而去。不管是政治教育还是借题发挥都继续不下去了，直接解散。几位带队的跟着匆匆而去，留下一群面面相觑的学员。

似乎驳了潘处的面子，可看着狼藉的剩菜剩饭，为什么大家都没有胜过一筹的喜悦呢？静静站着的学员好久没有离开，都挥不去心里油然而生的愧意……

未甜先忆苦

"站住！"

一声暴喝自身后传来，乔小旦回头发现是马一鸣时，拔腿就跑，不料没马一鸣利索，几步之后耳朵一疼，被揪住了。这哥们儿好歹也是大学毕业吧，行事作风和活土匪一样，能动手从来不废话。

马一鸣揪着乔小旦的耳朵，在他屁股上踹了几脚，边踹边骂着："跑什么跑？吐我一脸还没找你算账呢，躲得了吗？"

"没躲啊。哎哟，哥，你轻点，疼。"乔小旦求饶着，倒不是害怕，就是这事要是被追究出原委，实在尴尬。

"你都不好意思了啊？瞧你这点出息，人家露了点胸就把你激动成那样，要真脱了那还了得？"马一鸣说着，又是两脚。

"别啊，马哥，别说出去，多难为情，求求你了，要不你再踢我两下出出气？这事实在情有可原啊。"乔小旦求着。

马一鸣放开他耳朵，却拎起了他的领子，谑笑地问："莫非你还是传说中的处男？"

"必须是啊，我上的是地质勘探专业，全系就七位女生，我们那一届只有俩，我们那个班，一个都没有。"乔小旦表情痛苦扭曲地叙述着，仿佛刚从水深火热中出来。

马一鸣乐了，小声说："我咋就不信呢？你毕业在滨海混了两三年呢，妞都没泡一个？"

"真没有，我除了送快递就是在大排档打零工，十几人挤个群租房，泡妞都不方便。"乔小旦道。

这娃老实巴交的样子逗得马一鸣笑得眉眼挤一块了，末了，马一鸣放开他，给他整整领子，端端下巴，笑道："喜欢就大胆去告诉她啊。"

"肯定会被拒绝，那多尴尬。"乔小旦道。

"说不说，不一样。"马一鸣道。

"马哥你说，莫非有可能？哪怕万分之一的可能，我也想努力一下。"乔小旦动心了。

马一鸣一撇嘴说："别理解错，我的意思是，你不说，一直在想，就不会死心。干脆说了被她拒绝，尴尬一回，你也就死心了。"

"去，就知道你没好话……嗯？"乔小旦愣住了。

他对面的马一鸣瞅着他的眼神，好奇地问道："哟，咋又开始尴尬了？你一这样就是发春了啊。"

乔小旦没吭声，马一鸣回头，可是结结实实惊讶了一回。宋佳子不知道什么时候站在两人远处，而且这时候朝他们两人走过来了，乔小旦紧张得开始喘粗气了。

马一鸣逗着他道："要不，我替你表白一下？"

"别别……马哥，我……我……我……我先走了。"乔小旦压抑不住自己的激动，就要躲，被马一鸣揪住了。马一鸣的脸皮可是足够厚了，笑着道："二嗲，有个你的仰慕者，他要向你表白呢。"

"没有没有。"乔小旦否认了。

走上前来的宋佳子皱着眉头看了乔小旦一眼，直接以命令的口吻道："一边去，我和马哥说句话。"

乔小旦紧张兮兮地挣脱跑了。马一鸣愣着看向这么严肃而且不嗲了的宋佳子，好奇地问道："你不会良心发现，来道歉了吧？"

"姐是滨海外国语学院出来的，传说中的渣女集中营，有良心那玩意儿吗？"宋佳子不屑道。

这果真很合马一鸣的胃口，马一鸣笑着直竖大拇指。

不过宋佳子表情一正，很意外地说了句："我不是来说'对不起'的，我是来说'谢谢'的。"

"谢什么？"马一鸣问。

"那个……那个伙食投诉，是我干的。"宋佳子歉意道，可没想到最终是马一鸣背了这个锅。

马一鸣不以为意道："我是看不惯那小老头总是借题发挥，和谁做的无关……千万别客气，虽然你也不咋地，不过和那小老头比起来毕竟可爱多了。"

"我都分辨不出来你是骂我呢，还是夸我呢？"宋佳子道。

"我有那么贱吗？你撩得乔小旦吐我一脸，我还得夸你？"马一鸣斜眼觑道。

宋佳子做停的手势，说："扯平了啊，看在你还像个男人的分上，乱起外号的事不跟你计较了……不过你也别太过分了啊，老针对班长，我这做姐妹的都看不下去了。哎不对，你不会喜欢人家吧？好多男生喜欢人的方式就是故意给人难堪，以引起对方的注意。"

"嘿嘿，那搁你这么说，我最喜欢的应该是潘老黑了，你们根本排不上队啊。"马一鸣没心没肺地笑着。

宋佳子给了个夸张的龇牙表情，嫌弃似的拉开了距离。两人相伴往学习教室走着。今天训练后，政治处那位欧阳主任布置了个作业，要每人完成一份思想汇报，主题是'为什么要当警察'，估计晚上的学习就要围绕这个展开了，毕竟相识日短，两人几步之后就没有什么可聊的了。就在宋佳子挖空心思想话题的时候，背后又冲来一位，直接把马一鸣拽到一边，是刁乃春。他神色有点鬼祟地问道："政治课后，咱们合计一下咋样？"

"今天绝对不行。"马一鸣道。

"咋不行啊，我下午看见潘老黑坐车走了，你都把煞神气走了，剩下的还不好对付？"刁乃春现在恐怕万事全赖这位了。

马一鸣想想摇摇头道："你不了解警察队伍里的习惯，上午那遭会被认为是我们有抵触情绪，所以才有了下午的思想汇报，思想汇报紧跟着就是讨论、批评与自我批评，他们肯定会借着这个机会再来一招……新官上任三把火嘛，这不还没烧够呢嘛。"

"不是'我们'，是你。不至于吧，就你这一颗老鼠屎，就把我们一锅粥都端了？"刁乃春道。

宋佳子听这话老刺耳了，逗得她笑出声来。

更可笑的是，马一鸣很正色地回着："哎你说对了，这是一个有集体、没个体的团队，只要有一颗老鼠屎，就都是老鼠屎。"

敢情把对方和自己拉到同一水平线上，一起恶心呢。宋佳子听得无语道："你恶心不恶心啊？"

刁乃春气道："我咋就不信呢？人家好歹是处级干部呢，能让你猜到心思也太没水平了吧？"

"别的行业我不清楚，警察我太清楚了，我上一代都是警察，从光着屁股时就和警察打交道，对他们太了解了。"马一鸣不屑道。

这听得刁乃春却是疑窦更大了，好奇地问道："你爸妈还当着警察吗？"

"当着啊，怎么了？"马一鸣道。

"不对啊，兄弟你偷鸡摸狗坑蒙拐骗寻衅滋事调戏男女无一不通的，你说你警察家庭出来的，我咋不信啊？"刁乃春终于把一直以来的疑惑说出来了。

马一鸣回头，嘴里喷喷有声，伸手把刁乃春拦住了。宋佳子对马一鸣也免不了好奇，她附和道："我也不信啊。马一鸣，你没必要用这种方式抹黑警察形象啊，这得多牛的爸妈才能培养出你这么缺德的儿子来啊？"

刁乃春哈哈大笑，直给宋佳子竖大拇指。看吧，群众的眼睛是雪亮的。

马一鸣翻着白眼斥着："你懂个屁，真正的警察都是文武双修，黑白通吃。比如就像我这样的，那些本事露一手吓死你。"

"那你露一手。"刁乃春挑衅着。

宋佳子帮衬着："对，吓死我，就不用上这政治课了。"

"奶子，这可是你逼我的啊，我三句话能让你做噩梦。"马一鸣道。

"哦哟，好汉真是出在嘴上啊。"刁乃春做了个惊恐表情。

"你单亲，从小缺个爸。"马一鸣一拐，口吐珠玉。

宋佳子正要斥他胡说，不料刁乃春像被吓住了一样，惊恐的表情僵在脸上。

马一鸣又是手指一戳，再来一句："但事实上，你又不止一个爸。"

刁乃春没来由地抽搐了一下，惊恐地后退了一步，像见鬼一样。宋佳子蒙头蒙脑地看着，不明白了。

接着，马一鸣像江湖高人一样背着手，再来一句："你肯定怕打雷下雨或者一个人在家孤独的时候，你性格里严重缺乏安全感，你一定没有把这个原因写在你从警的思想汇报里吧？"

撂了几句，马一鸣背着手得意扬扬地走了。此时刁乃春已经退了若干步，惊得一语未发。宋佳子刚想上前安慰一句，刁乃春掉头就跑。

下意识地，宋佳子追上了马一鸣，边走边伸着脑袋看马一鸣的脸，那故作高深的样子实在让她看不惯了，干脆拽住马一鸣问道："怎么回事啊？"

"这就是警察的眼力，知道不？"马一鸣道。

宋佳子惊讶地问道："你从小就有这种眼力？"

"不，从小我只要干什么坏事，我爸一眼就能看出来。"马一鸣纠正道。

"等等，这什么逻辑啊。你从小能被看出来，然后现在能看出别人来，其中有因果关系吗？"宋佳子不信了。

"必须有啊，没听说过久病成良医吗？你要在警察大院里住十几年，你也会异于常人的。看我就是，这招帅不帅？"马一鸣得意道。

宋佳子一拍自己道："那你看看我，你要把我吓住我才服你。"

"你刻意的打扮和矫揉造作确实很好看。"马一鸣抿嘴浅笑。

听到这话的宋佳子很得意，不料接下来的话不好听了，马一鸣话锋一转道："可惜你是在掩盖你的精致穷，你家境不太好，可能还很差。女生考警察有两种情况，一种是心里有梦想去追求的，第二种是现实没出路，只能硬着头皮考的。你呢，绝对不是第一种。"

宋佳子的笑容僵在脸上，对错已经显而易见了。马一鸣做了个鬼脸，摆脱宋佳子快跑开了。宋佳子愣在当地，好久都没回过神来。这几句仿佛揭了她隐私一样，让她觉得心里莫名难堪，生怕有人偷听到似的不敢再造作了，悄悄地进了学习室。

吵吵嚷嚷中，大家终于都聚到学习室了，除了体能训练在室外，剩下的警务常识、业务知识以及政治学习的课程都在这个教室。入目是铁桌椅、铁皮柜，再加上一台勉强和信息化沾边的液晶大屏，偶尔会被四个队联网用来统一学习省市两级单位的领导讲话等。

陈薇羽来得较早，按教官要求向学员收齐每个人写的思想汇报。思想汇报的主题是"为什么要当警察"，除此之外没有任何要求。学员们的表现可就各不相同了，长篇大论写七八页的，是几位文科学员；歪歪扭扭凑了一两页的，那估计是理工类的，文字简单直白。更甚的，字迹潦草地凑上半页。连陈薇羽也看不过眼的，是郝昂扬那个货，有点愣。他倒振振有词地说："假意万言书，真情一句话。其实一句话就够了，都多写了这么多呢！"

丰中华问他："那句是什么？我看我写对了没有。"

"很简单啊，那句是：警花啊，我爱你。"郝昂扬看着陈薇羽笑眯眯地道，直接笑倒了一片。

陈薇羽甩着纸张斥道："就不说学历、家庭和收入了，你长得都没我高，你可好意思。"

哎呀，被反调戏了！郝昂扬捂脸，有人配乐，有人配音：KO，一千点暴击！

嘈乱间，陈薇羽站到了马一鸣面前，这时候马一鸣才开始写呢，不过看样子没憋出来。陈薇羽扑哧一笑道："要不给你抄抄？"

"算了，不写了。"马一鸣签上自己的名，直接交了。这倒把陈薇羽愣住了，她愕然道："你也太标新立异了吧？"

"既然不提任何要求，那写不出来，也没必要硬憋啊？就你们扯的假大空，自己信吗？"马一鸣道。

"好吧，随你。"陈薇羽道，转身走了。

那头郝昂扬松了口气小声说："既然有交白卷的，那咱们写什么都不用担心。写不好是水平问题，写不写就是态度问题了。马一鸣，我墙都不扶就服你呀。我们考公是为了找个工作，我咋觉得你考公是为了丢工作啊？"

"早知道有你这么个猪队友，我考都不考了，滚！"马一鸣唾了他一口，嚣张而霸气，不过效果只是让其他人更乐呵了而已。

听到皮鞋的声音，学员们安静下来了。三位领导推门而入，欧阳惠敏走到了前台，潘渊明和严教官坐到了最后一排。

接过陈薇羽收的思想汇报，欧阳惠敏翻看了几份，速度很快，抽出一张来问道："谁的空白？"

"我的。"马一鸣举手。

"哦，倒不意外。"欧阳惠敏直接翻过去了，没说什么。

可能又看到几份字迹实在很差的，她皱眉了，温和地点评道："郝昂扬、丰中华，你们俩得好好练练字啊，好歹也把名字练好看点，要不将来当了领导，这签名拿出去可让人笑话啊。"

学员哄笑一声，两人不好意思了。此时再看鬓间见白，面相庄重，一身警服显得有型，却不失和气的这位中年女警，倒让学员们好感倍增，毕竟她不像其他人那样一上来就一大套似懂非懂的理论唬人，这么和风细雨的，像邻居阿姨一样，亲切感浓浓的。

看完所有思想汇报，欧阳惠敏没再评价，说道："先看一段我剪辑出来的视频，随后我会提问。不必紧张，咱们就像唠家常一样说说，视频的内容是抢险救灾，相信你们应该听说过。"

她调试着手机，投屏，然后大屏上有点模糊的视频开始放了，那像素很低，乍一看像压缩到极致的老片。确实是老片，内容是二十多年前的抗洪场景，背景是主持人声情并茂的解说——

……因为连续的暴雨，不断上升的水位线，洪水最终还是越过了堤坝，来势凶猛地席卷了长江两岸的大面积土地……俗话说：福无双至，祸不单行。几乎是同一时间段，在我国的松花江和嫩江同样暴发了上百年来最严重的特大洪水，转眼间，无情的洪水席卷了大半个中国。在凶猛的洪水面前，不管是多么强大的事物都显得那么的渺小，人们的生命更像是蚂蚁一样脆弱……

在这一场百年不遇的洪水中，不知道多少家庭支离破碎，家人阴阳两隔，甚至葬身鱼腹，真的是天灾！突如其来的灾害面前，最先冲在最前面的是我们的人民子弟兵。洪水无情人有情，接到命令的部队火速投入到抗洪战斗中去。在前线有这样一个最为悲壮的口号：人在堤在！无数的解放军战士、武警部队官兵和公安民警，投入到抗洪的第一线……

军人、警察已不可辨，鲜艳的救生服在滔天的洪水里是最亮的一抹颜色，即便事过二十余年，依然看得人惊心动魄，那齐声的号子，那用身体组成的大坝，那些在洪水中拉着人墙救人的画面，一幕一幕看得此时在座的学员们热血奔涌。

护坝、保城、救人……画面定格在一位被救的孩子身上，他坐在大盆里，盆被顶在一位战士的头顶，另一位战士的背上，背着一个女人，女人和孩子拉着手，那样的场景在当时的灾区几乎处处都是。

停下来时，欧阳惠敏看着情绪有点激动的学员，出声道："接下来我会提问了。班长，你来说说感想吧。"

陈薇羽站起来，眼圈有点红，她说道："我想起了一句话，中国总是被他们最勇敢的人保护得很好，我希望成为勇敢者中的一员。"

"非常好。提醒一点，勇敢并不仅仅意味着荣耀，更多的是责任和牺牲。请坐。"欧阳惠敏道，看看一张张年轻的面孔，她点着名道，"肖景辰阳，你呢？你体弱，怎么也会坚决选择这条路？以你的资历可以有更好的选择。"

"我……我没想那么多。"肖景辰阳这个小瘦个子站起来了，看着屏幕，喃喃道，"反正就是挺感人的，我总觉得生活里太缺乏激情了。"

"你喜欢的虚拟世界我不懂，但我知道探索未知和好奇是你的原动力。不过我提醒你，可能这个职业更多时候会很枯燥。请坐。"欧阳惠敏踱着步，看向了左顾右盼的丰中华，点名道，"丰中华，说说你现在有什么感觉？"

"我很激动，我爸参加过抗洪抢险。如果再遇上的话，我也会报名的。"丰中华道。

欧阳惠敏笑笑赞道："我相信，你和郝昂扬都属于头脑一热就不管不顾的类型……大家别笑，我没有贬低你们的意思，这样的人有成为英雄的潜质。请坐。"

丰中华满眼感激，可能从没有得到过如此高的评价。连着几句点评，让学员们对欧阳惠敏的好感再增，大多数学员前期政审时就认识了她，此时再看，她的褒奖，她鼓励的眼神，还有她如沐春风的气息，让学员们已经从认识上升到亲近。

"马一鸣。"欧阳惠敏似乎是不经意地提到了这个名字。

马一鸣站起来了，像其他学员那样表述着："确实很激动，每一位有血性的人都会选择这样做，哪怕明知道可能会死亡……军人和警察冲在最前，是责任和义务，这个没有选择的余地，悲壮值得纪念，但并不值得效仿。"

隐隐有唱反调的意思，欧阳惠敏笑道："我还没问，你很特殊，我对你的问题，也很特殊。我的问题是，你猜一猜，我为什么要放这个视频？我要告诉大家什么？别说猜不着啊，会侮辱你二级心理咨询师的资格。"

没想到马缺德还是个心理咨询师，众学员诧异地看向马一鸣。

马一鸣思忖片刻道："挖掘内心感动，激发成长，形成对警察这个职业的初始心理认知模式，简而言之就是不断重复那些正能量的事迹，形成对一个受体的心理暗示，告诉你，警察就应该这样，应该这样……然后大家就慢慢成了一个样子。"

没错，这是政治教育的方式，可并没有人觉得有什么不对，那些过了几十年依然让人热泪盈眶的事迹，谁又能拒绝？

"你错了。"欧阳惠敏道。

"不可能错，你不可能给出另外的主题。"马一鸣笃定道。

"自信是好事，可过于自信就是自负了。"欧阳惠敏笑道，提示他，"请坐，坐下后可以回头看看你的舍友，答案就在你身边，你忽视了而已。"

马一鸣坐下，一愣，回头，然后所有人都回头了，意外地发现商利民在最后一排无声地流泪，他一把一把抹着泪，像痛到了极处似的，咬着嘴唇一直没发出声来。

"商利民同学，你能告诉大家原因吗？"欧阳惠敏轻声问。

"那……那个孩子，就是我。"商利民站起来，指着屏幕，一下子哭出声来。

一室学员愕然再看，都没想到这个。商利民抬袖抹着泪，伴着抽泣声说着："那年我六岁半，和妈妈、奶奶住在农村，洪水来时一下子就把村子给淹没了。我那时候还小，我听我妈妈说，她和奶奶把我放在盆里，然后和奶奶泡在洪水里一直哭，实在撑不下去了，想就这么死了算了，可就是舍不得我……我记不起更多了，就记得哪儿都是哭声，家没了，亲人没了，哪儿都是洪水，哪儿都是恐惧和绝望。后来天刚亮，那些解放军和警察叔叔来了，他们在村里、房顶上、树上、废墟里，背着、抱着、抬着，把幸存的人一个一个都救回来了，这个坐在盆里被救回来的，就是我……"

学员们没想到他们中有此事的亲历者，而且是被勇敢者救出来的人，是庆幸，感动还是其他？为什么心里多了一种奇怪的感觉却无可名状？

商利民抹了把泪继续道："……后来，我爸爸、妈妈、奶奶一直想找到当年救我的那位，可一直没有如愿，我奶奶直到去世还在念叨着这些把我们全家救出洪水的人，可那时候去救人的军人和警察太多，也许他们都记不起救了多少人，救了谁。"

他轻声说着，泪止住了，脸上浮现着悲伤之后的笑容。这位年纪稍大的从警商人沉声道："我知道我可能再没有机会找到他们说声'谢谢'，可我有机会成为他们，所以，我就来了……"

众人听入迷了，不知道谁带头鼓起掌来，跟着全员鼓掌。商利民正襟坐下，又站起来，鞠躬致意。

欧阳惠敏踱回到前排，眼神所向却是马一鸣，猜测错误的马一鸣有点尴尬，躲闪着欧阳惠敏的眼光。

"在政审时我听到了这个让我感动的故事，我找到了这段视频，可我没找到那些救人者，不知道他们是军人还是警察，不过我并不失望，因为被救者也将加入他们的行列……我其实并不会这么早地就准备给大家上什么思想政治教育课，因为你们还不是警察，还没有真正了解这个职业。借此机会，我坦诚地给你们讲讲大实话，刚才马一鸣同学说得不错，在我们这些领路人的想法里，肯定是想通过这种方式给大家心里播下一颗信仰的种子，但它将来究竟会长成什么样子，你们又会经历什么，我们却无法预料。"欧阳惠敏说着，进入角色了，也生动了，她像回忆一样，检视着自己几十年的从警经历，轻声道，"所以我选择不做任何说教，而是坦诚地告诉你们这个职业的真相。你们在未来的日子可能案牍劳形、平庸一生；可能披星戴月、奔波忙碌；可能经济拮据、穷困潦倒；可能生死一线，以血铭誓；甚至还可能背叛誓言、身负罪孽。这个职业靠信仰在支撑着，所以它和舒适、安逸、轻松、美好等都没有任何关系，如果要形容它，只能用'辛苦''忙碌''劳累''枯燥''危险'等这些字眼，这就是你们即将从事的职业——人民警察！"

她的话说完了，全场寂静，全员如芒在背，都挺直着腰杆坐得笔直，心里油然而生的肃穆仿佛要炸开头皮一般。

"接下来，我要宣布一件事。"寂静良久，潘渊明站起来，走到前台，扫视着全员，朗声道，"经政治处、督察处调查研究，为了让岗前集训人员尽快进入角色，决定即时起对2021届四队集训地进行封队，封队期间的纪律对照保密条例执行，有不服、不愿接受集训的学员可以申请退出，退出后交由政治处处理，可以放弃或者跟随下一期参加集训……就这些，执行吧！"

说罢，潘渊明面无表情地走了。欧阳惠敏看了几眼，也退出去了。

掩上门的严教官开始宣读封队集训纪律，那纪律头一条就把人听蒙了，不得使用通信工具、不得和外界联系，不得以任何理由请假，甚至连伙食也换成了盒饭，等等，足足十几条，这严格程度恐怕比隔壁的看守所也不遑多让。

这一刀砍得确实够狠，下楼准备上车走人的欧阳惠敏都有点心生歉意了。坐到车里的潘渊明小声赞了句："欧阳，你今天的政治课相当不错，我都有点被感动了。"

"替你这张黑脸做铺垫，只会让我感到羞愧。"欧阳惠敏道。

潘渊明笑了声，发动车子，随意道："最快教会一个人游泳的方式只有一种——把他踹水里。慈不掌兵，善不从警。不对他们狠点，他们会以为这个世界是温柔的。"

"别得意，准备迎接来自家属的诘难吧。我保证你这顶官帽扛不住。"欧阳惠敏道。

"能扛几天算几天，反正他们迟早要接受。"潘渊明道。

"咦，不对呀，潘处，你这么上心，不会还有其他目的吧？你做事的目的性一向都很明确，可我实在找不出你对这支特招队伍这么上心的用意呀。"欧阳惠敏疑惑道，越思忖越觉得不太对劲。滨海警务单位有数百之多，让保密处这位大员上心一个小小的集训队，实在不合理。她看着专心开车一言不发的潘渊明，脱口道："有事，绝对有事！"

"刚才你说这个职业特征的时候漏了一点。"潘渊明强调道，"不要多问。"

于是欧阳惠敏沉默了，再没有问。只是有一种不祥预感，而且这种不祥预感让她心里歉意更甚。

密谋与阳谋

封队训练进行了三天，这群乌合之众就快到极限了。

教官人数一下子增加了一倍，可能是为了给这支特殊集训队伍特别关照，连着三天来的都是不同的教官，两个特警队的，一个前武警队的，那浑身疙瘩腱子肉极具视觉冲击力，震慑得那群调皮捣蛋的个顶个老实了。再说训练，早操变成了五公里拉练，边跑还得边喊：五公里呀，我爱你。等五公里跑下来，一个个累得怕是对全世界无爱了。训练倒也能撑下来，受不了的是严管，哨岗居然加了两人，全戴白盔，那是督察的制服，就连教官看到他们也紧张。

如果说这些全部能受得了，那么伙食就真令人难以接受了。餐厅暂时取消，每日由专人在附近镇上订盒饭，就十块钱那种，估计量大还能打折，偶尔吃块肉上面可能还带着猪毛，吃的时候得特别小心，没准大米里还有沙子呢。

极其恶劣的待遇快把那天政治学习积累的感动消耗光了，看得出很多人都是咬着牙在坚持。精神世界再丰满，也架不住现实疲惫和劳累的提醒，怨声慢慢地开始发酵酝酿了。

这日上午，十几组正步队列训练完成，解散，学员们顾不上满身已经湿透的衣裤，四散开来，一部分奔向餐厅取水，一部分奔向公厕，休息时间只有十五分钟，谁拖拉一下都指定会被点名批评，现在练得都快成机器人了。

马一鸣要往餐厅去，不料郝昂扬一把拽着他往厕所跑，气得马一鸣骂着："老子要去喝口水，你拉老子去放水算怎么回事？"

"有事有事。"郝昂扬神神秘秘道。

马一鸣再挣扎，又有人挟持他了，丰中华小声说着："别让教官看见，有事找你商量。"

"哦哟，这快活回初中生年代了，干啥呀？"马一鸣无奈道。现在确实如此，公众场合不许说脏话，不许抽烟，宿舍查得更严，唯一还有隐私的地方就是这儿了——厕所。

就像穿越一样，果真重复了初中生蹲在厕所一起抽烟的景象，门口还派了阙骅和戈霆杰放哨。马一鸣、郝昂扬、丰中华挨着三个坑位，各自抽着烟。

无他，还是想搞点违禁品，烟和酒啦，特别是吃的，现在极度让人向往。丰中华都说了，那天的泔水要是没倒，他铁定得一个人全吃了，可见现在伙食差到什么程度了。

"不好办呀，兄弟，一天早中晚三次点名，上午、下午集训，晚上还有政治课，岗哨是督察，想出去不比越狱简单啊，被逮着那就难看了。"马一鸣抽着烟，很有条理地说出了困难。

郝昂扬翻着白眼："不难还找你？"

丰中华也挑唆着："全队就你像爷们儿，怂了？"

"这不是怂不怂的问题，对我们这些小地方的来说根本没感觉伙食有多差，比如乔小旦，他以前打工吃得还没现在好呢。比如我，我住了多少年寄宿，很负责任地告诉你们，人家这盒饭做得已经很良心了。也就你们大城市里的人毛病大。"马一鸣道，出身不同，看法自是迥异，这些艰苦对于吃过苦的，倒还真不算回事。

"我们真不行啊，吃的没啥油水，好几天拉不出来。"丰中华道。

戈霆杰在厕所门口还补充了句："现在我感觉我能啃头猪，骨头都不吐。"

"得得得，蹲在厕所呢讨论吃的，瞧你们那点出息。"马一鸣打断了，再抽一口，看看郝昂扬给的好烟。

郝昂扬赶紧告诉他："就剩半盒了，我们都舍不得抽。"

"我倒没那么馋，哟，要能喝两口就好了。"马一鸣道。

"对呀，如果能出去，这就不是个事，奶子提供卡，一切花销他包了。"丰中华道。

"别乱，我想想……我想想，通往南堡看守所只有一条路，咱们进队第一天经过的，最近的集市有九公里左右，四个站，沿路是菜地、鱼塘、花卉种植园，岛上人烟稀少，只有想办法走到集市才能解决……之前奶子说过给我的报酬是集训结束后，滨海世纪花园顶层一顿大餐加两瓶高级红酒，还算数吧？他怎么不来见我？"马一鸣问。

"他不差钱，你这么坑，他敢骗你？"郝昂扬道。

丰中华想起这事来，好奇问道："你对他做什么了？他为什么一提你的名字就一副幽怨的表情？"

马一鸣扑哧笑了，个中原委自己屏蔽了，且抽且享受着。在旁人看来，那微微的笑容，似乎真有点动心了……

此时集训地的现场视频，正实时在潘渊明面前的电脑上播放着，分了几个屏。四个队，百余人，这些学员已经有模有样了，丝毫不用怀疑，用不了多久，这些加入队伍的新人，会给各警务单位注入新的朝气和活力。

每年都有新来的，每年都有离开的，怀着各种目的来的，出于各种原因走的，从表面看是千人一面，可褪去那身制服，其实依然是千人千面。就如面前屏幕中的这些人，谁能预料得出，几年后会变成什么样子，或者几年后，还有没有现时的那份纯朴的梦想。

"笃笃——"一阵敲门声打断了他的思绪，凭着声音他猜测得出是谁，应声而进的人证实了他的猜测。欧阳惠敏进来了，潘渊明头也没抬地说道："安静点，上火容易伤身，你的步伐比平时快，心急了。"

"好吧，我不急……您这是？"欧阳惠敏压抑着性子，眼光落在桌面上时愣了下。学员档案分成了几摞，她随手翻看了下，没明白这种分类方式，再看屏幕，才发现潘渊明枯坐在保密处，居然在研究这个，她实在无法理解了。

"一支队伍最难达到的是默契，在现实中，可能十几个人的小单位，都存在不同的小团体，这是自然分类。在集训队也可以感觉得到，地域性、经济条件、个人性格、喜好，会很自然地让一个团体分成几个小团体，就比如南堡这支集训队伍，明显看得出本地和外地的区别，以刁乃春、郝昂扬、阙骅、丰中华这几位为代表的本地人士，有天然的优越感；以马一鸣、乔小旦为首的那拨是外地人，外来户自然低一头。如果以性格分类，也很简单。那种相对活泼的，不是上蹿下跳就是调皮捣蛋；相对不活泼的，都是各扫门前雪。一个集体只要把大多数人约束到循规蹈矩，基本就成了……但成了也未必就是什么好事，比如这里面像蒋韩颖、肖景辰阳这种话都不多说一句的，都成这个样子，其实团队也没存在的必要了，因为根本没有凝聚力可言。"潘渊明道。

原来是通过分类揣摩不同学员的个性，欧阳惠敏出声道："蒋韩颖是生物工程博士，肖景辰阳是网安拔尖人才，这种人才恰恰不能抹杀个性，将来他们得独当一面。"

"呵呵，警中引进的人才不少，最终都怎么样了？有点本事的最终都留不住，如果现在这个团队，将来这个平台，都没有什么让他们喜欢的东西，你觉得他们会一直穿着警服？"潘渊明以怪异的口吻反问。

这是个尖锐的问题，一下子把欧阳惠敏给刺痛了。每年流失的人才都不在少数，而从这里出去，会奇也怪哉地成为某些行业的抢手人才，信仰有时候碰上高薪，实在不堪一击。

"我还是没明白，你这样做又有什么意义？"欧阳惠敏转了话题问。

"我也不知道会发生什么，只是有一个模糊的想法，只有在困境中，只有在失去一切的困境中，他们之间才会更好地取长补短，这种互补才有可能让他们的关系由分裂走向融合。现在等于所有人的起跑线一致，如果不想掉队，不想输在起跑线，那他们总得做点什么吧？"潘渊明不确定地说道。

欧阳惠敏毫无征兆地呵呵笑了，潘渊明纳闷地看她，就见欧阳惠敏一副幸灾乐祸的表情道："您的推测验证了，确实做到了，我就是来请示您的。"

"怎么了？"潘渊明惊了下。

"曹韵梅、毕启航两位选择退出，现在已经在教官那儿了，教官电话征询该怎么办。"欧阳惠敏道。

潘渊明可能没预料到反应来得这么快，"啪唧"一拍额头，犯难了……

走的是两位平时闷声不响、并没有存在感的学员，但因为选择走，现在有存在感了。两人站在教官面前，门外、窗外，围拢着学员，你看我，我看你，对这个结果并不意外。

可能很多人都憋不住了，人群里笑声此起彼伏，有说士可杀不可辱的；有鼓动一起发难的；更多是边牢骚、边犹豫、边同情的吃瓜群众心态。教官忙着电话请示。这时候趴在窗上的马一鸣觉得有人拽他，回头看是陈薇羽，他愣了下，然后就被陈薇羽拽出人群。陈薇羽不容分说地对他说道："你鬼主意多，去劝劝。"

"我这思想这么危险，你让我去做思想工作？"马一鸣愣了。

"你不二级心理咨询师吗？对了……你不还看出刁乃春有几个爸吗？"陈薇羽小声道，估计是宋佳子那八婆传的。

马一鸣尴尬道："别提这茬，小心人家跟你急。"

"那不废话了，都是同学，帮下忙会死呀……再说你经常作死，还有什么你不敢做的？"陈薇羽拽着他，一招呼，沈筱燕也上来了，二话不说拉着马一鸣救场。

马一鸣怒道："你们把我摁被子里时咋没想到今天？真好意思啊！"

"换个说法是五大美女给你掖被子，有什么不好意思的？"宋佳子在后面推上了。

枯燥的生活难得有事，现在可能大家都发现马缺德老实好几天了，都鼓噪着把马一鸣给推进去了。

哎呀这乱添的，严武皱着眉头道："出去，又来添什么乱！"

"报告严教官，我想劝两位学员几句。"马一鸣严肃道。

严武正在等回信，这可愣住了。马一鸣催着："真走了，你脸上挂得住啊？我帮忙也错了？"

外面的陈薇羽给教官使着眼色，严武干咳了两声，悻悻离开。这事让他也进退两难了。

严教官一走，马一鸣到门口对一群人嚷着离远点，又一拉帘子，把这里变成隔绝的空间，回头大大咧咧地坐到了教官的位置，看着面前的两位。

世上有那种三棍打不出一个闷屁来的人，面前的呢就是一对，从进队开始，马一鸣都想不出这两人到底说过几句话，不过肯定是个位数。他开口道："坐下，告个别，只要你们坚持，肯定会如愿的。"

两人很奇怪，对于出身相近的马一鸣倒没更多的排斥。马一鸣起身搬来椅子，把毕启航摁到座位上，给曹韵梅放椅子时却不敢动手，客气道："我以前给你起了个'二傻'的外号，本来应该给你道个歉，但想起你参与过把我蒙被子里的事，扯平了啊，互不记恨。"

本来一脸愁苦的曹韵梅难得地笑了下，坐下了，轻声道："没什么，我从小就不太合群。"

"那这就是个合群的机会呀。说说为啥要离开这儿，这个万恶的地方已经让你没有任何留恋了吗？"马一鸣道。

也就马一鸣敢这么胡说，曹韵梅被逗得哭笑不得，咬了半天嘴唇才道："也不因为什么，就是觉得不舒服，吃苦我不怕，但我觉得有种被侮辱的感觉。"

"对，连伙食也下降了，我们刚才还在厕所商量怎么搞点吃的。"马一鸣道。

要是个吊儿郎当的被社会捶过几年的还能接受这境遇，怕的是像曹韵梅这种读书读到快三十岁的，一下子接受不了这种待遇。

曹韵梅一怔，这话好像哪儿不对劲。那头闷坐着的毕启航笑了，笑比哭还难看地问道："在厕所商量出来了吗？"

"没有……这不正想着呢嘛。老毕，你呢？不会也感觉被侮辱了吧？都没人跟你说话，侮辱什么呢？"马一鸣问。

毕启航苦着脸看看马一鸣，然后面色涨红，又憋了半天才说："现在我都累得快神经了，我觉得警察那活我可能真干不了。"

"哦，这样啊。"马一鸣端详着两位。显老，显得木讷，显得有点土的曹韵梅；显蠢，显得拘谨，显得有点老实的毕启航，让他油然而生一股子同情。片刻后他突然问道："曹姐，你家姐妹兄弟几个？"

"啊？你问这个……"曹韵梅愣了下，没说，以那表情传递的信息来看肯定不少。

"集训时间不过三个月，已经过了三分之一。三个月后就要发薪了，而且集训期间就有补助，错过了这个村，不管是再找工作还是再考，又得等很长时间了……"马一鸣看着曹韵梅那双粗大、关节有点变形的手，回忆起的却是小时候在派出所那些警察叔叔说话的方式。

无他，得说到她在乎的地方。

看到曹韵梅难色更甚，马一鸣小声道："你觉得被侮辱，那是因为你内向、敏感。我家里上两代都是警察，这个职业依靠各种方式压榨出人的极限能力很正常，你如果吃不了苦要走，我支持。但是如果是其他原因，我劝你再稍等等，只要学有所用，进了这个单位，肯定会有一席之地的，别看教官咋咋呼呼，过不了几天等你授衔了，他们见到你得敬礼，你到时候再呲回去不就行了。"

曹韵梅可能分不清真假，不过被马一鸣说得轻松了。

一转头，马一鸣一拍桌子，指着毕启航道："老毕，回头搬我宿舍，我教教你，做人不能太老实，就你这样，在学校的时候是不是人家欺负都懒得欺负你？人家女生瞅都不瞅你一眼？存在感不是用心感觉到的，而是用手争取到的……你这么离开换个活法，咋，就把性格换了？可我告诉你，穿上这身警服，性格绝对会变……你看教官，你看看门口那戴白盔的，瞅谁不是直眉瞪眼、苦大仇深？我教你一招，马上让你找到极大的满足感和存在感，而且让所有人对你刮目相看，你信不信？"

毕启航可能真是严重缺乏存在感，被马一鸣这么一忽悠，瞪大了眼睛。马一鸣招手，他不肯动，马一鸣干脆一转身，把他拽过去，附耳教了几句，然后正色说："你就这么牛一回，爽了，妥了，然后不管你走不走，信不信所有人都记得你老毕的大名？"

"还有你，曹姐，你将目睹他们被侮辱一回，来来来……老毕，你要不敢说我揍你啊，好容易考过国考你都不干了，还有什么不敢说的，来。"马一鸣拽着毕启航，上前噌地拉开了门，正在门口等着的严教官被吓了一跳。

那些学员期待地看着，只见得马一鸣不客气地说："严教官，人家根本不走，跟你开玩笑呢，是不是啊，老毕？"

"嗯，不走，开玩笑呢。"毕启航咬牙切齿，懦弱积郁的愤懑似有所倾泻。

众学员一愣，看这情形，哈哈笑翻了，严武苦着脸，尴尬得不知该说什么。马一鸣又回头道："曹姐虽然想走，可看在同学情谊的分上下不了决心。教官，虽然你不给我们面子，把我们扒拉得都快光屁股了，但我们还是给你面子……曹姐，表个态。"

"我，我还是……我。"曹韵梅嗫嚅着，有点紧张。马一鸣在前面使着眼色，几位女生上前连推带拉，曹韵梅顺水推舟，重回队伍了。

这光景把想走的毕启航也看乐了，不经意地抬眼和严教官互视，他突然发现，严教官似乎比他还紧张，掩饰似的喊了声"自由活动"，惹得学员们鼓噪着撒欢跑了，毕启航也趁机溜走了。

哟，还有一位呢。严武回头时，看到马一鸣坏笑地看着他，他气不自胜地叹了口气。

马一鸣凑上来说："严教官，您可以松一口气了，我可给您解决了一个大问题，谢谢都没有？"

"哦，谢……"严武脱口而出，马上刹车，瞪着马一鸣。

"那好，不用谢，表示表示怎么样？好歹午餐加个鸡腿呀！"马一鸣涎着脸提条件了。

"不是我不加，潘处盯着呢，这不就得磨磨你们的性子。"严教官为难道。

马一鸣眼珠一转，再说："这个长久不了啊，强度这么大，用不了几天还要有人退出。别以为这份工作谁都在乎，这里头考霸太多了，我这么渣都能考上，对他们来说是最简单的。"

"肯定不会那么长，集训都是一张一弛，这强度快赶上特警训练了。"严教官道。

"那伙食得提呀，强度这么大。"马一鸣一句接一句没完了。

"我提了，潘处说再熬几天……嗯？"严武突然发现不对劲了。马一鸣正笑吟吟地看着他，他都说不清怎么这几秒钟像进入迷糊状态一样，和学员说起不该说的事了。一醒过神来，他一拉脸端着架子，指着操场道："套什么近乎，去训练。"

"这么绝情，你等着，我明天申请退出，不干了。"马一鸣拍着屁股走了。

"我信你个鬼，今天要是你，我绝对关你禁闭。"严教官在背后恶狠狠道。

说者未必真这么想，听者也没当回事，马一鸣回头做着鬼脸笑，那一刻把严教官也逗笑了。他有种奇怪的感觉，仿佛两人不是师生，而是像同事一样，那种有默契的同事，不管损着骂着还是互怼着，都不影响彼此间那种信任的感觉。

信任？什么时候来的，居然没有感觉到就来了。他看到操场上扎堆的学员们，莫名地有点惊喜，不知道什么时候开始，那些原本各干其事、一盘散沙的学员，开始有扎堆的迹象了……

敢为众人先

屏幕里，重复播放着曹韵梅、毕启航两位学员先是去意已决，片刻后又回心转意的画面……

这是严武专程从南堡岛赶回来送的，原本传输个视频就行了，他实在想不通为什么还让他专程跑回来。当然，难得进一趟市区，来得倒也情愿，但回到局里他发现想错了，欧阳惠敏和潘渊明像找嫌疑人一样，看了一遍又一遍。

"有点可惜啊，居然没声音。"欧阳惠敏失望道。毕竟国家二级心理咨询师的资格没那么好考，怎么着三言两语就把人说服的，实在让她好奇。潘渊明埋怨道："我说严武，你干什么吃的，记录仪坏了都不送修？"

"潘处，我打几次报告了，后勤说又不是执法，凑合用得了，我能有什么办法？"严武委屈道。

各部门掉链子的事多着呢，说起来都是无奈。欧阳惠敏笑笑道："怨不着你，说说当时情况。"

"没什么情况，您还不知道，那小子有点邪，把我们关在门外，不知道灌了点什么迷魂汤，嘿，出门时那个不声不响的毕启航就龇牙瞪眼了。"严教官解释着，不过越解释恐怕越解释不清楚，他更不清楚的是，了解这种细节究竟有什么意义。

"别奇怪，作为资深思想政治工作者，我很好奇他是怎么说服人的。理论上，像曹韵梅和毕启航这种内向性格的人，往往还比较固执己见，给我两三天开导，我也能办到。但两三分钟是怎么办到的，我和潘处这不好奇嘛。"欧阳惠敏笑着道。

潘渊明走神了，不知所想。严武却在啰唆着："他从来都是一两句就能把人噎死。不过，我倒觉得这孩子品质不坏，恶作剧多了点，但真遇上情况，知道关心人，也能和同学打成一片……对了，欧阳处长，这么整下去可不行啊，训练强度太大，我看都快吃不消了，而且，光盒饭确实营养不够，那些大小伙快造反了。"

欧阳惠敏看向了潘渊明，叫了两声他才回过神来，嗯嗯几声又听一遍才回到现实，不过还是有官僚作风之嫌地劝慰道："做好思想工作，再坚持几天，越艰苦越能磨炼人的意志，有一天，他们会感激今天经历的一切，包括你这个教官……好了，你休息一天，明早赶回去。"

都下班了，还算休息一天？哭笑不得的严武被送走了。欧阳惠敏从办公楼出来，意外地发现潘渊明还在走神，在大院里踱过来踱过去。她轻轻走到左近，冷不丁说了句："我怀疑你在密谋什么事，但我没有证据，而且目标已经隐现。"

惊了下的潘渊明回头看看欧阳惠敏，自嘲道："能有什么事？扫黑除恶已近尾声，有点规模的团伙基本被咱们扫完了。"

"那我就更不明白你压榨这些学员潜能的用意了，已经快到不人道的水平了。"欧阳惠敏提醒道。

"有一天你会明白的，但不是现在。"潘渊明说了句，准备离开。欧阳惠敏包里的手机响了，一看是领导的电话，赶紧接起来，一听，直接说："哦，知道，知道，但这事我不清楚，潘处长就在我身边，我把电话给他，让他直接跟您讲。"

欧阳惠敏捂着电话，递给了潘渊明，潘渊明不悦地看着，接过来，副局长打来的，一开口就是语重心长："老潘呀，下班时间本来不能打扰你啊，这不有个小事，就当句闲话问问啊……南堡集训队到底怎么回事啊？怎么都封队了？学员对外联系都由教官统一回复……我知道，我可对集训没什么兴趣，这不，一个半大小子，就是我一个战友家的儿子今年入围国考了，家长几天联系不上儿子，这急得一天往我家里三趟地跑。这是集训营，不是进集中营，还玩消失怎么着……哎呀，家长还不是瞎操心嘛，说孩子在家连袜子都没洗过，胃又不好，担心不是……"

潘渊明诌了一通要集中培训，多队竞赛，所以采取封闭的瞎话，而且着重强调，请转告家长一定放心，孩子已经会洗袜子了，不但是袜子，估计衣服、裤子都会洗了。

挂了电话，欧阳惠敏在掩鼻偷着乐。潘渊明递过手机不悦道："你可学坏了啊，都知道让我挡箭了。"

"适可而止啊，现在还是电话，再过几天，估计要堵上门了，我们毕竟处在这个人情的社会，想做到太上之忘情，那是不可能的。"欧阳惠敏笑着走出单位，出门时回头看，潘渊明又恢复了来回踱步的那种焦虑状态，而她实在想不透，这焦虑究竟来自何处……

枯燥而简单的生活说起来有两个好处，第一个是专注，因为没啥可干的，所以不管干什么事都格外专注。第二是治病，比如曾经失眠的，现在是挨着枕头就睡；比如原来挑食的，现在吃什么都狼吞虎咽；甚至有点轻微神经衰弱、血压血糖高等毛病的，好像也都神奇地好了不少。

他不可能不好啊，每天早上五公里，上午操练队列、警体拳、器械，下午是体能加技能训练，再加上晚上还有一小时的政治思想学习课，基本结束后就累得不想动了，甚至连调皮捣蛋的劲儿都没了，原因自然容易理解：还是累的。

累呀，累得商利民和郑委趴在床上哼哼，一上一下，都是下巴磕在枕头上，一副生无可恋的样子。

郑委埋怨道："老商，你觉悟这么高，不能和我一样没出息啊，也喊累啊？"

"思想高尚，但我的身体很诚实啊。"商利民有气无力道。

"哎，当年救你的，我觉得不是警察，是解放军叔叔。"郑委道。

商利民问道："你咋知道？"

"因为现在警察形象在我的心里已经崩塌了，将来进单位要是都像潘老黑这么黑，我估计享年都到不了三十岁。"郑委哼哼道。

乔小旦说了："多练练就好，一周撑下来就身轻如燕了。"

两人看看乔小旦，那货居然还抓着床沿做俯卧撑呢，这么累还精力过剩真是少见。商利民羡慕道："哇，这身体真棒。"

"离我送外卖时差远了，我手机运动记录最多的时候一天八万步。"乔小旦说着，一只手撑着身体，一只手还能空出来比画了个八。

看得羡慕嫉妒恨的郑委恨恨地给了个评价："畜生，滚！"

门应声而开，进门的被吓了一跳，怔在当地，还以为是骂他呢，紧张地看着宿舍里的人。乔小旦见是毕启航，热情地问道："老毕，怎么了？"

"嗯，那个……那个……"毕启航没多大变化，说话像便秘，他似乎有难言之隐，干脆一开门，又拉进一个来，也是个说话像难产的，正是肖景辰阳。两人傻乎乎地看着屋里的三人，把三人看得也跟着犯傻了，不知道怎么回事。

"怎么了，说话呀？"乔小旦道。

"你俩去抓嫌疑人，嫌疑人肯定不能活着回来，知道为什么吗？"郑委道，"肯定被你俩急死了。"

商利民笑道："你们别催。老毕，你是来感谢的？"

"嗯。"毕启航道，不过马上又否认，"嗯不。"

"到底是嗯，还是嗯不？"乔小旦问。

毕启航却是看看马一鸣睡觉的那个铺，这回说话利索了，直接道："我找马哥。"

"等等。"郑委一骨碌爬起来了，拦着他道，"马哥在我们宿舍有绝对权威，领导的铺也是你能看的？"

"不是，马哥说……那个，让我来这个宿舍……睡，我就……"毕启航比画着。

肖景辰阳解释道："我跟他上下铺，他来就得我也来。"

"什么意思？来挤这个宿舍？"郑委没明白。

两人点点头，怔得本舍三位互视着弄不明白。

郑委好奇地问道："莫非你们是被谁感召到了，要入伙？"

猜对了，两人点点头。

郑委又问道："我们这里有人格最高尚的，也有人品最龌龊的，是哪位？"

"那位。"两人齐齐指着马一鸣的铺，最龌龊的那一位，不过好像睡着了，半天没声音。

乔小旦笑了，商利民有点难堪。这时候熄灯了，肖景辰阳顺手亮起电筒，毕启航叫了声"马哥"，突然，有人把他嘴捂上了。是郑委捂的。上铺那俩也跳下来了，有捂嘴的，有给他们做噤声手势的。此时传来学管走过的脚步声，两人被捂着嘴，直到学管走远。

这时候毕启航才看到，马一鸣的铺上只是被子团个样子，根本没人。肖景辰阳眼睛也睁大了，敢情这是又在作妖了。

"你们，你们干什么？"毕启航紧张之下，不蔫巴了。

肖景辰阳却异样地笑了，兴奋道："刺激，又不干好事了。"

"既然被你们发现了，就别想走了。"郑委扮着坏人的口吻。

乔小旦道："被发现的后果很严重，所以只能委屈二位了。"

"干什么啦？能算上我吗？我今天觉得好有成就感。"毕启航在黑暗里说话，一点也不打结。

另一位熄灭了电筒道："走什么走，贼船给我留个位置。"

两人倒不客气，坐到了马一鸣的床铺上，好像找到组织的那种兴奋和迫切，倒把几位舍友给搞蒙了。看来"学好三年，学坏三天"说得一点不假，都不知道马一鸣上午给毕启航灌了点什么药，晚上就急着要学坏呢……

时间一分一秒地流逝着，腕上的夜光表指示着已经过了二十三点。

另一间宿舍里，丰中华躺在铺上看着窗外。严教官未归，宿管早休息了，只看门不说话的督察每天熄灯后就没什么动静了，只有隔壁看守所的灯光亮着，偶尔探照灯扫过，亮如白昼。此情此景，像极了老电影里地下党穿越碉堡封锁线的场景。

而作为接应的后方人员，正等着前线的同志胜利归来呢，比如，丰中华就是，都梗得脖子疼了，还是没看到人回来。

等待的时候，下铺郝昂扬说话了："还没动静啊？"

"废话不是？"丰中华斥道，明显没有。

"我都支持不住了，我先睡了啊。"阙骅迷糊道。

"我说这要是把马缺德逮住，是不是得开了啊？"戈霆杰问。

"不至于吧，顶多处分下，反正他脸皮厚不在乎。"丰中华道。

"警队里有了污点，一辈子都别想上升了。"戈霆杰道。

"就马缺德那德行，他可能上去吗？"郝昂扬道。

哥几个全乐了，这一届最大的奇葩莫过于马一鸣，理论上职业前途恐怕应该被拉闸关灯一片黑暗了，偏偏那货还蹦跶得比谁都欢。

"哎，耗子，你说他家里真是警察吗？我咋看着不像啊。耗子，你爸不也是警察吗？你觉得他像吗？"戈霆杰笑得不瞌睡了，出声问郝昂扬。

郝昂扬想想道："像，像极了。"

"不可能。"丰中华驳斥道。

"像他妈黑警察。"郝昂扬道，惹得哥几个笑得睡意全无。

正笑着，冷不丁观望的丰中华嘘了声："情况出现了。"

几个人脑袋凑上窗口，却看不到什么。

丰中华小声说着："我看到远处有辆车停下了，这都两个小时了，按跑步速度也应该跑回来了……"正说着，墙上有影子晃动，像扔进什么东西来，跟着一个人影翻上墙，悄无声息地进院了。

"咦，我去，战术动作玩得很溜哦，这是抓捕贴靠的动作。"郝昂扬道，一眨眼，已经看不到黑影了。

那肯定是回来了。几个人顾不上穿衣服，齐齐往门口聚，脑袋排成一列。片刻后就看到马一鸣气喘吁吁地上楼，然后他的宿舍门早准备好了，一开，人闪身进去了。

几个宿舍早知道消息了，都眼巴巴等着呢。转眼那个宿舍门打开，嗖，一包东西扔过来，丰中华接住了；嗖，又一包扔过来，刁乃春接住了。嗖嗖传递着，无声无息地把事办完了，仅仅是声控灯亮了几下，然后又恢复了一片黑暗。

122 宿舍可是才热闹上。乔小旦展着被子遮着光，跑得浑身是汗的马一鸣撑开黑袋子，吃了数日盒饭的舍友闻到了肉香，登时心旷神怡。

天哪，烧鸡！郑委和商利民分了一只，狼吞虎咽地吃着，乔小旦抢了一只往嘴里塞着。毕启航和肖景辰阳看傻了，马一鸣咔嚓分了一只，递给两人一人一半，两人惊讶间都忘了接。

"你俩不是傻吧？不吃？"马一鸣怔了下。

还真不傻，两人同时伸手，兴冲冲地吧唧吧唧啃着，哪还有平时内向胆怯的样子。马一鸣遮着光，不解地问道："咋回事，你俩怎么在这儿？"

"马哥，上午你不是让我住你宿舍？"毕启航道。

马一鸣一想，看来人家当真了。再问肖景辰阳，肖景辰阳说：
"我现在知道得太多了，赶不走了。"

"好吧好吧，明天再说，吃完悄悄回去睡啊，别吭声……"马
一鸣安排着，自己却躺到了铺上，不经意打了个嗝，有人闻到一股
酒气。

郑委惊讶地说道："我去，你还喝了两口，我说怎么这么久！"

"呵呵，这就叫撑死胆大的，饿死胆小的。"马一鸣笑道，这一
趟估计真个是酒足肉饱，他心满意足地睡下了。

在封闭数日之后，一条运送物资的渠道神不知鬼不觉地走
通了……

穷则当思变

"老大，老大，你发现问题了没有？"

"什么？"

"看。"

晨练方罢，小憩的时间，宋佳子注意到了异样，提醒陈薇羽
看。陈薇羽顺着宋佳子的指向，看到操场上席地而坐的马一鸣，奇
怪的不是他，而是别人。丰中华、郝昂扬那俩活宝给马一鸣捏着肩
膀，表情极度谄媚，坐着的一伙男生，有意无意地把马一鸣围到中
央，隐隐间，那货已经有了不输教官的威信。

不，应该已经超过了，连毕启航、肖景辰阳那俩闷葫芦也凑上
去说话，就连公认最有节操的商利民，现在似乎也自甘堕落，和那
伙害虫为伴了。

"我也发现了，这两天好像不对劲。"计巧巧道，她觉得异样，却说不出细节来，又看向沈筱燕。

沈筱燕抹了把汗道："我倒没发现，不一直这样吗？"

"不对不对，肯定不对，刚开始他们跑半个小时，能嘴里不干不净地骂三十分钟，你们这两天听到了吗？"宋佳子想起来了，一想还真是，训练强度加大、伙食降低、管理过严，早让这帮男生牢骚满腹了，怎么着也不应该像是现在这样幸福美满的表情啊？

"哟，他们不会干什么了吧？"沈筱燕直观地判断道。

"肯定没干好事，谁去打探一下。"陈薇羽道。

几人眼光不约而同看向宋佳子，宋佳子紧张地摆手道："算了，别人我敢勾引，马缺德我绝对不敢，他一眼能看出刁乃春有好几个爸来，万一看出我有过好几个前男友那多难为情。"

姐妹几个噬笑了，连荤素不忌的宋佳子也能吓住，其他人就更不行了。

说到此处，沈筱燕问着计巧巧："二巧，你这老乡挺厉害的，还有啥隐藏技能？"

"那我怎么可能知道？以前就只见过，都没说过话，就知道打架挺凶的，他是我们学校好多男生崇拜的偶像。"计巧巧道。

"不会还是女生的梦中情人吧？"宋佳子接了句。

"嗯，那不至于，他顶多能梦中吓人，成不了梦中情人。"计巧巧道，惹得姐妹几个又笑了。

集合哨响，早餐时间到，学员集合完报数，奔向食堂，还是千篇一律的早餐，营养粥、鸡蛋饼，再加上巨难吃的干米饭配青菜，就像故意折磨人一样，你得鼓起百米冲刺的勇气才能克制住造反的味蕾，囫囵吞枣般地吃下去。

有了浪费被督察点名的前车之鉴，现在改观多了，十五分钟结束的早餐，桌面和地面干干净净，负责打扫的也成了自己轮班的学员们。不知不觉间这里确实改变了很多，只是改变的阵痛可能比想象中大。

这不，宋佳子按着肚子又在呻吟了，沈筱燕提醒她道："你别发牢骚，我以前训练时吃过这种营养饭，口味差点，但对于降低体脂、提升体能绝对有益。"

"不是，我有个错觉，好像住的不是集训班，而是减肥训练班，怎么每天都感觉饿呢？"宋佳子道。

"那就对了。"沈筱燕道，"训练就是得七分饱，而且你的消耗在加大，对身体有益无害。"

"那多少也给点啊，我们又不是当特种兵，至于这么残忍吗？"宋佳子牢骚着。

陈薇羽这次可是站在宋佳子一边了，她无奈道："好像都有点饿，真不知道上面是什么用意啊？"

用意可能猜不到，就是有点饿也只能忍着，只是不知道什么时候是个头，就难以忍受了。几位女生回宿舍上三楼，准备开始上午的训练，这之间也不过半个小时的时间，还得整理好内务。刚上二楼，后面有人喊了，转过楼梯角，看到是马一鸣，沈筱燕看到他上楼，出声提醒："嗨，马缺德，不许上女生宿舍，这是纪律。"

这是集训开始就立下的规矩，不过马一鸣根本没当回事似的且走且道："我缺德，我又不是缺爱，至于跑女生宿舍吗？等等，给你们说个事。"

马一鸣上了二楼，似乎拿着什么东西，鬼鬼祟祟的。三个女生戒备地防着马一鸣，生怕他使什么坏。

马一鸣嘿嘿笑着看向陈薇羽，陈薇羽皱着眉头警示道："你到底想干什么？"

"我想想。对了，空虚寂寞无聊，我还真有点缺爱，我求爱来了。"马一鸣看着陈薇羽，个子没她高，保持着仰视状态，两眼冒着小星星。

陈薇羽脸一红，沈筱燕和宋佳子相视一怔，然后咯咯直笑。

陈薇羽面红耳赤斥道："看我口型，GUN。"

一个"滚"字肯定吓不退马一鸣，马一鸣嘿嘿笑道："违纪了啊，不能说脏话……你可以不尊重我的人品和我这个人，但你不能不尊重我向你示爱的权利啊。"

"你是不是皮痒，真以为没人敢收拾你？"沈筱燕保驾了，捏着双手指节咯咯作响。

宋佳子乐得看马一鸣出糗，挖苦道："马一鸣，你不是学心理学的吗？猜测一下我们老大心里在说什么？"

"她在疑惑，有紧张、脸红，那说明她对我多少有点感觉……等等，别动手啊，你们敢动手我喊人了啊。"马一鸣不说还好，一说连陈薇羽也开始撸袖子。他退了一步，又开始耍无赖了。

沈筱燕指着他问道："你手里拿着什么？"

"嘘……礼物啊，看来被拒绝，送不出去了。"马一鸣手一撑，手里的黑袋子撑开了。沈筱燕和宋佳子眼睛一直，居然是只烧鸡，这可比大白天见了鬼还让她们惊讶，而且瞬间明白了为什么这几天男生们都怪怪的，好家伙，早吃上好的了。

"哟，看来你们品德高尚，确实不接受啊。"马一鸣说着往回收。

沈筱燕急着说："不许动。"

宋佳子不客气地一把抢了，喜滋滋地道："接受，接受，谁说不接受了？"

"送给班长求爱的礼物，不是送给你的。"马一鸣道。

"我替她答应了，礼物收下了。"宋佳子一把抢走，兴奋地拽着沈筱燕往楼上跑。

陈薇羽知道马一鸣是故意的，虽然窃喜，可心里还是免不了惴惴不安，走了几步伸出脑袋问道："嗨，马一鸣。"

"怎么了？"

"你不是偷的吧？"

"偷上鸡我也不会做呀，买的。"

"那多少钱，我回头给你。"

"不用，不是我的钱。"

"那谁的，我得给人家，不能白吃啊。"

"我讹刁乃春的，嘿嘿，不用还……"

人走了，留下一楼道奸笑，就连陈薇羽也被逗乐了。估计那位土豪被马一鸣捉弄得不轻。她心里忐忑地回了宿舍，正想着跟姐妹们警示下别把今天的事当笑话说，却不料进门发现自己多虑了，舍友几位早把烧鸡分成了四份，一个个嚼得眉开眼笑，那光景应该对马缺德已经尽释前嫌，恐怕巴不得他天天这么着来求爱呢……

一只烧鸡似乎消融了隔阂，上午的训练又多了几位美滋滋的新成员，此时陈薇羽仔细打量了下，才发现不少男生都给她心领神会的一笑，那偷摸窃喜的样子，怕是把她们当成一起分过赃的同伙了。

不管怎么说，这事毕竟是违反纪律的，依然让陈薇羽心里有点惴惴难安。到训练休息间隙，又见那些人围着马一鸣献殷勤，她们姐妹几个一商量，径直朝男生扎堆的地方凑上去了。这算是开训以来头一回男女混合，男生接待得相当隆重，丰中华上来迎接着，郝昂扬脱了作训服给铺在草坪上，两列男学员施以绅士礼，那笑容殷勤得宋佳子一阵恶寒，浑身颤着感慨："有种进贼窝的感觉啊！"

"哦，基本都知道了，就瞒着我们啊。"陈薇羽把郝昂扬的衣服拿走，大大方方地坐下，为自己的后知后觉有点小郁闷。她回头看见平时闷声不吭的曹韵梅和蒋韩颖，居然也笑着招手，这下让她更失望了，估计那两下水比她们还早。

"这个不重要，就问你烧鸡香不香？"马一鸣问。

郝昂扬补充着："那可是马哥连夜狂奔九公里，在界排镇上买回来的。我们都舍不得吃，给你们留的。"

"就是，其实大家心里都想着你们呢。"丰中华道。

陈薇羽觉得哪儿不对劲，沈筱燕抢白道："快算了吧啊，你们吃剩下的吧？还给我们留的，肯定不是第一天了。"

"就是啊，怪不得你们每天喜滋滋的。"计巧巧道。

郑委大腿一拍，无语道："看看，告诉你们不能拉她们入伙，这吃了都不领情。"

"小声点，吃什么吃了？"乔小旦急得捂郑委的嘴。众男生齐齐埋怨，直接踹上郑委这个漏嘴的。陈薇羽一举手打断道："停停……有话直说，有那什么快放，别拐弯抹角啊。"

"哎哟，这才对嘛，有领导风范，霸气。"丰中华赞道。

"有这么形容美女的吗？这叫飒气，飒爽的飒。"郝昂扬道。

一群男生围着，小声嘀咕，几句正话陈薇羽听明白了，他们正在酝酿大事件呢。

什么呢？罢训，罢课，罢灶！

这想法吓得陈薇羽一哆嗦，紧张地看着马一鸣，这货又作死作出新高度了，要带领全队作死了。她斥道："马缺德，你害自己就行了，这是准备……把大伙一起害喽？"

"我还没那本事，咱辩辩，你说有啥不对？"马一鸣问。

"警察以服从命令为天职，我们做的是一切服从，有点小动作小瑕疵可以忽略不计，但你带上全队公开叫板，那就不是和潘处长一个人过不去的问题了。"陈薇羽道。

沈筱燕劝着："这个严重了，不能干，会被当坏典型处理的。"

"你们太老实了，我告诉你们，这里面刻意的成分太大，训练强度加大，我没意见；经费紧张导致伙食质量下降，我也没有意见；但正常的伙食应该匹配你训练消耗的热量……肖黑过来，计算一下。"马一鸣嚷着。

名字太长，马一鸣直接叫"肖黑"，人群里的肖景辰阳得令，出来迅速报着计算结果，从早上跑五公里消耗多少，加上下午警体拳训练、器械训练累计消耗多少。每天的热量摄入，算来算去，居然大大低于消耗，所以得出一个总结：这绝对是掺杂了某些人个人意志的拍脑袋决定，肯定与正常的训练方案是背道而驰的。

简单讲，还是某些人故意在整他们。

这结果听得宋佳子哑然失笑了，指着马一鸣道："说来说去说到根上，还是你把大伙连累了。我是有教训了啊，千万别乱争取权利，否则你所有权利都可能被剥夺。"

"啧，你现在还有权利可供剥夺吗？"马一鸣回怼一句。

宋佳子醍醐灌顶道："对呀，好像也没权利了啊。"

她征询陈薇羽，陈薇羽却纳闷地看着肖景辰阳。一直以来这位都是个木讷的形象，这是大部分码农的通病，还真没发现居然也有叛逆的一面。

宋佳子拽了她几下，陈薇羽下意识摇摇头："绝对不行，这头谁也不能带，不但不能带头，而且不能干。"

"以我的经验，不能把事情搞大，否则麻烦的是咱们，总不能因为几个没入警的学员，去处分一个大处长吧？哪怕他有什么做得欠考虑的地方。"沈筱燕道，毕竟是进过体制的人，有那种体会，很多事的度不好把握。

"哎呀，我们叫你'二锤'有点欠考虑了。"马一鸣道。

"你收回去自用来得及啊。"沈筱燕戗了句。

不料马一鸣不是感慨她聪明，而是摇摇头道："我的意思是，你们四个都能叫'二锤'，又二又不开窍。我们罗列数据、共同商量的意思，不是马上要集体罢课、罢训、罢灶，而是要提一个意见和建议，让教官看到我们有罢课、罢训、罢灶的苗头。"

嗯？陈薇羽惊醒了。马一鸣的行事风格又阴又损，确实不可能这么刚烈。看到男生们一个个窃喜的样子，她瞬间反应过来了，直接问道："你不是真想搞事，只是想搞点事吸引教官他们的注意力吧？"

马一鸣兴奋得啪唧一拍巴掌，跟兄弟们说："看看，一点就透，以后班长是咱们当家的了啊。"

"嗨，我还没答应呢。"陈薇羽急得站起来了。

"群众呼声这么高，你不答应，会失去群众基础的。"马一鸣笑道。

预谋，这是有预谋的，陈薇羽看着围着她的众学员，知道自己已经不知不觉成了被赶上架的鸭子了，想拒绝都没机会的那种……

电话急促响起的时候，眼皮正一直乱跳的欧阳惠敏正在市局餐厅吃午饭，一听情况马上奔出了餐厅，且走且道："小严，你别急，慢慢说。"

"欧阳主任，现在学员都把我们围住了，意见拿了一大堆，我是劝都劝不住啊……连督察都被他们围住了，您说我怎么解释啊？"

"不管你怎么解释，不要激化矛盾啊，估计是训练强度大有点抵触情绪，你稳住大家，我和潘处汇报一下。"

"那您快点，我这儿快支持不住了。"

一个急电把欧阳惠敏惊得吃不下饭了，挂了电话马上联系着潘渊明，可不巧的是，潘渊明的手机居然处在关机状态，把她给急得如热锅上的蚂蚁来回转悠，最后实在放心不下，干脆驱车直驶南堡集训基地。

此时在教官室，十几位学员正围着严教官。严武拿着一堆意见书安抚着："同学们，同学们，大家安静一下，我已经上报了，很快就会有回音。"

"严教官，一定得给我们一个解决方案啊，我每天训练饿得都两眼冒星星，我不怕训练强度大，可您不能不让我吃啊！"郝昂扬嚷着。

"谁不让你吃了？"严教官气道。

"就一个盒饭能吃饱吗？其他队的伙食绝对比我们的好，都是集训，不能搞双标啊。"郝昂扬道。

"好好，你的意见我反映了。"严教官败退了。

"教官，严格管理没错，但不能太限制活动了，我建议把早操放出去跑，这没错吧？"

"教官，今天中午那盒饭里有头发，供应商谁找的？有黑幕吧？"

"教官，我要对思想政治课提意见，单纯的说教已经太过时了，滨海有很多红色教育基地，为什么不带我们参观一下？"

"教官，训练对我们太小儿科了，我们要实战……"

"教官……"

众人七嘴八舌，炸得严武脑袋嗡嗡直响，他求助似的看向陈薇羽。

陈薇羽严肃道："严教官，现在学员的学习热情高涨，有些意见还是挺有道理的。"

"我没说没道理呀，可这是……"严武总觉得不对劲，伸脖子瞅瞅，连门口岗哨处也围了几个人，总不能一个午休时间，莫名其妙集体爆发了吧。

他一伸脖子，陈薇羽赶紧往他面前一堵道："既然有道理，我觉得就应该接受，能改的就改改，我们这个集训队身体条件差距大，这样的强度对于部分人过大，但对于另一部分人却还不够。"

"我知道，但是……"

"还有伙食，应该改进一下，女生的吃不了，男生的不够吃，每个人定量一份，太不合理了。"陈薇羽又道，快编不下去了。

教官要往外走，又被众学员给围回原地了，看来大有意见不解决就不罢手的意思……

真相呢？

此时在门岗旁边的刁乃春一侧头就可以看得清清楚楚，这几人围着督察，死乞白赖地提意见，包括探视、早操到操场外大自然中跑、给一定自由活动时间等。不过话等于白说了，那两位督察眼皮都没抬一下，偶尔抬一下，也是翻着白眼瞄瞄，又保持原姿势了。

这边僵持间，戏外的活动在紧锣密鼓地操办着。墙外有人嗖嗖嗖地扔包裹，墙里噌噌噌地接着，抱在怀里就往宿舍跑。这段时间训练效果绝对是显著的，戈霆杰、马一鸣，包括肖景辰阳那小个子，抱着几个包裹弓着腰都能跑出百米冲刺的速度。眼看着最后一人消失在宿舍门口，刁乃春拍着巴掌示意和督察求情的两人道："要不算了吧，督察叔叔也是执行命令。"

看到刁乃春的表情，纠缠的两位一摆手，结束。这时候可把督察看愣了，奇怪地出声问道："怎么已经没耐心了啊？"

"有耐心有用吗？"刁乃春问。

"没用。"督察保持着面无表情。

"谢谢，打扰了。"刁乃春道。几位学员随即离开。那一点都不失落的表情，倒是把两位督察搞得失落不已。

更失落的是严教官，正准备和大家好好解释，谁料陈薇羽学着他的样子"啪啪啪"一拍手示意道："同学们安静一下，现在到午休时间了，大家都回去休息吧。大家提的意见和建议，我相信组织上会给我们一个满意的答案，我们得相信教官，好不好？"

一声起哄似的"好"，然后一群人像解散一样回宿舍去了，把严教官看得一愣一愣的，这雷声够大，雨点也忒小了点吧？咦？教官突然想起了个更大的问题来，咋不见回回闹事都在的马一鸣呢？他有点茫然无措，开始从头捋到底是怎么回事。

可是已经来不及了，事情已经急速向结束的方向发展，分拆了的包裹被再次分开，各宿舍代表从 122 出来都是衣服里裹着一包东西喜滋滋地跑了。宋佳子不是自己出来的，而是被郑委和马一鸣推出来的，她抢得太多，把那几位抢心疼了。她乐滋滋地以捧着孕肚似的姿势奔着回了三楼，回到宿舍兴冲冲地往铺上一倒，哦哟，火腿肠、板鸭、巧克力、奶糖等一大堆东西，看得几位女生两眼放光，个个兴奋地拍手跺脚。

幸福啊，那幸福的笑容洋溢在学员们的脸上，连带着下午训练也特别带劲，把严教官看得忐忑了一下午，愣是蒙在鼓里不知道怎么回事……

第三章

马一鸣助队友解难题

旧貌换新颜

时间慌慌张张地过了一周，就像一周前欧阳惠敏慌慌张张去南堡，半路却接到电话说没事了，之后又接到潘渊明的电话让她折回来，再然后就没有然后了。欧阳惠敏提心吊胆了一周，偏偏还就什么事都没发生，那群少爷公主奇怪地再没生事。

她坐在车里抬腕看看时间，又看看手机微信，南堡集训队已经出发一个多小时，快到了。几个集训队在共青团森林公园集结，每年一度的新人拉力赛今天上午将在那里拉开帷幕，市局指派的总裁判是潘渊明，以往这种事都是由政治处或者办公室的人出任裁判角色，难得见到督察兼保密二处的领导上心，她一度怀疑潘处长别有居心，可随着时间的推移，又开始怀疑自己多虑了。

兴许就是一时技痒想练练吧，毕竟潘处长也搞过警察教育，目前政治处以及各分局、大队的骨干，很多都是潘处长的徒弟。

正想着，潘渊明自市局办公大楼里出来了，他快步上车，关门即走。驾车的欧阳惠敏说出心里的疑惑："上次集体提意见最终怎么回事啊？"

"哪次？"潘渊明问。

"一周前，严武汇报的。"

"不没事了吗？你纳闷什么？"

"有事我就不纳闷，没事，我还真纳闷了，这都一周了，奇怪。"

"奇怪什么？"

"您不觉得奇怪吗？以那群小家伙的性子，居然没造反。嗯，看不懂了。"

"呵呵，看看，现在老实了，你倒失望了。"

"你倒不一样啊，怎么老实了，你反而轻松了……不对不对，这不是你的风格，你一贯不喜欢循规蹈矩的手下，你带出来的徒弟和你差不多，浑身没有不长刺的地方。"

"呵呵，今天是见证奇迹的时刻，你信不，会让他们自己都大跌眼镜的。"

"不垫底就不错了，还奇迹。"

欧阳惠敏没当回事，每次集训到中途都有这样的比赛，目的就是营造比学赶超的氛围，但其他三个队的队员大部分都是从事辅警工作的，或者本身就是公安类院校毕业的，在这方面，普招生处于天然的劣势。

潘渊明没再解释，接了个电话，是现场布置已经完成的汇报。

两人匆匆赶往现场，各队抽调的数辆警车已经到位，还有人埋怨工作多忙呢，陪这群菜鸟真没啥意思。潘渊明听到后，直接朝那警察屁股踹了一脚，估计是潘渊明的徒弟，那人嬉皮笑脸地叫着"师父"跑开了。

运送各队学员的大巴陆续到场，带队的教官列队等候，一个月的时间已经初见成效，那些松松垮垮的风气已经一扫而空。欧阳惠敏看得都有点眼热，刚要说话，潘渊明却不见了，南堡集训队到场了，他倒先登上了车。

好久没见着潘处长这张凶相黑脸了，特别是今天穿警服的样子，看起来更凶。他像寻仇一样看着南堡集训队这群学员，半晌才问了句："严武，没人偷懒缺席吧？"

"报告潘处长，应到三十人，实到三十人，全勤。"严武汇报道。

"坐下坐下，我说两句话。今天是集训成绩半考核，考核的不仅是你们，还有你们的教官，其他各队都是公安院校毕业，或者有从警经历的人员，我就不期待你们跟人家争什么名次了，不要输得让你们的教官太难看就行了……马一鸣，刁乃春，瞪什么眼，不服气啊？"

刁乃春赶紧否认，马一鸣却是撇着嘴，鼻子哼了哼。

"严武，一会儿跑完就把人收拢起来早点走啊，别颁奖的时候难看……你看你干了点什么啊？一个一个像老弱病残一样，看着都来气……下车。"潘渊明背着手先走了。

"太门缝里看人了啊！"

"决不能忍。"

"不就是跑个步吗？至于这么侮辱加伤害咱们纯洁的小心灵吗？"

"他是故意打击咱们。"

"看看，又是双标。"

学员们下车后窃窃私语，看到潘渊明笑吟吟地和另外几队的教官打招呼，还喜出望外地和那些队的学员攀谈几句，相比对南堡队的不屑一顾，实在让人心里有气。就连最有度量的陈薇羽都咬牙切齿迸出两个字："过分！"

"二锤，给他们点颜色看看。"宋佳子道。

"放心吧，我没发现哪个能当我对手的。"沈筱燕做着热身动作。

计巧巧和陈薇羽忙碌起来了，穿插在队伍里给学员们贴着胸前和背后的号牌，本集体还是有几个种子选手的，她们拽着郝昂扬的领子给了一拳头，训着："耗子，看你了啊，拿出你偷运物资的速度来！"拉着丰中华又来了拳："看你了啊华子，拿出你抢着吃的速度来！"

到了刁乃春面前，刁乃春不屑道："不用激励我，我跑过马拉松。"

这个帅，巧巧和班长给了一个大大的鼓励。

不知不觉间，共同应对物资奇缺的经历让他们已经拧成一股绳了，但遇上今天这情况，也就这几位选手能行，剩下的就有点拉胯了。肖景辰阳和毕启航苦着脸说了："我们真不行啊，面试时体能测试都没过。"这个没治，陈薇羽只能说："尽量往前跑，前十有积分，前二十有半积分，最终决胜是看团体成绩。"

两人诺诺应着，再看其他几队那整齐划一的队列，确实有点心悬。要准备出发时，陈薇羽想起什么来，转身走到了蓄势待发的马一鸣面前，小声说："你体能不错，有机会拿名次一定要拿啊。"

"要拿你就上当了，潘老黑的目的就是刺激大家，检验一下封队集训的效果。"马一鸣轻松道。

"那怎么着？故意放水，咱们有那实力？"陈薇羽剜了他一眼。

"现在是两眼一抹黑，互不知道对方实力，只能走着瞧了。"马一鸣道。

"那要有机会，你拿不？"陈薇羽期待地问。

"怎么可能不拿？我这么爱出风头……不对，得说有集体主义精神的人。"马一鸣奇也怪哉道，不过转眼又萎了，"就怕拿不上啊，咱们队里这几个牲口我都追不上，保不齐其他队也有这样的啊。"

"你绝对行，看好你啊。"陈薇羽给了个鼓励，小手握拳重重捶了马一鸣胸前两下。马一鸣做痛苦状刚揉了下，陈薇羽不客气地道："扭捏什么呀，好像你有胸似的？"

哎呀，女人这仇记的。马一鸣捂脸难堪了，左近学员又是本届流行的起哄方式：KO，一万点暴击！还有更甚的，几只手摸上来了，齐齐向班长汇报：他确实没胸。

打闹间，集合哨响了，四个方列沿着环园观光公路排开。主持人大声宣读着计分标准，一到十名分别 10 到 1 的计分，十至二十名计 0.5 分，比较人性化的是，如果身体扛不住，可以中途下场退出比赛，但又很不友好地加上了一条——每中途退出一人，扣相应队伍 1 分。

"砰——"发令枪响，参赛的百余人队伍"哗"的一声跑出去了。

"来来来，教练都上我的车，我们反向直接到终点。"

潘渊明招着手，四个队的教练都挤上了一辆加长面包式警车，他亲自驾着车，跟这几位糙爷们儿聊着。除了南堡集训队，还有设在滨江警体训练馆的一队、滨南训练场的二队，以及原特警训练基地的三队，话主要是对这三个队说的。那三位教官听得好像潘处对南堡集训队期待很高，这就有点不服了，都诧异地看着严武。

"哎，我好像听说了，严教官您那队里出人才啊，训练攻防时把潘处给打了？"一位教官小心翼翼道。

严武尴尬未应，又一位教官向潘渊明道："潘处，咱们练的是团队协作，您要说出一两个妖孽我信，您要说集体他们能赢，那我们就不服了，对不对啊？"

众人应是，潘渊明笑道："看结果吧，不出意外的话，应该和你们旗鼓相当，如果出点意外的话，你们仨的老脸，就得搁地上给摩擦摩擦了。不要老跟我来'现在的年轻人缺乏信仰，没有组织纪律'这一说，来当警察的，多多少少身上都有理想主义的因素，你们要做的，是激发他们的精神动力，而不是填鸭似的教给他们那些警务常识。"

开始训话了，几位教官互做着鬼脸，政治课无处不在，但之于他们，更愿意用事实说话，于是都对即将来临的结果无比期待了……

两公里外，体能的差距就显现出来了。体能好的已经调匀呼吸，适应节奏了；体能差的，已经开始喘不上气来了。在队伍后面的毕启航神奇地发现，自己居然不是垫底的，肖景辰阳喘着气感慨了句："亏得这几天被逼着跑五公里，看来咱们不是最差的。"

两人并肩跑着，又超越了两位女生，哎呀，好有成就感。

再往前，跑得已经额头见汗的郑委步子刚慢，就有人在他屁股上踹了一脚。回头一看是乔小旦，郑委气得骂道："你不往前跑，踢我干吗？"

乔小旦吹着口哨，调皮似的倒过来跑，边跑边喊着："兄弟们，号子喊起来。五公里呀，我爱你呀。"

有人在附和了："天天跑啊，身体好哇。"

又有人在附和："一天不跑，想死你哇。"

前面的人在喊："后面的兄弟，快点跑啊。"

后面的人在应："前面的兄弟，等等我啊。"

开着车巡视的裁判队被整齐的喊声给逗乐了，这是一开始流行于军队，之后消防和武警官兵常喊的号子，不料在这届菜鸟警员嘴里喊出来，而且加上女声，别提多悦耳了。连巡检都被勾起兴趣来了，伸出脑袋问道："喊号子的，你们哪个队的？"

"南堡四队。"有人喊了。

"一鸣惊人的队。"有人补充。

这光景还有心思开玩笑，那些巡检乐了，把这一幕摄到了镜头里。

此时已经接近中途，体能优劣已经分得很清了，前面的占五分之一，已经拉开了距离，中间的一大拨，速度在放缓，后面那一拨占一小部分，一个个跑得气喘吁吁，表情生无可恋，估计能跑下全程就不错了，跟在队尾的巡检唯一的任务就是把坚持不下去的给带上车。

已经有数人掉队了，肖景辰阳羡慕地回头看了眼那些上车的，毕启航喘着气道："想……想也别想。"

"哎呀……我不行了。"肖景辰阳步履踉跄。

"出……出局……回去得被他们笑话死。"毕启航拽着肖景辰阳，现在他有在乎的事了。

肖景辰阳喘着，上气不接下气地说："出……出出……我快喘不上气来了。"

前面跑着的郑委回头看了眼说："快，那货不行了，不能让他掉队扣分。"

掉队扣分就会输得太难看，只怕要在现在的待遇上雪上加霜，这是刚才集体已经商议好的。落在队后的戈霆杰、阙骅干脆停了片刻，郑委急中生智解下腰带，两人一手一端，直接往肖景辰阳背后一带，肖景辰阳屁股一轻，速度登时起来了。毕启航看这办法不错，解了自己的腰带伸给戈霆杰道："嗨，拉兄弟一把。"

"老毕，你要不要脸？连郑委都不如，你追上我，我就拉你。"戈霆杰刺激道。

郑委怒斥道："不要侮辱本直男，老毕过来，我拉你。"

还真别说，怒气也算一种气势。郑委一手拽一手拉，这几个愣是没掉队，艰难地跑着，离终点越来越近了。

此时，终点计分员已经远远看到了即将出现的第一名，是二队的一位种子选手，二队的教官脸上刚一喜，眼睛就瞪大了，领先者的背后出现两位突然加速的，他急切地喊着："快快快，后面追上来了。"

那位种子选手加速，再加速，已经接近强弩之末，后面那两位一男一女，越追越近。欧阳惠敏看得意外惊喜，她看到刁乃春并不意外，意外的是几乎和刁乃春并肩的沈筱燕，她要拿女子第一不意外，但跑到全体前三就很让人意外了。

最后的冲刺最累，几乎都接近体力极限，二队的这位种子选手最终还是撞过了线，不过累得一头栽倒。他刚倒，后面两位就冲过了线，那两位的状态却是还好，看得扶起第一名的巡检们大眼瞪小眼的，估计是觉得这位女生的体力太过逆天了。

第四、第五冲过了线，第五是乔小旦，跑过终点时有点懊丧，似乎没发挥出应有水平。

第六是一队的，第七、第八、第九，郝昂扬、丰中华、马一鸣扎堆过来了。此时四位教官大眼瞪小眼，胜负已分，前十里，四队十席独占其六，积分上遥遥领先了，而且看这几个身体素质是相当不错，刚下场又往回跑了几十米远，在边上走着喊着给本队的学员加油呢。

"告诉我，你现在的想法。"背后声音响起，正发怔地看着这个结果的欧阳惠敏回头，看到了笑眯眯的潘渊明。

她活动了一下僵硬的表情，回忆似的说着："你在问封队集训效果？"

"我就不信，你只看到了这个。"潘渊明笑着道。

是啊，肯定不止。相对于成绩，更让欧阳惠敏惊讶的是这个团队从里到外的变化。视线里，刚跑完的蒋韩颖被刁乃春和班长陈薇羽搀走了；那几个精力过剩调皮捣蛋的正在离终点几十米的地方督战，催着嚷着本队的学员。当看到被两人拉着拖着的肖景辰阳和毕启航时，欧阳惠敏有点动容了，这可是两位性格孤僻的学员，现在看，哪还有孤僻的样子。

"到底发生了什么？"欧阳惠敏纳闷道。相比四队高昂的气势，其他几队可有点垂头丧气了，更别提那三个队的教官，现在脸都绿了，见鬼似的围着严武在追问什么。

"你该承认，你不但没有看出发生了什么，而且也没有看清每个人。"潘渊明道。

"洗耳恭听，希望潘处不吝赐教。"欧阳惠敏尴尬地笑了。

"我们的差别在于，你看背景、看学历、看家庭出身，而我不一样，我只看人。你曾经说这个集训队伍有几个难点，什么学历高、出身优渥、个性强，等等，在我看来恰恰都是优点，既然有这么好的自身条件，还选择警察这个职业，那说明他们可能和其他人不一样，理想主义的成分更多一点。"潘渊明道。

"所以给他们压力，激发斗志？压力越大，动力越强？"欧阳惠敏回道，但似乎并不全面。

"不光给压力，我可是秒之、欺之、辱之、贱之、恶之全干了，刚来在车上还恶心了他们一出，要不憋口气给我个好看，都对不起我这么费心，哈哈。"潘渊明难得爽朗地笑了。

这一场比赛确实给了整个集训队一个意外之喜。统招时南堡四队本身就是垫底的，而且所有人都以为体力是他们的弱项，可谁知四队拿了双料第一，全组独占前十的六席，女子六名，有三人进入女子前十，而且最难能可贵的是，他们还是四个队唯一一支没有中途放弃的队员的队伍，三十名学员全部跑完全程。

成绩一出，连市局领导也惊动了，丁长河局长叫停了本该现场发奖的仪式，匆匆赶来，要亲自为这支特殊队伍颁奖。

杯酒泯恩仇

被压抑得太狠了，一下子扬眉吐气得从学员到教官都有点吃不住劲了。

先是比赛完，市局丁长河局长专程到现场颁奖。比赛结束返回时，另外三个队临时起意，全来南堡参观了。封队极其严苛的各种要求，比如内务，比如餐厅，比如环境卫生，恰好给了其他队一个极好的模板。不光这些，队列队形整然有序，警务常识询问更是对答如流，直接把其他几队看傻眼了。特别节目还安排了一个警体拳多组对抗，参观学员不明就里，被严教官刻意安排的对抗组合给放翻了几对，更让人大跌眼镜的是，沈筱燕一人单挑了俩，直接都给踢趴下了。

接下来是座谈，班长陈薇羽应邀作了个简单的经验介绍，说什么怎么怎么锤炼坚强意志，说到如何如何坚定思想，等等，四队学员想想，都有点脸上发烧地低下了头，想想这些天干的事，得这么高嘉奖实在臊得慌。

可在外人看来就不一样了，那叫谦虚。对，绝对是谦虚。参观队伍离开时，教官指着四队当标杆，已经开始训上自己带的队员了。

比赛结束后，第一个好消息就来了，下午暂停训练，休息，然后布置晚上的庆功会。到了下午四点多，那辆消失好久的拉菜车驶来时，早已心心念念想了很久的男生一窝蜂就出来了，车后门一打开，哎哟，兴奋，和想象中的一样。

肉禽蛋奶一应俱全，看来要有一顿丰盛的晚宴了，男生们殷勤地抢着搬菜，手快的早拽着西红柿和黄瓜往嘴里塞。

严教官从教官室出来时看得直咧嘴，嚷着："嗨，嗨，注意点形象，至于吗？"

"咋不至于，我饿呀。"郝昂扬说着，又啃了一嘴。

"留点肚子啊，要不晚上大家放开吃了，你吃亏呀。"严教官道，今天他心情奇好无比，一挥手道："都进去吧，后厨帮忙，布置会场，能干什么干什么，我看你们也闲不住了啊。"

众人应声，哄闹着进去了，洗菜的、切肉的，兴冲冲地忙活上了，倒把俩厨师闲下来不知道该干吗了。还有更殷勤的，乔小旦居然操着锅勺要开干，直说自己干过夜市，炒菜绝对没问题。

马一鸣和刁乃春几人来得迟了一步，刁乃春还在心心念念："差那么一点点就拿第一了。"

马一鸣说："你让不让人家活了？早知道拿这么多名次，我就慢点跑。"

"确实是啊，知道你们这么快，我就歇了。"肖景辰阳道。

马一鸣回手搂着肖景辰阳的脑袋斥道："你基本就跑最后了，和歇了有什么差别？你也没少吃啊，咋跑不动呢？"

"已经不错了，以前我一周都不带下回楼的。"肖景辰阳道。

"不下楼？你这样像纵欲过度啊！"丰中华伸头看看肖景辰阳。

肖景辰阳翻着白眼道："码农都是虚拟世界的独行者，电脑和键盘才是最爱，没女朋友纵什么欲？"

"纵欲和女朋友没有直接关系啊，片没看过？"丰中华大声问，一干男生哈哈大笑。

肖景辰阳面红耳赤，咬着嘴唇有点幽怨，可能还接受不了这种调侃。

马一鸣拽着他道："你们别恶心啊，人家是有精神洁癖的人，讨论这个经验来找我啊。"

"算了，和你讨论完，我怕吃不好这顿晚饭。"丰中华败退。

马一鸣不依不饶地拽着他问为什么，把他吓跑了。两人没注意到的是，背后的肖景辰阳感激似的看着马一鸣，那眼神有点欲说还休。

忙惯了的闲不住，女生也都出来了，稀罕地没有叽叽喳喳说话，都忙着呢，剪彩纸的、贴花的，还有居中一位正泼墨挥毫，不得不承认这支奇葩队伍藏龙卧虎，那位很少说话、年纪显老，被马一鸣起了个绰号叫"二姨"的蒋韩颖，此时成了大家关注的焦点。

但见她轻挽衣袖，饱蘸墨汁，两眼专注，略一思索便在纸上龙飞凤舞，墨香中她气定神闲，胸有成竹。一幅字写完，看得学员们鼓掌叫好，连教官也频频点头，刚正俊奇兼有的魏碑，这功底可能是打小练就的。

"我靠，好看！"丰中华拍着手道。

"天生我材没文化，一句'我靠'闯天下啊。"马一鸣讽刺道。

"有本事你写啊？笑话我。"丰中华怒道。

马一鸣摇摇头："我可写不到让你'我靠'的水平。"

众人笑了，教官喊了俩男生往后墙上贴。此时蒋韩颖搁下笔，陈薇羽羡慕地看着她，她摇摇头道："手生了。"

"这能秒杀大师的水平啊，还手生？"陈薇羽道。

"谦虚，谦虚你都不懂啊。"马一鸣观看着字，也在由衷称赞着。

陈薇羽挖苦着："马缺德，说说，你二姨写得怎么样？"

蒋韩颖扑哧笑了，马一鸣有点尴尬，愤愤道："你这人咋这么记仇？"

"你种下那因了，就得承受结果，以后见了蒋姐叫姨啊。"陈薇羽道，刺激得几位女生咯咯直笑。

马一鸣岂是吃素的，朝陈薇羽一鞠躬道："你叫人家姐，我也得叫你姨……阿姨您好。"

"你再作死！"陈薇羽杵着毛笔欲往马一鸣脸上画，马一鸣笑着溜了，一室男生女生都被逗得哈哈大笑。

蒙上了彩色的灯、挂上了自己剪的挂花、贴上了自己写的横幅，甚至亲自动手下厨了，戴着围裙、扣着厨师帽的乔小旦挥舞着锅铲，一个锅甩得火焰飞扬，这隐藏技能直让众学员齐呼"被集训耽误的好厨子"。

欧阳惠敏和潘渊明驱车进队时，一切已经准备就绪了。列队，入厅，沿着一列餐桌已经摆好了各色菜肴、水果，潘渊明还嘱咐严教官从车上搬下来两箱饮料，他先招手叫的是刁乃春。刁乃春站起来时，教官把两瓶红酒递给了他，他尴尬地笑着没敢接。

"今天休息，可以少喝点，这是我请你的，不违纪啊。"潘渊明道，一挥手，"同学们，一会儿请今天表现最佳的刁乃春同学给大家开红酒啊。"

众人鼓掌加鼓噪，刁乃春羞赧地回座了。潘渊明沿着桌子走着，且走且道："我来其实有点多余，不过欧阳主任一定要我来，对于前一阶段非人道的封队以及加大训练强度一事，我郑重地向大家道歉，这个强度基本上可以比对每年刑特警的强化训练了……大家是不是觉得我的道歉没有诚意？班长，你说呢？"

"我觉得您是用心良苦。"陈薇羽起身道。

"你……将来提拔得会很快啊。"潘渊明评价了句，惹得众人一笑，他又道，"不过也没错，大家在强迫的状态下离开了手机、离开了口腹之享的舒服、离开了被窝慵懒的安逸，好像气色……不比原来差啊？那位同学，肖景辰阳，我都不敢想象你跑下全程来了，了不起，非常了不起。"

"谢谢，感谢委哥和杰哥，他们拉着我跑的。"肖景辰阳起身，乐滋滋地鞠躬致谢。

一听这话，郑委怒道："谁叫委哥？早知道我不拉你了。"

众人哄然一笑，潘渊明也难得地笑了。他向欧阳惠敏示意，欧阳惠敏拿出了奖状、锦旗，来了个郑重的交接仪式。这个很不起眼的荣誉，让这届学员格外看重似的，都激动地鼓掌。

"我说两句啊。锦旗、奖状、荣誉都不重要，我觉得最重要的是你们在竞赛中迸发出来的团队精神。跑出名次值得表扬，但更值得表扬的是，跑在最后，坚持到最后，没有掉队、没有放弃的同学……我们这个集体，需要的就是这种精神。今天，我为你们感到骄傲。"欧阳惠敏道。

又是一阵掌声。晚宴开始，红酒因陋就简，倒进盆里碗里，潘渊明举着碗道："来，同学们，晚宴开始之前，我要宣布一个好消息和一个坏消息，谁说说，想先听好的，还是坏的？"

好的，坏的，意见不统一。马一鸣大声说了："一起说吧，我觉得你要说的没好消息。"

学员们笑了。潘渊明一点都不尴尬，直接对着马一鸣道："那好，如果大家一致评判不是好消息，一会儿郝昂扬、丰中华，你俩负责灌他一瓶可乐啊。"

那俩害虫巴不得呢，应了。潘渊明蓦地道："好消息是，明后两天放假，自由活动……算不算好消息？干了。"

啊！有人激动得一下子把红酒给洒了，场上喝的、嚷的、跳的，疯了。丰中华和郝昂扬一个搂着马一鸣，一个提着可乐，不客气地开始倒了。

"等等，一会儿再倒，还有个坏消息……外地的同学可以选择去市里逛逛或者就待在集训队，所有学员后天下午七点之前务必归队。我们第一步已经走到所有队伍前面了，很快他们就会追上来，我考虑呢，可以开始使用新的训练方案了，具体是什么，暂且保密，但我保证难度很大，谁要是担心自己不行，担心吃苦，担心这个那个不管是什么，那我也不勉强，把掉队的送到其他三个窝囊队去混吧……现在就可以申请退出啊。"

潘渊明隐晦地说着，要出新花样了，这情况连严教官也一头雾水。

众学员怔愣时，潘渊明问道："毕启航，你退出吗？你好像要走？"

"没有，谁说的，我开玩笑呢。"毕启航被刺激了，怒声道。

不过这话换来了大家一阵笑声，这货初来时一副蔫巴样子，现在都敢嚷了。

潘渊明却是一竖拇指，赞道："好，警营这个大熔炉，废铁顽石也能煅成钢。姑娘们，小伙子们，开吃吧，我给你们站岗。"

如雷掌声响起，潘渊明领着欧阳惠敏离场了，教官也跟着出去了。陈薇羽和蒋韩颖刚把锦旗挂好，回头就笑翻了。一群男生拉胳膊拽腿扳着脑袋，正给马一鸣灌可乐，马一鸣被灌得鼻子嘴巴全是，喊都喊不出来。旁观的且吃且乐，还有人起哄着：再来一瓶！

看来又上了潘老黑一当，不过这当上得兴奋得紧。过了今晚就能回家了，半数滨海籍的都巴不得今晚就走呢，还有剩下的已经在串联，回不了家的，被交好的请到家里做客。陈薇羽这一宿舍只有她是本地的，干脆，陈薇羽要全请去她家做客。

吃饭间，郑委悄悄捅了捅商利民。商利民正兴奋着，郑委一拽他，示意看马一鸣。被灌了可乐的马一鸣正时不时瞄着众人，那目光似乎有点茫然。

郑委悄声跟商利民说着："小旦和他都回不了家，要不去你家？"

商利民愣了下："为什么是我？"

"我家四口人，八十平，还是老弄堂，我好意思请人去做客啊？"郑委给了个无懈可击的理由。

"我……我家八百平，是不是也不合适？"商利民紧张道。

可能真不合适，郑委瞪着眼半天恢复不过来，想想不提这茬了，悻悻地抹着脸道："这是我有史以来受到的最大打击。"

偏偏还有不识趣的，乔小旦脑袋伸过来了，问着两人："嗨，发扬下扶危济困精神啊，我们回不了家，去谁家吃去？"

商利民和郑委相顾难堪，回答不上来，那样就有嫌贫之相了。

乔小旦一竖中指："就知道你们会这样，呸。"

两人待要解释，乔小旦走了，凑郝昂扬那堆里了。等他想起马一鸣时，回头却找不到了，乱哄哄的，不知道马一鸣什么时候已经离场了……

"你葫芦里到底卖什么药啊？藏这么深？"

欧阳惠敏无聊地坐在门房室问着，潘渊明收集着两位值勤督察提交的录影设备，那两位也和学员一样，任务完成后，解散回城了。

收拾着的潘渊明随意道："只是个想法，晚上回去我再想想，明后天争取得到局里支持。"

"什么想法？先让我支持一下。"欧阳惠敏好奇道。

"你会反对的……我的想法是，把这些学员全部撒到街路面巡特警队伍里怎么样？以巡代学、以带促学，让他们更直观、更直接地接触一线，将来不管他们到什么位置，最基层的执法经历还是要有的。"潘渊明道。

欧阳惠敏直接否决："不可能。"

"理由？"潘渊明问。

"第一，参训时间太短，应对不了巡逻千变万化的警情；第二，纠纷类的出警占全部出警七成以上，这得经验丰富的人才能处理，就这样子出警，会给群众很直接的不信任感；第三，巡逻的危险系数得考虑到，街路面犯罪不可控因素太多，万一有个闪失，谁负得起这个责任啊？第四，这批特招已经确定去向的占一半，食药环大队、生物鉴证、法医鉴证、后勤装备及网安，都是警中特殊岗位，您这岂不是拖着大炮打蚊子，太大材小用了。"欧阳惠敏思路清晰，马上就是一堆反驳理由。

潘渊明早有准备，眼皮都没抬一下道："你所说的安全、安生、安逸的环境，在我看来是警察的坟场，而不是警察的战场。队伍里有很多一辈子没摸过枪的、一辈子没带过警械的，那之于他所从事的职业，是一个巨大的缺憾……我记得你都在刑警队待过，没有在基层和一线待过的人，将来不管走到什么位置，警察职业和警察信仰，可能都会有缺失。"

"你不用说服我，如果有表决，我会站在反对你的一方。"欧阳惠敏不客气地道。

"我没准备说服你，其实我现在还在犹豫，连自己都说服不了。"潘渊明吧唧着嘴道，兹事体大，可能难以成行。

欧阳惠敏一捂脸笑了，难得见潘处长这么没谱一次。警营一切规章井然，可不是异想天开就能办到的。她在笑时不经意看到了中途退场出来的马一鸣，那个身影往宿舍的方向奔，奔到门口却又退回来，好像无处可去，又不想回到聚餐的地方，像闲得发慌一样，居然在操场上跑起来了。

"他有什么心事啊。"欧阳惠敏道。

潘渊明早瞄到了是马一鸣，怔了下问道："说说，就看人一眼，能看出心事来？"

"爱炫富的可能很穷，爱炫技的可能很差，以此类推，爱哗众取宠、爱出风头的人，往往内心很孤独，可能是家庭原因。"欧阳惠敏道。

"什么原因？不是一对警察夫妻吗？"潘渊明问。

欧阳惠敏小声告诉他："离婚了。"

"那不正常吗？当警察的离婚率比普通人高多了，何况一对都是警察。"潘渊明道。

这判断听得欧阳惠敏哭笑不得，驳斥着："你站在警察的角度，怎么可能会考虑到孩子的感受。"

"不是啥坏事，缺爱的孩子早当家。"潘渊明评价着，没当回事。

欧阳惠敏起身走了，边走边道："哎呀，跟你说话得气死我，不跟你说了，我去安置一下，准备回。"

欧阳惠敏走了不远停顿了下，似乎想上去和跑得气喘吁吁的马一鸣说话，可被专心的马　鸣无视了，她摇了摇头，径直去找严教官了。

只有潘渊明在远处一直看着操场上不停奔跑着的马一鸣。他表情木然，似乎想到了什么，似乎在纠结什么，似乎又在失望什么，就那样一直看着马一鸣，直到将走时都未换一下姿势，直到上车还在不断地回头看……

问君有何愁

从来都是喜不双降，放假就撞上了阴天。不过再阴的天气也遮不住四队学员们心花怒放的喜悦，懒觉都没人睡了，一早就有车来接人。早饭本来是安排报到领饭的，可到饭点都没几个人报到，即便没走的也聚集到门口，打着电话联系家里，或者早早等在公交站台，准备乘这里回返的第一趟公交车。

"呀呀呀呀……"有人惊叫了，跟着有更多人开始惊叫了。商利民被郑委拽着回头时，看到源头了。女生从宿舍楼里出来，穿直筒长牛仔的陈薇羽，显得格外挺拔，穿连衣裙的宋佳子，就像只花蝴蝶一样转来转去地显摆，就连计巧巧和沈筱燕也换上了亮色的盛装。四位女生像故意一样，手挽手肩靠肩从男生堆里走过，那一干大眼瞪小眼的男生惊得下巴快掉了，谁能想到，那千篇一律的作训服下，居然还裹着如此诱人的妖娆。

"走了。"

"拜拜。"

"嗯哦。"

宋佳子使坏了，努着红唇冲着男生来了个飞吻，啊哟，男生夸张地倾倒一片，惹得女生笑得花枝乱颤。

商利民一拉郑委道："你不用痴迷吧？我觉得除了班长和二嗲，剩下那俩还没你天生丽质。"

众男生笑得更欢了，郑委一捂脸道："老商，你们逼着我去毁容是吧？"

"咋？不做变性手术啦？"郝昂扬惊讶道。

丰中华努上嘴来作势吧唧亲了一口，夸张道："嗯啊，香一个。"

被众人埋汰得无地自容，郑委跳脚生气着，那两个作妖的故意逗他。

商利民笑着提醒道："车来了，车来了……我让司机把大家都送到家。"

来的是辆奔驰 V 级加长商务车，司机殷勤地称呼"商总"，打了招呼，众人惊愕了下，这个不声不响的，可比那个爱炫的刁老板还厉害。大家挤上车后，都兴奋地摸着车饰，问着价格，商利民笑而不言，只说是父亲公司的就没下文了，他转开话题，头伸出窗外喊那几位等车的女生，不过可惜了，那些女生执意要乘公交。

那车被打发走了，宋佳子看着车子好奇地问道："这车得多少钱啊？咋一点都没看出来是个富豪呢？"

她拿手机查着，接近百万的价格看得她眼一直，惊呼了。

陈薇羽搂着她道："告诉你一个秘密。"

"这已经不是秘密了，我早被打击了。"宋佳子道。

陈薇羽笑道："再深度打击一次。我看过商利民的个人资料，在'婚否'一栏内填的是'已婚'。"

"啊？已婚了？"计巧巧和沈筱燕同时惊呼，这还真没想到。

"正常啊，这次全国普招，有年龄限制，可没婚否限制，所以，亲爱的佳子，这个富豪你就不要想了。"陈薇羽笑逗着，对于这位立志一直想嫁富豪的闺密，她从来是打击为主。

宋佳子一副失落样子道："为什么我就没这个命呢？我们外语系同届的找的一个比一个好，还有嫁到国外去的，就我命苦啊，遇上一个，渣男；再遇上一个，还是渣男。"

"到底几个？"沈筱燕问。

"和你口红数量差不多吧？"计巧巧道。

"二巧，你怎么也学坏了？"宋佳子拽着计巧巧捶着。

"快，车来了……咦？那俩货怎么在……"陈薇羽叫着几人往公交车上去，却不经意看到了在公路上跑着的乔小旦和马一鸣。此时她才想起，从昨晚就没见着那人。上车坐下后，陈薇羽指着两人问道："他们……他们是不是没地儿去啊？"

"咋，要不也请到你家？陪咱们逛街？"宋佳子道。

沈筱燕接道："好，让马缺德陪你。"

"你们……你们怎么老针对我啊。"宋佳子怒而起身掐着沈筱燕，她自然不是对手，被沈筱燕调戏似的给搂怀里了。

打闹间，车渐去渐远，渐渐看不到那两人身影了。

没有训练的出操的声音，集训队可就冷清多了。乔小旦早上被马一鸣叫起来沿公路跑了十公里，此时疲累得浑身见汗，倒也明白马一鸣的意思了，省得在集训队见着人家都回家勾起思乡之情，这种情况下，剧烈运动自然就是最好的麻痹方式了。

"马哥，你说是不是你……不，咱俩人缘不行？"

"什么意思？"

"你看，都没人请咱们到家做客，或者约市里一起玩啥的。"

"邀你是情分，没邀是本分，各有各的难。咋，人家回家要扑爸妈怀里，带着你算咋回事啊？"

"好吧，咱俩凑合过这两天吧，你说咋过啊？"

"到市里找个地方逛逛。"

"那地方可就多了，千万人口的大城市。"

"找个不花钱的地方，总不多吧。"

"有道理。我就说了咱们有缘分，和我想的一样，咱们去公园、植物园，都成。"

两人且说且笑着进了餐厅，吃饭的只有寥寥数人，而且已经结束了。两人到后厨盛好饭，毕启航匆匆进来了，一看马一鸣在，回头嚷着："过来过来，这儿。"

"咋，逮我呢？"马一鸣愣了。

"嗯。"毕启航道。

你永远不知道这些蔫巴人是怎么想的，他们表达的方式和正常人有出入。片刻后，肖景辰阳喘着奔进来了，看着乔小旦和马一鸣两人道："我还以为你俩去逛了，手机被扣久了，都不知道号码。"

"吃了吗？"乔小旦问。

"没吃一起啊。"马一鸣道。

两人说着吃着，那俩人蔫巴着没回应，凑着和马一鸣他们坐到了一起，眼巴巴地看着他们吃，也不说自己吃了没有。马一鸣笑道："还真像郑委说的，这俩将来要是去抓嫌疑人，嫌疑人得被他们急死。"

乔小旦笑着问道："你俩咋不回家？"

"不想回。"肖景辰阳和毕启航道。

两人那不多解释的回答，把乔小旦逗得扑哧一乐，竖起大拇指，服了。

"好吧，你们有什么事，说呗。"马一鸣道。

"我不知道有什么事。"毕启航道。

"我也是不知道该干什么事。"肖景辰阳道。

马一鸣笑着道："我猜你们以前的生活肯定是单调的、枯燥的，但已经习惯了。现在集训等于用单调和枯燥代替了原来的单调枯燥，一下子放松了，反而不知道该干什么了是吧？"

肖景辰阳和毕启航互视一眼，点点头。

毕启航好奇地问道："马哥，你干什么？"

"我也不知道。"马一鸣道。

失望了，还以为领头人能玩出点新花样呢。肖景辰阳皱着眉头，噘着嘴，掏出他的微型小电脑，无聊地玩着，自言自语似的说着："无聊啊，我的生物钟被强制逆改了，现在睁着眼都不知道该干什么了。"

"那一起吧，吃睡吃睡，过两天八戒哥哥的生活。"乔小旦道。

毕启航嘴里啧啧有声，好失望的样子说着："那多没意思，我以为你们躲起来玩什么呢。"

"嗨，等等。"马一鸣可能从这两人脸上看出什么来了，思忖片刻。那三位就等他灵光一现出个激情想法呢，果不其然，马一鸣慢慢笑着道："我倒有一个很好的想法，你们想下，在穿上警服之前，你们最想做的一件事是什么？或者说，你们被关在集训队，有件最想做而遗憾没有去做的事……有吗？"

"有，我有。"最先举手的居然是乔小旦。马一鸣问那俩人，肖景辰阳点点头，毕启航也点点头，肯定有，这蔫巴孩子估计想干的事多着呢。

"时间没那么多，滨海又太大，每人说一件最想做却没有做的事，我们补上这个遗憾，那这两天就有意义了，你们说，好不好？"马一鸣提议。

太好了，肖景辰阳兴奋了。毕启航眼里冒着小星星，不过瞬间又暗了，可能想做的那件事太难。

马一鸣问道："小旦，你说，哪件？"

"我入训前在一家加工半成品外卖的店里打工，老板欠我二十一天工资，他说没干够一个月，不给我……这事想起来就气得我肝疼，一天送七八车，晚上还得加班，好几千块呢。"乔小旦道。

听得那俩大眼瞪小眼，毕启航试探地问道："要不我给你几干？你这太……没……"

"你不差那点钱觉得没意思，你要累死累活干二十几天不给你钱，我就不信你心里过得去。"乔小旦道。

两人看着马一鸣，马一鸣道："没意思，有难度，干了。肖黑，你呢？"

"我在一家软件公司打工，最后一次接的活被剽窃了设计，我得出这口气，我得告诉他们，版权的署名我会争到底的。"肖景辰阳道。

其他三人不太明白，肖景辰阳解释着，开发出来源代码申请专利时，专利权属于公司，个人有署名权，而他，很遗憾地被人取而代之了，想争取时，结果连人也被踢出公司了。

估计是懦弱久了已经习惯地不吱声，但在这里被唤起了点血性，要争这口气了。马一鸣竖着大拇指赞了个："没问题，干了。人该争的时候要当仁不让，不争这口气，一辈子都走不出这个心理阴影……老毕，你呢？"

众人齐齐看向毕启航，毕启航紧张得眼神闪烁着，舌头舔了嘴唇半天，嘴又吧唧了半天，憋不出来。

肖景辰阳一拍桌子道："那不管你了，我们先办我们的。"

"别别别……我说我说……"

"那快说呀……"

"就是……就是……"

"是不是和一个女孩有关系？"

"啊，你咋知道？"

马一鸣猜对了，毕启航吓住了。马一鸣笑道："你一直憋不出来我瞎猜的呗，我再猜下，你是……想去给这个女孩表白？"

"啊？！"毕启航吓得尖叫一声，捂着嘴，惊得见鬼似的看着马一鸣。

"咦，心理咨询师真会读心吗？"肖景辰阳惊讶地看着马一鸣，这人似乎又猜对了。

"这还用读心吗？注意他脸上的表情，他一般都是紧张、犹豫、迟疑，这是性格使然，但今天除了以上情况，还有点小羞涩，而且难以启齿，再加上又这么精心地打扮了一通，平时这货邋里邋遢，难得这么精致一回，又不想回家，你们说，除了女人，还能是为什么？"马一鸣说着，丝毫不影响吃饭，吃完了，也说完了。

毕启航被揭破隐私，脸上却浮着幸福的笑意，看看三人，征求着他们的意见。

肖景辰阳怒道："我说怎么拽着我一直找马哥，你怎么没出息到连这事也叫上人？"

"哎呀，我紧张呀，我一见了她我就说不出话来。"毕启航痛苦地说，低头磕着自己的额头。然后，抬头期待地看着马一鸣，生怕他拒绝似的。

"你这最简单，心上人叫什么？"

"杨依依。"

"好，从现在开始说，'我爱你呀，杨依依'……一直重复啊。你这事最简单，就先办你的。一会儿咱们乘车回市里，把兄弟们的最后遗憾全部补上，怎么样？"

不说了，鼓掌，四人回宿舍带上随身物品，直奔市里去了。

"留队学员还有六名，我已经布置，今明两天的活动都向班长汇报。"

"嗯。"

"回不了家的，我明天带他们到南堡岛的森林公园散散心。"

"嗯。"

"还有……伙食没问题，有留守人员。"

"嗯。"

严武在潘渊明背后跟着汇报，潘渊明在前头急匆匆地走着应着声，两人的去向是丁局长办公室。出了楼梯拐角，潘渊明停下来叮嘱着："局长问你训练情况，知道怎么回答吗？"

"知道，往高大上说。"严武道。

潘渊明这才继续向前，叩响了丁局的办公室门，应声进去。

丁局长笑吟吟地请两人坐下，破例地亲自斟了两杯茶，受宠若惊的严教官又站起来了，丁局把他摁坐下，满脸喜色道："别拘束，你给集训带了个好头啊，一群弱兵被你带成了强将，就在一天前还有家长往我这儿递话，说什么把孩子自由给限制了。现在的条件太好啊，见不得孩子吃点苦……昨天那视频给他们一发，哈哈，他们比我还高兴。"

两人诺诺应声，丁局想起什么来，问道："老潘，你说要汇报什么来着？"

"哦，我有个大致想法，和严教官讨论了下，征求了他的同意，这是草案。"潘渊明递了上去，两页纸，很短，信息量不大，但内容估计够份量。

丁局长扫了几眼，眉头皱一块了，不信道："老潘，你没我大吧？老糊涂了？满打满算，他们才训练五周，这就往一线派？"

"差两天，六周。"潘渊明提醒着。

丁局鼻子哼哼了声，不屑地看着潘渊明。

潘渊明赶紧道："我知道有点反流程了，正常情况是集训三个月，进基层熟悉三个月，半年以后才可以由师父带着上岗，一年后转正……丁局，您总该了解辅警的招聘吧？基本进队几天就跟着上岗，不会的岗上学，不懂的岗上练，就那样子都会浮现一大批优秀警员。这个班素质这么好，那点警务常识，用不了几天就滚瓜烂熟了，我第一天去就是小觑了他们，结果吃了个大亏。"

丁局长哈哈一笑，顺口说了句："你这越听越像打击报复啊？"

"报复不至于，打击是肯定的。我想可能会让他们过早地遭遇这样那样的挫折，但问题不大，他们的承受力和应对能力，要远远高于我们对他们的期待。"潘渊明道。

"我不瞒你，这些学员里，有省厅盯着的好苗子，而且很多是特种岗位，说直白点，集训也就是走个流程，他们将来可不用带着警械到基层执勤，没这个必要啊。"丁局放下了草案纸张。

"恰恰相反，我觉得有必要，正是这种人才更有必要。您都说过，警察这职业是官小责大，钱少事多，我们中层骨干的流失率不低，很多技术岗位员板凳没坐热就另谋高就，经济发展造就了物质氛围，现在的年轻人都太缺少精神和信仰层面的东西了啊。"潘渊明道。

"到一线值几天勤，就有精神和信仰层面的东西了？"丁局反驳着。

"他们本来就有，我觉得只需要到一线强化一下即可。"潘渊明道。

丁局长愣了，表情不解。潘渊明给严教官递了个眼神，严教官道："我们这里面有几个典型，有一位九八抗洪时被军警救出来的孩子，现在家里已经是亿万富翁了，这孩子却义无反顾地考警察，连考了七年。"

"哦……这个我好像听过。"丁局长道。

"还有一位，一家三代从警，最早的那代从警时间几乎和建警时间相同，要没有点精神和信仰层面的东西，能做出这种选择吗？"严武说着，想想马一鸣那德行，脸上有点燥热。

潘渊明补充道："这才是真正的好苗子。这样一个集体，为什么要圈在训练场上让他们泯然众人呢？接触一下最基层的民警的疾苦，您说，对他们将来不管从事什么岗位工作，有益还是有害？"

听到此处，丁局长真的是动容了，又拿起那两页草案，直接道："把刚才你说的这个三代从警学员的资料给我……不，把他们全部的资料给我，我好好看看。"

上心了，这就是潘渊明想要达到的效果。严教官把带来的资料递给领导，两人轻轻退出了办公室。过了一阵，严武才抚着胸，平复着忐忑的心情。

"哎，严武，马一鸣在哪儿？"潘渊明突然问。

"嗯？不是放假了吗？肯定来市里逛了。怎么了潘处，要联系他吗？"严武问。

"不用……我眼皮子有点跳，不会出什么事吧？"潘渊明揉揉眼，莫名地道。

严武的眼皮其实也在跳，不过是因为在局长这儿夸大其词。他真想不通潘处大老远地把他招来，让他演这出双簧的意义何在。真把那群野小子放出去，他担心，作为带队领导的潘处恐怕得受点挫折……

公交倒地铁，地铁坐了几站，四个放假的学员到达了目的地——立达学院的行政楼前。

这是一个国际学校，偶尔可见金发碧眼的老外，门禁很严，不过毕启航似乎来得不少了，门卫居然认识他，四人畅通无阻到了楼前，一路上信心满满的毕启航开始以肉眼可见的速度紧张了。

肖景辰阳赶紧轻拍他脸蛋，提醒着："快说，我爱你，我爱你。"

"我爱你，杨依依……我爱……我爱你呀，杨依依。"毕启航重复着。据马心理咨询师教育，机械地重复能克服因为情绪紧张引起的失言、结舌等，所以三人轮流提醒毕启航，说了一路"我爱你"，就因这一句，三人都快把毕启航的脸蛋拍肿了，看样子基本达标。

"呀呀……出来了。就是那个。"乔小旦看着手机，是毕启航手机传的照片，是个圆脸的姑娘，中人之姿，看不出咋会把老毕迷成这样子。

肖景辰阳一推："快去，对着她说'我爱你'，就像对着我们说一样，很简单的。"

"我紧张……"毕启航眼神惶恐，身体发软，两腿有点抖，嘴唇哆嗦着，"我我我……我说不出来。"

"去，那就在她背后大声唱出来，'我爱你呀，杨依依'……快去。"马一鸣推着，在他屁股上狠狠踹了一脚，踹得他快跑几步，差不多和杨依依面对面了，可惜没有照面，她和同事朝着另一个方向去了。

步履方停的毕启航又惶惑地回头看，兄弟们急得握拳顿脚，用口型喊着"我爱你呀，杨依依"，催着毕启航表白。

终究是有兄弟压场，毕启航再次鼓起了勇气，眼看着杨依依要走远了，毕启航双手握拳在胸前激动地捶了几下，深呼吸一口，然后挺胸昂头，如春雷乍响般地喊出来了，那声音响彻了整个校园：

"我爱你呀，五公里！"

前行的杨依依诧异地回头，毕启航一紧张，又鬼使神差地喊：
"五公里呀，我爱你！"

完了，这货紧张得喊成了平时出操的口号，杨依依和同事愕然，然后在原地笑得花枝乱颤。毕启航一下子明白出糗了，紧张得掉头就跑。后面三兄弟痛不欲生地蹲下了，个个捂着脸，生怕别人看出来他们和表白的毕启航是一路的……

看我试身手

有时候真情难遇挚爱，憨傻偏逢美缘。

毕启航跑了，三人以为黄了，谁料那位叫杨依依的姑娘却追上他们拦住了人。知道是集训的同学后，这姑娘心直口快地说了很多，她和毕启航居然是高中一路到大学的同学，毕业后她考到了立达学院任教，而毕启航因为性格内向一直没找工作，然后被家里逼着去考了招警的公考。

看样子两人早已郎情妾意，就差捅破那层窗户纸了。马一鸣反应极快，开始捣糨糊了，大惊失色道："那不正好，他刚才向你表白了呀，他喊'我爱你呀，杨依依'，我们是来见证的。"

"有吗？我怎么听见好像是……五公里？"杨依依愣了。

"五公里？你听错啦，是'杨依依'，他一紧张就咬字不清，五公里能是人名吗，你们说是不是？"马一鸣拽着乔小旦和肖景辰阳，那俩人跟着说胡话，一口咬定就是"我爱你，杨依依"。

"快去，把老毕叫回来。"马一鸣推着两人。两人拨着电话，联系着没跑多远的毕启航，不一会儿就拽着面红耳赤扭捏的毕启航回来了，然后三人借故躲开，给这一对留下了空间。哎呀，踏出了这一步就是海阔天空啊，两人愣是绕着操场遛了十来个圈，才依依不舍地结束。

爱情的力量就这么大，一脸衰相的老毕遛完操场就跟变了个人似的，喜滋滋、乐呵呵、傻乎乎的，你问他啥，他先笑两声，当然，具体说什么了，他一句也不跟人分享。

车钱老毕抢着付了，中午吃饭老毕又抢着结账了，第二站到了时，老毕的笑容消失了，回头诧异地看了肖景辰阳一眼。

一栋 CBD 楼宇，要去的公司在门口指示牌上有烫金大字：B & D 倍德（中国）软件有限公司。

乔小旦有点不明就里，马一鸣隐隐觉得不舒服。对了，看看自己脚上的运动鞋和无标志作训服，与这里的气质太不搭了。他随口问道："老毕，你好像知道什么？"

"这个公司在行业内有点名气，招聘会上我有印象，起薪三十万，在这儿工作一两年，绝对能上猎头的名单。"毕启航道，他人虽木讷，可脑袋并不差。

"主打业务是开发 SaaS 软件管理系统，之后涉足企业管理软件，整个系统基于移动互联网和一体化管理设计，源代码编写采用 Java/J2EE 开发语言，这样的技术优势使倍德公司可以如法炮制按需进行定制化，而且非常适用于移动互联业务直通式处理，特别是打通了与手机进行实时沟通与交易的渠道之后，他们在业内就完全处于领先地位。"肖景辰阳看着昔日工作过的地方，话说得有点落寞。

　　乔小旦愣着问道："我咋没听懂？"

　　"程序员都是外星来的，能听懂才怪。"马一鸣道。

　　肖景辰阳苦笑道："我以为在虚拟世界可以纵横驰骋，可我错了，其实和现实世界一样，仍然尔虞我诈，钩心斗角……我们可能连门都进不去。"

　　"拦不住咱们吧？就几个保安。"乔小旦征询着马一鸣的意见。

　　一贯胆小的毕启航赶紧道："别打架啊，还没穿警服呢，别先被警察叔叔给提溜走，那就难看了。"

　　"对呀，有这个身份，反而不好办了。"乔小旦一时无计可施，同情地看着肖景辰阳，小声道，"他们没欠你工资吧？如果没欠，就算了。"

　　"吃不饱时，钱比脸重要；解决温饱后，脸就比钱重要了……我真傻，我一气之下就去考警察去了，我唯一的想法就是等着穿上警服，来吓死他们……呵呵，真可笑，恐怕穿上警服，我更不可能随便进入这种地方了。"肖景辰阳此时冷静下来，反而失望了。他默默地掏出了口袋里的招警通知书，打开，看着自己的照片，看着滨海市公安局的红印，可能这份荣耀并没有给他一身铠甲，而是在本就挣不脱的网中，又给他加了一层束缚。

"等等，我看……不就是进去吗？这很难吗？"马一鸣接过了这张通知书，扉页是市公安局的标志，他思忖片刻道，"我有办法，你是想出口气，又不是真搞事，跟我来……注意，抬头，不，昂头，挺胸，瞪眼，想想潘老黑那霸气匪相，对，就这个样子，跟我来。"

马一鸣一行直接进楼里了，楼下的门禁需要刷卡进入，马一鸣虎着脸，直接走到保安面前，像抢劫似的瞪了两眼，一亮那张纸道："警察……去十楼倍德公司，打开门禁。"

保安吓怔了，咧着嘴瞪着眼，马一鸣回瞪，一示意，这货鬼使神差地紧张起来，给刷了卡，客气地给一行人指着电梯的方向。

虎着脸的几人进电梯后哧地笑了，马一鸣"嘘"一声，示意安静。他揽着肖景辰阳道："我们是来讲理的，不是来闹事的，可以威慑，不能动手，等会儿看我眼色行事。"

四个脑袋凑在一起，"叮"的一声，电梯到了十楼，出了电梯就是这个公司的前台。迎宾刚起身询问一句，马一鸣亮出那通知书封面，不客气道："警察，都坐好，别动，找你们经理。"

那话音冷飕飕的，那气质冰刺刺的，那表情凶巴巴的。迎宾小姑娘哪见过这阵势，惊得跌坐回去，紧张得不敢动，还没整明白怎么回事，这一行人已经进去了。进去就是一个数百平的大工作间，工作桌椅、电脑和电脑后的人头堆在一起。几人穿过这个压抑的空间，直接推开了经理办的门，里面正在开会的一堆人愣住了，那经理认出了肖景辰阳，好奇道："你怎么进来了？出去。"

"我说完就出去，大家既然都在，正好做个见证。一年多前我就坐在这个会议室里某个位置，带着团队开发 TMS/FMS/OMS/LFCS，等等，也就是企业物流、货代、订单、仓储等板块信息业务与手机 APP 的互通，八个月后，我们开发的源代码成功拿到了客户订单，公司对源代码申请了专利保护，但遗憾的是，我作为开发者却被剥夺了个人署名权……何经理，剽窃真的能让你快乐吗？"肖景辰阳道。

那位西装革履的经理表情扭曲，大声道："说完了？可以滚了，叫保安！"

"不用，自己走，我就是来告诉你一件事，离开公司后，我考上警察了。"肖景辰阳亮出自己的通知书，面色扭曲的经理脸上的横肉颤抖着，一时不明所以了。

肖景辰阳笑着说道："其实我得感谢您，是您逼我做出了我以前都不敢想的事，而且让我找到了新的激情，说句笑话您千万别哭啊，我马上就要当警察了，经理您可以考虑跑路了。"

言尽于此，肖景辰阳收起了自己的通知书，带着众人大大方方走了。闻讯而来的保安都没敢拦人，那几位表情实在是不善得很。

乘电梯直下时，毕启航小声问道："就这？"

似乎有点太简单了，简单得都不尽兴。

"嗯，就这就够了，智商高的人会自行脑补各种不良后果。"肖景辰阳道。

马一鸣反应过来，小声问道："像这种高大上的公司不会也有黑幕吧？"

"你可以大胆一点，用肯定句。网络几乎是刚走出蛮荒时代，离文明、法制还差得很远，没点小动作在这行混不下去，比如留后门啦，比如非法搜集用户信息啦，甚至更可恶一点，非法使用、非法出售客户信息，这些人基本都干过。"肖景辰阳道。

"对，过去流氓在街上，现在流氓在网上，最大的流氓，是这些流氓软件商。"毕启航道。都没人注意到，毕启航说话利索起来了，和平时犹豫不决的他完全是两个样子。

下楼刚出大门，后面有几人就追了出来，喊着肖景辰阳的名字。其中一位气喘吁吁地跑上来，客气道："辰阳，毕竟我们曾经也是同事，多少有感情，何老大说了，事情已经这样了，我们双方可以签一个补偿协议，署名权给公司，公司给你一部分经济补偿，价格你提，不要太过分就好。"

乔小旦眼睛一直，凉气一吸，这丫来钱也太容易了。

肖景辰阳笑了笑，摇摇头："钱可能买到别人对你的尊重，但不可能买走别人的尊严，何况那是码农唯一的尊严。请转告他，我会正大光明地要回我的尊严，不会和他一样用什么龌龊伎俩。"

言罢，肖景辰阳拂袖而去，马一鸣等人快步跟上，撂下了一堆瞠目结舌的前同事。他们最惊愕的是，那位曾经木讷少言、性格懦弱的同事，如今变得这么咄咄逼人，而且，仿佛身上自带了什么光环一样，散发着令人折服的气质，几句话就把他们说得羞愧难耐。

在每个人的心里，都住着一只有着利爪和獠牙的野兽，区别在于有的苏醒，有的沉睡，有的为伤害别人，有的只为保护自己。

此时，马一鸣明显地感觉到这两位蔫巴人心里的猛兽被唤醒了，毕启航自信了许多，肖景辰阳腰杆挺直了不少。马一鸣突然问道："老毕，你是不是怕你妈？"

"啊？！"毕启航吓了一跳，惊愕地回头看着马一鸣。

"马哥，你别老装神闹鬼行不行？怎么？又猜对了？"肖景辰阳好奇了，毕启航凛然点点头。

真对了？肖景辰阳就有点受不了了，无语道："解释一下，老毕哪儿又露馅了？"

"一般父母过于强势，才容易造成孩子性格懦弱，心理问题的根可能还在家庭上。"马一鸣道。

乔小旦问道："那为什么不能是他爸呢？"

"如果是他爸的话，他就不会在潜意识里那么恐惧女人，而且和大部分女人疏远距离。"马一鸣道。

"既然恐惧女人，那他为什么还有个'女神'呀？今天还表白来了，这怎么解释？"肖景辰阳问。

"由此恰好可以判断出，他对女人的态度是又怕又爱，而且很依赖。我甚至可以很主观地判断，他母亲很强势，从而导致老毕这么大还没点主见。"马一鸣道。

乔小旦摇摇发怔的毕启航，问道："老毕，对不对？你妈是干什么的？"

毕启航的表情从惊讶变成了尴尬，乔小旦一追问，他翻着白眼不吭声了，然后扭头就走。那俩好奇宝宝可不放过验证机会，一左一右追着问，问得烦了，老毕怒道："我妈以前是三桥中学政教处的，现在是校长，在家里我爸都比我听话，你让我有什么主见？公考那表都是我妈给我填的。"

那哥仨相视间愣了下，然后笑癫了一对半。看老毕恼羞成怒了，哥仨连拉带拽安慰着老毕："兄弟你今天表白，已经由妈宝男向猛男迈出了可喜的一步。"又一位说了："努努力，多表白几个，练练胆，很快就会成为真正的男人。"

"啊呸，你们说的那是渣男，我只喜欢依依一个人，你们少忽悠我。"老毕怒斥着，这回可真有主见了，而且再一想不对了，问着他们仨说，"你们仨，光棍一对半，可好意思教我呀？"

哎呀，这反击伤害值爆表，那仨一噎："好吧，老毕，你伤害到我们了，绝交。"

一转眼，又成了老毕在后面追着他们仨说"对不起"。老毕的道歉很诚实，他说了："虽然我是故意的，可你们脸皮这么厚，也没有必要介意嘛！马哥这不你教我的吗？"

这会儿该马一鸣下不来台了，那句话怎么说来着？教会徒弟，坑死师父。眼见着这两位蔫巴人的自信疯长起来，他这个半吊子师父怕是扛不住几个回合了……

城市大了，你一天想干超过一件事，那时间就有点紧。从滨南到滨海东开发区，光乘车就花了两个多小时，这时候四个人却没一起了，从曹桥地铁口出来，就只有马一鸣和乔小旦两人。帮别人时出奇地卖力，而到自己的事上，乔小旦好像有点却步了。马一鸣回头时，看出了乔小旦的犹豫，他在地铁出口等了一会儿，等着乔小旦默默地走到他面前。

此时已经快到下班的高峰时段了，进出站的人流如潮，那些忙忙碌碌的男男女女并没有注意到，他们正被两双眼睛打量着。

感慨，说不出的那种感慨，谁都经历过这样的事：在这个城市里匆匆来去，机械和木然会在不久后把你的存在感消磨得丁点不剩，再久一点，可能身处之中的人都会习以为常，浑浑噩噩地忘掉所谓生活还有吃喝拉撒上下班以外的东西。

比如，梦想。比如，激情。

"看来这些打工人，让你感触很多啊。"马一鸣道，他斜斜地靠着一处栏杆，不像打工人，像准备打人的。

乔小旦笑笑道："其实我曾经很羡慕能找到工作的人，我那专业太偏，在滨海都不容易找到正经单位。"

"那不干脆回老家呀？你这学历好歹在当地上个班也不是什么问题吧？"马一鸣问。

"我是个单职工家庭，我是我爸妈这辈子最骄傲的杰作，你说要因为找不着工作回老家混，我爸妈在小县城的邻里街坊中，还能抬得起头来吗？"乔小旦轻声道。男人很多时候放不下面子，特别是，还不是事关自己一个人的面子。

"所以你紧张了，犹豫了，怕毁了自己的前途？"马一鸣笑着道。

"对，别看我身体这么棒，我从小到大都没跟人打过架。"乔小旦道。

"那我们回去吧。在我看来，一个连给自己讨公道都不敢的人，怎么去当警察，去给别人主持正义？呵呵。"马一鸣嗤笑道。

"你在激我？"乔小旦面色有点恼怒。

"又不是我的事，我只是有点可怜你。心理学上有个名词叫'角色效应'，意思是说我们每个人都在以不同的角色参与着各种社会活动，一个角色扮演久了，会出现角色和自我混淆的现象。比如，那些打工人，机械地上班下班，就会机械地认为自己天生就是如此。再比如，像你，找不着工作只能放低身价干更差的活，遭人白眼、受人欺负，时间久了你也会认为这个角色就是你的自我。"马一鸣道。

乔小旦讪笑道："是啊，可又能如何？"

"你甘于自己永远是个路人角色吗？"马一鸣反问，这下子乔小旦真被刺激到了。

马一鸣笑道："我们生得卑微，并不等于要活得下贱。法律和规则必须敬畏，但并不等于面对欺凌和侮辱要一声不吭。相信我，这是你胆小的心魔。"

"可是我怕……"乔小旦犹豫道。

"所以给你一个下贱的角色扮演，剩下的我来做，别担心我，我可不差那身警服，大不了老子再回五原老家混。"马一鸣道，说着他径直走了。片刻后乔小旦跟了上去，马一鸣揽着他，附耳教着什么。

随着人群走了不远，穿过地铁口附近一个市场，又在熙熙攘攘的市场里转悠了大半圈，从一条仅有一车宽的路出了市场，这里被早来的夜市摊点挤得只剩一条人道了，再沿着这条路往前走，人迹渐少，前方一处施工地旁边的旧仓库，就是乔小旦曾经打工的地方了。

"这都不用看，就是黑窝点啊，莫非大家吃的外卖就是从这里分配出去的？"马一鸣瞪目了，无标志的仓库里，淡淡地传来了腐臭的味道，像茅厕。

乔小旦小声解释："也不全是，但这里打工人群多，需求量较大，高峰时间你就是什么店他也做不出来，只能靠这种小店批量做半成品，到时候微波炉里一热就行了……你别奇怪，没这种地方，那种九块九几乎等于白送的外卖根本做不出来。"

所以这种省税费、省场地费甚至省人工费的偏僻小店就是最佳之选了。

乔小旦是熟人，能进去这个所谓的配送点。一进去，扑面而来的腐肉味道几乎让人窒息，偌大的封闭空间里，戴着大口罩的男女正在分拣着冻肉、鸡翅、鸡块，地下乱七八糟地扔着装冻肉的编织袋，一个年纪不大的男子正捡拾着袋子。乔小旦踩住袋子，蹲下来问道："二雷，又分过期肉是吧？小心将来生孩子没屁眼。"

"滚，老子恨不得把自己屁眼都缝上，能他妈挣多少钱啊？够自己吃吗？还想生孩子？"那男子骂了乔小旦一句，继续撅着袋子。

乔小旦问起郭老板，二雷不耐烦地指指后厨，这些满脸厌恶的男女厌恶所有的一切，懒得多说一句话。乔小旦和马一鸣在堆着冻肉的逼仄空间里再走不远，后厨的景象就出现在眼前了。

几口大锅里是颜色难辨的汤水，冻肉都倒进去，大型的蒸箱正晾着，昏暗的灯光下，地面颜色发黑，你得小心翼翼地走，否则会踩到半鞋深的污水，没准还能吓出躲在角落里的臭虫和耗子。乔小旦倒是轻车熟路，隔着蒸箱嚷了一句，在后面转悠的一个男子出来了。

那男子五短身材，远看奇肥无比，走近又奇丑无比，顶着个胡子拉碴的大脑袋，像毛未煺净的猪头，就这胖得猥琐、长得醌醌的货色，还真和这地方挺应景。这货笑着龇着一嘴板牙说话了："哈哈，你小子又没处去是吧？看你那德行还考什么考？咋，这是谁？"

"我朋友，找活干……郭老板我跟您说个事，我还能回来干吗？"乔小旦谄媚道。在这些粗人面前，谄媚得极其浮夸，必须让他们深切感受到自己的地位高人一等。

这表情让郭老板放松了，他摸摸乔小旦低下来的头说着："你来当然欢迎啊，别随便带人来啊……"

"也是没地方去的，我同学，哎老板，您缺人不？我一起群租的可有不少人呢。"乔小旦看郭老板警惕，赶紧岔开话题。

这让郭老板来了兴趣，他眼睛一亮，神神秘秘地杵着两根胖手指道："有多少？介绍成功，每人给你这个数。"

介绍一个人二百块。乔小旦挪了挪位置，挡住了郭老板的视线。马一鸣悄悄插上了门，奇怪地手一伸，插向了锅里，好像在试温度。

这头乔小旦附在郭老板耳旁说："有十几个人，我们老家那边的，没出过门，好忽悠呢。"

"那成，这钱你挣定了，但说好了，得干够仨月。"

"我介绍给您，干成啥样得看老板本事了。"

"好……那交给我，我给联系个下家，现在用工荒，哪儿都缺人。"

"哎对了，老板，还有个事。"

"啥，你说嘛。"

"我上次离开去考试时，您还欠我大半月工资，一天一百二，一共二十一天，再加上六天夜班，三千一百二，没错吧？"

"错是没错，可咱这儿有规矩，不够一个月不结呀，你半路走了把我生意撂下谁管，再雇人不得花钱啊？"

"两码事啊，这钱您给我结了，我继续给您干，然后也给您介绍人，您看怎么样？"

"那那……那再说，一码归一码，干得好再给你结。"

"老板，我信不过你呀！我们那批人，你扣了好多人的工钱啊，也就我们外地人不敢吭声，但你也不能欺负我们啊？"

"谁欺负你了？等等，你不是来找活，是找事来了吧？也不打听打听老子是谁！"

郭老板明白了，凶相露出来，一把揪住乔小旦的领子，呸地唾了他一口。不料被他忽视的马一鸣突然手拿着一物往他脖子上一勒，直接勒走数步，然后往蒸箱门把手上一绕，咔嚓一下锁住了。是把锁自行车的链子锁，这个巧妙的锁法让乔小旦惊叹不已。郭老板的脖子此时被不紧不松地勒着，锁在半人高的门把手上，人站不直也蹲不下，刚要叫喊，被马一鸣凶巴巴地捏着下巴，然后"呸"的一声，唾了他一脸。

一切都是设定好了的，马一鸣一指，乔小旦顺手一合闸，轰轰的蒸箱和鼓风机的声音响起来，避免了被外面的人发现的可能性。

"兔崽子，你们死定了。"郭老板目露凶光，想伸手拿什么东西，可偏偏什么也够不着。乔小旦被他凌厉的样子吓得后退了一步，马一鸣却是伸手试着锅里的温度，然后就着破勺舀了一勺汤拿在手里，转身，脸色平静地看着对方。

威胁、恐吓、殴打……这些都没发生，偏偏这个平静的表情把郭老板吓住了。江湖经验告诉他，不声不响的那种人最可怕，就像面前这个人，肯定是那种什么都干、什么都不在乎的人。他牙齿打战咯咯直响，紧张地说着："你……你……你要干什么？"

马一鸣没吭声，一只手伸了过来。看他手里有脏抹布，郭老板下意识想躲，不料马一鸣顺手捏住他鼻子，他一张嘴，恰好被脏抹布捂住了，捂住的一刹那，下半身一阵滚烫，剧痛让他喊出来了，恰恰这声音却被抹布给堵回去了。

乔小旦却是真切看着，马一鸣的一勺热汤倒在了郭老板的裤裆里，烫得郭老板乱跳乱叫，转瞬间又不敢叫了，因为不声不响的马一鸣回身，又舀起了一勺汤。这时候郭老板急了，马一鸣一摘他嘴里塞的抹布，他急喊着："给钱，给钱……我给你结工钱。"

"早说嘛，费这么大劲。"马一鸣示意。郭老板赶紧掏出手机，哆嗦着扫码，给乔小旦转了钱，又紧张兮兮地看着马一鸣。马一鸣无所谓地扔了勺子，顺手拿着砍骨刀敲着锅边，淡淡道："给他解开。"

乔小旦给郭老板开了锁，以为不妥，却不料刚才还凶神恶煞的郭胖子像折了脊梁的癞皮狗，一屁股坐在地上。马一鸣指指门，乔小旦开门，退出，加快步子往外走，在门口等了不多会儿，马一鸣快步出来，二话不说，一把拉着他就走，两人奔跑着，很快汇进了夜市，消失在人群中。

案发现场，很久才见得脸色羞愤、双手提着裤子一直在扇的郭胖子从后厨出来了。工人们诧异地看着，平时骄横跋扈的郭老板像受了委屈的小媳妇，此时才回过神来似的神经质地说着："报警，报警……妈的，不能便宜了这俩王八蛋……"

"老板，不能报警，咱们这儿这些东西。"现场有位工人善意提醒着。

"拉走，过期的都拉走……今天老子就是不干了，也要弄死他们……哎哟，这孙子缺德的。"

郭老板乱摸乱揉着裤裆，那屋里发生了什么，实在让工人想入非非啊。不过肯定发生了什么不可描述的事。工人们开始分拆部分货物包装，然后郭老板就近去医院一检查，发现下半身并无大碍后，还真就报警了。

当晚9点，滨海市滨东新区曹桥派出所的报案记录称：有两名嫌疑人闯入报案人郭春槐的食材仓库，采取捆绑和威胁的手法逼迫受害人郭春槐转账三千余元。其中一名嫌疑人是郭春槐的前雇工，姓乔，名小旦，受害人甚至连他的身份证号都提供了。

毕竟是国际化大都市，像这样愚蠢的作案根本经不起大数据的筛选，因为案发地点没有监控，派出所远程调取了相邻市场的几个监控，受害人在派出所就指认出了另一个作案人。

到午夜的时候，潘渊明接到了严武教官的电话，他终于找到眼皮一直在跳的原因了。乔小旦、马一鸣两名学员，现在很荣幸地以嫌疑人的身份挂在警务内网上，现在不是归队的问题了，是要归案……

夜雨逢屋漏

第二天，当交接班的记录拿到曹桥派出所高达所长面前的时候，时间已经指向上午8点50分。派出所能处理的案子不算少，但多数是鸡毛蒜皮的小事，因果性很明显的也不算大事，再大点的事就移交刑警或者其他专业警种处理了。偏偏昨晚有一起不大不小的事，让他都不知道该怎么处理了。

详细看了一遍报案记录，报案人郭春槐，职业是地铁站附近超市的仓储小老板，报案案由为两名嫌疑人对他进行了勒脖子锁人加灌热汤折磨，然后逼他转给了对方 3120 元，初步定性为疑似经济纠纷引发的入室抢劫。

"联系上集训负责人了吗？"

"联系上了，叫严武，他的回复是依法处理，不干涉。"

"政治处有回复吗？"

"未纳入警籍管理，政治处暂不介入。"

"那人找到了没有？"

"……"

高所长抬头，警员摇摇头，万一逃回老家或者逃离滨海市，那问题恐怕就更严重了。高所长皱着眉头，脱了警帽，捋捋后移明显的发际线，为难地道："真不知道集训是怎么教的，如果真是这样的话，性质可就严重了啊，即便情有可原，这两人也涉嫌犯罪……入室、持械胁迫、人身伤害，哦哟，这还集训什么，该进看守所训练了。"

所长只觉得可惜，在这里不鲜见那些初入社会的毛头小伙一步不慎毁了一生的事，像郭春槐这种不干不净的社会油子，门道深得很，恐怕一般人都不敢惹这种货色，而现在这货都急眼了奔派出所报警来了，以所长的经验不难判断出，那事估计假不了。

高所长将记录递给警员道："抓紧时间，把人赶紧找回来，如果真是经济纠纷，能补救就补救。"

这时高所长仍然抱着万一之想，有人说派出所就是和稀泥的单位，大部分小案小事都以双方签个和解协议结案，不过这件事恐怕没那么容易。民警接着小声道："所长，别人有可能，郭胖子绝对不可能，这是个没理也要咬三分的主，就算和解，那俩学生仔也出不起赔偿。"

"那就依法办事吧，尽快找人……咦，不对呀，这人应该很好找啊？"高达所长愣了，又不是逃犯，总不至于没法联系吧？

"真不好找，电话关机了，我们动用了网络追踪，奇了怪了，这俩人跟在逃人员一样，居然找不到痕迹。"民警道。现在人在天网之中几乎是无所遁形，别说正常人了，就是罪犯也别想在这个遍地监控的大都市隐形，偏偏这两人从昨天案发到现在，一直没有行踪。

"找找他们负责人，把情况说清楚，尽快找到人。"高所长不容分说地安排了一句，民警得令出去了。

严教官被惊动了，跟上了这两位民警找人。他能联系的无外乎这届的学员，几个电话后很快得到了一个确认的信息，信息是刁乃春提供的，昨晚他履约在香格里拉酒店请马一鸣吃饭了，同吃的还有乔小旦、肖景辰阳等人。严教官一数就是平时捣乱的那几位，再具体点情况就是，人均喝了一瓶半红酒，他和郝昂扬几个现在还躺在酒店床上呢。

问题就出在这儿，那是个五星级酒店，私密性极好，怪不得找不到人。这一队人赶紧往酒店赶，敲开房门时，刁乃春刚穿好衣服，睁开眼的郝昂扬、丰中华惊声尖叫："教官，你太过分了吧？放假了也来抓我们？我们光喝酒了，没干别的。"

来不及跟这货胡扯，严教官问了马一鸣的房间，可去敲门时已经人去楼空。这时候那仨人穿着衣服跟出来，两位民警跟着教官的架势怕是让他们怀疑上什么了。

郝昂扬小声和民警套着近乎问道："哥，马一鸣干什么了？昨晚好好的啊？"

"是昨晚以前的事。"民警道。

"昨天才放假啊，能干什么？"郝昂扬愣了。

民警犹豫不知道该不该说，丰中华提醒："您告诉我们什么事，我们带您找去，他们几个肯定在一起的呢。"

"涉嫌非法进入受害人住所、伤害、敲诈勒索。"民警道。

三位同学给吓蒙了，这罪名估计能进南堡看守所了。民警好意安慰了句："罪名是疑似，不排除有受害人夸大其词的可能，所以得尽快找到他们。"

"哦，好嘞，我们一起去。"丰中华道。

郝昂扬征询地问严教官："教官，要不发动同学们一起找下？"

"行，你们联系一下。对了，昨天还有谁？"严武问。

"肖黑和老毕。"丰中华道。

"那俩闷葫芦也跟着他胡闹？"严教官纳闷地问。印象中，那俩学生很沉默，如果不是要走，估计他都记不住毕启航。

"快算了，他俩喝两口，比我们加一块还能说。"郝昂扬道。

"甭废话了，赶紧去找。我们分两路，你们如果联系上，务必告诉他事情的严重性，让他马上到曹桥派出所投案自首。"严教官怒气冲冲地撂了句，领着两位民警走了，听他们说要查大厅出入监控。

三人你看我，我看你，片刻后同时惊醒，回房拿上自己的东西就往电梯口奔。

郝昂扬说："这孙子居然打劫去了，打了劫还顺便让刁哥请客，我咋这么佩服他呢？"

丰中华说："兴许别有隐情吧，马缺德不至于这么 low 啊？"

"这货处处跟我作对，坑了我不止一回，按说我巴不得他出事，可他出事了，为什么我高兴不起来呢？"刁乃春说不清自己心里复杂的情绪，干脆直抒胸臆了。

"那就跟着感觉走，说明你在乎他啊。"丰中华道。

"必须在乎啊，万一再封队，还全靠这货给咱们运物资呢。"郝昂扬道。

毕竟是艰难时期建立的感情，牢固性还是有的。三人下楼，一个退房，两个人打电话找地方，基本还没出门，这消息就在学员中间已经传遍了。

"马一鸣犯事了，谁看见他，让他赶紧到曹桥派出所投案自首……"

"您怎么看？"

欧阳惠敏坐在潘渊明办公桌对面，等了接近半个小时，潘渊明才从屏幕上移开视线，这是警务通指挥系统，内部可以直接浏览到实时案情。

这看的不是第一遍了，可越看问题越多，在这位老警察眼里，端倪可不止一点半点。他沉吟道："不太对呀，下午四五点案发，受害人晚上 9 点才去派出所报案；都勒脖子倒热汤刑讯了，才抢 3120 元？抢劫还有零有整？那小老板手机里不会只存这么点钱吧？还有这是孤证啊，就受害人一个人的证词，没有目击……不对劲啊。"

没找到人还无法证实，但这案情里破绽百出的，怎么看也不合情理。想到最大的不合情理处时，潘渊明抿着嘴很肯定地说了："不像……不像，一点都不像。"

"体貌受害人都指认了，不是像不像的问题，肯定是他。"欧阳惠敏道。

"我是说，不像马一鸣干的活。如果是他干的，也没有这么简单被逮着；如果被逮着了，那肯定不像表面这么简单。"潘渊明判断道。

"我怎么听着不对劲，这话有回护他的意思？"欧阳惠敏笑着问。

"如果真是他干的，被受害人指认，而且被派出所结案，我就当没见过这个人，回护什么？这种知法犯法的，活该。"潘渊明不客气地道。

"您用了'如果'这个字眼，如果是另一种情况呢？"欧阳惠敏说道，先提示说，"别看我，我不知道会是什么另一种情况。"

"这个世界是有规则的，想突破规则就得承受它的反噬，踩着红线跳舞可不比在训练场上捣蛋，我倒看不出他有这种能力。"潘渊明疑惑地道。敢于踩着红线的有两种人，不是执法中的高手，就是罪犯里的翘楚，两种人的共同之处都是没什么好下场。而像马一鸣这种年龄和阅历的，明显还达不到那种水准。念及此处，他摇摇头，像是自言自语道："要再过个三年五年，我相信他有这种能力，可现在……"

现在，肯定还不具备。欧阳惠敏笑了，儒以文乱法，侠以武犯禁，都是在自己擅长的领域挑战规则。那么当官差的，自然最擅长黑白之间的游戏。这种见不得光的技能，除了经历和实践，不可能有地方去学习。

"不对，他有可能懂。"潘渊明突然想起来了，眼睛一亮。

欧阳惠敏不信道："您太高看他了吧，就现在这架势，怕是不进去也得脱层皮了。"

"执法也经历了从人治到法治的转变，三代从警，最早的那一代从警时间差不多可以追溯到建警时期了，要没有耳濡目染，我还真不信能出这么个另类……绝对有，绝对有……他那种家庭，和他接触到的人，是天然的实习环境。"

潘渊明呢喃着，那个在训练场上骗过了他的人，那个顶风冒头站出来让他无语的人，那个游离在监管视线之外的人……他眼睛亮着，蓦地站起身来就往外走。

欧阳惠敏急急跟上追问道："不是说不干预吗？"

"走，看好戏去，没那么简单，从晚上到现在找不着人，绝对有后手。"

潘渊明奔出办公室，电话联系上严武，然后两人驱车径直朝曹桥派出所来了……

"什么？找马一鸣？我们怎么可能和马缺德在一块？你有病呀你？"

正在逛街的宋佳子在电话里怒斥着郝昂扬，不过旋即傻眼了，她不信地嚷着："你咒人家呢吧？入室、伤害、抢劫？你说他偷鸡摸狗我信，失心疯了才干这个！我真不信，好好……哪儿？哦，知道了。"

放下了电话，察觉宋佳子脸色有异的姐妹几人围上来了，本来她们就是无所事事地逛，一问啥情况，都傻眼了。沈筱燕好奇地问道："抢了多少？"

　　"没问。"宋佳子道，"就说要知道他在哪儿，赶紧通知他到曹桥派出所投案自首，现在严教官和民警正满世界找他。"

　　"不对呀，昨天咱们上车的时候还见着他们了……问乔小旦啊。"计巧巧道。

　　"你脑袋进水呀，乔小旦是同案犯，肯定一起潜逃了。"宋佳子抢白道，没来由地有点冒火。

　　计巧巧好奇地看着她问道："咦？咋把你急成这样？"

　　"我急？我巴不得他……哎呀呀，说这干什么？怎么办呀老大？"宋佳子嘴上不急，跺着脚问着，那流露出来的情绪却是很真实。

　　从昨晚到现在，姐妹四个住一块，本待今天逛逛到点就归队，没承想出这事了。到底是老大，陈薇羽啥也没说，领着众人就走，一句话："去曹桥派出所。"

　　"让咱们通知呢，人又不在。"宋佳子道。

　　"老大是对的，不管是去自首还是被逮回来，都在曹桥派出所。"沈筱燕道。

　　"嗨，等等我。"宋佳子追上去。几人拦了辆出租车，向曹桥疾驰而去……

　　此时商利民正在收拾着行囊，妻子正给他包里叠放着几件内衣，偶尔看看帅气的丈夫，总觉得他变了很多，原来的小肚腩没了，曾经常挂在脸上的商人式的笑容都变了，甚至人都晒黑了一圈，不过不管怎么看，都更有男人的味道了。

瞧，连接电话都那么帅，说两句都吼上了，搁以前难得见他会生气发火。就见他接完电话，披上外套就走，妻子问道："这就走啊？不是说到晚上6点报到吗？"

"哎呀，我们同室一个家伙可能犯事了，我得去看看。"商利民说着，奔下楼了。

"那行李怎么办？"妻子问。

"别收拾了，基本用不上，别管我了，我和队友会合就一起走了，中午估计回不来。"商利民奔出家门。这里确实是一幢独栋别墅，他坐上车，吩咐了一个目的地：曹桥派出所。

他丝毫没有注意到，楼上窗口里伸出头的妻子，已经开始有幽怨和无奈的眼神……

"一鸣，你要办的事就是这个？"

乔小旦好奇地问。这里的环境他已经瞄了一个小时，地方叫练塘老街，街足够老，青石板的路面，矮墙窄窗的老建筑，不少院子里还植着果树，伸出了绿油油开着各色花的枝丫，把小巷遮挡得疏影横斜。在这种环境里住的肯定是极高雅那类，因为偶尔还能听到不知道哪家传出来的评弹，那种纯粹方言的曲艺，已经是大多数年轻人欣赏不了的高雅艺术了。

偏马一鸣在这儿享受似的听了好久，乔小旦见他没反应，又问道："我咋觉得你在装呢？你能听懂？这可不比英语六级听力容易。"

"听不懂。"马一鸣笑着摇摇头道，"一两句能懂，刚才说唱的是《啼笑因缘》，很老了，奶奶在世的时候，我常听她在收音机里放这个。"

乔小旦皱皱眉头，没明白。马一鸣揽着他肩膀说："你紧张，一紧张就又猴屁股坐不住了。"

"谁紧张了。"乔小旦不承认，转移着话题道，"刚才问你什么来着？你要办的事，就是这个？"

没办什么事啊，兄弟们的事都办了，最后马一鸣要办的，却是在这个陌生的地方傻了吧唧地听着听不懂的评弹，实在让乔小旦无法理解。

马一鸣像陷入回忆，从来没见过他这么幸福、这么温柔地说话："……我奶奶是滨海人，20 世纪 50 年代支边到了我们那穷省份当医生，后来嫁给我爷爷，就在五原生根了。她是个很精致的人，我记忆里，她总是把家里收拾得干干净净、一尘不染。我爷爷去世得早，我几乎就是她带大的，她每天哄我入睡，轻哼的就是这个调的评弹……我记得她常说，在滨海的家就在练塘老街这一带。"

马一鸣茫然四顾，似乎在找回忆里的影子，可惜沧海桑田，除了这一片受保护的建筑，周遭早已被钢筋水泥的丛林包围。

乔小旦小声问道："那你在滨海有亲戚？"

"好像有，我听我爸说过，我奶奶成分不好，'文革'时候经常挨批斗，差点没挺过去。她有个兄弟在 20 世纪 80 年代有过来往，之后对方出国了，也就断了联系。"马一鸣道。

"我去，你居然有海外关系。"乔小旦给了个另类视角，笑劝着，"那找找啊，没准现在已经非富即贵了，万一呢，说不定就是改变命运的机会。"

"一辈亲，两辈淡，三辈上门不管饭，人情哪有想象的那么深。"马一鸣道，而且强调着，"我奶奶说的。"

"我明白了，你来这儿怀念一下你奶奶？"乔小旦说。

"嗯，她在世时老念叨要回老家看看，老埋怨我爷爷不顾家。到我爸这一代，我爸也当了警察，我叔叔参军，两人更忙，我呢，那时候还小。她不但谁也指望不上，还有我这么个拖累……唉，到最后都没有成行。"马一鸣眼眶红红的，可能对这位亲人有着刻骨铭心的眷恋。

"那你爸妈……"乔小旦问，不过紧急刹车了，他可能体味到了马一鸣话里隐藏的信息。

果不其然，马一鸣苦笑，摇摇头道："离了，不过没离也没啥区别，早早就把我扔给奶奶养着。我奶奶曾经说她这一辈子最大的成就和最大的失败是同一件事，你猜是什么？"

"不知道。"乔小旦摇头。

"嫁给了警察，又生了个警察。"马一鸣道。

乔小旦扑哧一笑，笑着又使劲憋回去了。马一鸣的脸色凄楚，如果这句是笑话，那面前的这位，可能是笑话的延续了。

话止于此，在马一鸣的视线里出现了一辆警车，严教官和两位身着警服的人，看着他的方向径直走过来了。乔小旦看看手机，时间指向上午 11 时，他懊丧道："来得真快，我十分钟前刚开机。"

"走吧，作为坏人狡辩，可比作为好人狡辩有成就感得多。"马一鸣带着乔小旦，迎面走上前。那几位停下了，等着两人。两人不像犯事被带走的，倒像约了个专车来接人的，大大方方坐到了警车里。严教官和民警们诧异互视，然后带着这两位嫌疑人，朝曹桥派出所驶去……

第四章

训练营来了个神秘教官

处处设埋伏

"这是……"

到了曹桥派出所时，欧阳惠敏霎时看迷糊了，放假的学员在派出所外排了一溜，估计想进去但被撵出来了。她和潘渊明跳下车，那群学员主动围上来，叽叽喳喳地问。潘渊明没理会，背着手直接进去了。那儿的登记员方要询问，冷不丁想起这张脸来，赶紧敬礼问好，潘渊明摆了摆手，直接进值班室了。

欧阳惠敏举手示意大家安静，解释道："人已经找到了，大家都回去吧，下午准时归队。"

"那马缺德怎么办？"

"就是啊，到底什么情况啊？"

"不能连乔小旦都犯了事吧？他没那胆啊。"

"肯定是冤假错案。"

"欧阳主任，您说说情，让我们进去吧。"

"……"

还没解释清楚，车回来了。小面包警车蹿进了院子，两名警察先下车，随后开门，马一鸣、乔小旦从车里出来了。乔小旦吧还知道害羞，捂着半边脸。马一鸣就不同了，笑着向大伙挥挥手道："哎哟，都来啦？中午谁管饭？"

哦哟，这把担心他们的众人给气得不行。欧阳惠敏说："你们看，人家都不操心呢，你们着哪门子急呀？都不要进去，此事会依法处理。别说你们，就是潘处长也不能干涉基层办案。"

说着她进去了，严格叮嘱了一句："不得让外面这些闲杂人员进来。"刚走到厅门，就闻听有人狂喊："就是他，就是他……警察同志，就是他……"

随着喊声，一个矮胖子冲出来了，是刚从询问室出来的郭老板，此时仇人相见分外眼红。那民警拦阻不及，他已经冲向门外的马一鸣和乔小旦了，边跑边喊着："就是他勒我脖子抢我钱的，化成灰我也认得他。"

冲到了面前，他却有点外强中干。两位民警拦着，恰好给了他台阶。他跳脚指着马一鸣嚷，却也不敢造次。

不料马一鸣嗤鼻不屑道："瞧你那点出息，我以为你敢上来打我呢。"

"哼，别跩，今天老子跟你没完。"郭春槐嚷着。

一位民警拦着郭春槐，另一位指着马一鸣和乔小旦："你，三号询问室；你，六号。"

两人是两个方向，乔小旦依言老实过去了，马一鸣却是低头系着鞋带，民警转身时，他迅速站起来，走了两步，对着郭春槐"呸"的一口，声音很轻，却结结实实唾到了郭春槐脸上。郭春槐瞬间怒从心头起，扑上来就打马一鸣，马一鸣挨了一拳夸张地尖叫，那两位民警急得就去拉人，拽住又吼又骂又乱踢的郭春槐。

"看，监控都录下来了啊，我要告你寻衅滋事，派出所里都敢打人？郭胖子，你完了。"马一鸣严肃地说了几句，掉头走了。

暴怒的郭春槐这才省得自己失态了，两位拉他的警察放开手，他紧张道："刚才他唾我脸上了。"

"哪有？有，我能没看见？"一位民警道。

"就说有，你也不能在这个场合打人啊！"另一位道。

"不是我，我……"郭春槐解释不清了。

"回去，坐询问室。"民警命令着，对这个"受害人"，实在没什么好感。

六号询问室，乔小旦情况说得很快，不过半页纸便叙述清楚了，差不多和民警的判断一致，但勒脖子、倒热汤的细节却没有说。民警把笔录放下，看了眼乔小旦的微信转账记录，转账那一页截了屏，这"3120元"没问题了。

"受害人报案，马一鸣勒住人家脖子，把人家锁在蒸箱柜把手上，然后往人家裤裆里倒了一勺热汤，逼人家掏钱，有没有这回事？回答前想清楚，不是你一个人口供啊……简单点，有，还是没有？"民警问，拿起笔准备记录。

"我不知道有没有。"乔小旦道。

"不知道？"民警不信了。

"对呀……哦对，是不是反了？"乔小旦问。

"什么反了？"民警问。

"他勒我脖子了。"乔小旦道。

"……"民警怔了。

反转在三号询问室继续，问到这个细节时，马一鸣挠着后脑勺想了半天，犹豫道："应该没有吧？"

"是没有，还是应该没有？"民警问，他估计面前这人说瞎话了，尽管受害那个也不是好货色，可恰恰那个人的表征可以反证，不动点手段，肯定是拿不走钱的。

"那您说应该有吗？"马一鸣反问。

"你也是准警员了，有这么回答询问的吗？"民警气着了。

"那您不是准警员了，更应该知道这种情况怎么处理啊？各执一词的时候，讲证据啊。勒脖子了，勒痕总有吧？热汤倒裤裆了，您让他脱了裤子检查一下，烫脱毛了还是烫秃噜皮了，一查不就知道了？不能听他胡说就冤枉人啊！"马一鸣狡辩着。

可这狡辩把民警给问住了，这倒也不难，回头查下便知。他换着方式询问道："把这个细节再详细说一下，你说他还揪乔小旦的领子了，然后，他就把钱转给乔小旦了，你不觉得这逻辑不对吗？"

正常逻辑应该是郭春槐揪乔小旦，然后马一鸣趁机出手，勒住了郭春槐逼其给钱。

而马一鸣给出的逻辑是，郭春槐揪住了乔小旦，然后，经过劝说，郭春槐就给钱了。

逻辑问题解释不通了，民警看着马一鸣。马一鸣为难片刻后，不好意思道："这个好解释啊，郭老板黑白通吃的，我们肯定惹不起，就给他说好话，然后答应他再给他找十几个工人，而且不要中介费，这下郭老板才把钱给我们了呗。"

"那既然商量好了，为啥他回头来报警？"民警又揪住问题了。

"他不是当时报的警，肯定是过了几个小时以后报的对不对？"马一鸣道。

民警没回答，还没看明白呢。

"看，我说对了。我们答应他，一个小时后见面就把人给带过来，但是我们并没有人介绍给他啊，就是骗骗他，谁知道这家伙就恼羞成怒，恶人先告状了。"马一鸣道，逻辑被完美地衔接上了。

民警迟疑了下，反问道："即便如你所说，那他等于骗了人家3120块，对吧？"

"那是工资，这郭胖子就是坑人的，乔小旦给他干了二十一天，还加了六个夜班，愣是没给算钱，要不是我们想出这么个办法来，钱还要不回来呢。"马一鸣道。

"等等，这说来说去倒是受害人有问题了？"民警拦着马一鸣的话。

马一鸣狡辩着："肯定有问题啊，我就不信您不知道这个做外卖的手脚有多不干净。"

"没证据，不要乱指人家。"民警无奈道，现在这家伙恐怕要搅糨糊了。

马一鸣一笑道："既然没有戴手铐，那说明这个是传唤，问题还没查清。没查清的原因是除了受害人的报案，没有其他证据，对不对？"

"说得好像你有似的。"民警无语道。

"如果，我有呢！"马一鸣肃脸一展，笑容绽出来了……

六号询问室，事情出来截然不同的叙述后，那个"说服"郭老板的逻辑成立，究竟勒没勒脖子、倒没倒热汤说不清了。在监控里早看得不耐烦的所长高达推门进来了，他看得出乔小旦这里算个弱项，直接进门，坐下，啪地重重一拍桌子，怒目圆睁，吼着问道："再装！你的同伙已经认了，跟你这儿费闲工夫，从头开始说一遍。"

"哦。"乔小旦被吓得浑身激灵一下，失声了。

半晌无音，高达所长怒道："怎么了，哑巴了？"

"您在诱供。我的同学不可能认啊。"乔小旦判断出来了，要说认也只可能是他认，怎么说都是马一鸣教的，马一鸣怎么可能先厌了。

"哦，你们有攻守同盟了啊。"高所长鼻子哼哼道。

"您没证据，不能乱说这样的话啊，这和我们在学的警务知识是相悖的。"乔小旦道。

"等你当了警察就知道，书本教不会你执法，当然，如果你还有机会当警察的话。你觉得有吗？"高所长刺激道。

乔小旦不为所动，诚恳道："这个您说了不算。书本虽然没有教会我执法，但教会了我尊重证据。如果我有证据能证明，郭春槐确实是欠我 3120 块钱的工资，而且他不只欠我一个人工钱，是不是这场闹剧就可以结束了？"

证据？居然还留了证据？高所长一愣，眼珠子游移着看了眼监控探头，估计那头的潘处长也要大惊失色了吧？如果有证据，今天的事情可就要全盘反转了。

沉默片刻，乔小旦眼神示意着自己交出的随身物品。民警拿起了他的手机，打开相册，里面有一段视频，一看，眼睛一直……

证据出现了，民警直接结束了对两人的询问。两人被叫进了和郭春槐一起的询问室，相对而坐，证据手机放在郭春槐面前播放着视频。进门，和场子里的人打招呼，这明显不是非法进入。当郭春槐看见自己的脸出现在屏幕里时，一下龇牙咧嘴尴尬了……

"有十几个人，我们老家那边的，没出过门，好忽悠呢。"

"那成，这钱你挣定了，但说好了，得干够仨月。"

"我介绍给您，干成啥样得看老板本事了。"

"好……那交给我，我给联系个下家，现在用工荒，哪儿都缺人。"

"哎对了，老板，还有个事。"

"啥，你说嘛。"

"我上次离开去考试时，您还欠我大半月工资，一天一百二，一共二十一天，再加上六天夜班，三千一百二，没错吧？"

"错是没错，可咱这儿有规矩，不够一个月不结呀，你半路走了把我生意撂下谁管，再雇人不得花钱啊？"

"两码事啊，这钱您给我结了，我继续给您干，然后也给您介绍人，您看怎么样？"

"那那……那再说，一码归一码，干得好再给你结。"

"老板，我信不过你呀！我们那批人，你扣了好多人的工钱啊，也就我们外地人不敢吭声，但你也不能欺负我们啊？"

"谁欺负你了？等等，你不是来找活，是找事来了吧？也不打听打听老子是谁！"

视频定格在郭春槐凶相毕露的脸上，这总没假吧。郭春槐愕然地看着环伺的警察，突然想起来了，拍案而起嚷着："不对不对，后半截呢？后半截勒我打我的视频呢？"

"摄像头就放在乔小旦领子上，你一揪领子掉了，全成黑屏了，赖我们啊？"马一鸣道。

"胡说！"郭胖子怒道，一拍桌子，站起来指着马一鸣，江湖匪气都出来了。

"坐下！"几个警察同时吼。现在越看这个"受害人"越像坏人了。

郭春槐坐下，难堪道："警察同志，他们真勒住我脖子，把我锁门把手上，真往我裤子里灌了一勺热汤，我怕他们真的整死我，才把工钱给他们的。"

马一鸣不冷不热地插了句："哦，现在承认是工钱，不是抢你的钱了？"

"啊，这……"郭春槐说漏嘴，结舌了。

"我问你，你去医院，查出问题来了没有？"马一鸣问道。

郭春槐不情愿地摇摇头，确实没查出问题，只是当时烫得吓人。

"既然没问题，为什么当时不报警，直到晚上才报？"马一鸣再问道。

"我……"郭春槐急得凸眼结舌，却什么都没憋出来。

"即便你无法亲自去报警，打个电话就报了，或者让你手下的人报个警也可以，为什么都没有呢？"马一鸣追问。

这回，郭春槐干脆装死猪不吭声了。

"本来这个事我不想掺和，但是据乔小旦说，你们这儿封装的半成品外卖，是供给各饭店的，价格极其低廉，这么低都能赚钱，说说你是怎么干的？"马一鸣怒问道。

郭春槐一脸尴尬难堪，看了马一鸣一眼，吓得不敢对视了。

"啪"的一声重拍桌面，惊得郭春槐一哆嗦。就听马一鸣训着："别以为我不知道，你们低价购进过期的冻肉，掺在正常食材里鱼目混珠，这是违法犯罪，你懂不懂法呀？你欠人工钱也是违法的，知不知道严重性啊？你诬告我们同样是犯罪，你知不知道后果啊？《治安管理处罚条例》《食品安全法》《刑法》《劳动法》，你数数看，你一个人违反了多少法律法规？"

"我……我……"郭春槐擦着满头大汗，紧张得脸上横肉痉挛，哆嗦半天才说，"我撤案，我错了。"

"砰——"又是一个拍桌惊堂，马一鸣吼着："你想得美，不交代清楚，你今天走得了吗？真以为我们对你的情况没有掌握？"

"我真没有，我怎么可能干那事，不信你们去查啊！我们那仓库是正常登记过的，绝对没有过期货。"郭春槐反应过来，幸亏昨晚转移了。

"哦，这样啊。"马一鸣的语气突然急转温和。

郭春槐暗舒了一口气，却不料马一鸣身子往前一凑，笑着问道："那你说说，昨天从医院出来，你去哪儿了？还有你手下的几个伙计，现在在哪儿来着？"

这……郭春槐不敢应声了，怕又是个雷。他目光游移，神情极度紧张。在场的民警一看都判断得出，有事！

绝对有事！

马一鸣笑着道："本来以为就你场子里那点货，举报了也没意思，结果你清场让手下人往窝点运，你说万一那个窝点暴露的话，你今天是不是真完了？我进门就告诉你了，你不信。"

郭春槐僵住了，表情僵了，身体僵硬了，整个人都僵了。跟面前这个人让他极度恐惧似的，动也不敢动。僵持间，乔小旦和马一鸣的手机突然响了，是视频通话请求。乔小旦起身点了接受，然后场景放出来，似乎是一个执法现场，数辆警车围着一个地方，有人往外搬东西，有人控制现场喝令在场人员蹲下，往里看，是成摞的冻品仓库，不过一时分不清具体地点。

"滨东新区有一个刚成立的食药环侦大队，根据群众举报查获了一个非法囤积过期冻肉制品的窝点。郭老板，郭老板？您是不是看着眼熟啊？昨晚好像您在那儿呢……喂喂，郭老板，郭老板……"

马一鸣叫着郭春槐，这位郭老板已经吓蒙了，不叫还好，一叫他回过神来，看看几个身穿警服的身影，一阵天旋地转，毫无征兆地"咚"一声连人带椅子栽倒在地。

"你说你，好好的坏人放着不当，非得来派出所作死，看看，真死了吧。"马一鸣得意扬扬地评价着，撩着舌头吐泡泡，把在场的几位民警看得噗地笑出声来。

这算什么事啊，前一刻还是嫌疑人，后一刻倒玩得比警察还溜，直接把人给审得吓晕过去了。

监控室里目睹了全程的潘渊明笑意盎然，最后一刻都笑出声来了。他对欧阳惠敏道："我们忽视了几个人，所以没看透。"

"谁？"欧阳惠敏问道，不过说出来时马上明白过来，侧头往窗外看。肯定是肖景辰阳和毕启航那俩闷葫芦。

"呵呵，没到场的就是了。他们是故意藏起来让事情发酵，等着最后这一击致命啊。"潘渊明道，声音里竟有几分感慨。这情绪让欧阳惠敏感同身受，这局玩得他们旁观者都心惊肉跳，真不知在局中者得有多强悍的神经才敢设计这种事。

"我觉得，勒脖子、灌热汤那事，郭春槐没说假话。"欧阳惠敏凛然道。如果调皮捣蛋还算可爱的话，干这事就让人觉得可怕了。

"没证据，你这不是诬蔑自己的同志吗？"潘渊明笑道，又补充着，"也算是为民除害了，有必要抠细节吗？再说了，现在谁还关心那点烂事。"

这话里透着浓浓的护犊之情，欧阳惠敏无言以对。事情急转直下，很快出了结果，食药环侦大队的警车驶来了，要带走涉案重点嫌疑人郭春槐。

马一鸣那个缺德货从派出所追出来，站在门口喊着："嗨，嗨，郭老板，一夜回到解放前，戴上手铐泪涟涟。来来，给哭一个，我就不信你现在心里没有痛悔和悲伤。"

众目睽睽下，这位从受害人原地转换成嫌疑人身份的郭老板，真被马一鸣撩得悲从中来，趴在警车旁号啕大哭，就是不肯上警车……

警中有卧虎

大案靠线报，小案靠举报。

滨东新区食药环侦大队的出现，证实了潘渊明的判断。本来举报群众是保密的，不过这次举报的这几位"群众"身份特殊，对市局来人也就没有保密了。没错，就是肖景辰阳和毕启航，两人不但提供了详细的地址、人员体貌，甚至还提供了完整的录像。这白捡的功劳可把食药环侦大队几位乐坏了，直夸新人培训工作到位，这还没穿警服上岗都办这么大事，要是将来上了岗还得了！

如果以上级身份来问，恐怕除了客套的恭维不会有其他。潘渊明等一行三人匆匆告辞，上车看看时间已经指向午后两点，再过几个小时南堡集训队就要重新集合了，于是叮嘱了一番注意事项，把严武教官送上了公交车。之后潘渊明驾车往市局回返，刚掉头就给丁局打电话，说是要汇报工作，两人约了时间，挂了电话，车速就又加快了。

欧阳惠敏拉着扶手提醒着："慢点，潘处，您开公车不怕违章是吧？"

"对对……慢点。"潘渊明稍放慢了速度，那严肃的表情可能不只是因为要凝视前方的路面。但凡有心事时，潘渊明话就少了。欧阳惠敏趁红灯等车间隙问道："这都快下班了，还要汇报工作？至于这么拼吗？"

"不是，前两天提的以巡代训的方案到现在都没批下来，上会刚提了一嘴，几个副局长就是一堆意见，烦得丁局干脆撂在一边了。"潘渊明道。

是要让南堡这个集训队提前进岗实习的方案，这个方案被搁置并不让欧阳惠敏意外，她笑道："肯定不可能同意啊，现在全警都在思想整顿，自查自纠，这个节骨眼上，谁愿意摊事上身啊，全市数万警力有一个算一个，任何一个出事，局里班子成员都要负领导责任的。"

"不求有功，但求无过，不是处世哲学，而是一种怠政和懒政思想，这对队伍的危害不亚于贪污腐败。"潘渊明道。

"好吧，你厉害。"欧阳惠敏对此厥词不予评价。

欧阳惠敏那似笑非笑的眼神让人很不舒服，潘渊明侧头看了她一眼，认真说了句："我觉得，你应该和我站在一起。"

"我可扛不住别人指指点点啊。"欧阳惠敏笑道。

"二十年前，你可不是这个样子。"潘渊明道。

"您还记得我二十年前的样子？"欧阳惠敏道，她扳下了化妆镜，看着镜里的自己，秀颜已老，鬓边见霜，单凭这身警服撑着气场，要没这身制服，怕是和广场舞大妈无甚区别。

"'10·2'石楼故意杀人案，当时你在刑警队，我是专案组组长，搜捕杀人嫌犯时，你们组离得最近，跑在最前面的是你。那时候石楼镇还是个乡村，你直接从河梁上跳下去把嫌疑人扑倒了……我听说，你们队长气得当场扇了你一耳光？"潘渊明笑着说。

欧阳惠敏笑意更甚，一靠椅背笑道："嗯，打归打了，回头给我请了个个人三等功。想想那时候该有多莽撞愚蠢啊，要不是嫌疑人已经吓破胆了，没准我就享年二十几了。"

"你的表情告诉我，那是你人生最高光的时刻，你无比怀念。相比如今，我更愿意你还是那个鲁莽的丫头。我们都老了，可罪犯却永远不会老；我们斗志消磨了，而罪犯却不会……今天曹桥这件事就让我感慨很深，说起来是小事，可关系到多少人啊？堂而皇之用过期冻品，甚至售卖僵尸肉，你能想象一下，如果不被捅出来，还会存在多久吗？"潘渊明语重心长，说得忧心无比。

欧阳惠敏抿抿嘴，稍显难堪，潘处属于那种眼里不揉沙子的人，也正因为他太过不通人情世故，才在那个轻易不和人打交道的保密处待了十年之久，十年里唯一的改变是把督察处也接手了，但凡出山，可能就要有同行倒霉了。

"我记忆中，局里各类会议你从不发言或者提议。"欧阳惠敏突然道。

潘渊明尴尬地应了声："不用你提醒，我执掌督察处六年零十个月，处置各类违法违纪警员七十余名，平均每个月处理一个，有一部分还进了监狱，大家在背后齐声唤我'潘老黑'，我知道有一天等我退下去，肯定是千夫所指，骂名滚滚。"

"我理解你，但不等于我支持你。"欧阳惠敏意外道。

"看来我白说了。"潘渊明有点失望。

"不，不是因为你说了什么，而是因为你没说什么。你一定在谋划着什么事，我不想参与其中。"欧阳惠敏道。

"还有你害怕的事？"潘渊明不信道。

"我倒不怕什么事，就是怕我受不了事后的内疚。"欧阳惠敏道。

这话听得潘渊明一怔，不说话了。他默默地开车，快到局门口的时候，才又轻声问道："都十多年了，你心里还没放下恒阳？"

"你呢？你放得下？"欧阳惠敏直接怼回来的口气，似乎代表着那是个禁忌话题。

此时的潘渊明像羞愧一样不敢直视欧阳惠敏，轻声道："我没其他意思，我是说孩子也大了，要遇上合适的就成个家。"

"不要假惺惺，将来戳你脊梁骨的，我肯定是其中一个。"欧阳惠敏脸侧到一边，不理这位上司了。

停下车，欧阳惠敏匆匆下车走了。潘渊明尴尬地摸着鼻子，在院子里逡巡了好一会儿才想到要办的事，匆匆向丁局长办公室而来……

回到办公室，无意触及的往事让欧阳惠敏心烦意乱，那股子莫名的揪心让她无所适从，就像经历过的如山大案，就像体会过的生死一线，极度的焦虑，让端坐着的她都忍不住地双手痉挛。她使劲地左手捏着右手，制止着这种连医生也查不清的身体问题，好一会儿才勉强安静下来。

她知道，自己的心病犯了，正是这块心病让她从一线退到了政治处任职。有人说时间可以治愈一切，可事实证明，总有时间治愈不了的，比如，回忆。

她的眼神凝滞了，默默地盯着办公桌对面一个紧锁的柜门。她在回忆曾经初见时的美好，就像南堡集训队那帮浑小子一样，他是最爱现、最帅的那一位。她在那个最美好的年华遇上了最好的他，然后组成了最美好的一个家。

她轻轻地拉开抽屉，拿出了一个精致的小镜子，慢慢地摘下警帽，仔细地梳理着已经几处见白的长发，她把自己的仪容整理好，端正地戴上警帽，又思忖良久，这才站起来，走到柜子前，轻轻地，又仿佛重若千钧地打开了柜子。

　　一柜子奖状、奖章、奖杯，射击比赛一等奖、滨海地区全警大比武亚军、先进个人……一堆各式的奖簇拥着一张带相框的照片，相框里的年轻人笑得像阳光一样灿烂，还是初见时让她心仪的那个样子。欧阳惠敏轻轻地抚过相框，微笑着喃喃自语："恒阳，你还是那么帅，可我却老了……孩子越来越懂事了，我一直骗他说爸爸很快就回来，我都快骗不了他了……你要是还在该多好啊，我都不知道该怎么告诉孩子。"

　　她轻声喃喃着，把相框双手捧着放在眼前，仿佛还是最初热恋时捧着爱人的面庞，这一刻，她的眼泪毫无知觉地潜然而下。她把相框紧紧抱在怀里，使劲压抑着不让自己哭出声来，可越压抑，泪流得越多。

　　她无力地瘫软了，背靠着柜子，就那么席地而坐，将相框紧紧地抱在怀里，不敢再看一眼，她生怕再看一眼会遏制不住地号啕大哭，那镌刻在心里的思念，只有这一种宣泄途径，可这么多年了，泪，还没有流尽。

　　"恒阳，妈年纪越来越大了，说起你小时候就哭，我和妈跟做贼一样不敢当着孩子的面，只能偷偷地哭……妈也不止一次劝我，再成个家……可我做不到啊，是不是你也一样做不到，总忍不住，要悄悄钻到我的梦里来看我们娘俩……是的，肯定是的，你肯定放不下爸妈，放不下我们娘俩，你死都没闭上眼……"

她自言自语着，泣不成声地说着，当藏在心底深处的回忆如潮涌来时，她哽咽着，相框抱得更紧了。

在她头顶，柜子隔间，奖状和勋章的簇拥之下，那一张已经微微发黄的《滨海日报》字迹依然清晰，寥寥数语描摹了一位警察的一生：

滨海禁毒民警赵恒阳被批准为烈士，并追记个人一等功……

警察是什么样子？

警察应该是什么样子？

即便从事警察教育很多年的严武也回答不了这个问题，用"一样米养千种人"或许能笼统概括，一样的制服下，可能有一千种不同的人。现在面前的就是南堡这一队国考统招的学员，差异尤其大，他都无法想象，平时两个闷声连话都不说的学员，干了件连警察也轻易干不了的事。

"来了没有啊？"肖景辰阳嚷着。

"再刷新一下。"毕启航期待地说着。

两人不结巴了，不讷言了，归队后晚饭时分在餐厅就一直催，拿着平板的郑委不时刷新，然后摇头，他倒比始作俑者还失望。陆续归队加上驻队的学员听闻两人向食药环侦大队举报，端了一个黑窝点，肯定是十足的不相信，为了证明自己没有吹牛，他们就搁这儿等官方自媒体发布信息呢。

"哎呀，太慢了。"郑委放下了平板，不耐烦地道，"剪辑和制作我们都完成了，发布一下这么难吗？"

"啊？你参与了？"郝昂扬在远处惊讶道。

这下郑委得意了，跩得二五八万一样自吹自擂着："必须的啊。拍摄我是专业的，大晚上怎么采光、补光，用什么仪器，我那儿都现成的，光这套设备我花了好几万呢，你以为我以前怎么当网红的？"

"你不没红吗？"丰中华讽刺道。

郑委尴尬一下，甩手道："差点就红了。"

"少吹牛，你那几万粉丝，绝对都是买的。"郝昂扬没有参与有点不悦，使劲打击着。

郑委怒道："诬蔑，我需要买粉丝吗？哭着喊着追我的迷妹多着呢，要不是我实在拉不下脸拍那些个没底线的视频，我早红了。"

"等等，"戈霆杰举高了手问道，"你说的那些个没底线的视频在哪儿？推给我，我要看。"

众人哄然一声，笑歪了，几位女生笑得喷饭。宋佳子干脆端着盆坐到了郑委身边，郑委警示她道："再叫本直男姐们儿，我跟你急啊！我们拍这个视频冒了极大危险啊，简直是深入虎穴，那大队长都说了，要给集训队发感谢信。"

"不称呼你'姐们儿'了，称呼你……"宋佳子促狭一笑道，"直男姐们儿？"

"去，一边去。"郑委起身，惹得作妖的宋佳子咯咯直笑，她无意中看到平板屏幕一动，伸手点开，忍不住欣喜道："来了，来了。"

郑委拿起平板，旁边坐的凑上脑袋来，吃饭的扔下饭盆奔过来了，一圈脑袋凑着看平板播放的视频，恰是今天上午查封滨东新区这一黑窝点的情形，剪辑还加入了郭胖子被带走的影像。视频报道，警方根据群众举报，今晨查封了这个非法囤积和销售过期冻品、僵尸肉的窝点，滞留涉案嫌疑人六名，查获非法冻品1130余件云云……两分多钟的视频信息量极大，不过大家想看的，被一个"群众举报"略过，实在有点意犹未尽了。

"同学们，注意一下……刚刚接到食药环侦总队发来的贺电，特别对积极提供犯罪线索，协助破获非法窝点的学员肖景辰阳、毕启航等，提出表扬。"严教官这时大声宣读了一份贺电。

众人还愣着，一直埋头吃饭的马一鸣一拽乔小旦，两人使劲鼓掌。那些惊醒过来的学员跟着拍巴掌，投来了一束束羡慕的眼光，还有亲近点的，狠狠地给个拥抱再来个摸头杀。这俩闷葫芦又是激动又是紧张，这么被礼遇可能是人生头一遭，激动得不知道该说什么才好。

"说两句，说两句……"郝昂扬跟着起哄，大家一起哄嚷起来。毕启航自然不行，就把肖景辰阳推出来了。肖景辰阳愣愣地看看学员们，稍稍安静，脱口道："其实我也不知道有这么大猫腻，马哥和乔小旦去讨工钱，一听这郭胖子什么货色就说了，斩草要除根，干人要干狠。"

"喀……喀……"马一鸣毫无征兆地咳嗽开了。

肖景辰阳马上改口："不对不对，是除恶务尽，我们就商量了……"

"那是两码事，我没参与啊，大队又没感谢我。"马一鸣赶紧拦着话。

"啊对，没商量，反正我们就追着那郭胖子，找着窝点了。"肖景辰阳道。

众学员一愣，跟着哈哈一笑，都心知肚明马一鸣干了点什么。郝昂扬大声道："你再咳嗽也知道黑军师是你，吓了我们一跳，还以为真抓你去了。"

"就是，干坏事也不叫上我们。"丰中华怒斥着，气哼哼地道，"以后别指望我们喝酒喊你。"

马一鸣拱手作揖，让大家口下留情。

严教官此时却是意气风发，他示意道："呵呵，好了好了，同学们，今晚可以自由活动，明天就要回到正常训练。下一阶段的训练方式我们还没有得到具体通知，在此之前一切照旧，所有通信工具，熄灯前全部交到保管室啊……不要发牢骚，你们离开了手机几天，现在的精神面貌多好啊……"

训导几句，他先退走了，交手机的反应远没有之前强烈了。从今天这事来看，最起码全队的荣誉感和凝聚力是很强的，尽管虚惊一场，终归结果还是好的，此时他悬着的那颗心终于放下了。

不对，没有全部放下。严教官看着手机，似乎还应该有一个电话，一个决定队伍集训走向的命令，却迟迟没有来……

"我们从古以来，就有埋头苦干的人，有拼命硬干的人，有为民请命的人，有舍身求法的人……这就是中国的脊梁。"

潘渊明驱车两个多小时，快接近目的地时，心里莫名地冒出这样一句话。他觉得警察队伍也可以用这句话来概括，一样的警服下可能有很多种不同的人。

此时夜幕已经降临，他仔细算了下，从市局到这个属于交警六大队辖区的车管站，差不多九十公里的距离，几乎从东区跑到西区了。接近车管站时，入眼便是一望无边的各式车辆，交警查扣的车辆、肇事待处的车辆，还有各警务单位暂存的涉案车辆，基本都汇集于此，这已经接近市界，差不多算是市辖最远的一个警务单位了。

车泊停在门口，潘渊明跳下车，像是有心事一样踌躇了片刻，这才上前敲敲大门。值班室没人，敲了好一会儿，才远远地看到电筒光亮着，有人披着衣服出来了。

"谁呀？"

"我，潘渊明。"

"大晚上来这儿干什么？有事明天再说。"

"废话，开门。"

两人说话似乎都不客气，那男子声音低沉，开门时一脸嫌弃。潘渊明却是不容分说，直接推门而进。男子关上门追着他，直问道："什么事？擅自进入警务单位，你违规了啊。"

"少扯淡，你管我呀，还是我管你？"

"呵呵，好像谁也管不着谁。"

"谁稀罕管你，进去说个事。"

"有事外面说，值班期间不会私客。"

潘渊明回头瞪了他一眼，没吭声，径自进去了。里面俩值班的紧张地站起来，不自然地躲着潘渊明的目光。潘渊明一摆头，一句"出去"就将人撵走了。他知道基层这些货会搞什么花样，坐到了办公桌前，抽屉一拉，烟和火机拿出来了；柜子一开，下面放的一瓶酒拿出来了；又起身看看文件柜，拉开其中一个，几个塑料袋子装的卤肉、花生米、豆干、小杂鱼，全给搜出来了。潘渊明一股脑放在桌上，憋着笑，不客气地伸手拈了几条小杂鱼嚼着。

此时门口站着的男子在灯光下亮相了，长脸，三角眼，瘦得颧骨很高，瞪人时眉毛向上竖，此时正瞪着潘渊明，像仇人相见一般。

"就知道你到哪儿也安生不了，值班期间喝酒？"潘渊明道。

一般警员要被督察这么逮着，怕是立马得矮三分。这位可不一样了，瞪着眼说："喝了，咋的？"

"按照纪律管理条例，是要接受处分的。"潘渊明道。

"好啊，今天你要不处分我，我还看不起你呢。"那男子不屑道。

潘渊明嚼着小杂鱼，脸上笑着道："是不是下不了决心脱这身警服啊？我处分，正好替你下决心？徐丑虎，你长这么丑，想得倒挺美。"

"论职位你比我强，论长相，你可好意思点评我？"那男子走上前，直接拿走了酒。

潘渊明掏着口袋，拿出叠着的一样东西，递给了徐丑虎。徐丑虎接过，展开一看，双眼凶光外露，咬牙切齿地说着："潘老黑，你什么意思？"

是一份几年前的文件复印件，标题为"关于对徐丑虎、周金剑等同志的处分通报"，对于把荣誉视为生命的警察来说，可能这会是一生的耻辱，而潘渊明像是故意揭人疮疤一样，专程送了份旧文件加深记忆。

潘渊明从桌上烟盒里磕出来一支烟，点上，一口浓浓的烟抽进去，呼出来，隔着袅袅烟雾看着对面的人，好半晌才开口道："我知道你心里有气，从一位监管支队长被一捋到底，搁谁也受不了。但是，你觉得局里处分错了吗？"

徐丑虎看着两页处分通报，一揉，扔地上了，不服气地瞪着潘渊明反问道："死亡的在押人员本身就有心源性疾病，又是个毒虫，我们支队给局里打了三次报告，此人不宜在押，可是大案队一直以有重大涉案嫌疑不办取保，局里迟迟未批复，最终酿成严重后果……警告和革职处分我认，可这个错，让我怎么认？"

"你没错，可也不冤。最起码你没有及时制止在押人员的斗殴，致使在押人员死亡，作为支队长，你负有领导责任，有什么错？"潘渊明道。

"我那时候正在局里开会，而且调任监管支队长的位置刚刚两个月……死亡的嫌疑人毛小利既然涉嫌重大案情，那为什么不往下查呀？我怀疑内部有内鬼。"徐丑虎的颓废又成了愤怒。

但凡这种事，处理方式都是简单直接一刀切，所有人员建制打散，调离原职，等待慢慢审查。只可惜那个案子成了无头案，尸检报告反映嫌疑人吸食毒品，本身身体机能就衰竭，再加上斗殴导致死亡，至于他还没交代出来的案情，也就随之成为永远的秘密了。

潘渊明大口大口抽着，一支烟快到了尽头，他突然道："我相信你。"

突来的信任吓了徐丑虎一跳，他一皱眉头道："少扯，你一说这种话，肯定话里有话了。"

"没话，我是不得不相信你。因为该事故导致降职、降级、调离原岗位的警务人员56名，我仔细捋了下，仍然在各基层单位混吃等死的、关系不大的占一半；调离公安系统的，占两成多；剩下的两成多，有不少选择脱下这身警服另谋高就去了。只有你这位领头羊，还守在这破地方没挪窝。"潘渊明说着，看着徐丑虎没反应，又继续道，"我能想出很多方式方法来。比如辞个职，就你这张丑脸，特种安保公司那类单位，肯定高薪请你，都不用说你的背景；比如调个单位，似乎也不是什么难事，毕竟连你的徒弟，现在都有当处长的了……能告诉我为什么还不走吗？"

"为什么要走？老子问心无愧，灰溜溜地走你觉得是我的风格？"徐丑虎不屑道。

潘渊明笑了，一竖拇指赞道："还是那个油盐不进的鸟样，认死理。"

"你不要假惺惺的，有话说，有屁放，都是老警油子了，卖关子有什么意思？"徐丑虎道。

"好，我直接告诉你，我需要一位经验丰富的老警察来带一帮菜鸟，而且我希望用最短的时间，把这支菜鸟队伍打造成一支召之即来、来之能战的快速反应队伍，里面有几棵好苗子，我不想他们被埋没了。"潘渊明直接说道。看徐丑虎警惕心很高，他干脆把情况详细讲了一遍。

听到关键处，徐丑虎明白了，敢情是丁局长也在犹豫，要主办人员培训的政治处主导，一下子把保密处这位给难住了。徐丑虎明白潘渊明的来意了，嗤笑道："明白了，你是说不动欧阳了，主意就打到我身上。我说潘老黑，现在发现你人缘不好了吧？"

"差不多和你一样，人人避我如蛇蝎。"潘渊明自嘲道。

"那我就不明白了，你凭什么认为我会听你指挥呢？我们没有师徒这层关系，犯不着看你脸色。再说你越位了，不管是保密处还是督察处，插手新人培训都有点不伦不类。就算退一万步讲，我们这一代刑警什么样你不清楚吗，训出几个跟我一样的，你敢用啊？"徐丑虎笑着问。

"你要再年轻几岁，我还真敢用你。我试着找了一个说服你的理由，不过涉及保密案情，要从你这儿传出去，可真该扒你警服了，有胆量看吗？"潘渊明变戏法似的从兜里掏出一台怪模怪样的机器来，是一台加密的电子文件浏览器，警务专用。

徐丑虎怔了片刻，不客气地拿走了。他看着，几次皱眉，一页一页扫过，在看到末尾时，似乎怔住了。潘渊明从他的手里拿走了浏览器他才惊醒，那双三角眼狐疑更甚地看着潘渊明。

"这是 803 计划的一部分，已经启动三个月了，一无所获。你也知道，有时候外围调查会费时很久，可能几个月，可能一两年，不过不管用多久，都必须有个结果。"潘渊明道。

这个秘密震惊到徐丑虎了，他声音低沉道："为什么找我？我背着的这个处分已经盖棺论定了，不可能处理一两件案子就能有雪耻的机会。"

"我不是给你雪耻的机会，而是让你从头再来。我可能不行了，你也可能不行了，我们相比于这个日新月异的时代落伍了，思维也钝化了，靠拳头、靠枪、靠几把警械，未必能当好现代警察，得靠这儿。"潘渊明点着自己的脑袋，指了一条出路。

"那就更不对了，我脑子要好使，能落到这境地？"徐丑虎尴尬了，像他这号快奔五年龄的老警员，脑子绝对是弱项，知识结构天然落伍，能不能看懂现在频频出现的网络犯罪案情都得两说。至于人情世故，那就更不用说了，该得罪的一个没落下，怕是到最后连老婆孩子都不待见。

"他们擅长这个，相信我，里面会有让你惊讶的奇葩存在，有一位家里三代从警的苗子，你可以多关注一下。我需要一位经验丰富、熟悉基层的人来教会他们怎么当警察。也许803计划的突破可以从他们中间找到，你知道该怎么做。"潘渊明道。

徐丑虎脸上闪过几个道不明的表情，似乎在纠结，似乎在疑惑，似乎在思考。片刻后他道："我要提个要求。"

"如果是待遇或者职务升迁问题，就不要提了，你是警察，应该明白任务和工作都不能交换，没有条件可谈。"潘渊明不客气地顶回去。

"我要稀罕那个，早和周金剑一起辞职赚大钱去了。"徐丑虎鄙夷道，直接提，"我的条件是，让我参加803计划，我已经荒废七年了，再这么过几年就不是荒废，而是真废了。"

潘渊明笑笑起身，像是很满意一般，轻轻拍拍徐丑虎的肩膀说了句："从你看到保密文件起，就已经在计划里了……少喝点，刮刮胡子，明天准时报到。"

他背着手走了，怔了好久的徐丑虎弯腰，把揉成一团的处分通报展直，看了一遍，默默折好，放进了贴身的口袋，尔后目光痴痴地盯着一处，像石化一样。

他目光盯着的方向，墙上挂着警服和警帽，灯光下，洗得褪色的警服有点旧了，有点皱了，不过那警徽还如初缀上去的一样，像极了此时徐丑虎的眼睛里，闪烁着的熠熠生辉的光亮……

铿锵初生犊

当徐丑虎有点驼的身姿出现在南堡集训队操场上时，他和潘渊明相映成丑的样子引得学员堆里响起一阵笑声。"徐丑虎"名副其实的大名一报，惹得笑声更响。

其实站在队前的潘渊明也忍不住笑了，他撇嘴刺激着："从今天开始，我给你们找了个水平不怎么样的实战教官，懒散的气质和你们比较契合……你们取得了一点成绩，看现在这样子，尾巴有点翘，一翘就要栽跟头啊同学们，之前说有重大变动，就从今天开始，你们将要有选择地进入执勤序列；从现在开始，就不称你们'同学们'了，统一称'同志们'……今天下午，第一组将被派往市区指定地点执勤……我给你们这集训队一个统一代号，'菜鸟'，菜鸟一组、菜鸟二组、菜鸟三组，以此类推。听口令，向左看齐，立正，马上整装、上装备……解散。"

学员们迅速奔向装备车，一个个利索地穿好作训服，上了八件套，手快的已经甩着棍开始比画了，其中有人小话出来了：

"兄弟们，菜鸟啊，这比马缺德起的绰号还缺德。"

"是啊，伤害性不大，侮辱性极强。"

"咦？耗子，你紧张啥？"

几个男生说着，奇怪地发现郝昂扬神情不对劲。一听大家这么说，他赶紧制止："别瞎扯，潘老黑又在坑咱们，这个人惹不起。"

哟？又来了个人物？众人瞅瞅那人的装束，两星无杠，搁这年龄还是个无衔的警员，应该确实像潘处所说"不怎么样"，当然，如果非要找特点，就是丑了点，瘦长马脸，五官随意，乍一看像毁过容的。

众人小声问时，郝昂扬说了："不骗你们，我上初中的时候他就打过我。"

"不会吧？警察打小孩，你干啥了？"刁乃春不信了，隐隐觉得郝昂扬有点夸张。

"大院里几个小屁孩打赌，往警车轱辘上撒尿，看谁尿得远。我尿得远，直接尿车盖上了，嗨，那时倒霉催的，就让徐老虎给逮着了，拎起我来就是一顿踹，回头还告诉我爸了。"郝昂扬说道。

郑委急着插嘴问道："那后来呢？是你爸厉害还是他厉害？"

"什么厉害不厉害，我爸又揍了我一顿。"郝昂扬道，惹得男生们一阵笑。

笑着的马一鸣说："警车、警服，都是信仰者的图腾，你往上面撒尿，揍得轻了。"

在众人的嗤笑下郝昂扬成了个大红脸。丰中华轻声问道："那咋这年纪也不小了，好像……好像还真是个警员，和咱们的级别不差多少。"

"你们不知道啊，当年他可升到支队长了，监管支队，比我爸提得还早，后来看守所嫌疑人斗殴致死，他负领导责任，被就地免职了。"郝昂扬道。

"哎呀我去，莫非是故意给咱们这个问题队伍，派来个问题警察？"肖景辰阳感慨道。

"啪！"有人给了他一巴掌，回头看是马一鸣，肖景辰阳不解，气愤地问道："打我干什么？"

"对这种人放尊敬点。"马一鸣道。

"为什么呀？"肖景辰阳不解。

"你瞎呀，没看那俩处长都对他很尊敬，能是普通人吗？"马一鸣提醒道。

众人悄悄瞄瞄，果然见同来的欧阳惠敏和徐丑虎说话都客气得很，就连潘处长也主动递烟点火，那几人明显是以为徐丑虎为中心的。这情形可把大伙给看蒙了，直到喊集合，才又一次列队到了训练场上。

"同志们，下面请我们的实战教官徐丑虎给大家上战前课。大家欢迎。"严教官带头鼓掌，掌声有点稀落。

徐丑虎踱到了队伍前，挨个扫视，看到郝昂扬时，郝昂扬有点紧张，龇着牙赔了个笑脸。徐丑虎自言自语似的叹了句："哦，小耗子都来当警察了，你爸给你走后门了没有？"

众学员哗地一笑，郝昂扬尴尬道："徐叔，我是正经国考录取的，我爸有那么大能耐吗？"

"好铁不打钉，好男不从警，有能耐还当警察？没出息才来混的。"徐丑虎训了一句，训得在场的都有点尴尬。他看过一遍，重新站回到了队伍前，整理下警容道："现在，市局政治处委派我对2021届新学员进行实战训练，你们听好了，说一千一万遍不如自己做一遍，所以我只教一遍，剩下的你们在实战中学习，今天分组后，各组将由派出所、巡警大队的老同志带领，正式走上执勤岗位。我给你们上第一节，也是最后一节岗前课……所有人，坐下。"

这个命令好，大家齐刷刷地席地而坐。熟人还是有优待，郝昂扬被揪出来当示范。徐丑虎命令他摘下装备，然后自己戴上，用平和的口吻给大家讲解着："这节课，是有关警八件的，你们学过了没有？"

"学过了。"众学员齐声道，这是基础知识。

"那就忘记你们学过的，这和驾校毕业开车上不了路一样，只有老司机带着你才行……你们一定要记住今天老司机教的每一句。第一件，警用水壶。这对于绝大多数民警来说，是最没用的装备。双层不锈钢质地，本身就非常沉，如果再加满水挂在腰上，基本等于别了两块板砖，腰带斜挎时如果不小心一松，分分钟会拴住你的腿。而且警用水壶保温性很强，早上灌满的热水，下午喝的时候依然烫嘴……所以，它更适合边远地区的派出所，而且最好不要挂在腰间使用，城市里，基本不适用。"

第一件，扔了。学员们倒不知道还有这一说，偏偏有人鼓掌了，是马一鸣。

徐丑虎皱了皱眉头问道："为什么鼓掌？"

"说得很对，总不能无人喝彩吧。"马一鸣道。

"我单纯地认为你是拍马屁，可惜没好处。"徐丑虎撂了句，噎住马一鸣了。

他再一抽，第二件，解释道："急救包。这里面除了创可贴，其他急救药品除非你是医学专业的，否则一概不敢乱用。喂好了，你是应该的；喂不好，什么后果自己清楚，基本上警察就当到头了，这还不算经济损失……所以，通常在执勤时遇到急病发作的人，要第一时间拨打 120，非常着急的，他要什么药、给他买什么药都要全程录像。要时刻认清自己，穿上这身警服你没有变成超人，你还是个普通人。"

有人举手了，是曹韵梅，她被允许提问，就听她问道："警察也有救病人的义务吗？或者说，执勤遇上病人的概率很大吗？"

"呵呵，遇上烂人、渣人、恶人、狠人，等等，什么人都有可能，当然也包括病人。"徐丑虎道。

没音了，可似乎并没有说服这位女生。

徐丑虎继续道："第三件，警棍。好伸不好缩，好拔不好收。只要砸弯一点，根本收不回来，最关键的是，顶端的疙瘩真是铁的，敲到人身上的任何部位非红肿即骨折，所以，能不用就不要用，甚至不要亮出来。"

啊？这岗前课听得，让学员齐齐嘘声了。有男生问了："难道这警械，就是吓唬人的？"

"差不多。警察掏出警棍扛在肩膀上做出很帅的戒备动作，我相信你见过。但我问你，你见过哪个一线民警轻易敢用它往人身上夯的？"徐丑虎问。

学员被问住后，徐丑虎继续道："虽然不一定有用，但一定要带着，你可以不用它'打人'，但可以用来自保，遇到持刀的、持棍的、操瓶子的，用这东西能挡几下算几下，毕竟你身上除了这玩意儿，没有几个可以挡刀的铁。"

"有这么严重吗？"私底下有学员小声问道。

听到的徐丑虎道："相信我，只会有你意想不到的。下一个给大家普及一下手铐，简单讲叫'好戴不好摘，能不用就不用'……传唤嫌疑人尽量不要把关系搞僵，能骗回来就骗回来，这个字眼说得不好听，可事实就是如此，现在的执法环境太复杂，现场的不可控因素太多，如果有人别有用心地给你录下视频，断章取义剪辑一下都是个大麻烦。传唤回来，该拘留拘留，该罚款罚款，切不可现场意气用事。"

刁乃春举手问道："那这如何界定呀？"

"一半是法律，一半是经验。《中华人民共和国人民警察使用警械和武器条例》第八条自己看。我教给你们的观点是，对于不违法的矛盾双方，不要使用手铐，现场处置，处置不了的，先哄回派出所再说；'哄'这个字眼不合适的话，你们理解为'设法带回'。对于一些严重的违法犯罪嫌疑人，特别是实施暴力违法犯罪的人来说，那就别客气了，一定要先上铐，再搜身。你永远不知道那些像游魂一样的坏人能掏出一把刀还是一支枪来，对于一切有危险行为的违法犯罪分子，要学会果敢地使用警械。"徐丑虎道。

宋佳子直说了："徐教官，您的观点前后相悖，谨慎和果敢能混为一谈吗？"

"能，用你的眼睛去看，不会看就跟着老警察学，这个书本上教不会你，只有在实践中积累。"徐丑虎道。

这个人说得有料，明显地勾起了所有人的兴趣。说到催泪喷剂，他提醒刚使用完千万不要上厕所，然后马一鸣开始笑，有人不解，马一鸣小声解释了，男生一传都笑，偏偏女生懵然不明白怎么回事；说到注意事项，当遇到有嫌疑人阻碍警察执行公务的时候，经过警告就可以使用胡椒喷剂，但是对患有哮喘病的人慎用。

这问题就来了，学员问："怎么在使用前判断是不是哮喘病人？"

徐教官笑着讲："这就看运气了。可以告诉你们一个事实，执勤中其实很少有人使用喷剂，虽然法律规定摆在那里，可一旦你使用胡椒喷剂，经人拍摄上传引发了炒作，即使你是合法且依法按照法律步骤来做的，也不一定是对的。有时候对错不是单纯靠法律和制度来评判的，还会有很多标准，比如，群众舆论。"

又有人谈到了一个假设，假设有老人、儿童、孕妇追打你怎么办。

可能是学员故意为难教官，但难不倒这种老警油子。徐丑虎将皮球踢回来，给了两种选择：一种是正面硬杠硬，那吃亏的绝对是自己；另一种是制造安全距离躲开，可能有点丢脸，而且丢警察的脸，但自己是安全的。

怎么选？这把学员们难住了，窃窃私语间，徐丑虎点将了，指着马一鸣问道："你……大声说说，你会怎么选择？"

"在坚持到最后和笑到最后之间选择，我觉得未必非要现场了断嘛，正面硬杠硬是最蠢的一种。肯定是宁丢脸不吃亏啊，反正又不光丢自己的脸。"马一鸣道，说者一本正经，听者面面相觑。

这次徐丑虎真笑了，笑得很开心。不过接下来的奖励就让马一鸣难堪了，徐丑虎把他揪出来说："来，示范一下搜身。"马一鸣知道没好事，扭捏地出来了，不多会儿，操场上传来一阵哄笑声，示范的郝昂扬骑在马一鸣身上打铐子，可算是找到调戏机会了，铐得马一鸣直嚷回头收拾他，两人演示成了私怨，扭打在一起了。

哄笑声中，潘渊明快步退出了集训地，欧阳惠敏情绪不佳，他追上去，很感激地说了声"谢谢"。这确实是诚心诚意的，得到了政治处的支持，丁局长才开了口把这个队作为方案试验，而且起用了一位颇有争议的受过处分的警员。

但欧阳惠敏总是觉得不舒服，推荐徐丑虎毕竟有私心。她回头看看和学员们玩得不亦乐乎的徐丑虎，怅然道："你总是能找到别人的软肋。告诉我，你怎么说服我师父的？"

从支队长被打回基层，搁谁也消沉到底了，上一次见到师父这么笑，欧阳惠敏几乎已经想不起是什么时候的事了。

潘渊明轻声道："你不得不承认，这才是他最喜欢的事。"

"答非所问。你用什么说服他的？我不觉得你能找到他的软肋，或者说，他没有软肋。职业前途早就吹灯拔蜡了，让他感兴趣的，应该不是这群菜鸟。"欧阳惠敏问，回头盯着潘渊明。

潘渊明尴尬地笑了笑，解释道："那是你还不够了解你师父，他不光外冷内热、面恶心善，从支队长的位置下课七年，现在他的弟子在职务上几乎都超过他了，他有的是机会离开，以他的履历可以选择更好的生活，可他仍然没有脱警服，在那个几乎被人遗忘的车管站窝了七年，这就是他最大的软肋。"

"厄运，是软肋？"欧阳惠敏问。

"不，厄运不是。忠诚才是。"潘渊明道。

欧阳惠敏的心蓦地被刺了一下，看着师父，不说话了。

"七年前的涉事看守所监管民警队伍被打散编制，支队班子集体受了处分，宣读处分通报时，谁也不愿意出面，是局里强令我出面的。在处置一些受舆论关注的事件时，为了平息舆论，维护和谐，组织上不得不经常刀刃向内，拿自己人开刀。对于集体和大局，以儆效尤，我不妄议；但对于处在事中的个人，特别是有些兢兢业业的警察个体，就是毁灭性的打击了。这种时候，那些依然抱着信仰和忠诚的个体，就是最悲剧的了……所以，忠诚有时候是铠甲，可以让他们不惧一切；有时候，却会变成软肋，让他们不顾一切。"潘渊明若有所思地说着，心里浮现出很多面庞，那是必须永远藏在心里的秘密，那，也是一种忠诚。

"我从不怀疑你的人品，但我怀疑你的居心。你的行事风格一贯卑劣，别以为我看不出来，你一定在谋划什么见不得光的事。"欧阳惠敏道。

"即便你看出来，也不会阻止的，因为你知道，我所有的卑劣行径，都不是为了自己。"潘渊明肃穆道。

欧阳惠敏轻轻叹了口气，径自走了。她不想继续这个话题，却又忍不住几次回头看。此时的操场上，训练渐入佳境，巡逻队列、遭遇纠纷处置、现场搜查、搜身……看得出那些即将走上岗位的学员个个兴高采烈，欧阳心里清楚这持续不了多久，因为兴奋很快就会被执法中的枯燥、单调、琐碎、无聊代替，可能还有不知道多少无法预知的危险在等着这群新人。

不管有多少担心，该来的总是要来。当日下午4点，第一批十八名学员穿上了正式的执勤服装，登上了去往市里的通勤车辆。两个小时后，菜鸟巡逻队，正式在滨海警务中闪亮登场了……

第五章

基层实习遇困境

用将先激将

屏显时间：5月12日21时38分。

执法记录仪提取放大过的视频颗粒感很强，不过看得清天马路一带，沿路边绿化带后，一片熙熙攘攘的景象，啤酒、烧烤、广场舞，所谓消夏三宝，在这一带沿路尽情释放，视频里不时闪过那些吆五喝六嚷得起劲的市民。

蓦地，不和谐的影像出现了，两个摇摇晃晃的人从摊点走向绿化带，然后解带、宽衣，做着挺身直耸的动作。

计巧巧的声音传出来了："哎呀，好尴尬呀，这些男人怎么都这样，大街上就这样。"

有人笑了，然后传来了阙骅的声音，是在巡逻车里喊："嗨，不准随地大小便。"

视频里那两个醉鬼被惊，不但没被吓跑，反而很横地回过头来，看着巡逻车的方向，嚣张地往高了撒水，嘴里含混不清地嚷着："管得着吗？来抓我呀，抓我呀……"

伴着计巧巧的尖叫，明晃晃的灯下，那男子的裸露部位都快看清了，嚷乱间，这人似乎被同伴拉走了。

视频中断，黑暗中传来一阵笑声……

屏显时间：5月12日22时10分。地点，滨江南站一带。

画面里是一个木讷、留着小胡子、眼神游移的人，视频里传来了宋佳子的声音，宋佳子在客气地说着："同志，请出示您的身份证，例行检查。"

连说了三遍，那人一点反应也没有。丰中华的声音吼起来了："嗨，身份证，跟你说话呢！"

那人撒腿就跑，跑得比百米冲刺还快，眼看着丰中华追上去了，一会儿又悻悻地回来了。

"这人不会是通缉犯吧，怎么一查身份证就跑啊？"宋佳子问道。

"你问我，我问谁去？问侯师傅。"丰中华悻然道。

"哦，不是通缉犯，是个聋哑人，在这一带乞讨的。"这是带队师父的声音。

黑暗里，又是一阵笑声……

屏显时间：5月13日18时22分，松卫路一带。

画面里，一辆红色的轿车缓缓移动着，间或从驾驶位置伸出个胖脑袋来回头说着："嗨，警察同志，您二位快点啊，4S 店快关门了。"

"好……的！"商利民的声音，在喘。

"大哥，这是上坡路啊。"沈筱燕的声音，也在喘。

敢情是两人在给一位市民推车，视频放远了点，录视频的似乎在车上。

不一会儿，那胖子脑袋又伸出来，然后似乎是带队的民警说话了："先生，要不给您叫个拖车？"

胖子说："那不得花钱吗？"

沈筱燕气得一个趔趄，差点趴地上。

视频中断，黑暗里又是笑声一片。

再一段画风突变，淞庭创业园区，身着警服的陈薇羽正和一对外国夫妇对话，然后领着二人通过了创业园大门。这段对话被路过的群众无意间拍下来，而且还放到了网上，标题是："看滨海的警花小姐姐外语有多牛！"

朋友圈的、微博的、自媒体的人，拍下了陈薇羽和刁乃春一起值勤的画面，并上传到了网上，两人于是被网上传成"金童玉女警察组合"，这直接导致了他们值勤第二天就更换了地点。

视频结束，窗帘拉开了，拉窗帘的徐丑虎看着全班学员，出了丑的还在尴尬着；走了红的还在沾沾自喜着；没进视频的，估计在窃喜着。

徐丑虎提醒道:"注意啊同志们,值勤的时候要慎言慎行。对于不道德的行为,提醒倒是没错,较真可就不对了,特别是跟醉鬼们较真,容易激化冲突,总不能因为随地大小便,把人家传唤回派出所吧……巧巧,下次注意啊。"

众学员一哄笑,计巧巧脸红了。徐丑虎笑着继续指摘:"商利民同志,能告诉我为什么要下值勤车,去给别人推车吗?"

商利民站起来,不好意思说道:"我看人家挺急的,就去推了,谁知道是不想花钱叫拖车。"

众人哄堂一笑,商利民不好意思,解释道:"谁都会有个为难的时候嘛,伸把手总比不伸强啊。"

"好好,你做得没有错,但作为警察,除非遭遇违法犯罪或者接到报警,否则没人会支持你放下值勤去推车。自己掂量,假如在你们推车时发生警情,你们俩体力已经耗尽,怎么去做好本职工作?"徐丑虎道。

"对不起徐教官,我知道了。"商利民道歉,坐下了。

"唯一值得欣慰的是班长这一组啊,连政治处都看到这则消息了,还好是正能量的……像陈薇羽和刁乃春同志的做法才是适当的,因为他们值勤地点是创业园区,人流量大,甚至很多是国际友人,他们值勤的大部分工作,就是做好引导和解释,或者充当向导,这是我们树立形象的地方,而不像其他值勤路段,需要随时发现可疑情况……值得表扬。"徐丑虎说着,带头鼓掌。

不过学员里的掌声有点稀落。有人伸脖子说怪话了,是马一鸣,他问道:"奶子,不是你花钱买的托吧?"

"胡说八道!"刁乃春怒斥。

"你这么恼羞，像是不打自招啊。"马一鸣道。

"你……"刁乃春被噎住了，毕竟家教良好，没有马一鸣出口成脏的水平。

众人偷笑着，陈薇羽一踢凳子怒起身瞪着马一鸣："是我找的托，怎么，有意见？"

"没有没有，我是觉得没把班长您的飒爽英姿展示出来，是不是啊，兄弟们？"马一鸣笑着道。不过没人理他，反而是徐丑虎瞄上他了，慢慢走近。然后，马一鸣躲闪着徐丑虎的眼光，不光是他，郝昂扬、肖景辰阳齐齐有意无意地侧头了。

"我还没说完呢，你倒抢着发言了。"徐丑虎道。

"您说您说。"马一鸣道。

"菜鸟五组，站起来。"徐丑虎道，示意陈薇羽坐下。

五组没有现场录像，也就没有现丑机会了，他们似乎隐瞒了什么。看着站起来的马一鸣、郝昂扬、肖景辰阳三人，了解的知道这三个货肯定没干什么好事，否则徐教官的脸不会说变就变。

"我问你们，值勤三次，为什么一段视频都没留下？"徐丑虎问。

马一鸣解释："这不赖我们。我们去的警务站离曹桥派出所最远，站里穷得连给辅警发根橡胶棍都发不全，我们一去他们就休息，带着我们值勤的还是个辅警呢。那两台执法记录仪就没一部能用的，我们跟所长反映这情况了，所长说打报告了还没批下来，所里正常出警勉强够用，我们又干不了多大活，要那玩意儿干吗？"

这来自基层无懈可击的解释把徐丑虎噎得瞪眼了，他气愤地问道："那你们写的工作日志是什么？就值勤路段和时间？"

"啊！什么案情都没发现，我们总不能编吧？"马一鸣道。

"那你们在警务站那热水器里涮火锅总不是编的吧？"徐丑虎问。

众学员一愣，这太有创意了。可解释更有创意，马一鸣说："周边是工地，我们找不上地方吃饭咋办？总不能勒着裤带值勤吧？"

学员们憋笑憋得越来越难受了，那两位低着头的使劲咬舌头生怕笑出来，偷懒还能说得这么振振有词，也就马一鸣能办到了。

此时马一鸣脸上一闪而过的戏谑被徐丑虎捕捉到了，他"哦"了声，像是接受解释了。马一鸣一松劲，却不料徐丑虎突来一句："站好！"

"我了解了一下，在你们三次值勤期间，你们值勤的区域环城新村一带，累计发生十六次失窃案。那一带是工地，正在建设，正常情况下，哪怕是辅警同志执勤也要抓住几个在工地偷钢模板、钢构件的小贼，那么多贼，你们一个都没碰上？我信你个鬼啊……你们出警务站了没有都得两说。郝昂扬。"

突然一喊郝昂扬，吓得他一个激灵，徐丑虎再问道："我说的对不对？"

"对。"郝昂扬被徐丑虎的积威吓得说"对"，一说"对"，又觉得不对，再想改口，晚了。徐丑虎一指肖景辰阳，训着："肖景辰阳，你搞监控是专业的，冻品库那么暗的光线你都拍得那么清楚，一两个执法记录仪能难住你？你还好意思说坏了。"

被戳到软肋，肖景辰阳难堪地低头了。

"好了，给你们仨下个死命令，把这片地区工地经常失窃钢模板、钢构件的案子处理一下，不懂就问派出所的师父，不会就让派出所的前辈教你们，需要支援朝队里要。话我撂这儿啊，给你们三天限期，处理不完别回来，自己找个地方待着凉快去，省得我看着你们来气。"徐丑虎越说越难听，看那三人还杵着，又加重语气训着，"还不走？八抬大轿抬你们啊？小耗子，我可看着你长大的，瞧你那点出息，我看你怎么好意思抹着脸回来……自己坐公交去，通勤车容不下你们几位大爷了，热水器里涮火锅，把你几个小兔崽子能的……"

可能徐丑虎真是生气了，连嚷带骂没一句好话，怼得那三人落荒而逃，放录像旁听的严武只觉得不妥，却鼓不起勇气来拦。这个徐教官的脾气可比潘处大多了，而且根本不顾身份，三天时间早把这帮桀骜学员训得老实多了。

而且他喜怒无常，把三个调皮货训走了，他关上门，脸上浮着得意的笑容，甚至还倚窗看着那三人灰溜溜离开的糗相。看完再面对学员时，已经成了一张笑脸，他笑着给学员们解释着："有种人叫蹬鼻子上脸，所以不能给他们好脸色。剩下的同志们都很努力。现在是下午 3 点，距离通勤车开拔还有一个多小时，下面请严教官给大伙讲讲派出所反馈的信息，是执勤中的注意事项啊，注意听……"

好像他是故意撵走那三位一样，众学员面面相觑，不过想想马一鸣、郝昂扬那俩损样，倒也觉得不算意外。

三位被撵出来的可糗了。郝昂扬埋怨："咱说好歹做个样子吧，你非偷懒，看看被逮住了吧？怎么可能连咱们涮火锅的事都知道？”

肖景辰阳劝道：“别扯了，要是知道生菜还是在附近地里拔的，那性质更严重了。”

马一鸣说：“啥性质严重？那地生菜就没人收，都是抢着搞块自留地要补偿呢。”

“那咋办？”郝昂扬傻眼了。

“要不找你爸说说？”肖景辰阳小声道，他怀疑徐丑虎针对性这么强，原因可能在郝昂扬身上。

可提到这个，郝昂扬更愁了，苦着脸道：“你不懂警察，警察看谁都像嫌疑人，包括自己的儿子。我爸知道了，得先收拾我一顿。”

“这个我理解，别担心，屁大点事。抓不住的毛贼多着呢，咱们去杵两天岗回来就行了，还能真把咱们开了？”马一鸣道。

肖景辰阳道：“肯定真开不了，但开不了更恶心啊，他说话那么难听，你受得了啊？”

“大不了不干了，谁指着这活呢，吓唬谁呀？”马一鸣无所谓道。

但有舍不得的，郝昂扬诉苦了：“你们行，我不行啊。知道我多惨吗？为了考公住了两次学习班，一次四万，一次七万，赶着我妈一年的工资了，好容易考上了，你们扔得起，我哪扔得起啊？嗨，马缺德，人家肖黑玩网络的不愁出路，你也这么踮？考前干啥的？”

“给滨海这儿一个心理诊所当助理，简单讲就是搞婚姻咨询、心理疏导之类的，没啥用，基本都是骗钱。我们诊所那主任，贷了一屁股账，自己愁得都吃抗抑郁药。"马一鸣道。听得肖景辰阳笑得直哆嗦，就马一鸣这张损嘴，估计没贷款也能把主任气抑郁了。

"那你不好好骗钱，考什么警察？把我们都带坏了。"郝昂扬埋怨了。

"放屁，涮火锅是他的主意，数你吃得多，回头赖我，过分了啊。"马一鸣道，怼得郝昂扬无语了。

肖景辰阳跟在马一鸣背后，见去的方向是公交站，他小声说："要不，抓几个贼回来？"

"对对，抓几个交交差呗，要不徐老虎得一直跟咱们过不去。"郝昂扬道，追着马一鸣问，"马哥，马哥，咱们俩联手能和徐老虎打个旗鼓相当，抓几个贼不算啥吧？"

"去问问再说。好像不对啊，徐老虎想整咱们，不会给这么简单的活，到了再说。"马一鸣心眼多点，没想抓贼，倒先想到徐丑虎可能有什么贼心了。

两个小时后，他们仨站在派出所指导员办公桌前，指导员听明来意，又打电话专门询问了几句，再然后又愣了几分钟，审视了马一鸣等三人好几遍，才小心翼翼问道："你们……不会惹着徐支队长……不，徐丑虎了吧？"

看来名声在外啊，这位吴指导员都说出徐丑虎的前职务了。但这问话让几人奇怪了，郝昂扬奇怪道："没惹呀，我们也惹不起啊。"

"没惹咋派你们来搞这事了？"吴指导员不信了。

"这事……很难吗？"肖景辰阳觉出不对了。

"这个柜子，自己看选哪起吧。"指导员指指铁皮柜子，里面整齐地撂着案卷。

"哪一本？"肖景辰阳问。

"不分哪一本，都是。"指导员道。

三人齐齐瞪眼，"啊"了一声，看傻眼了。指导员苦着脸解释着："城中村建设已经开展一年多了，在拆的、在修的有好几家开发商，施工队有十九个，工人有两三千，流动人口就数不清了，有干几个月的，也有干几天的，那里发生的各种治安案件已经拖住了我们所里一半警力，而且案件结案也严重拖了我们所评优的后腿，知道为什么吗？"

"监控缺失，防控自然就难了，再加上流动人口，那治安防控就难上加难了。"马一鸣道。

吴指导员多看了马一鸣几眼，点点头道："我记得你，那天审私藏冻品嫌疑人的是你吧？你们好歹也算入行了，这些应该懂啊，这种情况想要规范还是需要时间啊……不过既然来了，徐丑虎也说了，你们就试试吧。盗窃类登记报案的，近三个月有四十多起，我们巡逻抓到了二十几个涉嫌偷盗工地建材的嫌疑人，治安和刑事拘留的都有，都在这儿，但一直打而不绝啊……既然徐丑虎说你们都是四队的高才生，那就试试吧。"

吴指导员莫名地有点不高兴，把三人撂在办公室，自己拿着钥匙下班了，把办公室留给了三人。

听着脚步声走远，郝昂扬小声问道："啥意思？徐老虎怎么可能表扬咱们？"

"你不是真傻吧？挖坑呢，不把你捧高，将来怎么摔得疼？"马一鸣道。

郝昂扬回看了一眼指导员离去的方向，接受马一鸣的判断了，他有点纳闷地自语着："摔咱们我理解，可指导员有什么不爽的？"

"能爽吗？咱们办不了，反正是学员不丢脸；可要办了，那不成打人家基层派出所的脸了？"马一鸣道。集训队这么越位，等于把学员变成夹在风箱里的老鼠了，两头受气。

"那咋办？试试呗，追妹子追不上，追毛贼应该行吧？要不咱们真成一无是处了。"郝昂扬难住了。

"啊？你不要非把我们和你拉到一个水平线上类比，我要有你花的那十万，我还考什么警察呀，我先拿上钱周游全国去。"马一鸣道。

郝昂扬刺激着："你行，你抓俩呀，好歹交了差，别让人家一直恶心咱们……肖黑，你别装深沉，思考个屁呀！"

"我正在思考，钢模板、钢构件长什么样，你见过吗？"肖景辰阳问。他对虚拟世界无比了解，可在现实世界里大多数时候就是两眼一抹黑了，还真不知道被偷的这些是什么东西。

郝昂扬看看他，摇摇头："没见过。"

马一鸣开着柜子，拿出来一摞案卷，往桌上一放，说："我倒是见过，不但见过，上中学时候有同学还偷过，从工地扛一块钢模板或者一根钢管，卖给收破烂的，差不多够在饭店吃一顿好的……别这么看我，我品德这么优秀，怎么可能偷东西，顶多他们吃的时候叫上我。"

两人异样地看着马一鸣，马一鸣扑哧笑了，那两人也跟着笑了。三人头碰头，就着指导员的桌子，从警后首次开始像模像样地分析案情，讨论针对方案了……

各显神通相

淅淅沥沥的小雨下了一夜，建在环城新村周边简陋的警务站终于还是没扛住雨水的侵袭，自屋顶的缝隙滴滴答答地开始漏水了。豆大的水珠滴在脸上冰凉冰凉的，把睡梦中的马一鸣惊醒了，蓦地一动，差点从凳子上摔下来，瞬间恢复神志，这才省得，一夜已经过去了。

昨夜他们还真认真巡逻了一圈，别说贼了，人影都没几个。从这里往外望去，整个就是一片大工地，道路泥泞失修，除了工程上用的泥头车和大铲车，正常车辆根本无法通行，就所里那辆旧警车，顶多能远远地绕着工地走。

天亮了，他伸展着胳膊，杵了杵趴在桌子上的肖景辰阳。肖景辰阳睡得轻，迷迷糊糊醒了。另一位郝昂扬霸占着仅有的一张一人宽的小床正打呼噜，这货心大得怕是指望不上。

马一鸣小声问道："有发现吗？"

肖景辰阳摇摇头，揉着眼睛道："无线监控的电量差不多快用尽了，我盯到快天亮，没有可疑车辆和人员啊，我截了几段。"

为了一雪被徐老虎恶心之耻，肖景辰阳把自己的看家本领都拿出来了，4G信号传输的远程监控探头，在新村两条路的暗处放了两个，信号可以直接传到警务站的电脑上。他操作着，几段截出来的视频嘈乱地播放着。这里晚上施工到零点才结束，如果有偷工地建材的，肯定选在后半夜，但后半夜除了几队清运建筑垃圾的泥头车，根本没有可疑人员。

眼神有点发滞的马一鸣思忖着，肖景辰阳提醒道："徐老虎诈咱们，这儿失窃案最早的都一年多了，和咱们值勤没有必然联系，昨晚交班那辅警不说了吗，好几千人的工地，根本看不住，能逮着都算运气。"

"不对。"马一鸣摇头。

"哪儿不对？"肖景辰阳问。

"刑拘的四个人是同村，偷了一辆板车，那种人力三轮，还有治拘的十四个人，都是各工地的工人，这似乎有什么不对啊？你想想，失窃的各种钢模具、构件、钢筋，算下来得有几十吨了，咋偷的啊？"马一鸣愕然道。有时候，你无法想象那个创造奇迹的"群众"能干出多大的事来。

"这人都换了好几茬了，没听所里老同志说嘛，这边有些民工，白天做工，晚上作案，一个个体力好得吓人。他们抓工棚里那嫖娼的，年龄最大的有七十多。"肖景辰阳笑道。基层就有这个好处，总能听到刷新你三观的故事，想寂寞都难。

"思维不要发散，容易进岔路……说偷东西。现在明目张胆地收赃已经不可能了，这种事一旦报案，我们肯定先查的都是废旧金属回收的地方，而最近的地方，有九公里多，都不止被查过一回了，只有两家被罚过款，似乎也说不通。"马一鸣道。

"现在讲疑罪从无，你是无罪嫌疑啊。即便他们私下收赃，这么长时间过去了，还有什么用啊？"肖景辰阳失望道。捉贼看似容易，但捉不住赃还是白搭。

"有用，想破案得弄清是怎么作的案。咱们再等等，来交接班后咱们走一圈，我还就不信了，几个毛贼能把咱们搞得晕头转向。"马一鸣就着椅子又躺下去了。这时候郝昂扬迷迷糊糊起来，提着裤子跑到外面警务站后放水。趁这机会马一鸣抢睡到了铺上，幸福地伸了个懒腰。回来的郝昂扬悻悻坐下，颓废道："要不今天回去服个软，认个错，徐老虎是故意针对咱们，把咱们扔这远郊区，我估计他是看我和马缺德不顺眼。"

"那我不就扛了无妄之灾了？"肖景辰阳郁闷道。

"我觉得吧，主要还在你长相上。"郝昂扬看看肖景辰阳，指摘道，"你看人家委哥、奶子、老商、华子，哪个不比你帅？把你放市区值勤，多损警察形象啊？就你这身值勤警服都像偷的。"

"你等着，等我进了网安，非把你小子的身份信息注销。"肖景辰阳恶狠狠地回敬着。

郝昂扬没心没肺笑着，床上的马一鸣可睡不着了，他笑道："耗子，你成功地把一个寡言的程序员气成话痨，而且会骂人了。"

"马哥，你还笑，这货说句话能把人气死！我长相怎么了？还影响警察形象？要论丑，谁能赶上教官？"肖景辰阳道。

"也是哦……别生气别生气，我这不是急嘛。你说咱们怀着一腔热血来当警察了，回头被人一脚踹到这鸟不拉屎、四处漏风、吃饭连外卖都不给送的地方，你不急啊？"郝昂扬道。

"实习嘛，又待不了几天。"肖景辰阳道。

"哎哟，我滴亲哪，你一看就是外行，招警第一步都要从派出所干起，即便你回到网安总队，一有活，还得和一线刑警滚打到一起。最舒服的是局机关和内勤，不信你问问马缺德，真要看咱们不顺眼，给扔到这么远的警务站，让咱们在这儿杵上几年，你有治不？"郝昂扬梗着脖子道，看来前景堪虞，有点心虚了。

肖景辰阳有点紧张地看向马一鸣，马一鸣道："我觉得挺好啊，反正我就是来混几天，你看我像有信仰的人吗？"

"嗯，这个我信，你这么缺德，不缺信仰才见鬼呢。哎，我就不明白了，巴巴地跑滨海来好容易考上警察了，就为混几天？"郝昂扬不信了。肖景辰阳却觉得这像实话，有点懒散的马一鸣确实不像其他学员那么上劲。

"我爸是警察，我爸的爸爸也是警察，了个心愿吧。我听我奶奶说，我爸当警察时，我爷爷死活拦着，后来父子俩闹了好多年别扭。到我这儿呀，好像在重复着上一代的魔咒，嗨，我爸也是死活不让我当，当年我就跟他较劲，我第一志愿报的警校，嘿，那老东西居然偷摸地把我的志愿给改了……毕业出来我专考警察，我都想好了，滨海要考不上，我就去别处考，有的地儿要求低，高中毕业就行。"马一鸣愤愤道。

郝昂扬和肖景辰阳面面相觑，实在揣摩不清这位学哲学的是什么心态，是爱，是恨，还是爱恨交织？咋这么纠结呢？

"算了，不睡了，我去买早餐。"马一鸣被勾起心事，起身离开了。

听到警务站外的车响，郝昂扬才小心翼翼道："听见没？他叫他爸是老东西……这么恨亲爸，得多大怨念啊？我明白了，他当警察就是为了气他爸，是不是这么回事？"

"好像是……哎耗子，有个警察爸难道这么凄惨吗？你也是？"肖景辰阳好奇地问。

这可算触到郝昂扬的心事了，郝昂扬脸色极其难堪道："你是不知道啊，我爸抽烟、喝酒、脾气暴躁，从小教育我的方式就是揍，如果揍也解决不了问题，你猜怎么办？"

"怎么办？"肖景辰阳同情地问。

"和我妈一起揍……哎呀，你是不知道我有多悲惨啊，在学校谁都打不过我，回到家净挨打。"郝昂扬悲痛地说着。肖景辰阳却是翻着白眼一点同情没给，就这货值勤干活喊累、倒头就睡的德行，他都想揍一顿了。

匆匆吃完早餐，和一位来交班的民警交接后，三人上路了，朝着轰轰作响、人声鼎沸的工地跑去。

这是当民警的基本功——走访。

此时在滨海东区亚细亚广场，另一项民警基本功也开练了——宣传。

今天是严武教官带队，响应市局号召，全市警务单位联动搞反诈宣传，集训四队被分配到亚细亚广场一带，宣传牌子摆了人行道一溜，每个遮阳伞下布置一个宣传点，防范电信诈骗的各类宣传彩页、册子满满一桌，今天可是全队上阵，都精神抖擞地早早来了。

可现实往往给人以意想不到的打击，雨倒不算大，今天毕竟是休息日，人流也依然如织，可偏偏就没人搭理那些可了劲吆喝宣传递资料的警察，给点面子的接住了，看都不看，走几步顺手就扔了。不给面子的直接摆手拒了，这无异于给小警们泼了一盆又一盆凉水，眼瞅着士气渐渐低落，个个有气无力了。

"老徐，这似乎不太行啊。"严武看看时间，才一个小时就这样，怕是坚持不了多久。

徐丑虎撇嘴道："没办法啊，说一千道一万磨破嘴皮子都不当回事，等被骗了才急着找警察。"

"我是说，学员们的热情可是被打击了啊。"严武道。

"没事，被打击的时候还多呢，习惯就好了。"徐丑虎无所谓地道。他看到一辆来车，拉着严武起身了。这里离市局较近，八成是直接上级来了。车一停，果然见潘渊明和欧阳惠敏下车朝他们走来，两人迎了上去。欧阳惠敏笑着道："师父，您带的兵士气看样子不行啊。"

"刚才我们还说这事呢，又能怎么样啊？哪个点还不都这样。"徐丑虎道。

潘渊明一指他说着："得用脑子，别老拍前脑门说不行。"

"那您用个我瞅瞅？"徐丑虎刺激道。

"我这不教你来了吗，看好。"潘渊明踱着步，冲不远处招着手。远处一位学员看到召唤，屁颠屁颠地奔过来了，一个眉清目秀的小伙子，漂亮得紧……对，漂亮，连这里过路的长腿美女也忍不住驻足看了几眼，然后自惭形秽地走开了。

是郑委，他奔上来敬礼道："潘处您，叫我？"

"嗯，我问你，对宣传的感觉如何？"潘渊明问。

"群众不当回事呀，都忙着去逛街呢。"郑委道。

"这是常态。想要做好一名警察，得设法改变这种常态，你好像以前当过网红？"潘渊明问。

郑委尴尬道："啊？这您都知道啊？"

"看来当过，那你当网红的时候，是怎么样……"

"卖人设。"

"卖什么？卖什么人？"

"不是，卖人设，意思就是我要在有针对性的群体里树立我的形象，并且让大家认可，这就叫卖人设。"

"哦，是这么出来卖的。"潘渊明点头，明白了。

欧阳惠敏听得笑翻了，郑委尴尬得快哭，咋感觉潘处长也这么缺德呢，这不骂人呢嘛！

潘渊明笑笑，一拍郑委的肩膀道："你现在人设有了，警察，反诈骗宣传的警察，你在做的事比你以前当网红有超过十倍、百倍的意义，现在全国性的电信诈骗案件高发，只要能让一两个群众引起重视，就有可能阻止一起诈骗案的发生。警务针对所有的案件都是预防为主，所有的预防，都是宣传先行……小伙子，你的本事大有用场啊。"

"啊？是吗？"郑委头一次受到如此褒奖，都幸福得要晕了。

"当然是了。前提是，想尽一切办法，把这个宣传的气氛搞起来，否则你看，警察都泄气了……告诉我，有办法吗？"潘渊明激将着。

"有。"郑委咬牙点头，又不确定，紧张道，"让我想想。"

"好，今天这个现场你来指挥，我们都是你的兵，去吧。"潘渊明道。

郑委激动得胸前起伏，敬礼时浑身都在颤，回头走时不时地握拳，估计是紧张过度了，走着走着就绊了下，吓得乔小旦赶紧上来拉着他关切地询问。郑委却是两眼炯炯有神，激动地说："组织上交给我一项重要任务，你们得帮我。"

"稳住，组织上有时候也会做出错误决定。"商利民笑着道。

"快快，笔……来编词，手机调音，我云存储里有配音。我们今天要玩把嗨的，相信我，我们一定会成为万众瞩目的焦点。"郑委疯也似的找笔，下载手机音乐，边下载边编宣传词，这反常的举动把一干兴致阑珊的学员都吸引过来了。

远处，回头瞅了眼的潘渊明跟徐丑虎讲："看，要充分调动每个人的主观能动性，你那一套家长式的作风得改改了。"

"那小子行？"徐丑虎不相信。

"要不说你糙呢，少狗眼看人低。"潘渊明道。

徐丑虎嗤笑了，潘渊明却是发现少人了，他小声征询地问道："那三位呢？"

"哦，昨天被我训了顿，扔曹桥派出所了，那儿的建材失窃案持续有段时间，一直没下文。"徐丑虎道。听到此处，欧阳惠敏惊讶了，不信地问道："啊？师父，您让他们仨去处理环城新村那建材案？"

"啊，怎么了？"徐丑虎问。

"啧，大炮打蚊子反过来了，蚊子想叮大炮呢。市局会议上都提过这事，全市拆迁区域类似治安事件已经成个难点了，大量拥入的流动人口对治安的冲击，迄今也没有个更稳妥的解决方案啊。"欧阳惠敏道。

"官僚了啊，饭得一口一口吃，难得一点一点啃，最好的经验只有一种，经历。"徐丑虎道。

欧阳惠敏不好意思地笑笑，不反驳却也明显不同意，她又看向潘渊明。潘渊明故作不知，他似乎和徐丑虎有某种默契，一种欧阳惠敏无法理解的默契。

那个秘密欧阳惠敏一直没有解开，想要再问时，现场突如其来放起了节奏欢快的音乐，喜剧性的味道很浓，严武一看是宋佳子在调音，吓得要上前阻止，不料被潘渊明一把拽住了。潘渊明没有说话，示意着静观其变。

然后，变化就突如其来了。只见郑委拿着喊话器站到了凳子上，清清脆脆的声音飘起来："各位哥，各位姐，各位亲爱的老铁；走一走，转一转，您往这儿看一看；看一看，走一走，您往这儿瞅一瞅。"

画风奇变，几乎是走江湖的切口，听得左近群众奇怪地站定了，诧异地看着这群警察装束的人。

"那位蓝裙子的漂亮小姐姐等一等。拿个传单学防诈，走遍天下都不怕；接了传单您别扔，防骗反诈得当真；今天不看您后悔，被骗回家拍大腿……哎呀呀呀，谢谢这位漂亮小姐姐支持我们警察的工作，包您美到九十九，骗子见了绕道走。"

哎哟这小话赞得，现场路过的女性甜得美滋滋的。谁不爱听好话呀？就连大妈也喜滋滋地拿了一张，把自己当漂亮小姐姐了。

"各位哥，各位姐，防诈秘籍免费领啊。看了它，不吃亏不上当，不怕骗子玩花样；学了它，不汇款不转账，不管线下和网上……那位大哥等一等，带份传单拿回家，老婆指定把您夸；警察宣传到门上，就是让您别上当……那位小姐姐，防诈防骗防渣男，您确定不想了解？"

本来不感兴趣的年轻人也被勾引过来，宣与传的双方都听乐了，现场的气氛被撩起来。第一次成为现场焦点的郑委兴奋得不可自制，开始示意着学员们一起，他放大声音说着："学学反诈骗，骗子好识辨。"

现场学员喊："怎么辨？"

郑委喊："广告诱惑大，名目高大上。"

众学员喊："骗子。"

郑委再喊："贷款零门槛，办理到账快。"

众学员喊："骗子。"

"投资不花钱，日赚几万元。"

"骗子。"

"理财回报高，一点没风险。"

"骗子。"

"刷单收入好，在家能赚钱。"

"骗子。"

……

现场嗨到了极点，群众跟着的喊声、笑声、掌声，结结实实地把这群小警包围了个严实，倒也不是非学什么反诈反骗，就是想听这警察小哥再来一段，更有早已两眼直冒小星星的美女，挤到前面和郑委这一干小警合影拍照了。

两位教官和两位市局来人看傻眼了，恐怕连潘渊明都没想到能宣传出这种效果，群众的热情来的这么猛烈，领传单比免费领鸡蛋、大米还积极，可是头回见到……

下马先失威

当三位小警进入第七处工地时，心情恰如这里布满泥泞的路面，被脚印和车辙虐了无数遍，已经凌乱得不像样子了。

最早报案的施工队早就完工撤离了，即便没撤的也不在原地，费尽心思一打听才知道，这工程也是有讲究的，不同的工种一茬一茬来，钢筋工、建模工、机械工、安装工等分得细呢，而且也越来越专业化，干得长的几个月，短的也就个把月，甚至一个月都不到就完工走人的也有。

可能这也是派出所没法查的原因，别说抓贼了，估计多找报案人了解详细些都困难。三人转了一个大圈，对派出所那些同行的敷衍深有同感了，这烂事破事，想认真也难呀。

深一脚浅一脚地走着，郝昂扬的小话牢骚上了："我说咱们费这劲真个是扯啊，这建起来的楼面都是五万起的，随便拎一家都是千万富翁……你们说咱们将来顶多大几千工资的，替人家身家千万的操瞎心，这叫什么事啊？再说了，这儿的开发商哪个不是富得流油，就拿几块钢模板，没准人家没有当回事，咱们却都上心了……嗨你俩，中午吃啥？派出所不好意思去蹭，队里又不好意思回，自己掏钱可没地儿报销啊？咱们还不算正式上班。"

他回头看那两位，马一鸣若有所思，肖景辰阳不时看着手机，他停下来，凑到肖景辰阳身边一看，愣了，那不是郑委吗？视频里正卖力吆喝呢。肖景辰阳笑道："委哥要火了，滨海公安的官微以及全国多家同行都转发这段反诈宣传了。"

"什么时候的事？"郝昂扬掏出手机一看，明白了，是今天正在发生的事。他郁闷道："看人家们玩得多好呀，把咱们仨扔这鬼地方。"

"人家带艺从警，自带技能，就这玩意儿，搁你，你会？"肖景辰阳道。

"别拿我跟那姐们儿比。"郝昂扬有点酸酸地道。

两人追上了马一鸣，马一鸣却是心无旁骛，像是找疑点似的看着施工现场，总不能现在还能发现什么吧？两人奇怪间，马一鸣说："我还是想不通，搁很多年前，或者在我们老家那种五六线城市，工地上偷点东西出去卖给收破烂的，无本万利可以干，但在滨海这种大城市行不通啊，假如是个体作案，你扛两块钢模板，差不多得跑出十公里才能卖得了，或者还不一定卖得了，而出了周边施工地两公里以外，就有密集的监控了，如果是那样，早被派出所端了。"

"你不能太相信监控，躲开监控的方式多着呢。"郝昂扬唱着反调。

"就那板，你扛一块跑十公里，我以后都听你的。"马一鸣指着不远处长条形的钢模板。

郝昂扬有点愣，还真有点不信。上前一瞅，那钢模板已经被水泥和锈迹糊得看不清本色了，他往肩上一放，总有一二十公斤的样子，不用脑袋，用肩膀想应该也不划算，扛着跑那么远，就这破板，卖个十几块钱都是多的。

"万一，我是说万一，为什么不能有专人来收呢，比如就停路外头，大伙一起偷点板出去换烟钱，完全可能嘛。"郝昂扬想着另一种途径。

"嗯，有长进。但有个问题是，这种破烂钢模板用途极窄，想卖值不了废铁价，想用又得囤积足够的量，如果真囤赃了，那咱们曹桥派出所好歹大几十号同事呢，回收市场都捋过几遍了，都瞎呀？那收破烂的多大地方，够囤吗？"

对呀，如果做大应该早被发现了，既然没有发现，那原因无外乎两种：第一种是，这个思路是错的；第二种是，真相还没有被发现。

郝昂扬悻悻地扔下了钢模板，拍拍肩上的泥迹。肖景辰阳却是玩着他的手机道："还有更离谱的，去年12月丢了一批弧形板，建水塔用的，每一块净重412公斤，这哪个毛贼抬得动啊？"

"不要打击我，派出所都没办了的事，你看我，我行啊？"郝昂扬道。

马一鸣且走且道："那说明徐老虎是故意为难咱们，这案子他应该知情。"

"还用你说啊，新人入行，先挫锋芒……我爸说的，不到社会上挨几遍揍，这人就不会成长。"郝昂扬道。

"哎呀，作为一个人生失败的典型，你实在是太成功了。"马一鸣感慨道。

这个富有哲理的嘲讽听得郝昂扬一下没反应过来，一愣间，肖景辰阳扑哧笑了。两人走了几步，郝昂扬才反应过来这是骂人呢，气得团了块泥巴朝着马一鸣就怼过来了，深谙郝昂扬性格的马一鸣一矮身，躲了。那泥巴团飞出不远，吧唧，拍在前面来人的脚下，那人吓了一跳，被眼前出现的几位警察吓蒙了。

"您好，我们曹桥派出所的……"马一鸣笑着敬礼。那人表情惊慌，胳膊腿乱颤。马一鸣下意识地一喊："不许动，蹲下。"

那人下意识地就跑，马一鸣拔腿就追。肖景辰阳还没反应过来，后面的郝昂扬却是明白了，顺手捡了块水泥渣，兴奋地喊着"中奖了"，便一阵风似的跟着马一鸣追上去了。

见了警察就跑，这十成十是有事，而且躲在这地方怕是没干什么好事，肖景辰阳也跟上去了。

平时跑五公里的基础真不是盖的，远远看着马一鸣快追上来了，慌不择路的工人发现前面没路，一回头，马一鸣抽着甩棍比画着，那人不敢上来，绕着弯跑，正好被郝昂扬绕着堵住。

眼看距离很近，郝昂扬扔出水泥块砸腿，不料那人一躲失了准头。郝昂扬如狼似虎地直接扑上去，那人一矮身，一个侧抱直接把郝昂扬放翻到泥地里，拔腿要跑。却不料郝昂扬难缠得很，抱着他的腿一拽，吧唧，那人也摔泥里了，他使劲踹着想挣脱，郝昂扬搂得更紧，跟着把两条腿都搂住了。接下来就不堪入目了，两人在泥地里来回打滚，乍看下都分不清谁是谁了……

"什么什么？高所您等等，我这儿太乱……"

徐丑虎接到了曹桥派出所的电话，此时在广场的宣传正兴，乱糟糟的听不清楚。他走出好远，对方又说了一遍他才听清，脸上的惊讶一闪而过，然后问道："您确定？"

"已经确认身份了，这仨不简单啊，就即便人简单，运气也不简单。"高达所长道。

"好好，我一会儿过去。"徐丑虎挂了电话，看看喧闹的人群，找着潘渊明的方向，他奔上去，附耳告诉了潘渊明这个消息：那三位在山建七处的工地，抓到了一名网逃人员，是陕省某市一个涉黑团伙的漏网人员，涉嫌寻衅滋事和非法收债。

潘渊明一听乐了，告诉了欧阳惠敏这个消息。欧阳惠敏却是皱着眉头看徐丑虎，执勤碰上网逃人员的情况多得是，怎么也不至于让两人高兴成这样啊？她问："怎么了师父？这么个漏网小杂鱼还稀罕，以您见的世面不至于啊？"

"要是入职几年了当然不稀罕，这刚上岗就出手不空是好兆头，而且遇事就敢上手，难得啊。"徐丑虎赞道。

欧阳惠敏却是泼着凉水道："郝昂扬他爸在刑警上就是出了名的愣，要不上手我才奇怪了，瞎高兴。"

"走走，老徐，不跟她讲。"潘渊明说着，拉着徐丑虎离开。刚往车的方向走不远，市局办公室两位来了，远远打着招呼。停下来一等一问，办公室刘主任兴奋地说："轰动了啊，轰动了啊！上午市局官微刚转，省厅的就跟着转了，省厅宣传上让咱们多制作几部这种反诈视频……哎潘处，这个集训队是你们和政治处的试点，这几个人先调办公室来实习行不？"

"局委会讨论都没见你支持，现在想挖墙脚了，不行。"潘渊明一点面子没给，带着徐丑虎拂袖而去。那主任愣了片刻，不死心地又追着欧阳惠敏去磨了。

刚走到车边，宣传的现场又乱了，似乎来了身份不一般的几拨人，拿三脚架的、杵着长话筒取音的，甚至打扮稀奇古怪、净往警察的宣传台席前凑的。看着不对劲嘛，偏偏群众还买账，现场有不少群众簇拥着其中几位，比刚开始时还热闹了几分。

潘渊明拨了个电话问过后，径直坐到了车上。徐丑虎还没看明白，出声问。潘渊明哭笑不得道："惊动这一带的土生网红了，跟着来蹭流量。严武说其中一个还是个有上百万粉丝的网红……就是那个，染红毛的，叫什么小甜豆，网上很有名气，说也想参与咱们的反诈宣传。"

徐丑虎瞄了半天，影影绰绰间那人看不甚清，他疑惑地问道：

"男的女的啊？"

"网红只分红与不红，不分男女，我也不知道。"潘渊明道。

徐丑虎哈哈笑道："咱们落伍一加一，谁也别笑谁啊。"

"走吧，欧阳处理这儿吧，估计局里会关注这事了。"潘渊明笑道。此时他心情大好，还真没想到无意中一句，成全了一个宣传的爆点。他感慨道："个性，个性确实很重要，我以前都没想到过，像郑委这样软绵绵的性子还能派上用场……他这么嘴溜地来一段，比咱们几个所加起来宣传还有效啊。"

"哟哟，那好像是市局的通信车来了，没准电视台的都得当个新闻播一播了。"徐丑虎道。

"必须的啊，现在诈骗案件高发，加强宣传，形成全民反诈的氛围是今年工作的重点，估计没人想到这帮还没入职的学员会冒尖。"潘渊明得意道。

"可以高兴一下，不要过于乐观。"徐丑虎提醒道。

"嗯？什么意思？"潘渊明问。

"您没发现全种瓜得豆了？撵出去抓贼的，抓了个逃犯回来了；想历练挫挫锐气的，结果现在全给捧到台上了。自信一爆，管束就难咯！"徐丑虎道。

"哈哈，他们要天天这么出彩，我让他们管都行。"潘渊明拍着大腿，感慨道，惹得徐丑虎又是一阵好笑。

警察的生活就是这样，不涉案的鸡毛蒜皮，轻微涉案的纠缠不清，重大涉案的又反反复复，不管你陷在哪一处都会被熬得精疲力竭，难得有这么高兴的一天，就连曹桥派出所也是这样。高达所长乐滋滋地迎着两位来了，潘渊明和徐丑虎一下车，他就碎嘴不停地说着："不简单啊，不简单，处置果断，还从嫌疑人铺上搜出几把管制刀具来……徐哥，潘处，我可是按你们交代的干了，不理不睬不给好脸色，就让他们冷板凳坐着，什么支援都没给，他们打回电话时，我们以为开玩笑呢。嘿，一查身份，吓了我们一跳，陕省公安厅网上在逃人员，悬赏一万块呢……"

潘渊明站定，不悦地看着高所长，高所长立时省得失言了，悻悻闭嘴。潘渊明提醒道："收起你的笑脸……对下属不要太轻易满意，这都不懂？"

"哟，是我格局小了。"高所长自省道，拉下脸来，跟着两人进了派出所。进了所部就看到肖景辰阳站在一处询问室门口，再看走廊里，郝昂扬刚洗了把脸，满身泥迹的警服还没来得及换，他看见两位领导了，谄媚似的讨好道："徐叔，潘叔。"

"怎么跟你爸一个德行啊，见谁都自来熟？"潘渊明反感地道，一下子给郝昂扬泼了瓢冷水。肖景辰阳故意插话补充着："一个德行，充分证明是亲生的啊。"

"闭嘴，没点规矩。"潘渊明训斥了句，背着手上楼了。

徐丑虎却是不客气地上前瞅瞅，上上下下看看，关切地问道："没伤着吧？"

"没有，是突然遭遇，那家伙以为我们是专门抓他的，吓破胆了，慌不择路跑的时候被我摁泥地里了。"郝昂扬大吹几句，细节省略，主要是自己如何如何把人放翻在泥地里。徐丑虎听完一句嘉奖没有，反而蓦地揪着郝昂扬的耳朵。郝昂扬疼得求饶："咋了咋了，我又错了？"

"遭遇嫌疑人情况不明就和人缠战，错一；值勤以外的时间走访还穿着警服，错二；你们是查失窃而不是追逃，狗拿耗子，错三。都错了这么多，还不知道错啊？"徐丑虎训着。看着郝昂扬气得愤愤不服的样子，他放手了，看了那货几秒钟，突然道："你爸没教过你吗？当警察第一是安全，第二是安全，第三还是安全，怎么就蒙头蒙脑冲上去了？"

"难道不应该冲上去吗？"郝昂扬瞪着眼问。

"站好。"徐丑虎命令道，郝昂扬愤愤站着，那样子像下一刻要和徐丑虎拼了一般。徐丑虎严肃地举手敬礼，一下子慌得郝昂扬不知所措了。徐丑虎正色道："你这么做实在莽撞，作为你嘴里喊的叔，我得抽你，让你长长记性，注意安全……不过作为警察，我得向你致敬，好样的。"

"噢，看来不能套近乎。"郝昂扬恍然大悟了。

"同样作为警察，我得提醒你了，让你们搞失窃案，你们瞎折腾什么？这么多警力呢，还抓不着个在逃嫌疑人，就你能啊？收拾收拾换身衣服，限期还剩两天，你们抓紧时间。"徐丑虎道，训得郝昂扬哑口无言。徐丑虎回头又戳着指头训肖景辰阳："你看你，站没站样的像什么样子？别杵在这儿。咋？等着领功请赏呢？抓个嫌疑人了不起了啊？你问问这所里的，谁没抓过几个，就值勤的辅警同志都没少往回逮，干正事去。"

训了一番，徐丑虎背手上楼，背后的肖景辰阳直朝他竖中指。郝昂扬也没闲着，朝这位徐叔的背影，重重呸了一口。

在楼上的房间待了许久，潘渊明和徐丑虎才见得那三位匆匆离开了派出所。徐丑虎脸上颇有歉意地和潘渊明说："潘处，得注意个度啊，好苗子啊，可别真让咱们甩脸子甩得拍屁股走人了。"

"不会。都是看脸面比得失重的性格，轻易不会走。"潘渊明道。

"就为面子？"徐丑虎有点怀疑。

潘渊明笑道："不，咱们让人家很没面子，这个面子要不挣回来，会成为他们的心理阴影的。都是血气方刚，眼里不揉一点沙子的小子啊。"

"可这一系列失窃案，老高他们都没解决啊。"徐丑虎小声道，还看了看窗外。钢模板失窃案确实是派出所一块心病，他小声求教着："潘处，莫非您知道蹊跷在哪儿？可以在关键时候点拨他们一下？"

"我真不知道。"潘渊明诚实道，严肃地摇摇头。

徐丑虎气得哭笑不得了，这哪是练人，简直是坑人。把根本就无解的谜题撂给新人，不得把他们难为死？

几公里外，坐到了小吃摊边的三人已经狼吞虎咽地开始往嘴里塞了，郝昂扬吃一口骂一句，骂得胃口奇佳。邻座看这娃凶巴巴的像寻衅的样子，都端着碗躲开了。

"想开点，别生气。"马一鸣劝了句。

"不要劝我，他妈的，好歹一个大院出来的，徐老虎就不把我当人，能不气吗？"郝昂扬骂骂咧咧道，好歹说了句人话，"马哥，还是你把我当兄弟。"

"少肉麻，别人生气不吃饭，你生气吃双倍，AA我们就不吃亏了？"马一鸣严肃道，一下子把郝昂扬气噎住了。

肖景辰阳笑看着两人发言："我知道我为什么喜欢和你俩在一起了，你们相互恶心起来太有创意了。"

"等着，一会儿收拾你。"郝昂扬剜了他一眼，埋头且吃且说着，"马哥，咋整，被打乱步骤了。哎对了，你审那嫌疑人干吗？"

"我就确认了下他的生存状态。现在长三角用工荒确实挺厉害，这种施工队简单的体力活基本上是个人就敢招进来用，藏污纳垢的地方确实不少。"马一鸣道。

"你这不脱裤放屁还找上女厕所了？岔道岔得厉害啊。失窃案，跑哪儿去了？"郝昂扬问，惹得肖景辰阳又笑不自胜了。

马一鸣却道："岔了道才知道路不对嘛。我问他偷钢模板的事，他一脸蒙，绝对不是装出来的，而且他说了，一天工钱都两三百呢，没人偷那玩意儿，架不住，废铁本来就不值几个钱，偷来的废铁更不值钱了。"

"这种口供能信吗？"郝昂扬问。

"他的罪可比偷钢模板重多了，犯不上撒谎。而且你们也看见了，现在城市对施工要求很严格，各施工队的施工区域都是严封着的，要说偷一块两块神不知鬼不觉我相信，可要偷几十起，总量几十吨，还没有露馅，那就太神奇了吧……这里面有蹊跷，我觉得咱们得换个思路找。"马一鸣道，加速吃着，示意郝昂扬快吃。

加快速度的郝昂扬随口问道："什么思路？"

"功夫在诗外，真相在事外，得从外部找。"马一鸣道。

"不明白。"郝昂扬道。

"那快吃，马上咱们去找明白。"马一鸣使着眼色。

这下郝昂扬明白了，两人加快速度吃。肖景辰阳愣着呢，总觉得哪儿不对。蓦地这两货吃完放下碗，齐齐喊了句"老板，埋单"，然后拔腿就跑。肖景辰阳气得在后面喊着："嗨，说好 AA 呢，你们跑什么？"

晚了，两人早蹿出去很远了。小摊的摊主警惕地看着肖景辰阳，生怕最后一位也跑了似的，赶紧把消费单递过来，气得肖景辰阳无奈地扫码埋单了。这俩损友损起来确实有创意，等埋完单过了一会儿，两人又得意扬扬地跑回来了，估计坑一把不过瘾，还得再看看被坑的人是怎么气急败坏的……

内幕黑与灰

"现在，我终于明白为什么警察的效率如此低下了。"坐在 IDC 中心楼外等待的长椅上，肖景辰阳感慨道。

这里全称叫"滨海市公安数据业务处理中心"，隶属于网安总队，原本交通、户籍、涉案等不同分属的数据全部集中到一个处理中心后，相比以前打个电话就能查询的方式，似乎还更麻烦了。三个人没有警证根本无权进入，即便有权进入，也需要警务单位内部的授权码，所以，他们仨不得已只能联系所里，一眨眼两个小时就过去了。

"制度变细致了，是在防人。每个人都有私心，警服包裹下的，未必都是一颗红心。"马一鸣对此倒是别有看法。

肖景辰阳好奇地看了他一眼，笑说："我怎么没发现你底线居然这么高？"

"谬赞了，我是见得多了而已。不信你问耗子。"马一鸣道。

此时的郝昂扬却是出神地看着大厅里那整齐的办公台席、偶尔走廊上走过的那些警容整肃的工作人员，感慨道："哎呀，咱们将来到这儿工作多好？"

"哟？怪有理想的，看上这儿的环境了？不过是不错啊，小空调开着，动动鼠标，瞄瞄电脑，一天就过去了。"马一鸣道。

郝昂扬摇头道："不不不，环境是次要的，你看……这儿的女警多啊。"说着，眼睛发亮地看着两位同伴。

那两位愣了下，肖景辰阳牙一龇，这娃的脑回路能从理想转到爱情上确实不简单。马一鸣促狭地一搂他说道："哎耗子，我觉得你有警花以及制服情结，这个哥可以帮你。"

"真的？"郝昂扬眼睛一亮。

"嗯，二锤怎么样，我给你们牵红线。"马一鸣介绍道。

想想沈筱燕那彪悍样子，郝昂扬直摇头。马一鸣笑问他到底喜欢啥样的，郝昂扬神神秘秘地说，就政治处欧阳主任那样的。两人听傻了，郝昂扬解释道："那样的耐看，越看越有味道。你们回忆下，有些人认识很久，你都想不起她的样子，但欧阳主任这种女人，见过一面，你都忘不了她。"

肖景辰阳一想，对这位除了尊敬还是尊敬，但欣赏就谈不上了，被制度格式化了的人，想找特点还真不那么容易。他还没想明白，马一鸣惊呼起来了："哇，耗子，老实说你爸妈是不是感情不好，你这心态不是青春躁动缺爱，准确讲是缺母爱？"

"他妈的你是想缺氧，我弄死你。"郝昂扬怒了，反手勒着马一鸣的脖子，那恶狠狠的样子怕是真有点恼羞成怒了。

还好有 IDC 中心的来救场了，有人出来喊三人进去，诧异地看了那俩打闹的一眼。三人收敛形色匆匆而入，按部就班地遵照制度规定提取道路监控。接待他们的是位中年女人，奇怪地说了句：

"曹桥派出所提取曹滨路、新村路、环城路的监控足有十几次了。"

"啊，有一年多了。"马一鸣道。

"案由是个失窃案，再提取有什么意义吗？"

"有。"

"什么意义？"

"再看一遍呗。"

回答得像故意噎人，那位女警给了马一鸣个卫生眼，扔下台席让他们操作了。马一鸣一推肖景辰阳，肖景辰阳一屁股坐下，然后马一鸣和郝昂扬的眼睛一直，键盘一到这货手里，仿佛是张翼德挥矛、关二爷抢刀，就见他幸福地一摸键盘，仿佛抚过情人的额发那般久违，然后十指飞舞，在键盘上几乎只看到一片残影。极速且有韵律的击键声把那位转身的女警都惊动了，她回过头惊讶地发现，几十张截屏已经归拢进了文件夹，那电脑似乎被他压榨出了极致的性能，几十段视频图像捕捉通过一个复杂的命令，眨眼完成了。

"啊？这软件你怎么会操作？"那女警惊讶道。

"掌上警务全链路打通，地面模块建站是由一个民营高科技公司承建的，核心程序编写也是合作完成的。"肖景辰阳拷贝着文件，随口道。

"您……在星火公司任过职？"女警不由得称呼已经换了。

"没有，不过我参与过源代码的开发。"肖景辰阳已经操作完毕，拔走了拷贝的数据，在登记簿上签了字。

三人离开时得到了这里前倨后恭的待遇，那位女警留下了名片，要到了肖景辰阳的电话和微信，然后把他们直送出大厅，看那样子还有点小兴奋。

"可以呀！这都可以撩妞，你本事挺大，就是人有点丑。"郝昂扬赞道。

"要靠脸能混，谁还学编程啊？"肖景辰阳道。

"也是啊，长成你这样再不学点本事，还真没出路了。"郝昂扬道。

"我就学点本事也照样没出路，这不堕落到和你们俩损货为伍了？"肖景辰阳怼了回去。

"赞！人不狠，站不稳；人不损，不标准……肖黑，你已经快得到我们的真传了。看看内容，挑一个。"马一鸣怒赞道。这个集训时话不多的理工男，现在张口又呛又损，进步相当可喜。

肖景辰阳笑着把优盘和微电脑连接起来，那比手机大不了多少的微电脑他一直随身带着，且走且看且道："马哥，你这叫啥思路啊，就这么拉一车钢模板，我咋不信呢？"

监控截屏上是午夜以后施工的泥头车，按照城市管理的规定，像这号重卡必须在晚上10点以后才能施工，而且如果要清运垃圾、泥沙、建材等，还必须做好车体防护，以免污染了城市环境。可恰恰是这个规定蒙蔽了监控的视线，监控里的车都覆盖得严严实实，谁知道车上装的是什么？而且都过了几个月了，就算逮着司机，人家还能承认？

"我给你讲一个哲学的思辨方式。首先我问你们，丢失几十吨钢模板，是白天能作的案吗？施工期间那里遍地都是人。"

"不能。"肖景辰阳和郝昂扬摇头。

"如果要作案，在什么时间？"

"肯定是在停工休息时间，那最起码也应该在零点以后，到清晨 6 点之间。"肖景辰阳道。

"假设都是大力士，一人能扛二百公斤，而且都能逃过监控，偷一百多吨，你算算得多少人次？"

"500 人次……不可能。"

"好，去掉人力方式作案可能。机械呢？各种三轮、面包、轻卡，都可能成为作案工具。"

"不可能，都是只能载重两三吨的，走那段路的话轮早坏了，不可能一年多巡逻碰不上一回；而且只要用工具，它就肯定在监控视线里出现过，如果出现过，应该早被派出所盘查过了。"

"那就只剩一种了。"

"工程车，监守自盗？"

两人极快的对话把郝昂扬听蒙了，听着听着就被洗脑了，他插话道："监守自盗有什么意义？"

肖景辰阳严肃道："开发商发包，施工方承揽，包工队干活，材料供应、现场施工、监理都属于不同的利益方，如果其中 A 方和 B 方联合捣鬼，让 C 方埋单，那作案动机就出来了，懂了吗？"

"噢，明白了。"郝昂扬道。

"看，这种辩论弄清问题的方法叫'精神助产术'，源自哲学家苏格拉底。耗子，知识就像内裤，看不见，但很重要，你不能老光着屁股啊。"马一鸣道。

郝昂扬焉能听不出是嘲讽，他悻悻道："哦，苏格拉底也像你这么缺德？多变着法骂人几回光屁股，就成哲学家了。"

两人互相中伤着，肖景辰阳在背后跟着偷乐，三人朝着下一目标去了……

"他们在查询驾驶人员信息库、车管信息，还查了外来人口登记，还有三建、六建、阳建等几家施工单位的资质，对应的施工方也浏览了一遍，使用的是派出所查询权限。"

曹桥派出所一位内勤递上来一份打印纸，就出去了。

高达所长瞄了一眼，然后递给了坐在他座位上的潘渊明。徐丑虎点点头道："方式和思路都对路。"

"呵呵，这没有什么不对路的，都是从这个方向走。潘处，我们真不是不上心啊，走访传唤的人次上百了，周边回收废旧金属的设点都翻了几遍，除了零星的偷盗，我们还真没发现有什么大宗赃物。我现在都怀疑他们报假警，那些个开发商，当咱们警察都是他们看家护院的。"高达所长愤愤道。曹桥施工地这一案早成积案，已经拖累派出所评优很久了。

"破不了案，那你证实他们报假案也行啊。"潘渊明悠悠道，看向徐丑虎。

徐丑虎摇摇头道："别看我，我离开这一行已经很久了。"

"这不回来了吗？找借口？"潘渊明不悦道。

徐丑虎一笑说着："拉着脸激属下有用，您激我没用，上心也得给我点时间啊。"

"算了，指望不上你了……高所啊，我不是来你这儿挑刺啊。案件侦破是所里评优的一个重点项目，你们这些积案得拖上你们十年都抬不起头来。"潘渊明道。只要报案，公安就得接，有案必查、有查必果已成共识，而这样没结果的，那扛责的就是警察了。

高达一脸懊丧道："潘处，我们也没办法啊。辖区人员上百万，流动人口几十万，这点警力能满足日常工作就不错了，我们所里下辖的两个办案队，满员不过十七八个人，就这还经常被刑警队抽调走……我们集中警力办过几次失窃案，都没发现像样的线索啊。"

潘渊明不为所动，思忖着一扬手里的纸张问道："他们……能发现什么线索吗？"

"这个思路我们很久以前就想到了，即便是那些施工的泥头车拉走的赃物，又能如何？"高达所长退一步反问。

一下子徐丑虎和潘渊明都皱眉头了，捉奸没双，捉贼没赃，如果是刚卖出去，找着人还有机会，这都过多久了，搁谁也不可能承认啊。更何况，很多已经结束施工的人员，在不在滨海还得两说。

"算了，咱们走吧，高所，那仨您看着点，让他们别再乱作妖。"潘渊明起身，思忖下估计放弃了。

高达追着问道："那怎么着？还给他们安排值勤任务吗？"

"嗯，受受打击，送回集训队吧。"徐丑虎说道，人已经在门外了。

用不着送了，那两位走得很快，貌似极度失望。其实就连高所长也失望，他真想不通，市局领导干吗呢，在这些拎不清的烂事上还操心。

这时候，他的手机响了。真是不经念叨，是那三位来实习的其中之一。接起电话，他拿捏着架子说话了："嗯，我是高达……什么？申请传唤？传唤谁？……司机呀？嗯，可以，一会儿所里给你们传一张电子文件，注意态度啊……"

挂了电话，他愣了片刻，鼻子哼哼，不屑地笑了。这是又在重复派出所以前干过的事，至于效果，高所长无比清楚，只有一种结果，没用。

坐落于滨海东区外四码头的某集装箱货运公司，林立的重卡间穿梭着一个中年男子，他叫王军社，重卡司机，经理办突来的召唤让他撂下了手头的工作，匆匆往公司楼上赶。这种公司的办公条件极其简陋，一二层是仓库，三层几间宽敞的业务室中间，就是经理办了。敲门而入时，这个司机心里咯噔了一下，他看到有两位警察在座。

严格讲是三位，没穿警服的郝昂扬也在场，跑了半个城市追到这儿的三人，终于开始从警第一次正式传唤了。

"老王啊，这几位警察同志找你，我已经核实过了，有什么你们谈。"

经理表情冷淡，明显对警察上门极其反感，不过还得装着客气的样子，赔着笑脸从外面把门关上了。

马一鸣坐到经理的位置，指指座位道："王师傅，坐。"

王军社战战兢兢坐下，第一下紧张得都没坐稳，又摆正了一下姿势，标准的挺胸，两手放在膝上，态度极其恭谨。看他本人，一身工装有点褪色，挽起袖子的胳膊上还有几处油迹污渍，胡子未刮，眼睛像没睡醒一样有点迷糊，或者说……极不自然。

"王师傅，您多大了？"

"48。"

"山省人，家在县城？"

"啊。"

"老婆干啥呢？"

"没干啥，没工作。"

"孩子呢？"

"上……高二。"

"这儿能挣多少钱啊？"

"不一定，忙的时候八九千，闲的时候，有五六千。"

"噢，相比内地小县城，这收入不低了啊。"

"嗯。"

"……"

一堆闲话问着，王军社稍显轻松了，马一鸣沉默几秒后，王军社主动问："警……警察同志，找我什么事啊？"

"什么事……已经有定论了，随后再说。我现在有点为难，像你这种家庭，能不能承受起这种事啊？"马一鸣肃穆地问。看着对方嘴角抽了抽，脸上颤了颤，那是恐惧的微表情。马一鸣继续道："你这样的家庭和你这样的中年人人生都不复杂，你面临的可能是标准的那种中年男人的难堪，一睁眼，上有老下有小，中间还有老婆，都在依靠你，可自己却无依靠，只能咬着牙撑着……王师傅，我老家也在山省，很理解那种出门在外举目无亲的感受，可我们不能犯糊涂啊，你说你家里就你这么一根顶梁柱，你要有点事，那这个家不得塌了？别说什么大事，就拘上三五个月也受不了啊，更别说，现在的社会是父母有犯罪记录，直接影响子女的前程啊。"

那王师傅一抬眼，表情悲戚，听到的这几句，字字如针，直刺到了这位中年男人最难堪的痛处。

"瞒得住吗？"马一鸣淡淡地道，肖景辰阳连着经理办的电脑，给王军社放着记录，马一鸣指着几处，"今年 1 月 17 日，凌晨两点左右，这一队清运建筑垃圾的泥头车，你看这差别多明显。挖掘机装载时没那么讲究，正常装载的车辆都是灰头土脸的，看你开的这一辆，咋就这么干净呢？正常情况下，一晚上都有七八趟，当天晚上，不，凌晨，好像第二趟回来就不见你了……直到四点左右你才回来。不用搪塞，编一句谎言，回头又得说一千句圆谎，这个谎你这种老实人圆不了。"

王军社表情僵住了，像看到世界末日一般，表情极度难堪，嘴唇翕合着，想说一句解释，又硬生生地咽回去了。

"这是年前的事，年后你就换工作了，我宁愿认为这是你良心发现，不愿与那些人同流合污。但王师傅你想过没有，只要涉案，不论轻重，都要负法律责任啊。而且这种事，装车的、卸货的那么多人，可能守得住秘密吗？王师傅，你怎么这么糊涂啊？他们能给你多少钱，你这得把一个家都赔上啊。"马一鸣道。

那王师傅喉咙里悲恸一声，直接哭了，粗糙的手抹着脸上纵横的老泪，一下子不可自制。站在背后一直戒备的郝昂扬可没想到是这种情况，他要上前，马一鸣眼神制止了。直等着王师傅哭了一会儿，马一鸣起身，倒了杯水，轻轻放在他面前道："我们离乡背井，拼了命是为了让家人活得更好一些，可不是为了替其他人扛事而赔上自己，还有家人……自己想想，值得吗？"

王师傅抽泣着，几次揪着袖子抹着鼻涕和泪，就看这样子，怕是找对人了。可偏偏这货和集训队里的老毕一样，憋半天哭哭啼啼的，就是说不出一句话来。

"我们的时间很紧，这是曹桥派出所给出的电子传唤文档，随后会有正式文件给到你们公司，正式通知你去派出所接受讯问。"马一鸣道。这是谎言，不会有这么烦琐的程序。不过这句话刺激到王师傅了，他一抹脸，紧张地憋出了一个字："别。"

那表情好生难堪，好生紧张，奇怪的是，还好生期待。

"这里有执法记录仪，我相信那个真相已经憋得你难受了。对不会干坏事的老实人来说，心里藏着秘密是一种煎熬……我们从头开始说吧，你现在讲的每一句话要和其他嫌疑人的交代相互印证。告诉我，车上拉的是什么？"马一鸣道。

又在诈？现在哪有嫌疑人？郝昂扬莫名地有点心虚，马一鸣端坐的样子，实在让他佩服，那冷漠的样子摆明了就是胸有成竹，摆明了就是已经无所不知，摆明了就是已经逮了很多"嫌疑人"了，问你无非是走个过场而已。

如此完美的装腔作势终于奏效了，王师傅胆怯地、几近无声地说着："钢模板和钢管。老板让拉的，我不敢不拉，不拉他不给结工钱。"

一载悬案，一句洞明。不但三位小警心一下子放松了，那位王师傅吐露出这个秘密，仿佛也轻松了不少，他磨磨蹭蹭地说着这个匪夷所思的事情，或者说，案情……

第六章

巧破工地盗窃悬案

乱拳显奇威

今天集训四队的表现几乎是放了颗卫星般轰动。晚饭时分，市局办公室给了个特殊犒赏，让通勤车直接开到市局，在市局餐厅摆了几桌招待这些学员。当然，少不了市局宣传处的陪同，那些创意枯竭的同行把郑委当宝了，一桌人围着问长问短，还有个领导模样的打听他的去处，看那样都迫不及待想把这小伙招到部门里呢。

饭间无人注意到乔小旦和毕启航几乎同时接了个电话，然后两人拽着商利民离座。蒙头蒙脑被拽出餐厅的商利民嘴里还嚼着饭菜，奇怪地不知道这俩人发什么神经。

"马哥有难，要咱们帮忙。"乔小旦道。毕启航附和着："你觉悟最高，你最应该帮。"

"觉悟不高也该帮，马哥往回偷鸡，你也分过赃。"乔小旦提醒着。

商利民毕竟年长，和这帮二十啷当的小伙相比，稳重许多。他有点脸红道："到底怎么了？他们有难？这不正常吗？他们什么时候不难了？"

"好像也对啊。"毕启航道。

商利民再催，乔小旦抢着说了："他们查案，需要人手帮忙，特别是需要个懂会计的，我不太懂。老毕，你学什么专业的？"

"马列主义原理。"毕启航道。

商利民难为道："我倒是懂点会计，可我不懂查案呀。他们也不可能懂啊，他们作案还差不多。"

"嘿嘿，有道理。"毕启航一竖大拇指。

乔小旦剜了他一眼骂着："别扯，快走，他们离这儿不远。"

"嗨，嗨，不能擅自离队，有纪律的。"商利民道。

"别扭捏，又不是没违过纪。"乔小旦拽着商利民。

"走吧，我还没查过案呢，多好玩的事啊。"毕启航推着。

三人出了市局，拦了辆出租车奔向那三人指定的地点。

意外的是，居然是家银行的分理处。三人到时，马一鸣三人刚出来，毕启航和乔小旦亲亲热热地喊着迎上去了，看到他们风尘仆仆的样子，小话就来了。乔小旦说："哟，福尔摩斯是哪位？查得怎么样了？"

"嗨，马哥，带上我。我们宣传都烦死了，明天还要继续呢，就搁那儿站一天，比跑步还累。"毕启航求上马一鸣了。

"是这么个案情，往后面来，我跟你们说一下。"马一鸣没往街上走，都穿着值勤服呢，普通人怕是分不清警察和准警察的区别。

六人聚一块，听着马一鸣简略地讲案情，然后听天方夜谭似的听到了该案的真相。据司机王军社交代，是当时在工地负责的工头陈之胜让他拉了一车钢模板、钢管，并伪装成建筑垃圾清运混在车队里的。而失窃的钢模板的去向说出来更让人难以置信，居然是家钢模板租赁公司，更匪夷所思的是，这家叫"滨海市南城港主力钢模板模具租赁有限公司"的，居然是给环城新村大部分工地提供钢模板的供货方。当天司机王军社把车开出环城新村工地，直接开到了一个指定的卸货区，那是个垃圾清运点，唯一的好处是，没有留下监控记录。

"我去，还能这么挣钱？租给别人，里应外合偷运出来，然后再租给别人？"乔小旦听明白了。

肖景辰阳道："报案时间和失窃时间根本对不上号，王军社这一例，是过了四天才报案。"

"那自己偷的，自己还报什么案？考验警察呢，还是恶心法治呢？"毕启航没明白。

马一鸣解释道："采购和施工不是一个单位。施工队是外包的，租赁钢模板的公司和施工队合谋拉走，施工队报失窃案，回头开发商只能再补齐钢模板。这样的话，租赁方等于赚了两次的钱。"

"一吨购买价在六千左右，但购买不划算，用完一次不好处理，也不好存放，大多数开发商倾向于租赁，但需要根据租赁平方米交押金，一吨平均三千到四千不等，可要一丢，押金不但没了，还得再交一次。"肖景辰阳道。

毕启航掰着指头算算："十吨三四万，一百吨三四十万……似乎架不住呀，一个公司至于冒这么大风险吗？"

"这是环城新村一个工地，也就这里偷得最凶，他们可是面向全市的施工单位呢。老商，这就看你了。"马一鸣道。

说到此处，肖景辰阳把电脑递给商利民。商利民愣着问道："你们在银行提取账户信息了？"

"放心，经过所里批准的。"肖景辰阳道。

"我们看不懂啊，你给瞄瞄，这账上能看出什么来。"马一鸣道。

毕启航扑哧笑了，捂着嘴道："我还以为多难呢，原来看不懂公户账单啊，那很难吗？无非转入转出，谁捣鬼会在公户上给你留下记录呀？你们不会以为人家嫌疑人真傻吧？"

"不不不，这又不是涉黑交易，没什么可藏的，而且，公司间的账务往来，也不可能用现金……我看，哇，这公司不简单啊，账户现金充裕啊，有八百多万，账务往来里，基本都是收取的各类租赁费用，支出的人工费用、招待费用、办公费用、电费、税费、运输仓储成本、地皮租赁费用……"老商不愧是商人出身，浏览极快，不过听得那几位头大，都看着商利民不敢打断。看了半天，商利民停下了。

"有问题？"马一鸣问。

"没问题。正常得不能再正常了。"商利民道。

"那你愣什么？"乔小旦奇怪了。

"世界上有两种人不能相信他们纯洁，一种是政客，一种是商人。"马一鸣提醒道。

商利民默认此话，点点头道："对，太正常，就不正常了。所有支出费用都在合理范围内，没有特别大的出项……咦？他们好像犯了个白痴错误，我再看看……"

果真还是商人了解商人，商利民又倒过来从头看，看着看着眼睛里有喜色了，他笑着道："他肯定是找了个代理记账的便宜会计，没有提醒他账里这个补不上的黑洞，或者还没来得及补。这家公司成立仅仅一年，老板肯定是个二百五，只顾捞钱捞得顾头不顾腚了。"

"什么意思？"众人兴奋了。

"你们看，按这些入账的记录计算，他们至少得囤到三千吨的钢模板、钢构件才能达到这个规模，但固定资产的投资，一共才八百多万，也就是说，差了三分之一，即便有回收钢模板支出也说不通，一共支出不到一百万。他们没注意到，如果按账面计算固定资产以及公司收益，这交的税就能把他们噎死啊。"商利民道。

郝昂扬兴奋地问道："按这个是不是可以抓人了？"

"不行。现在是五月份，还不到结算时间。其实漏洞也好补，补一份合同，从其他大公司租赁转租，或者由关联公司垫付，再找个会计把账做平就糊弄过去了，千把万的小公司在滨海还真排不上队，有些小超市、小网店的营业额也能达到这个水平。"商利民旋即又泼一盆凉水。气得郝昂扬直骂道："嗨，我说奸商，你逗我们玩呢？先说补不上的黑洞，然后轻飘飘地嘴一动又补上了？"

"我能补上，不代表谁都能补上啊。比如这生意是你的，你就看不出风险来，而且你没理由抓人，这是税务上的事，核定或者查账征收完成，通知补缴未缴才触犯法律，你总不能去人家公司说钢模板是偷的，抓人家吧？再说，你能证明哪一块是偷的？"商利民问。

是啊，这个"以偷养租"，而且完美用正常生意掩饰的非法生意，说白了算是一个社会的灰色地带，在各工地流转的钢模板、钢构件，差不多都是一模一样的水泥糊色，就算找到，你又如何证明哪一块是赃物？

"那只能传唤指使司机的工头陈之胜了，可惜这货已经不在滨海，目前还不知道下落。"肖景辰阳道。

郝昂扬征询地问道："马哥，这个能交差了吧？"

"我怎么有临门一脚时人萎了的感觉。"马一鸣有点说服不了自己，失望道。

商利民泼着凉水道："我需要提醒的是，不要小看奸商的反应速度，一有风吹草动，这些账务上的毛病会被他们迅速清除。"

"噢，肯定是抓着拔橛子的和偷驴的，最后驴照样丢了。"乔小旦道，看向马一鸣。

马一鸣思忖道："老商，他们收钢模板肯定要给钱，一车十几吨、几十吨的，半价差不多总是要给的。"

"这一笔钱肯定是现金交易，除非当场抓到，否则没有证据。"商利民道。

"但这笔钱肯定从公户里出来了，不可能由私人垫，而且，老板不可能亲自去。"马一鸣道。

"好办法，可我们还没见过那个老板，找他身边的亲信得多久啊？"郝昂扬问。

"跟着钱走，错不了。"马一鸣道。

翻看着账户的商利民犹豫道："如果有，像这种公司有可能。"

某某工贸公司、某某娱乐公司，都是主力租赁公司转出费用支出的另一方。肖景辰阳随手查着企业信息，他说了，以他的经验，经营范围但凡上包天，下包地，中间包卖空气的公司，差不多就是皮包公司的标准形象了。

这时候，思路就呼之欲出了。公户划转的钱到皮包公司，那下一步肯定是设法取现，而取现的人，就是能把这个灰色产业链条连接在一起的人。但问题依然存在，不管贸然动这个灰色链条上的哪一个人，都有可能打草惊蛇，一旦反应过来，结果仍然和以前没什么两样：没有结果。

"马哥，咋办？"郝昂扬蠢蠢欲动。

"我在想，要不要玩把大的，把娄子捅大点，直接传唤主力公司的老板怎么样？"马一鸣眼珠滴溜溜转着，几个未谙世情的小警被撩得兴奋了。

商利民可是吓了一哆嗦，紧张道："别啊，一鸣，敢做工程的都不是一般人，身后没有一两个非富即贵的靠山，在滨海这市面都玩不转。既然人家这公司在一年里就膨胀这么大，肯定是有点来头的。既然人家敢这么玩，那肯定也有两把刷子，不是那么容易就被扳倒的……"

"妈的，当初那几位警察叔叔就不该救你，你自觉的成熟和稳重，就是明哲保身对吧？就是目睹违法犯罪而保持缄默对吧？行了，你走吧……剩下的，我要捅大这个娄子，大到让他们没机会补漏，几十起失窃案一揽子解决，谁干？"马一鸣挥手，信心百倍地问。

郝昂扬和肖景辰阳立即举手，毕启航想想，举手了，捎带拽着乔小旦把手也举起来了。五人头碰头商量着细节，且说且走。被排除出队伍的商利民追上来，难堪地道："也算我一个吧，总不能撵我走啊，好歹我能出出主意。"

"这才对嘛，我们是一个团队，劲得往一块使。"郝昂扬回头揽着商利民。

商利民嫌弃似的躲开道："什么团队，团伙还差不多，有你们这样未经上级同意就敢这么干的人吗？"

"那你还跟着？"肖景辰阳回头问。

"他是正确的，尽管有可能碰个头破血流。有罪必罚是个理想主义的说法，并不是所有违法犯罪都能得到相应制裁，我只当为理想奉献一回。"商利民给自己找着理由。

"好吧，我代表救你的警察叔叔表示，那个男孩好歹有一回像男人了。"马一鸣头也不回地道。

众学员嗤笑不已，商利民面红耳赤地跟着，他不再和这几个损货斗嘴了，虽然他觉得这么做有什么不对的地方，可也同样觉得，此时有一种兴奋、有一种冲动、有一种莫名的热血喷涌的感觉在蠢蠢欲动，那是一种自己以前完全没有过的感觉。

对了，都快当警察了，当面对违法犯罪要挺身而出的时候，不就是这种热血和冲动的感觉吗？

捅娄子行动无声无息地开始了，先是曹桥派出所值班的警员莫名地见到了两位穿学员值勤服的带回来一位传唤嫌疑人，先前传唤的司机王军社刚做完笔录，这就又带回来了一个老板，而且这两位居然还是坐着人家的车回来的，一辆大众途锐，价值六七十万的好车。

老板是个肥头大耳外加秃脑门的男子，典型的土豪长相，不过在派出所还算老实，被那两位请进询问室了。值班的搞不清情况，想了想还是通知了所长，所长那边一头雾水，直接撂了句话：查呗，甭理他们，能查出个鸡毛来。

又过了两个小时，滨东金地花园小区一带，在小区周边一家酒楼吃完饭的一行人说说笑笑地出来了。其中一个身穿花衬衫拿着手包的男子走向他的泊车，方走近时，一位蹲在车后的警察现身了，是一身值勤服装，相貌堂堂、正气一身的商利民，像朗读一样朗声说着："顾童，钢模板的事犯了，跟我们走一趟。"

那男子愣在当地，片刻失神后尖叫一声，拔腿就跑。

要的就是这效果，躲在暗处的马一鸣和郝昂扬一左一右飞扑上去，一个搂脖子，一个抱腿，瞬间把人掀翻在地，喊都没喊出来，"咔咔"就给上铐子了。那几个同行者见这阵势，吓得四散奔逃。顾童被马一鸣和郝昂扬挟起来，刚刚发话的商利民开出自己的奔驰商务，车里肖景辰阳打开门，迎上来了几人。

此时肖景辰阳的电脑上，正显示着顾童从银行提款机多次取款的记录，那是主力钢模板租赁的关联公司，很难想象一个和两家公司都不相干的人，多次通过公户配套的银行卡提现。

被挟上车的嫌疑人惊恐之后开始乱嚷了，马一鸣冷不丁吼了句"闭嘴"，然后一蹲，那凶眼瞪得这个油头粉面的小哥紧张到不敢吭声了。

"拉钢模板的司机现在已经在派出所了，还有这个人也在派出所，别告诉我你不认识啊。"马一鸣道。肖景辰阳一亮手机，是派出所那边拍过来的老板坐在审讯室的样子，明显吓得顾童哆嗦了一下。

"可别拿个跑腿的钱，扛个主谋的罪啊，你也不像能干那么大生意的主，几十起失窃案，你们真敢啊，知道得多大量刑吗？偷三千块钱就能入刑了。"马一鸣怒道。

"没有没有，我真没干，我真不知道怎么回事。"顾童紧张道。

"兄弟你确定？司机抓了，工头跑不了，工头进来一交代，该谁跑不了了？你没事见了警察跑什么？跑回去给老板报信？也没机会了呀。给他电话，让他给老板通个气。"马一鸣道。

郝昂扬递着手机，顾童直摇头，紧张得嘴唇哆嗦着说："没有没有，我真和这事没关系，我就是按老板吩咐给小工头们送钱，我真不知道是什么钱。"

"说清楚点，给谁送了，送了多少？十几个人指认你，后果很严重啊。"马一鸣道。

"没有啊，顶多三四个，不是光我送，我才来半年，以前的和我没关系。"顾童赶紧纠正道。

马一鸣一拍脑袋道歉道："哦，弄岔了，线报有误。给他解开铐子，他不是那个重点嫌疑人……不过顾童你说清楚你的事啊。"

戒具这么一戴一卸，这种反差顾童自己都受不了，赶紧说了几个名字，连电话、家庭住址都给了，甚至还有一个刚才就和他一起吃饭的，那是老板的司机呢，他干得最多，他最清楚。

一下子知道了这么多，开车的商利民知道该怎么做了，车原地一打方向，顺着原路追回去了……

建功谈笑间

手机丁零零响着，振动着，毕启航掏出来，看到是班长陈薇羽的号码，他表情扭曲地看了旁边的乔小旦一眼，那表情传达的意思是：快瞒不住了。

饭间溜出来，这都快三个小时了，通勤车要回南堡岛，肯定已经发现人数不对了，这要是找不着人会很麻烦的，偏偏他们溜走的几个又不敢接电话。

"嗡"的一声响，又一台手机响了。两人对面坐着的胖老板脸色一紧张，掏出手机看看，然后摁了，又放了回去。

"吴老板，要不您接电话吧，不能耽误您生意啊。"乔小旦客气道。

"不耽误，不耽误。"吴胖子尴尬道。

"喝水，吴老板。"乔小旦起身给他倒了杯水。这都坐了两个多小时，对面的警察屁都不放一个的，早让吴老板快受不了了，他难堪地问道："我说警察同志，传唤我询问什么呢？两小时说了三句话，喝水喝了三遍，你们到底要干什么呢？"

"这……这不给您留着主动说明的机会嘛。"毕启航软绵绵地说。

"那让我说什么，你不说我怎么知道？你这不是浪费我时间吗？"吴老板气急了。

毕启航眼睛眨巴着，眨巴了好几下，才慢慢吞吞地说着："你这人为什么言不由衷呢，这儿可有执法记录仪，刚刚还说不耽误呢。"

哦哟，给吴老板结实地噎了一下子。吴老板按捺着性子，压低了声音，平和地问道："那总该告诉我，是为什么吧？"

"根据群众举报，曹桥这一带工地的几十起钢模板失窃案，都和你们公司有关。"乔小旦突然道。

那吴老板一愣，表情一肃，紧张思索间，慎言了。

偏偏这时候，吴老板兜里的手机嗡嗡声又响了，吴老板惊得一哆嗦，掏都没掏，隔着衣服摁了。

对面坐着的毕启航软软地提醒着："吴老板，要不您接电话吧，不能耽误您生意啊，万一是生意伙伴呢？"

"没事没事。"吴老板随口应着，可能在考虑事态的严重性。

"没事就好，那再多坐会儿啊，回头不能说我们传唤态度不好，到现在为止，我们一直称呼'您'。要请您说说，您公司里是不是有位叫顾童的？"毕启航问。

"没有，我不认识这个人。"吴老板否认着。

"不会吧，他手机给您拨了两次，您怎么可能不认识啊？"毕启航笑着道。

吴老板脸一拉，一吸凉气，知道坏事了。他心绪不宁间，乔小旦问："吴老板，是不是有点凉啊，我给您开开空调？"

"嗯，谢谢哦。"吴老板随口应道。

"扑哧"一声，毕启航笑了，提醒道："现在是夏天，温度三十摄氏度，您为啥凉呢？是不是心凉啊？"

吴老板气得一口老血硬生生憋回去了，被这俩小警察逗得心神不宁，偏偏又气无可泄。今儿可算是阴沟里翻船了，本以为没多大个屁事，现在越来越觉得有可能坏事了。

但要想审下这号人老成精混得风生水起的，怕是也没那么容易。于是推磨在继续着，乔小旦换了一杯又一杯水请吴老板喝，毕启航一遍又一遍客气地提醒吴老板接电话，别耽误生意，吴老板呢，水根本没喝一口，电话呢，一个也没接……

电话，没接……陈薇羽尴尬地看了严武教官一眼，众学员已经在通勤大巴上待命了，偏偏少了仨人，这怕是赶回去连睡觉都耽误了，气得严武对着学员们道："你们谁看到商利民、毕启航和乔小旦了？吃饭的时候和谁坐一块？"

"鸽子，是不是你？"

"我没注意啊。"

"都只顾和市宣传处的人说话呢，没看到他们什么时候走了。"

"嗨，老商不是结婚了吗，是不是偷跑回去看媳妇去了？"

"哈哈哈……"

戈霆杰的想法把大伙逗乐了，这明显是不可能的。刁乃春倒是有想法了，他提醒道："教官，会不会被马缺德……不不，马一鸣勾引跑了？"

这可能就是正解了，严武想着。这期间陈薇羽直接在学员群里拨通了马一鸣的电话，这个电话通了，传来马一鸣的声音："喂，班长您好，您拨打的用户暂时无法接听您的电话。"

"马一鸣，你装什么装？"陈薇羽吼着，怒了。

"不装了。说，怎么了？忙着呢，快点。"马一鸣道。

"集训队少了三个人，是不是和你在一起？"陈薇羽问。

"你什么意思？人丢了找我，意思是我偷人了？"马一鸣反问。

旁边听着的几人眉眼一挤，乐了。就这谈话方式，恐怕陈薇羽接不住。看姑娘气得面红耳赤，严武拿过来电话问道："马一鸣，我是严武。"

"哦，教官您好。"马一鸣道。

"人呢？"严武问。

"他们正在曹桥派出所参与一起失窃案嫌疑人传唤，其他的我就不知道了，真没和我在一起。"马一鸣道。

"谁的命令？"严武怒道。

"徐教官的命令，命令我们三日内不惜一切代价拿下失窃案，还有派出所的命令，授权我们可以传唤询问涉案嫌疑人员，这不是擅自行动啊，他们下命令的时候，您都在场。"马一鸣道。

"等等。"严武给气糊涂了，半晌才省过神来问，"徐教官让你们仨干，你们怎么拖上其他学员了？"

"路上碰见了，帮个忙，看不过眼，搭把手，这没错啊……不信你们现在去曹桥派出所瞅瞅，他们在那儿帮忙呢，多表扬表扬他们。"马一鸣说着，挂了电话。

哎呀，把教官给气得，赶紧和通勤车司机商议了下，干脆朝着曹桥派出所驶去……

"嗡嗡——"夹在车上空调口的手机响了，开车的徐丑虎一摁，顺口问道："高所，怎么了？"

"老徐，你那仨倒霉学员给咱捅大娄子了。"

"什么？什么意思？什么娄子？"

"他们把吴胖子传唤到派出所了。"

"哪个吴胖子？"

"吴景瑞呀，吴麻子那二哥呀，判十多年那祸害。"

"等等，吴景瑞我记得不也在监狱里？"

"这都快十年了，早出来了。"

"到底怎么回事？怎么搭上这几个祸害了？"

"我也不知道，这不他们传唤人嘛，我也没当回事，正常传唤问话辅警都能干了，不算个什么事。可我眼皮一直跳，回来了也不安生，就多了句嘴问了问，嗨，你这几个学员胆肥了啊，不知道怎么的，把吴胖子给弄派出所了。"

"好吧，我马上去……您也赶紧去盯着，别惹出点什么事来，吴胖子的背景可不一般……咦？对了，什么事啊，难不成吴胖子和钢模板失窃案有关？"

"说不来，说不定还真是，这一家都是投机倒把的好手，我在路上了。"

"好的，我尽快赶过去。"

挂了电话，徐丑虎下意识地把车泊停到路边，他思忖了片刻，在记忆里找着这个人的影子。多年前这人是个名人，说起来这家也算是犯罪世家，上一代犯的是投机倒把罪——那个特殊年代的罪名。往吴景瑞这一代兄弟三人，涉黑、伤害、走私，兄弟三个排着队进了监狱。徐丑虎可没想到有朝一日，又在不经意间听到了这个人的名字。

这种进监如回家的老炮儿，肯定不是那些小警能对付得了的。他思忖间拨了潘渊明的电话，一接通，传来了潘处长的声音："我刚知道，你到了吗？"

"我正在往那儿赶。"徐丑虎道。

"我也在路上。刚查了下，辖区片警反映，吴景瑞出狱后干建筑生意有几年了，钢模板生意也有一年。"潘渊明说。

"曹桥钢模板失窃，难道和他有关？"徐丑虎疑惑地问了句。

"要是找上别人，我可能会怀疑有错；但要逮着吴景瑞了，十有八九没错了。不过我想，以他们几个人的水平，应该还钉不住这个老炮儿。"潘渊明道。

"我也在担心。也就邪了，咱们这一行，总免不了碰到熟识面孔。"徐丑虎道。

"没有对手会寂寞的，我可从来没期待过这些人能脱胎换骨重新做人。"潘渊明道。

"有什么指示？需要我做什么？"徐丑虎问。

"没有，保证咱们的人安全，可别被反咬一口。"潘渊明道。

两人结束通话，从不同的方向迅速赶往曹桥派出所……

潘渊明到地方时迟了一步，高达所长、徐丑虎教官，包括载着四队的通勤大巴全到了。派出所紧急集合，休息的全部招回来了，有人接替了乔小旦和毕启航的位置。很奇怪的是，那些面无表情的民警公事公办地坐到吴胖子面前时，这位吴老板反而舒了一口气，那俩不知道什么来路的年轻人左一句右一句的反而让他紧张。

现在嘛，该毕启航和乔小旦紧张了。徐丑虎的教育方式可不客气，一手揪一个，所里不方便，就揪到所外面。通勤车后，在黑暗里近距离盯着两人，两人吓得直躲，就听徐丑虎说："你们俩，老老实实把全过程说出来。胆肥了啊，穿个值勤服就想当警王，想抓谁就抓谁？"

毕启航一紧张，说不上话来。乔小旦心虚地解释着："没抓，这不去主力钢模板公司说传唤嘛，他就来了，我们俩还是坐他车来的。"

"吧唧"一声，徐丑虎给了他脑门一下，骂着："可把你能的。都没查查人家底细，那人犯罪工龄比你年龄还长。"

"啊，不是吧？"乔小旦捂着脑袋傻眼了，然后悻悻骂道，"狗日的马缺德坑我。"

"哎，对呀，马缺德呢？"徐丑虎吓了一跳，心虚了。然后，乔小旦说了句让他更心虚的："他们去抓收赃的马仔了。"

哎呀，把徐丑虎给气得直拍自己脑门，揪着两人问细节。其间潘渊明赶来，听罢这几个学员胆大包天的安排，连潘渊明也忍不住地心颤了几颤。

一看领导被吓成这样，毕启航反而不紧张了，难得地插了句话道："领导，没事的，我们商量好了，明审主谋，暗抓帮凶，下面的小弟一瞅老大被抓，那肯定是树倒猢狲散，急着咬他一口呢。"

"哎，你不是说有社交恐惧症吗？这没事啊，说话挺利索的。"徐丑虎道，是句嘲讽的反话，是嫌毕启航在这时候吭声。

不料毕启航没听出，解释说："没有，不可能，我是看着不待见的人不爱说话。"

徐丑虎气得要扇他，潘渊明拦着道："等等，你们俩熬了俩小时多，问出来了什么？"

"没问出什么呀。"毕启航道。

"不用问啊，反正老毕说话肉，马缺德安排我们俩啥也不问，就看住他，然后拍个他在派出所的照片就行了。"乔小旦道。

这可能其中有深意了，潘渊明和徐丑虎相视一眼，有点惊讶。这一套组合乱拳打出来，还真有点像模像样了。潘渊明又问道："他还说什么了？如果找不到人呢？有后手没有？"

"后手？"乔小旦愣了。

"不知道。"毕启航干脆说了。

潘渊明命令道："打电话问。"

噢，有这么直接的方式呢。毕启航掏出手机一拨电话，接通时，赶紧道："马哥，露馅了，我们装不下去了……噢。"

说了一句，毕启航把电话递给了潘渊明，客气道："找您的。"

这就有点没大没小了。潘渊明不悦地哼了哼，接住手机，沉默片刻出声了："哟，是猜到我在这儿了？"

"您既然想让我们飞翔，就不应该拴住我们的翅膀啊。"马一鸣道。

"不愧是学哲学的，之所以拴着，是怕有人一头栽死，再也飞不起来了。"潘渊明道。

"今天会有很多人栽，但绝对不包括我。"马一鸣道，声音里有掩饰不住的喜悦。

潘渊明整整思路，换着口吻道："学员马一鸣，现在我以督察身份命令你，如实汇报整个案情，并在最快的时间里归队。"

"是。学员马一鸣汇报如下：今天我们找了司机王军社这个突破口，发现了他们用泥头车、工程车等作案工具运送赃物的事实。综合案情我们分析，这是一起由施工方和材料租赁方合谋盗窃钢模板，再重复租赁赚取差价的案件，其中牵涉的人员会有很多，而且极易打草惊蛇，所以我们暂时对案情进行了保密，并商量从收赃的环节打开突破口。目前案情的进展是，我们已经找到了收赃的顾童、张可、李湘军等人，通过询问，我们已经掌握了他们的犯罪事实，已经通知涉案的施工队人员到曹桥派出所接受传唤。就这些。我们正在赶回来的路上。"

后半截被潘渊明放开免提了，一下子听得人怎么这么振奋呢？徐丑虎的心放下了一半，潘渊明却是问道："案情推进到这儿，完全可以采取抓捕，为什么要通知涉案人自己到派出所？"

"收赃接触的人员都是施工队的领队、工长等，悄悄运出去一车钢模板也就一万块钱，相比他们施工的收入要低得多，在工程款未结算之前，他们不敢跑，也跑不了，没必要兴师动众扩大影响。"马一鸣道。

"如果有人跑了呢？"潘渊明问。

"偷卖建材在工程行业是个灰色地带，干这些的人大部分是工人，不是专业的犯罪嫌疑人，很多根本不具备反侦查意识，即便跑也会撞进网里。我认为没有必要浪费警力，只要大部分没跑，这个案就成铁案了。"马一鸣道。

"我遗憾地告诉你一声，你可能钉不住这个主谋，知道他是谁吗？你在玩火。"潘渊明道。

"我知道他是谁，所以才这么玩。我也知道他的犯罪履历很耀眼，哪怕给他一点喘息时间，他都可能翻盘……但问题是，您觉得现在他还有机会翻盘吗？"马一鸣道。

听到此处，潘渊明笑了，一句话结束："归队。"

"是。"

电话挂了，领导的脸上已经雨过天晴。拿着手机的毕启航在发愣，徐丑虎摆摆手道："去，继续拖着吴老板，给人家倒水，点烟伺候着，别怠慢了人家。"

两人一听，喜滋滋一应声，跑回派出所了。徐丑虎压低了声音道："凿穿一点，网住一面。不错啊，我看比高达水平强。"

"二十年前高达也能达到这个水平，现在嘛，不行了。"潘渊明道。

徐丑虎笑了，感慨道："警察也算个江湖，'江湖越老，胆子越小'那句话也适用于咱们。"

"我无限期待他们能走多远啊，这刚上手就乱拳打死老师傅啊……呵呵，投案的来了，安排下。"潘渊明背着手道。

视线里出现了一辆车，跟着又来几辆。徐丑虎故意虎着脸问干什么的，那男子怯生生地说了："派出所通知我们接受传唤。"

"叫什么？什么事？"

"何元富，嗯，那个……那个……钢模板那事。"

"干得不赖啊，派出所离你们工地才多远？偷了东西贼喊捉贼，还喊到派出所里，你们可真行啊。"

"真不赖我们啊。那发包方奸得很啊，这儿罚点，那儿抠点，总想把我们的工钱抠索点，这有来有回谁心疼谁呀？"

"去去，进去吧。偷就是偷了，说得还有理了。"

一个进去了，跟着又来数个。徐丑虎登上了通勤车，车上坐着的早不耐烦的学员们对此事一知半解，都在窃窃私语，难不成真办了个案子？

"同志们，看来今天要有个紧急实习了。严武，你安排一下组合，很快会有很多嫌疑人来投案自首，今天的实习项目叫：询问和笔录。"

学员被分成三人一组，分头走进所里，果然如徐教官所言，来投案的先是三两个，然后又来了五六个，再然后又来了一群。不得已，所长和指导员办公室都当成询问室了，所外的通勤车辆也被搞成临时滞留场所，涉案较重的几人先留到车上了。据说是把钢模板失窃案收赃的抓了，好家伙，那些装卸的、开车的都心虚地来了，开口就是句博你同情的话："工长让我们装，我们真不知道是偷啊，就给了咱一包烟。"

到马一鸣一行人回来的时候，这儿大晚上的比早市还热闹，他们带回来的那仨人可是重要嫌疑人，都已经被铐上了，连着执法记录仪一起交给所里民警。马一鸣带着众人匆匆上了二楼，一间问话室前，潘渊明、徐丑虎、高所和几位民警站在外面，估计里面的吴老板还懵然无知呢。

走到了近前，几人显得有点风尘仆仆，马一鸣人如标枪般站定了。潘渊明审视着队伍前列的马一鸣，瘦削、精干，晒得黝黑的肤色像淬了火一样，和那身淡蓝的值勤服格外相配。

"执法会有很多负面后果，即便战战兢兢如履薄冰，也有可能被别有居心的人挑刺攻讦，更何况你们这样蒙着头不顾一切就冲上去了？运气可不会一直跟着你。"潘渊明面无表情道。

"反过来，运气也不会一直跟着嫌疑人。"马一鸣道。

潘渊明认真看了马一鸣几眼，好奇地问道："接下来呢？"

"对吴老板客气了这么久，该给点不客气了。我得打掉他最后的侥幸，让他输得心服口服。"马一鸣道。

潘渊明和徐丑虎一笑，高所长把马一鸣推进问话室里，关上门，估计是故意让这群新人自己发挥呢。他们听到了马一鸣装腔作势拍桌子的声音，听到了马一鸣吼着铐人的声音，听到了吴老板紧张到颤抖的声音，毫不怀疑地讲，可能用不了多久，真相就大白了，这么多人证，恐怕已经没有抵赖的余地。

憋了好久，终于快听到结果了，三人面带微笑，高达所长小心翼翼地问道："老徐，潘处，这个人能给我吗？到我们所里，我把办案队交给他。"

潘渊明鼻子哼哼一声，走了。徐丑虎也哼哼笑了笑，说了句："想得美。"

两人一前一后下楼了，像根本不关心案情结果的样子。看着忙碌得有模有样的学员们，在所里所外溜达了几个来回，闲庭信步呢……

好男不斗女

钢模板系列失窃案情的简要汇报转到丁长河局长办公桌上时，已经是三天后了。理论上在滨海这么大的城市当个公安局局长，难得会对一件案子有兴趣，只是这起系列案子延续一年之久，最终又被几位刚入警的学员捅开了口子，于是就成功引起丁局长的注意了。

"这经过似乎不难嘛，怎么派出所一年都没找着线索？"丁局翻阅着，抬眼看了潘渊明一眼。潘渊明示意了下一起站在局长面前的徐丑虎，徐丑虎解释道："倒也不是派出所不上心，而是这起案子特殊，很多报案人就是作案人，报案时间要么在作案之后几天，要么在作案之前几天，所里民警根据报案信息查，基本就被带进死胡同了。"

"呵呵，最难揣度是人心啊。人心有多复杂，案情就能有多复杂……欧阳主任，你们当初这个设想非常不错啊，我们局的宣传让省厅都黯然失色，办公室的已经往我这儿跑十几趟了，就想调那位宣传员，你们觉得怎么样？"丁局长随口道。

一旁的欧阳惠敏斟酌道："理论上，入警前都得到基层走一遭，现在集训还没结束，局机关也没有上岗就进机关的先例，有点早，要不以实习身份去吧？"

"行，你考虑办一下，有些部门该充实新鲜血液了，看看之前搞的那宣传，别说群众看，咱们都看不过眼。"丁局扶着老花镜，且看且说。翻过一页时，眉头一皱，又问到了案情："后续怎么处理的？这块影响可不小，那儿的开发商可都是纳税大户，我们办案是给经济建设保驾护航，这事的负面影响评估过没有？"

"考虑到这一块了。"潘渊明出声道，"除了对以吴景瑞为首的顾童、张可等收赃人员，何元富、孙全为首的盗窃主犯，其余的基本都给予了治安处罚。目前刑拘的有九人，五人是销赃人员，其余四人都是各施工队的小工头，虽考虑到情有可原，但不能再轻了，有些工头实在不像话，就那么明目张胆地一车一车往外运人家的建材。"

"呵呵，开发商让人两难啊，之前嫌我们不破案不追究，现在又怕我们追究得太狠，拘了工头、工人影响他们的工程进度。这个度啊，可是实在不好把握。"丁局放下了案情汇报，摘了眼镜，看着面前的几位属下。

潘渊明笑笑回着："移交给派出所了，让所里跟他们打交道吧，此事一过，基本安生了。"

"嗯。"丁局视线的焦点却在徐丑虎身上。徐丑虎有点局促，毕竟是从支队长的位置上下课的，现在站在局长面前，总有一种不知道该说什么的感觉。

还是欧阳惠敏打破了沉默，出声道："南堡集训队的出色表现让其他几个队坐不住了，现在要求以巡带训的呼声很高，但是我们仍然首先要考虑到安全和适应问题，指导思路得向您请示一下。"

"我同意你们的思路，惯着的孩子毛病多，不经事不成长啊。训练计划你们放手去做，四队就是个很好的模板。徐啊，辛苦你了。"丁局长意味深长地说了句。

徐丑虎尴尬地笑了笑，无言地敬了个礼。丁局回以一笑，挥手道："忙去吧，你们这卫星放得不错，一个集训队能干得这么漂亮，那其他警务单位，就没有理由讲困难、摆问题了，还是没有学会如何创造性地开展工作……潘处，你们督察处多敲打敲打他们，对于想混日子的老警油子，决不能手软。"

潘渊明笑着告辞，领命出门，并轻轻地掩上局长办公室的门。回头时，欧阳惠敏正在翻着白眼瞧他。现在好了，把其他队刺激到了，都觉得政治处偏心，给四队提供了发挥空间，打报告也要参与新的训练计划呢。可惜那个所谓的"保密计划"根本就是子虚乌有，基本都是靠潘渊明和徐丑虎到各单位刷脸要的值勤任务，否则那些基层单位才不愿接收实习个三两天就撤的人员呢。

"潘处，牛都吹天上去了，这接下来咋圆呢？"欧阳惠敏小声道。

潘渊明随口道："问你师父，问我干吗？"

徐丑虎一听可难住了："别介啊潘处，我就是您在集训队设的傀儡人，大小事还都听您安排。"

"少卖乖，你可是个听话的主儿？开动一下脑筋，搞点刺激的，给他们上几节实弹射击、格斗课目，这两天天气不好，稳上两天。"潘渊明道。

徐丑虎追问道："那两天后呢？"

"你去了解一下，哪个队有解决不了的稀奇古怪的案子，哪个所有老大难问题，揽回来。"潘渊明道。

"啊？您这是不把他们捶一遍不死心啊？"徐丑虎道。

"必须的啊，难道你不想知道一下，他们能力的天花板在什么地方？"潘渊明道。

这句话还真撩到徐丑虎的痒处了，他快步追着小声说："我倒有个想法，过一遍肯定长本事，但有危险，也怕您不同意。"

"来，来我办公室说。"潘渊明拉着徐丑虎，兴奋地走了。

落在后面的欧阳惠敏看着两人，一个是师父，一个是上级，两人像老小孩一般喜出望外。对比集训队这段时间天翻地覆的变化，她有点怀疑，是不是自己真的错了……

"哗哗"的雨敲打着窗户，往外看是白茫茫天地一片，南堡集训室内却是热火朝天，警体拳"嗨哈"的喊声，时不时盖过了屋外风雨之声。

在曹桥派出所那天几乎忙了一夜，跟着连轴转又抽调去搞市里的反诈宣传，这几天忙得焦头烂额，好容易一场大雨让集训队闲下来，这训练就拿起来了。还别说，曲不离口，技不离手，这没离几天呢，体能似乎明显地有下降的趋势。

这不，一趟拳下来就是大汗淋漓。严教官"稍息解散"的口令一出，不少人"哎哟"一声，直接一屁股坐下来。

有好事者喊："教官，天气预报说这雨还得两三天，局部有大暴雨，我就这么窝着啊？"

是丰中华。严武不客气道："那怎么？要不给你找个值勤的活？"

这谁愿意去干啊，丰中华不敢接话了。郝昂扬却是鄙视他道："你值勤也就杵根人肉杆，不顶屁用，以后跟哥们儿混，瞧瞧，曹桥派出所一年没整下来的案子，我们一天给平了。"

"这是几个大佬干的，你也就是只跟屁虫。"丰中华损道。

"你想贬低我没用，那个逃犯可是我亲手抓的，不信你问问马缺德和肖黑。"郝昂扬急着显摆。

马一鸣举手道："我证明，那逃犯摔了一跤，两人都趴泥地里了。"

众学员乐了，郝昂扬气得竖中指骂："妈的，你积点德吧。"

"嗨，就你这小胳膊腿，我咋不信呢？"戈霆杰凑上来了。

刁乃春捏捏他的肩膀说："我也不信，锻炼水平你连女生都比不上。"

"他妈的，你们嫉妒成这样，是不是想跟我练练？"郝昂扬脾气上来了。

丰中华撩着道："你要敢代表男生挑战二锤，我们就信你。"

"二锤"说的自然是沈筱燕了，男生也就说说，迄今为止还没人真敢挑战。因为和女生打，赢了难骄傲，输了太丢人。这难题再次摆出来，郝昂扬不理会了。男生堆里看热闹不嫌事大的多，闲得发慌了，马一鸣一拍手道："开盘，肖黑记账。"

"到，记什么账？"肖景辰阳兴趣来了，马一鸣只要开口，肯定有天马行空的好想法。

"耗子和二锤PK，押耗子一赔一，押二锤一赔三。肖黑当庄家。"马一鸣放低声音，生怕教官听见，也怕不远处几位歇着的女生听到。

这下子撩起大伙的兴趣了，押十块，押二十块，押五十块的，押郝昂扬赢的居多。郝昂扬面红耳赤道："滚，少拿我开涮，老子不干。"

"你想清楚啊，不管你输赢，庄家收入一半归兄弟们聚餐，一半分你。"马一鸣道。

"呲？"郝昂扬眼睛一直，动心了，不过马上反应过来说，"也不对呀，庄家不一定有盈余啊，还要赔钱呢？"

"我们有金主在。刁老板，四队的雌雄决战，你不赞助啊？"马一鸣唆使着。

倒不在乎那点钱，主要是想逗着郝昂扬和沈筱燕打一场，刁乃春马上答应着："必须的啊，你收资多少，我就再出多少，而且，我一百押耗子赢。"

"太多了太多了，万一他真赢了，不赔死我吗？"肖景辰阳不干了。

"干，我们俩坐连庄，谁还下注……耗子你不打拉倒，我开其他人的赔率，你先挑战。"马一鸣作势道。

郝昂扬一急，拽着马一鸣说："别呀，你太缺德，人家肯定不跟你练……我来我来，那，那怎么挑战啊？"

马一鸣拽过毕启航来，咬着耳朵嘱咐几句。眼看着老毕跑向女生了，他扯着嗓子喊着："严教官，我们要来场友谊赛活跃活跃气氛啊。"

"好，自由活动，还有二十分钟。"严教官说着，没当回事，出去了。

这头，毕启航已经奔到了累成一堆互靠着的女生们面前，他觍着脸道："姐们儿，有个事商量一下。"

"怎么了，老毕？"陈薇羽一起身，笑看着毕启航。这娃总是缩头缩脑的，难得见有表情，可一有表情，这货唯唯诺诺的又让人觉得滑稽得紧。

"没啥事，就是那边那只耗子现在膨胀得厉害，说男生和他打没对手，女生和他打只要一只手。"毕启航鼓噪着。

沈筱燕不屑道："能不能不吹啊，捡了个网逃就把自己当警王了？"

"所以您得教训教训他啊，大家托我来邀请您。"毕启航道。

沈筱燕正觉有点莫名其妙，那郝昂扬已经被众人推出来了，一干坏小子鼓噪着："雌雄争霸，郝哥为大，管你是谁，三招拿下……上！"

那个火暴性子的沈筱燕腾地跳出来了，恰和被推出来的郝昂扬照了个面。沈筱燕不屑道："还三招拿下？耗子，一会儿摔疼了别哭啊。"

"小看人是吧？本来不想跟你打，你逼我出手的啊。"郝昂扬找到理由了，拉开架势，两人对峙着走着圈。

此时，陈薇羽却注意到有人给肖景辰阳耳语的小动作，总觉得有什么不对劲。她一把揪住起哄的毕启航问道："到底干什么？说清楚。"

"以武会友啊……快，打起来了。"毕启航趁机挣脱了。

两人真练上了，警体拳和军体拳本是同源的，如果不用马缺德那种掏心踹裆揪头发抱着打滚的损招，那比的就是速度、反应和力量。郝昂扬力量占优势，沈筱燕的速度和反应占上风，两人几下拳来腿往，眨眼间交换了几次站位，倒打得热闹非凡，引得观者一阵掌声和喝彩。

这时候，郝昂扬真是信心爆棚了，握着拳跳来跳去。沈筱燕额头见汗有点喘，她笑着道："耗子，看来是有点不如你啊。"

"甭客气，你已经不错了，好歹我也是从小挨打练出来的。"郝昂扬得意道。

这时候换位的郝昂扬恰好背对门的方向，沈筱燕蓦地一站直，喊了句："严教官。"

心里有鬼的郝昂扬倏地回头，一回头嘘声四起，他瞬间反应过来上当了，可是已经晚了。单腿飞起的沈筱燕直踹，他回身正好迎上了那只脚，就听得"哎哟"一声，凌空飞起，又砰地一屁股重重坐在地上。这一脚踢得可够结实了，坐下还噌噌滑出去一段距离。

沈筱燕的长腿斜杵着还在空中，她得意得脚尖做了个挑衅动作，这才站定。被踹翻的郝昂扬龇牙咧嘴地捂着胸前，一手指着沈筱燕，艰难道："二锤，你使诈？"

"输都输了，还挑姿势？"沈筱燕笑着道。

输到女生手里了，还真有点难堪。那帮男生哈哈大笑着，笑着笑着又不对了。有人骂："耗子，你他妈放水是吧？我们可全押的你。"还有人拽着马一鸣怒问道："马缺德，你丫是不是捣鬼，怎么就你押二锤，敢情就你和庄家赢？"

"别别别，兄弟们，一半安抚耗子，一半是公款，过两天值勤一块吃去啊。把钱都转给肖黑啊……赶紧的，去安慰一下给咱们赚钱的同志。"马一鸣挣脱了，上前揉起了郝昂扬。几人边笑边作势给郝昂扬揉胸捏肩。

肖景辰阳算着账，押注上百的还就马一鸣赢了。他悄悄拽着马一鸣问道："你咋知道耗子要输？"

"他从来不带脑子的，能赢才怪呢。"马一鸣道，自己先笑了。

这头男生打赌的事，女生听了个七七八八，无形中给人当枪使了，几个女生头碰头商议着，特别看不惯马一鸣那嚣张嘴脸。商议间，沈筱燕站起来喊着："马一鸣，我挑战你，敢不敢接？"

哎呀，有戏看了，众学员连拉带拽要把马一鸣推上去，女生拍着巴掌清清脆脆喊着："四队争霸，筱燕为大，管你是谁，不在话下。"

"马缺德，又算计我们是吧？我早就想跟你打一场了，来啊来啊。"沈筱燕拉着架势，轻蔑地向马一鸣招着手。被众学员推出来的马一鸣似乎被激怒了，他甩开推他的人，气势汹汹地站到了沈筱燕面前不远，食指一抹鼻子，来了个很嚣张的动作，霸气地吼着："真以为我不敢跟你打吗？"

"来啊，来啊。"沈筱燕拉开架势招着手，马一鸣鼓着气势，握拳探头，侧身吼着，随着气势逼人的叫吼，他冲向了沈筱燕。沈筱燕急退，一退空当出来了。马一鸣跑了几步，哈哈一笑，趁着这个空当拐弯就跑，把准备应战的沈筱燕和观战的学员全放空了，拦都没机会，他蹿着就跑门外了。

"哎呀，今天总算发现了马缺德一个最大的优点，姐妹们，是什么？"宋佳子领头起哄。

"哈哈哈，臭不要脸。"女生可能预见到了这一情况，齐声给出一句怒赞。

男学员们好尴尬呀，谁能想到马一鸣上场那气势逼人的，敢情根本就没气势，只是逼人，还真不要脸地临场脱逃了，好半天都没回来……

好女不怕难

郑委和计巧巧是午休的时候回来的，归来时，雨淅淅沥沥笼罩着他们曾经挥汗如雨的操场。他和计巧巧在市局宣传处待了几天，参与官微的各类内容制作，今天局里专门派车送他们回来收拾行李的。

"快去收拾一下，我们还赶时间，还有其他事。"司机催促着。

两人跳下车，严教官打着伞出来了，一把递给了计巧巧，让她顺道通知曹韵梅和蒋韩颖下来。另一把给郑委挡着雨，顺便祝贺道："好好干，市局宣传处难得直接从学员里挑人，实习完争取留在局机关里，那可是多少人梦寐以求的职位。"

"教官，我……"郑委百感交集，却不知道该说什么。

送到门口的严武示意他进去，他磨蹭着，最终还是推开了宿舍的门。一推门乐了，舍友正玩着打扑克贴纸条的游戏，贴了一脸纸条的毕启航他差点都没认出来。而见到他的人，舍友先是愣了下，然后互视着。乔小旦不解地问道："这是咋了？表情不太好啊？"

"不会被上级单位当卫生纸了吧？"马一鸣同情地问。

毕启航凑上来问马一鸣："怎么讲？"

"笨蛋，用完就扔。"肖景辰阳提醒着。

老毕扑哧一笑，马上醒悟到不对，赶紧拉下脸。

上铺的商利民安慰着："小郑，别灰心，机会大把的是，回来我们没人嫌弃你……说好了啊，谁也不许拿这个开玩笑。"

嗯嗯，众舍友一阵点头，非常一致。

却不料郑委表情变化着，慢慢笑了，道："我是回来拿行李的，顺道告个别。市局宣传处让我和计巧巧提前进入实习，要我们了。"

众舍友一怔间，看郑委不像开玩笑，愣怔片刻，噌噌地都跳下来了。盘腿在床上的下地时鞋都没穿，一起尖声鬼叫地拥上来，抱人的、揪耳朵的、搋脸蛋的。还有马一鸣更夸张地吧唧亲了一口，流氓地道："香一个，以后都没机会了。"

"又偷抽烟，一嘴烟味。"郑委抹着脸，推开马一鸣。

乔小旦气愤地搋着他道："装什么装，进门吓了我们一跳，还安慰了你半天。"

"我装什么了装？我铺上这么干净，瞧你们给我弄的……不是我说你们啊，就咱们这内务，再练仨月也合格不了。"郑委碎嘴地说着，收拾着简单的行李，等提上箱子，却又依依不舍地坐下来。

在这儿短暂的生活给他留下的记忆如此深刻，这时候居然激起了那种叫留恋的感觉。

嗯，怎么不说话了？他抬头看，大家都瞪着他，估计是刚才说话惹到人了。他一龇牙，笑了，羞羞地道："要有时间，我一定洗干净了陪你们玩。"

马一鸣一听招呼着："没事没事，我们不嫌你脏，一人来一口。"

说着众人又围上来了，连一贯矜持的老商也不客气了。被众舍友挨着个吧唧吧唧亲了几口，郑委捂着脸怒道："你们别这样，我说的是洗床单……太过分了，这么非礼本直男。"

这边闹哄哄的，把其他宿舍的也惊动了。听闻这缘由，进来一拨又一拨人。这算是组队以来的首次告别，哪怕平时交情并不感觉有多么深，此时的不舍却也那么的真切。说着说着，郑委眼睛红红的，娘娘病都犯了，咋这么舍不得呢？

还是严教官在外面催了郑委才启程，全体学员都出来相送了，有人提行李，有人打伞，直把郑委和计巧巧送上车。另一车意外地载走了两位女生，是很少说话的曹韵梅和蒋韩颖。女生感情可能更丰富一点，要走时，计巧巧招手着招手着，就捂上鼻子流泪了。

"同志们，回去吧，很快都会有这一天的。"严教官劝着雨中的学员们。但没人走，大家都目送着车子，车里人在使劲招手。商利民问着严教官道："教官，曹韵梅和蒋韩颖什么时候确定去处了？"

"没有确定，是个特殊事情，我也不太清楚……嗨嗨，都淋着雨呢，回宿舍吧，下午还要继续训练。陈薇羽，把队伍带回去。"严教官提醒着。

直到看不到车了，学员们这才落寞地回返着。宋佳子失望道："天哪，一下子就进市局机关了，太幸运了。咱们就惨了，还没准会被扔到哪个派出所查户口。"

"二巧是新闻传播学专业，正好对口了。你没事，好歹外语也专八了，不至于吧？"沈筱燕安慰道。

宋佳子却是噘着嘴道："运气和学历要是有关，本队最闪耀的，也轮不到郑委啊，他体能连我都不如。"

"就你事多。"陈薇羽剜了一句，好像心情也不大好地走开了。沈筱燕却是不想和她讨论这个话题，加快步子走了。众学员回到走廊下，刚抹着脸上的雨水，跺跺鞋上的泥迹，不知道谁喊着："又来车了，今天又有事了？"

众人回头，一辆通勤大巴驶进了集训场地，奔上前的教官和车里说了句什么，然后吹响了集合哨。

像条件反射一样，学员们迅速奔向宿舍，作训服一套、值勤靴一穿、警八件一戴，踢踢踏踏奔出了宿舍，在操场雨地里集合，报数，随着一声"登车"令下，队伍整齐地上车开拔。

队伍已经初见雏形了，没有人多问，没有人质疑，都在好奇地静待着，警营为他们揭开的下一幕是什么。

两辆警车行驶极快，出集训地不久，载着曹韵梅和蒋韩颖的那辆车就拉开了警报灯，司机油门踩到底赶路，用时四十分钟赶到了目的地。后座的曹韵梅看着地图的导航，是在夏桥码头一带，这里算是郊区了，自内河这个小码头可以直通海域。今天这里显然出现了特殊的情况，码头上泊停着数辆闪着红蓝警灯的警车。她们俩下车时，从其中一辆车上下来的人里看到了熟悉的面孔，正是政治处那位欧阳处长。

两人上前，欧阳惠敏只说了两个字："上船。"

两人跟着登上了机船，躲进狭小的船舱里避雨，意外地发现徐丑虎也在里面。好一会儿没说话，徐丑虎憋不住了，出声问道："你们俩，一点都不奇怪带你们到这儿干什么？"

"这好像是水上派出所的船只，干什么……我还真不知道。"蒋韩颖道。曹韵梅干脆没说话。欧阳惠敏将橘黄色的救生服分给大伙套上，提醒道："安全防护要做好，这种天气作业可真够呛。"

两人愣着，徐丑虎解释说："不是让你们作业，是观摩一下。这是个特殊作业，外界恐怕很难有机会知道，更别提看到了……你是医学硕士？"

问的是曹韵梅，她默默点点头。这就让欧阳惠敏不理解了，她好奇地问道："韵梅，理论上你这个学历在医院努把力谋个差事也有可能啊，你怎么选择了从警呢？"

"能不解释吗？而且，必须有原因吗？"曹韵梅反问。

"我自认识人够多了，但依然有很多看不懂的，你们这届奇怪的人不少，你就算一个。"欧阳惠敏认真道。

曹韵梅意外地想起了另一个奇葩，然后吐出两个字："面子！"

"面子？"徐丑虎和欧阳惠敏更奇怪了。

"对。我们老家的重男轻女思想很严重，严重到家里会认为除了嫁人以外，女娃要干其他事都是多余。很不幸，我家几个都是女孩，我爸为此羞愧了一辈子，总念叨着有个男娃，家里出个干部或者穿制服的该多好。我想有一天如果我穿着光鲜的警服回村，这个愿望算不算实现了？"曹韵梅笑着道。可能同是女人的缘故，难得地对欧阳惠敏说了这么多。

"算。我们的初心都很简单，我当年想当警察的理由比你的还简单，就是觉得女人穿警服更飒一点，路上那些羡慕的眼光能让我得到极大的满足。"欧阳惠敏笑着道，顺口问，"蒋韩颖，你呢，你可是个大博士啊。有史以来，我们政治处接触的统招警员，初始学历这么高的，不超过十人。"

"躲婚。"蒋韩颖道。

"什么？"徐丑虎听愣了。

"要待在家里，或者干份天天回家的工作，会被逼婚逼崩溃的。听说警察工作忙得不着家，我就来了。这集训太好了，都不用被我七大姑八大姨追问了。"蒋韩颖笑道。可没想到这位平素寡言的姑娘还有这么幽默的一面。欧阳惠敏提醒道："那你真来对了，就怕真忙起来你后悔啊。"

"躲一天算一天吧，警营的气氛太好了，我都不想回家了。"蒋韩颖道。

"也不是都好，你们这个队特殊，又有几个特别能作妖的，所以才气氛好。"徐丑虎道，捎带问了句，"这两天下雨窝队里，那几个货没找事吧？"

曹韵梅和蒋韩颖齐齐摇头，徐丑虎笑道："看，已经融入队伍了，替他们掩饰呢。"

这个话题两人没有接下去，曹韵梅转着话题问道："欧阳处长，今天我们到底干什么？"

"可能和你们对警营的印象会大相径庭，我还在纠结，你们看完再说吧。"欧阳惠敏的脸色凝重了。可能接下来是什么重要的事，两人未敢再问。

船行不远，靠近了江面中央的一艘机船，那上面人影幢幢，几位穿橘色救生服的，看得清救生服里面的警服，正围着船舷喊着什么。两船靠近，这船的几人登上机船，里面有认识的人和老徐打着招呼，称呼的还是"徐师父"。徐丑虎变戏法似的从腰间抽出来两瓶白酒，递给他们，劝着："来两口暖暖。"

瓶子拧开了，那男子灌一口递下去，另几人依样往嘴里灌着。这果真是个特殊的警务单位，工作期间不禁酒。不过可以理解，这雨天冷得人瑟瑟发抖的，还真需要暖一暖……好像不对，还有更冷的。有人在喊："往上拉！往上拉！"说着几人拉着船舷外的绳子，不一会儿，江面上冒着泡泡，接着，一个一身潜水服的人攀上了船舷。重盔卸下后，那人趴在船舷上喘气道："水里太浑，看不太清楚，不好找。"

"这里流速缓，大部分都会停在这儿。"

"把船往回流处靠一靠，找找这一片。"

"来，闷一口，再试一次，一个小时前有人在江面上看到过。"

"小心点啊，船上的扫描方向偏八度，别走岔了。"

几个人说着，潜水员闷了一口酒，深呼吸一次，又下水了。

"潜水时绝对不能喝酒。"蒋韩颖突然道。那群都喝了酒的男性奇怪地看着她。她干脆更严肃地说着："潜水期间身体失去了大量水分及电解质，而食用含有 4% 或更多酒精含量的酒精饮料，会进一步增加尿液量，从而导致电解质不平衡。而且饮酒后体温也会随之升高，加速汗液的产生，进一步耗尽电解质，极易脱水。"

曹韵梅想想，补充道："不仅如此，在潜水前喝酒会损害身体产生 ATP，也就是三磷酸腺苷的能力，这是肌肉能量的主要来源。同时还会影响认知和运动功能。酒精会导致反应时间延迟，手眼协调能力差、判断力下降以及无法学习和记忆新信息。这可能对潜水员造成严重风险。"

这就把天聊死了，那几位看着手里的酒瓶子，面面相觑。徐丑虎不好意思道："新人，来学习的，别介意啊。"

"专业的建议你们还是听听，忠言逆耳，能少喝就少喝两口呗，拿酒当命呀。"欧阳惠敏道。

"全市的捞王里，就没有一个不喝酒的。这活要没几口酒撑着，会天天做噩梦的。"其中一人道。另一位笑着补充："咱们这儿的捞王之王，不给他两口，根本下不了水。"

"嗨，有发现了。"船舱里有人喊。船舷边上几人上心了，紧张地盯着水面，然后几个人合力拉着绳子，对抗着水流的力量，徐丑虎顺便也上去搭了把手。

欧阳惠敏伸手挡着，把两人往后挡了挡。此时，在两位旁观者的视线里，雨如泼，浪涌急，摇晃的船只像水面的一根浮木，只有紧紧地抓着倚托物才能站稳身形。可那些作业的人却浑然不觉，喊着号子，拉着绳子，滚滚的江流像被他们的臂膀拽得静止了，回流了，他们倾斜到几乎和船舱平行的身躯像使尽了全身的力，拽得手上、脸上青筋暴突，在雨水的浸刷下，个个显得面目狰狞。

"上来了，快。"

这一喊，又有两人分开，一跃一起，跳进了江水。片刻，便能看到他们和浮出水面的潜水员一起游着……不对，还多了一个人，或者准确地讲，是一具尸体，被江水冲得已经身无寸缕，肤色惨白，肚子胀大，正被几位警员小心翼翼地运上船面。

捞尸，作业是捞尸！

欧阳惠敏回头看向两位女生，两人的面色变得格外难看，好歹还是这个专业的，没有呕吐或者吓到失色。

"今天上午接警，江面上有船只看到浮尸，水上派出所跟着江流追了二十多公里来到这里，这项工作叫'捞尸'。不过对于警察而言，并不是捞一具尸体那么简单，需要最大范围地搜找遗物，确认身份，确认死亡原因，确认是自杀还是他杀，甚至还要确认自杀的原因，是否和刑事或者治安案件相关。找到的第一时间和地点，肯定是最佳的现场勘查时机，这个专业你们清楚，温湿度环境、储存条件、运输、检测的时间，都可能造成结果的偏差，所以，这个现场一直有一个特殊的职业……水上法医。"欧阳惠敏道，真实的原因说出来，却让两位女生犹豫了。

"上一任因为长期积劳成疾，病倒了。我不瞒你们，即便在职的男性法医里，也没几人敢挑战这个岗位。除了需要拥有专业的知识外，可能还得像普通民警一样值勤出警，强度会很大，但有些事再困难也必须去做。你们很专业，能发现的东西是普通人发现不了的，提供给办案民警，直接决定着案件方向，关系到法律的公正，也关系到一个人、一个家庭的命运。"欧阳惠敏略显沉重地道。她回头看了眼，一位警员正小心翼翼地盖住捞上来的死者。

那是个女人，生前应该是个花季少女，不知道因为什么结束了生命。

"我不是给你们下命令，这个岗位一直是由法医中的志愿者来担任的，理论上，只有正式入警才有资格申请，当然，大部分人会选择不申请……这是一个特殊的岗位，在这里，不仅仅需要维护法律的尊严，也需要维护曾经作为我们同类的人，给死者最后的尊严。"欧阳惠敏道。

两人的目光犹豫着、惶恐着、游移着。再一次回头时，那些作业的警察整理了装备，包括那位卸了潜水用具的潜水员，所有人排成一列，低头，无声默哀，也在给这位死者以最后的尊严。

过了一会儿，徐丑虎拍拍认识的那人的肩膀，黯然地向欧阳惠敏三人走来，喃喃絮叨着："是个姑娘，和你们的年龄差不多大，需要靠岸进行初步尸检……'对不起'我就不说了，这是我的主意。你们整个训练视频我从头到尾看过，你们两个因为专业和队伍其他人有点不合拍，别人可能会觉得你们孤僻，而我看到的是倔强，就像你们咬着牙也要跑完五公里一样。只是这专业会更难，可能得咬着牙跑很久，除非你放弃自己的职业生涯。有胆量试试吗？这儿干得最长的也就八个月，我和欧阳，还有他们，都在期待打破这个纪录的人，期待下一位战友。"

良久，两人没有吭声，几次回看被雨布遮着的死者，那些淋在雨中的警察，一个个狼狈不堪又疲惫的样子，眼中却在期待着什么。

"走吧，看来还没有准备好。"欧阳惠敏转身，要上另一条船。

"等等。"曹韵梅突然道，"这是我的专业，让我试试吧。"

"我也试试吧，这种天气和环境，还在为一个不相干的人冒险的，值得尊敬。"蒋韩颖道。

欧阳惠敏回过头来，欣慰道："撑不下来就告诉我，我亲自来接你们。"

"我尽力……尽力让您失望。"曹韵梅一笑，和蒋韩颖手挽手，向着那群等待的人走去。

那位领头的激动之下，大喊着："向两位水上女法医致敬。敬礼！"

坐着另一船驶离的欧阳惠敏和徐丑虎，除了欣慰还有激动，他们激动地看着两位学员换上了船上的检测用具，小心翼翼地把遗体运进船舱。那位潜水员在船舷旁站着，伸长脖子喊："谢谢！"

"这位捞王叫什么来着？"欧阳惠敏问。

"我忘了，都干二十几年了，在刑警队时就跟他打过交道。"徐丑虎使劲想着，记忆却跟不上了。这里几个水上派出所，潜水员都有一个称号叫"捞王"，打捞、搜救、水上执勤，有的一干就是一辈子，到退休都上不了岸，还有返聘回来继续干的。

可能从警日久，唠起这事来就让人唏嘘不已，徐丑虎补充道："不重要，有'警察'这个名字就足够了，一辈子最大的成就和失落，都源于这个名字，说起来也是受声名之累啊。"

"欧阳，"半晌徐丑虎又说道，"我们当了大半辈子警察了，总结起来这职业又苦又累又不会有多大出息，可为什么还有那么多人趋之若鹜啊，即便他们清楚会面临什么。你说这原因在哪儿呢？"

欧阳惠敏在出神地看着那艘远去的机船，似乎还在回忆那两位姑娘的笑容。来时她担心自己失望，可现在她一点失望也没有，却更担心了。

良久，她悠悠道："信仰之于理想主义者，既是徽章，亦是执念，放不下，也舍不得放下啊。"

第七章

KTV临检被敲"闷棍"

好马失前蹄

"注意，我最后强调一遍，不管什么枪，除非确定马上就要开火了，否则手指都是一定要放到扳机护圈以外的……听我口令，预备。"

森兰绿地射击靶场，身着迷彩服的教官正指导着来此的四队学员实弹射击前的训练，大家各自做着射击动作，当然，是假设的，手里根本没枪。

教官巡回在队列中央，提醒道："身体正对目标，两脚分开稍大于肩宽，两膝微屈，要形成弹性支撑……你，含胸塌肩，让你身体重心自然下降，右手握枪同单臂据枪动作，围握扳机护圈，近距离二十米以内，身体正对目标即可击发……多目标转移射击或对运动目标射击时，以腰为轴，以上体转动带动手臂平行移动。"

教官教着，很有耐心，学员学得可快没耐心了，枪都没有，就架个手势比画呢，听着听着气就泄了，教官不经意回头时，垂手的那几位又赶紧抬手做姿势。

"好，立正，稍息，以我为中心五人一行，列队。"

教官举着手，列队进场了。第一排进入，射击台前早已经站了五位陪练，教着学员戴耳机、护目镜，然后教着上膛，讲着动作要领，随着"砰、砰"几声枪响，早憋了一下午的激动，一下子从心里冒起来了。特别是那些男生，个个眼睛发亮。

"看着也不难啊？"伸脖子的乔小旦道。商利民拽拽他，提醒着："别没见过世面的样子。"

"那你见过？"乔小旦愕然问。商利民点点头："市里有一个民用射击训练场，我偶尔去玩，就是价格贵点，一颗子弹平均得二三十块。"

"至于用这种凡尔赛的方式提醒我，你是土豪吗？"乔小旦恶心了句。商利民一咬牙，不跟他说了。

另一个位置，郝昂扬激动得也在摩拳擦掌，而且小声自言自语着："我五岁就摸过枪，我爸的，就是没开过，早等着这一天了。"丰中华悄悄从背后凑到郝昂扬耳边说："耗子，你不就有杆枪吗？"

"我哪有……我捏死你。"郝昂扬刚否认，丰中华在背后摸向了他"枪"的位置，气得郝昂扬回头掐他脖子。

陈薇羽怒斥着："能安生点吗？就数你能啊！"

哎呀，班长的气场不知道什么时候涨了，竟然一时镇住了郝昂扬，郝昂扬悻悻不说话了。第二组上场，可能没人料到，刁乃春居然是把好手，"砰砰"几枪连发，连陪练也看得竖起了大拇指。他下场时忍不住有点小得意地看着马一鸣，马一鸣恍若未见。

学员们无形中都有那种攀比心理，马一鸣没瞧见，可有人提醒他。毕启航触触他的胳膊，提醒着："哎，奶子哥叫板你呢。"

"稀罕啊，这有什么可比的。"马一鸣道。那不屑的表情让毕启航惊讶了，一想马哥所向披靡的过往，再加上警察家庭的出身，他喃喃道："对啊，一会儿把他这小白脸摁地上蹭蹭。"

马一鸣一把揪住毕启航道："嗨，我说老毕，你挺乖个孩子，这才几天，口气越来越蛮横了。"

"呵呵。"毕启航嘿嘿一笑道，"我乖了二十几年，一直当妈宝男，现在我不想乖了，想当回王八蛋不行啊？"

完了，学坏三天，怕是这货被教坏了，马一鸣笑着不说话。

第三组，看陪练和教官忍着笑的样子就知道不咋样，手枪射击看似简单，实际操作难度却大得很，明明也不远，瞄得也很准，可一开枪，子弹像故意一样，除了不落瞄点，有可能落向任何一点。收枪时宋佳子在喊了："教官，我明明打中了，为什么靶上没弹孔？"

"噢，你打的是别人的靶，下去吧。"教官道，惹得学生们哄堂大笑。

第四组，最闪耀的莫过于沈筱燕了，一看熟练的上弹匣动作，陪练就知道是个熟人，根本没提醒。果不其然，别人刚开一枪，她已经"砰砰砰"连续击发了，那么飒的动作，看得其他人都忘记开枪了。她毫无悬念地成为焦点，教官第二次竖起了大拇指。

反观郝昂扬就差了点，跟太优秀的人在一场就是伤自尊和自信啊，一紧张，居然脱靶了一枪，气得他吧唧着嘴拿枪磕脑门，这动作吓得陪练直接夺过枪，把他撵下场了。

再一组，众人有意无意地注意着马一鸣。可此刻的马一鸣却像上刑场一样，犹豫，彷徨，几次举枪，又几次放下。直到其他人都打完了，在教官的催促下，他才举枪，"砰砰砰"连续射向目标。

见证奇迹的时刻到了，四队全体学员瞠目结舌，然后轰的一声差点笑翻了——全部脱靶！

……

"不会吧？"

徐丑虎心凉了一片，寄予厚望的一个学员，要是在基础技能上差成这样，那就全黄了。他回头看欧阳惠敏，两人可是巴巴地大老远来到这儿，等着这一场出结果呢。早在幕后已经看了很久的潘渊明也愣了。四队出了很多意外，比如商利民居然不错；比如刁乃春，居然打出三个十环；比如沈筱燕，强化训练一下，参加全警比武都问题不大；但最大的意外还是马一鸣，居然打出一弹匣空靶来。

欧阳惠敏仔细看了一遍举枪、射击过程，又返回来，把屏幕定格在马一鸣的脸上，然后发现个奇怪的问题，在射击时，马一鸣是两只眼睁着瞄靶的。做政审久了，可能什么情况都见过，比如顺腿的，不知道先迈左还是先迈右，永远走不了正步；比如平足；比如斗鸡眼；再比如马一鸣这种情况。她说："是不是运动失调？很像眼部肌肉失调，身体整体或者部分肌肉失调的特例，我倒是见过。"

"不可能啊，这小子打架多利索，潘处都吃过亏啊。"徐丑虎道。一看潘渊明脸色发黑，他赶紧闭嘴了。潘渊明又看几眼，说不上来原因，就仔细看，确实不太对劲。他问道："体检报告你看过吗？"

"看过啊，有问题第一遍就被刷下来了，但这种隐性问题，一般体检还真不容易查出来，比如前年，招警时就招过一个隐瞒遗传病史的，入队强化训练时才显现出来。"欧阳惠敏道。如果是那种情况，只有一种结果：劝退。

徐丑虎可有点不舍，小声道："要不，让他再试试？总不能全脱靶吧，这就拿着枪当铁疙瘩怼，也应该能怼到靶上啊？"

"可能另有隐情，先放放吧，别误了今天的事……现在我看，下午五时，差不多可以整备了，你参与一下，给他们上一堂保密课要点。"潘渊明道。他无心再看，出了观摩间。这时候严教官已经整着队到了厅前，几列学员冒雨登车，准备返程了。

没想到雨天来了个这么刺激的运动，学员们的兴奋还没消散呢，潘渊明几位登车了。徐丑虎站在前面发话："注意，接下来还有一个模拟排查行动，所有行动细节将按照你们平时所学的执法细节来。第一步，为了行动保密，所有人即时上交所有通信工具，包括在场的教职人员。"

欧阳惠敏捧着盘子，先交了自己的手机，跟着学员们一个接一个上交通信工具，随即领取了步话器，按照教官要求设定通信频道。

第二步：接下来的行动保密，不能乱问，而且直到行动发起前，都要在这个车里保持静默。

这肯定不是模拟，而是一次真正的行动。当通勤大巴拉着帘子就近开进一处交警大队时，最笨的学员也猜得出来这个结果。只是哪怕你知道方向，也永远不可能知道目标……

　　雨季是滨海最美的季节，乌云翻腾、雨色凄迷中的标志性建筑——金融大厦充满了魔幻色彩。入夜时分，车水马龙像灯河流淌，霓虹似星宛如人间仙境，无论你步入的是商铺林立琳琅满目的南京路，还是欧陆建筑鳞次栉比的风情街，都能感受到这个中西合璧的现代化都市分外妖娆的一面。

　　自沪湾区东向路口，再向东五分钟车程，是一个相对隐秘的去处。一辆奔驰车正走走停停地驶向目的地，车内视线很差，后座的一男一女似乎对此地并不熟悉，向前看，只见得云山雾罩中若隐若现的楼宇，两侧看，伞下行人匆匆，拥堵的路面方向很难分辨。

　　女人说话了，是很拗口的方言：“雷同勒度的差佬打过交道未啊？”（你和这里的警察打过交道吗？）

　　男人说：“冇啊。”（没有啊。）

　　女人说：“同香港比点啊？”（和香港比怎么样？）

　　男人说：“冇可过性啊。”（香港的没有可比性啊。）

　　女人问：“咁犀利？”（这么吓人？）

　　男人说：“肯定嘅，贼王折喺呢度。”（肯定啊，老大都折在这里过。）

　　女人问：“但我点觉得度搞衰嘅都唔少啦。”（但我怎觉得这里搞事的不少啊。）

　　男人道：“信我，坏人越犀利，嗰啲差佬就更加好犀利。低调丫，低调做人做嘢冇错。”（信我，坏人越坏，警察越厉害。低调呀，低调做人没有错。）

不但行事低调，声音也低调了。再行不远，前排的司机提醒说到了。女人看看定位，确定就是此处。两人相偕下车，这个标着"贵宾坊KTV"字样的地方，让女人皱了皱眉头，骂了句什么，男人笑了笑，领着她进去了。踏进门的一刹那，手里的手机嘀嘀响着，短信显示着：313房间。

两人在劲爆的音乐和摇曳的灯光中拾级而上，直达目的地。

此时的时间指向21点30分，十五分钟后，到达街外的通勤大巴泊停，整队学员警列队跑步入场，直奔贵宾坊KTV。

一个临检任务，不算难也不算简单，车上提醒的事项好多条来着，跑到这儿都快忘了。门口的严教官挨队提醒着：打开执法记录仪、和指挥平台随时通话、不许骂脏话、不许和被检人员起冲突、注意包厢的暗处、重点检查有无黄赌毒行为、如有涉外人员要注意方式方法……

还没说完，学员们已经都跑进去了。打开一层大厅灯光，关了音乐。警察一现身，现场的小姐姐、小哥哥一阵惊声尖叫，被勒令拿出身份证接受检查。

二层，刁乃春带队刚查到第二个房间，里面的男男女女正喝着酒，吓了一跳。定睛一看，有人嚷："呀？春哥，是你啊？"说着端着酒就上来了。其中还有妹子惊呼："哇，好帅的小哥哥，我想起来了，开玛莎那位，怎么来这小地方了？"

被男男女女一贴上来，刁乃春难堪地捂脸，吼了句："站好，临检，身份证。"

"春哥别这样，你又不是没带我们来过。"一个男子道。

刁乃春败退，把这一屋熟人交给同伴，奔下一处去了。

三层，戈霆杰、丰中华一组奔在最前。两个服务员搀着一个喝多的客人，正解释着："那是公主，不陪唱。"那醉鬼怒道："胡说，什么公的，明明母的。"气得那俩服务员快哭了。一瞅有警察奔来，他们扔下醉鬼就跑。戈霆杰和丰中华下意识接住，刚喊"站住"，那醉鬼却是看到了高个子的陈薇羽，眼睛一亮，激动地喊着："咦？这个制服的好，我就要这个。"说着借着酒劲就扑。

丰中华怒道："看清楚，我们是警察。"

"我就喜欢警察。"醉鬼说。他又醉醺醺地喊了："我还没上过警察呢，我必须得试试。"

说着又要扑，陈薇羽气得躲开了。丰中华和戈霆杰使坏，要铐这家伙。不料挣扎间，那货"哇"的一声，和着酒的秽物喷了两人一脸一身，两人搁那儿傻眼了。

另一处，郝昂扬带着商利民逮着几个吸货的，进门时里面摇得正欢，音乐关了，灯亮了。哎呀，那人像魔怔了一样，根本不管不顾，还在摇，不管警察怎么喝令嚷叫，人家就那么忘我地一直把头摇摇摇，都戴上铐子了还在摇。

几乎是同一时间，马一鸣几人奔到了顶层，一挥手，两两一组分奔向三个甬道。他和乔小旦连开两间没人，再开第三间时，冷不丁里面冲出来一位，撞开他就跑，马一鸣大喝"站住"，拔腿就追，追时还不忘让乔小旦闯进这一间房。

"站住！"马一鸣大喝，这种情况，八成有问题。

甬道不长，那人又冷不丁站定了，双手一举，马一鸣刚要喝令蹲下，却不料眼前蓦地一黑，他急退，晚了，一只大脚丫结结实实踹在他胸前。他感觉胸口一闷，喉头一甜，一下子几乎闭过气去，整个人一屁股坐地上，被踢出去好远。

马一鸣怒从心头起，拔出甩棍，爬起来一甩，恰中那人腰部。那人身形一顿，跟着撞开一扇门进去了。拔出电击枪的马一鸣迅速向那个房间靠拢，这战术动作不可谓不熟练，到了门口一脚踹开，然后战术手电蓦地射进房间。光线下，看到了一张丑脸，脸上密密麻麻的黑点，笑起来特别瘆人……这是他看到的最后一幕，对危险莫名的直觉让他迅速后躲，然后听到"哧"的一声重响，整个空间烟雾弥漫，什么都看不见了。

这狗日的把灭火器当武器了。马一鸣知道碰上高手了，正犹豫间，火警铃声响起，灯光突灭，整个楼层陷入一片黑暗。他突然想起更可怕的事，循着手电的光线奔回出事的房间。进门用电筒一扫，看到了一幕让他难以置信的景象——

乔小旦趴在地上，周围一地玻璃碴子，那肯定是进门就被人朝脑袋上干了一家伙，那一地的红酒里还和着更红的液体，是血……

此中有深意

集体的恐慌一旦被撩拨起来，其破坏性会在瞬间摧毁一切规则。

正站着等着查证的，灯一灭，警报一响，一下子成了炸窝的蜂群了，拥挤着往外面有灯光的地方跑。楼上被控制的趁机挣脱，不管不顾连滚带爬地往楼下溜。这里三四层一两百客人在极短的时间里冲出KTV，夹杂着男男女女的惊声尖叫，那场面壮观得紧。有不明所以的路人，分不清是地震了还是火灾了，稀里糊涂跟着跑，等跑出去很远才回头发愣，咦？不对呀，啥事也没发生啊？

对呀，是没啥事呀。一出来的客人四散而去，跑的这会儿工夫，KTV居然又通电了，根本没事嘛。

不过里面事就大了。徐丑虎和欧阳惠敏拾级而入时，厅堂里已然一片狼藉，酒瓶子和茶几碴子碎了一地，间或还扔着几只花色各异的高跟鞋。一间门开的房间里，几个KTV的服务员在探头探脑，查证的学员警怔在当地，可不知道这算什么情况，查了半截炸群了，全跑了。

欧阳惠敏摇摇头，徐丑虎摆摆手，收队，一层退场。上到二层，就留下那个喝多的哥们儿还搁那儿哼哼呢，瞅着又来一女警，兴奋得"咦"一声伸长脖子。一旁的丰中华干脆给他套了个头套，那人兀自在头套里乱骂乱嚷。徐丑虎叫了收队。再往上，郝昂扬得意扬扬地站在一间包厢前，两人踱进屋，里头蹲着三个人，两男一女，搜出来几片锡纸和药物残留，一对半吸食人员。

"徐叔，楼上好像出事了。"郝昂扬提醒道。

"知道，把他们带下去。"徐丑虎道。

登上三层，马一鸣和商利民搀着乔小旦往外走，警八件还是有用处的，里面的绷带现在全缠乔小旦脑袋上了。徐丑虎上前端着乔小旦的脸瞅瞅，问道："怎么回事？"

"不知道，我进门就挨了一家伙。"乔小旦害臊地低头。

"你呢？"徐丑虎问马一鸣，"你们不是一组吗？"

"有人冲出来，我去追，乔小旦控制房间，结果……干不过那家伙，估计是那家伙拉了警报。"马一鸣道。此时才看清他一脸白粉，才知道是对方拿灭火器当武器用了。

徐丑虎收着几人的随身记录仪，让他们下楼。然后他制止了欧阳惠敏的步子，一个人进了事发的房间。过了一小会儿出来了，叫着欧阳惠敏走。欧阳惠敏直觉可能有什么问题，小声问道："有什么发现？"

"没有。"徐丑虎道。

"肯定有。你是我师父，你那毛病我一直就知道，一有事就不吭声了。"欧阳惠敏跟着道。

"那我这个师父没教好你，不知道不能乱问呀？"徐丑虎道。

"拜托啊师父，我现在是你上级，今天这事我不替你兜着，难道还真把潘处拉出来啊？"欧阳惠敏道。

徐丑虎一惊，回头，看着欧阳惠敏。欧阳以为他会说句软话，却不料他一笑道："你以为老潘也跟这些学员一样顾头不顾腚？"

"你不说我也知道，此行必有深意，根本不为练兵。"欧阳惠敏道。

"我支持你的推论，可我不能证明推论是正确的。"徐丑虎道。

两人出了KTV。这确实是个特殊地方，普通情况下，经营者怕是早吓得出面周旋了，这儿愣是没个负责的人出来。而且刚撤出来，辖区的几辆警车就到场了，一位全副武装的民警上来就气势汹汹地嚷着学员队伍："站住，你们哪个单位的？负责人是谁？出警是谁批的？"

"我。"徐丑虎踱步上来，一身作训服。那人瞪了好一会儿才想起来，惊愕道："徐支……徐……"

"前徐支，现老徐……你是？"徐丑虎道。

"沪湾分局的，接到报警，有人在这儿寻衅滋事。"那警官道。

"不对吧，回头要比对报警电话的啊。"徐丑虎道。

那警官气结了下，换着口吻道："好，不算报警，就算是经营业主给我们报案，好歹知会一声啊，这怎么回事啊？徐……这不可能是你带队吧？"

"还就是我带队，2021届集训四队，听说过没有，刚破那个钢模板失窃案的，来这儿让他们实战一下，练练手。"徐丑虎笑道。

那警官怒道："出警记录谁签批的？没有派出所和分局出警命令，今天我可不客气了啊，你们得跟我走一趟。"

"好啊，先把她带走。"徐丑虎回头指指，欧阳惠敏踱步过来了。那警官认识，惊得一激灵，敬礼道："欧阳处长，是您啊？"

"嗯，我解释一下。我也是刚得到消息，这个任务是丁局批的。今年统招的四个队，今天统一行动，分赴各区随机选择一个娱乐场所临检。这是四队的，现在徐丑虎是四队教官，还有问题吗？"欧阳惠敏直接道。

"没有了。"那警官道。

"好了，抓到的人员交给你们，几个吸食毒品人员，还有个醉鬼。对了，其中一个包厢的客人袭击了我们警员，你帮忙查一下，看是不是涉及什么案子。"欧阳惠敏道。

那位警官应声，徐丑虎凑上来阴阴笑着提醒："有偿陪侍、容留吸毒人员、袭击临检警务人员……兄弟，悠着点，没准明天督察处该找你喝茶了，扫黑除恶都尾声了，这么个藏污纳垢窝点，你居然一点都不知情？"

几句话吓得那警官噤若寒蝉，追着要多问几句，不料这群人似乎确实就是实战演练，把相关的执法记录仪和控制的人员交到赶来的警车上，就列队离场了。

回头时，只留着那些民警在风雨中凌乱……

"水至清则无鱼，看来水未清，鱼还有啊。"

丁长河局长坐在市局多功能会议室里，墙上四屏显示着几个队临检随机筛选娱乐场所的情形，那个称之为治安难点的地方，只要查，就没有干净的，今天又查出来一堆毛病，吸食毒品的、有偿陪侍的……

"是零星发现，还算正常吧，扫黑除恶以来，我们对娱乐场所进行了数次整顿，现在成规模的基本已经绝迹了。"潘渊明出声道。他看了领导一眼，又解释了句："耽误您时间了丁局，没您这把尚方宝剑，我就是到各大队、所的辖区也不好使。"

这是在委婉地提醒，各所和大队可能对辖区细节问题有所疏忽，否则以这些学员菜鸟的水平，不至于还能查到问题。

丁长河局长笑了笑，指指潘渊明道："滑头，说说，还有什么深意？为什么非选在今天？你可拖了好几次。"

"沪湾区，贵宾坊 KTV，有嫌疑人员袭击临检学员，目前情况还不明，我得赶过去。"潘渊明道。

丁长河一愣，思忖片刻，突来一问："你找到 803 的线索了？"

潘渊明点点头，轻声道："这儿以前就是他常去的一个点，我们找到了关联的通信号码。"

"啧啧，那为什么派学员们去？总不能你以为一群兔子能咬过一只狡猾的狼吧？"丁局无语了，有责备的意思。

"知道狼还在就够了，总能找到他的弱点。"潘渊明道。

"去吧，回头以局里的名义发个通讯，表彰一下实习参战的学员们……老潘，你得加快步子了啊，这事熬得我们都快吃不消了，再没消息，厅里都该问责了。"丁局长道。

潘渊明应了声，回头悄悄看一眼发愁的丁局长，满心歉意地轻轻掩上了门。

滨海市公安学院门口，潘渊明的车直接驶入学院，徐丑虎表情很意外。潘渊明很知意地解释了句："803 计划人员不多，选择一个招眼的办公地点肯定不可能，后来就选到公安大学了，这里面有针对警务技侦的科研单位，也算是对口了。"

车直驱教学楼区，穿过教学楼，在一所实验楼前泊停。两人匆匆上楼，在顶层推开了一间办公室的门，其间几位正忙碌的警装人员都抬眼看向了他们。徐丑虎赶紧掏出口袋里简单的证物袋递上，一位女警接住，在瓶碴上扑了金粉，随后拍照上传，以此为模板，在庞大的数据库里开始搜索。几个执法记录仪被在场人员拿去提取视频。

"现场人员能分辨出来吗？"潘渊明问。

"可惜天公不作美。"一位警员放着 KTV 出逃的录像，不是人人都打伞，但有伞在，或多或少遮掩着，体貌识别就成问题了，只识出一个半脸像，近似度不到一半。

"出来了。"那位女警道，"有两个人的指纹。钟仙妹，金融犯罪嫌疑人，香港籍；另一个没有记录。"

境外的犯罪分子？徐丑虎嘴一抽，而且是个女的？指纹在瓶碴上，可以想象到，乔小旦是被个女人一瓶子砸蒙了，徐丑虎觉得有点五味杂陈。

"潘处，这个有记录，两段……"一位警员播放着。一段是马一鸣追人，被人一脚踹飞，一段以灭火器干粉结束，不过结束前拍下了那人的脸。这个人徐丑虎就认识了，他颇有深意地看了潘渊明一眼。潘渊明面无表情道："这个人就是吴麻子，吴祥瑞，老炮儿了，他应该是引走马一鸣的。另一台录下了什么？"

"有一个画面，只有不到一秒钟。"警员放出来了。画面里，推门而入，画外音是乔小旦在说话：别动，警察临检，身份证拿出来……"砰"一声，人倒了，跟着记录仪也倒了，只见得三双脚次第离开。在倒之前，有人坐在沙发上，环境昏暗，拍下的画面被警员放大、过滤，然后显现出来一张两个男子的肖像。

"是他……另一个应该和钟仙妹同路，他们似乎在谈什么。"警员道。

"那就对了，'803'肯定发现了什么，他们密谋的事应该就是原因所在……老徐，你记住这几张脸，秘密就在这几个人中间。"潘渊明抚着下颌，踱步思索着。

一个女嫌疑人，还是境外的；另一个男的尚无信息。但这个目标男子信息给到徐丑虎时，徐丑虎心里暗暗咯噔了一下。此人叫粟丰盛，美国和加拿大双重国籍。滨海是座国际大都市，这种情况倒不稀罕，稀罕的是这个人在美国和加拿大都蹲过监狱，诈骗罪、走私罪等。更稀罕的是，这个人在国内的记录除了未成年以前的，之后几乎为零，最起码现在在徐丑虎手里的资料里，没有近况。

"理论上在现在这个大数据的时代，每个人都是透明的；但这个人不一样，他像个透明人一样，大数据都找不到他的影子。如果不是今晚突检，我们都难得一睹真容。"那位警员看出徐丑虎的好奇了，解释了句。

"找到人就够难了，找到这种人身上藏着的秘密可就太难了。"潘渊明出声道。

徐丑虎想了想，小心翼翼地问道："潘处，这样会不会打草惊蛇啊？"

"呵呵，这种人你可以把他们看作职业嫌疑人，他们比我们懂法律，也更懂怎么钻法律空子，即便现在他就在面前接受传唤，我们可能都毫无办法……你们研判一下冒出来的新面孔可能是什么情况。老徐，你跟我走，以后记住这个地方。"潘渊明出了这个秘密设组的地方。

两人一路无言，下了楼，上了车，此时潘渊明才问起受伤人员的情况，听得徐丑虎解释问题不大，这才放心了，一摁点火，却不知道该往哪儿去。想了想，对了，还是先送徐丑虎吧。徐丑虎笑着说："潘处，您现在可有点大失水准了啊。"

"方寸已乱啊。这个计划怕是要在我手里搁浅了，差十天就四个月了，今天是唯一一次找到粟丰盛和吴麻子的踪迹，我们的外勤根本跟不上他们。别说粟丰盛，连吴麻子都追踪不到。"潘渊明道。

执法和犯罪是两条平行线，如果没有办法产生交集，那就永远不知道对方在干什么。毕竟以现在的条件，想躲开警察的视线干点什么太容易了。特别是对这种几近职业化的犯罪分子来说。

"看得出来，您对这个集训队开始失望了？"徐丑虎小心翼翼地问，是肯定句，却用了疑问的口吻。

潘渊明抿抿嘴，没点头，也没摇头，隔了好一会儿才回答道：

"谈不上失望，可要寄予厚望现在我感觉草率了，这些从深牢大狱里走出来的恶人，别说他们，就咱们也相形见绌啊，而且我到现在为止，都想不出任何一种可行的方案来。"

"有时候只能走一步算一步，计划永远赶不上变化。"徐丑虎道。

"那就继续，咬着牙往下走。"潘渊明道。

"嗯，恶人我来当，逼得越狠，成长越猛。咱们这一行，不逼不出头啊。"徐丑虎道，回答得没有任何感情。

这份冷漠很快被转嫁到集训队学员们的头上，临检行动搞得鸡飞狗跳，还伤了一个人，当天回到南堡都没休息好，第二天就又被拉出来集训了，冒着雨来了个五公里，等气喘吁吁跑完时，迎接学员们的，就是徐丑虎那张没有表情的丑脸了。

"窝囊，简直窝囊到耻辱了，我都没脸说这个集训队是我带的，就查个喝酒找乐子的，还能被砸一酒瓶子……看什么看？丰中华，你笑什么？控制个醉鬼都让人家吐你们一身，再说人家喝酒又没违法，你铐人家干什么？知道铐的是谁吗？一个表行的老板，现在赖在派出所不走，准备告你们呢。"徐丑虎训斥着。

丰中华难堪地、不服地嘟囔着："不铐怎么办？他以为我们这身制服是 KTV 搞的制服诱惑，不拉住就要往班长身上扑呢。"

学员们虽然难堪，还是忍不住笑了。徐丑虎倒没有再训，而是拍拍丰中华的肩膀道："我个人认为你做得非常对，但这不代表所有人都会这么认为。刁乃春，你就不说了啊，看来这种地方你很熟啊？"

"没当警察前去过，也算错误吗？"刁乃春反问。

"不算，但不要让你的过往，影响你以后的行事方式，公事公办有什么不好意思的？"徐丑虎提醒了句。刁乃春站直了回道："知道了教官，我会做到的。"

再往下，郝昂扬的胸挺直了，昨晚就他控制住了几个吸食毒品的，那货满脸喜悦等着表扬呢，却不料徐丑虎不客气道："就蹲卫生间里来了点次货，一克都不到，你高兴什么呀？"

"啊？我又做错了？"郝昂扬大惊失色，看来有成见是不好，做什么都对不了。

徐丑虎不屑道："抓个吸货的算什么？你到派出所一查那单子，有的是。有本事你抓几个贩毒的瞧瞧。"

"瞧瞧就瞧瞧，我肯定抓几个。"郝昂扬不服气地道。

"嗯，这态度对，比那几个人强多了……你们几个我就不说了啊，自己检讨下。"徐丑虎故意放过了马一鸣、乔小旦几人，回头安排着，"接下来我指派几名小组长，由小组长自行选人组队，严教官会给你们安排实战项目，陈薇羽、刁乃春、丰中华、郝昂扬。"

应声出来四人，听到自己名字站出来的郝昂扬愣了下，然后一阵狂喜。毕竟还是得到教官认可了，否则不可能给你戴个小官帽，组长好歹也是长嘛。接下来的分队就简单了，都是在集训队有号召力的人，他们的背后迅速站了一排。郝昂扬悄眯眯地回头看自己身后，都不用想是谁，马一鸣、乔小旦、肖景辰阳再加上老毕、商利民，几个舅舅不亲、姥姥不爱的货色，成他的组员了。

"薇羽，你带队到出入境管理大厅，熟悉业务流程，尽快进入角色。"

"是。"

"刁乃春，你们一组到食药环侦支队下属的四大队短期实习。"

"是。"

"丰中华，交警总队下辖六大队，你带队短期实习。"

"是。"

"郝昂扬，你带队到文博区罗店派出所，组建一支巡逻队值勤，接受派出所指挥，协助排查当地治安隐患。"

严武教官一个一个布置好，给各人一张名片，是实习到地的联络人。给到郝昂扬手里时，郝昂扬瞪着眼问道："是不是故意的？"

"什么故意的？"严武没明白。

"故意打压我们，把我们扔派出所巡逻，巡逻还用学吗？"郝昂扬不服气地道。

"那你想去哪儿？要不当局长去，我看你脾气不比局长小啊。"徐丑虎刺激了一句，郝昂扬翻着白眼看他。

老徐指指他这一组，没好气地数落着："就这还好意思挑？射击全脱靶子，碰上事掉链子，查个KTV还让人怼一瓶子，我训你们自己都脸红，给你们个巡逻任务就不错了……对了，郝昂扬，这次临检你表现不错，让你带他们确实委屈了，要不你脱离他们这个低级趣味的小团体，站到你们班长队里？"

郝昂扬回头看了眼垂头丧气的众学员，这回被打击得确实不轻，他无奈道："算了，我还是低级着吧，省得被人嫌弃。"

众学员一起笑，对这位刚冒头就摔惨的队友报之以同情一瞥。接下来的训练照常进行，四个组在三天里陆续离开，有的是实习单位来车接人，有的是通勤大巴送人，最后一组待遇最差，是自己乘公交去的。郝昂扬带着一行人骂骂咧咧地上路了……

挽弓当挽强

连续数日的阴雨稍稍放晴，难得地遇上了一个阳光明媚的天气，位于滨海北郊的罗溪公园又恢复了往日的热闹，公园门口一群孩童在嬉戏，间或大人喊着追上来生怕摔倒。沿公园外侧的街道，菜农、果摊摆了一溜，对面不远就是罗店几个新修的住宅小区，附近工业园、建材园、物流园等几个园区工作的人，把这个曾经视为滨海乡下的地方硬生生变成了商贸区。

所以这里的景色也趋向多元化，生活闲适牵着狗狗遛弯的男女，开着豪车招摇过市的土著，行色匆匆的打工一族，甚至还有金发碧眼的老外，再加上那些操着不同方言的小贩，可能会让你一时无法判断自己身在何处。

"来了……"轻微的声音响在耳麦里，蹲在路边的一个男子起身，视线里一辆黄色的奔驰跑车，沿着公园街边慢慢前行，车上戴着墨镜的男子像在找人，不时地四下张望。这时候，公园里踱出来一个牵着条狗、穿着短裤、趿拉着拖鞋的小年轻，他噘嘴吹了声口哨，那位墨镜驾驶员看到他，慢慢驾着车，靠近。

"我是噶亮介绍来的。"车里墨镜男道。

"一个一千，只有两个。"牵狗的男子道。

"我都要。"墨镜男道。

"钱，给现金。"牵狗的道。

墨镜男顺手拿过副驾上鼓囊的包,点出来了两千块递出来,外面的男子接住,手指缝里夹着的两个小包顺手被车里的男子拿走。

这时候,身后的公园里、路边的车里、路旁的菜摊边,同时冲上来几个人,牵狗男惊得拔腿就跑,不过晚了,几步后被人扑倒在地,几个人压手的、压脑袋的、压着腿的,死死控制着他,给他戴上了铐子,又迅速把他拎起来,给他扣上了头套,然后带上了快速驶来的警车。

瞠目结舌的群众还没反应过来,这段警察抓坏蛋的表演已经结束,只有那只已经没人管的狗拖着牵狗绳,跑得不知去向了。

两个小时后,马一鸣一行路过这里,再前行三公里,临时实习的目的地就到了,就是前面挂着"罗店派出所"的单位。

千篇一律的蓝白相间,所里泊了几辆警车,既老且旧,意外地还有辆敞篷跑车,不过那肯定不是派出所的。不知道触动了哪根神经,马一鸣道:"耗子,你把徐老虎惹得有多深啊,又坑咱们?"

"何以见得?我怎么觉得这地儿不错啊,空气好,离城远。"郝昂扬道。

"你傻呀你,工业园区、电气工业园区、罗安建材工业园区、北郊未来产业园区,光外来人口就有多少?在这儿干活得把你忙死。"马一鸣见微知著,很有远见地道。

众学员发怔了,这么一点拨都觉得有道理。不怕任务压人,就怕琐事烦人,想想那种忙得连头都抬不起来的户籍活、登记活,以及处理各种纠纷的活,就让人头皮发麻啊。

郝昂扬可没有当领导的经验,眼看着士气落下去了,却不知道怎么鼓舞一下。想了想自己领头进去了，直道："听我的，咱们表现得蠢一点，干砸两回，他就不敢使唤咱们了。"

"嘁，说得好像你表现得聪明过一样。"马一鸣挖苦道。

郝昂扬怒视道："我是组长还是你是组长？"

"你是你是。"马一鸣不跟这货叫板了，知道他膨胀得不行了。

几人次第进了所里，值班室给他们指了方向，不过里面没有所长，只有指导员。指导员正在办案，院子里吼着呢。几人探头看后院，旧式的格局，后排一溜平房可能用于临时滞留，里面传来了边拍桌子边嚷的声音。一个中年男正在院子里踱步，看样子怕是遇上难事了。

众人正考虑要不要上前报到时，一间询问室打开了，一位民警怒气冲冲地出来，院子里的男子期待地问道："怎么样？"

"就是个无赖，绕来绕去一句有用的没有。"民警道。

"这都抓现行了，还嘴硬？"指导员纳闷了。

"他根本不在乎。"民警道。

"等化验结果出来，有他哭的时候。"指导员道。

郝昂扬正要上前，指导员的电话响了，他急急一接，问道："结果怎么样？什么？不是？没错吧？嗯，我知道了，回来吧。"

一挂电话，指导员气得拿手机直磕脑门，民警小心翼翼问道："怎么了指导员？"

"哎呀，两小包都是钙粉……哎，我说怎么布置的？"指导员怒了，那民警怒气消失，成尴尬了，而且可能不光是他尴尬。指导员气不自胜道："怪不得他满不在乎，这是把咱们当猴耍了……这群孙子是准备跟咱们叫板啊。"

愤愤间，他不经意回头，一群人正紧张兮兮看着他失态的样子。他一愣："你们谁呀？"

"2021届四队集训学员奉命报到实习。"郝昂扬敬礼道。

愕然片刻，那指导员一下子喜出望外了，上前惊喜地一拉郝昂扬的手，问道："你叫郝昂扬，你爸叫郝战？"

"对，叔您是？"郝昂扬愣了下。

"哎呀，不认识我了吧。我上次见你才上初中，我们去你家，不知道你干什么了你爸正拿皮带抽你呢，头回上门就给你爷俩拉架。哈哈，这一转眼长这么大了。哎呀，也当警察啦。"那指导员拉着郝昂扬，往事一说，笑翻了众学员。看郝昂扬有点尴尬，指导员拍着肩膀安慰道："这有啥不好意思的，小孩不淘气，长大没出息，就你这样要有大出息的……将门，不对，警门虎子啊。小邵，认认，三分局郝政委家小子，老徐的得意弟子啊，给咱们介绍过来了。"

众人握手问好，马一鸣皱眉头了，老徐肯定是徐丑虎，郝昂扬什么时候挂上徐丑虎弟子的金字招牌了？他再一省，要坏事，还没提醒，这事已经朝坏的方向发展了。指导员亲切地问着："听说你在曹桥逮了个网逃人员？"

"嗯。"郝昂扬点点头。

"曹桥那件钢模板失窃案，真是你们学员队处理的？你带的头？"指导员又问。

郝昂扬有点不好意思，但脸绝对不红，点点头："嗯，几个小毛贼，抓他们分分钟的事，我们两天就拿下了。"

"哎呀，救星啊……小邵，这起贩毒案交给他们接手。"指导员兴奋了，那小邵更兴奋，赶紧说"是"。郝昂扬吓了一跳，紧张地问道："什么？贩毒？叔，我们哪处理过那事？再说，这也不是派出所的事啊。"

"哎呀，你想多了，我们顶多配合禁毒大队抓几个街头贩小包的。前段时间禁毒大队给了几条线索，说咱们这一片有几个提供货源给吸食人员的，我们费尽心思设了个埋伏逮回一个来，而且是交易现场直接摁的，两千块钱两小包。"指导员竖着两根指头讲。

郝昂扬好奇地问道："然后呢？被耍了？"

"看看，高手，一猜就对，可不被耍了，出洋相了，这两小包化验出来是钙粉。"指导员道，看郝昂扬犹豫，激将道，"你现在名气快赶上你爸了，不至于这活不敢接吧？"

郝昂扬啥都不怕，就怕刺激，一刺激就岁毛，他不屑道："有啥不敢接的！"

"我就说嘛，徐老虎说派个高手，高手怎么可能尿啊。要啥装备，找小邵给你们安排，所里有宿舍，暂时就住这儿，隔壁就是食堂，衣食住行不用操心，所里全给你们包了，两周时间，能拿下吗？"指导员豪气干云地邀着。

你越豪气，郝昂扬就越得压过你，就听他拍着胸脯道："至于吗？两周用不了。"

"看看，这才叫水平，学着点。第一个嫌疑人就在里面，你们会会去。"

指导员说道，让小邵民警学学，然后那小邵民警顺理成章地把笔录本一同甩给郝昂扬了。

两人一走，郝昂扬美滋滋地送人，却发现一干学员都看傻瓜一样看着他，这就尴尬了。他掩饰道："其实也没多难不是，我觉得咱们肯定能拿下来。"

"咱们是不是掉坑里了？"肖景辰阳好奇道。

商利民点点头道："好像是，哪有一上场就给实习生压任务的，这有点不正常啊？"

毕启航好奇地问道："耗子，你什么时候成徐老虎的弟子了？"

"这肯定是徐老虎推荐的。"乔小旦道。他又想了想，看着郝昂扬说："他俩倒是有点像。"

"那必须的，往前数十几年，徐老虎是警中有名的悍将，恶性刑事案件处理了不计其数。"郝昂扬得意道。

不料，乔小旦纠正说："我没想那么多，我是说，你俩丑得很像。"

"我……"郝昂扬一把掐住乔小旦的脖子，恨不得掐死这货。其他人在嗤笑，既不同情也不拉劝。这下郝昂扬觉得没意思了，放了乔小旦，悻悻道："水平不行干砸了我认，我不怕丢脸，反正我也不要脸。但是，要连干的胆子都没有，怂成你们这鸟样，连不要脸的资格都不够。"

"这个资格还是留给你吧，你组长水平不行，可好意思说我们水平都不行？办吧，总比扔去查户口强。兄弟们，这一行以我的经验来看，从来没有讨价还价的余地，是坑也得跳，是雷也得扛，所以……"马一鸣对众学员讲着，大家以为他智珠在握，认真听着，却不料马一鸣的思路拐了，声音放低说，"耗子，你回头要辆车，再要点经费。干不成也不能亏待自己，实习又没补助津贴啥的，我们可以接受考验，但不能接受白干。"

众学员瞬间笑翻，敢情马一鸣神色凝重地在琢磨这事呢。这么不要脸，直接让组长郝昂扬也自愧弗如，直竖大拇指表示支持。

"接了？"潘渊明问。

"接了。"徐丑虎挂了电话，解释道，"指导员吕大亮在刑警上待过，算我半个徒弟，现在也当指导员了，呵呵。"

这是把那几位又故意送到个特殊地方了。这个特殊的地方让潘渊明有点皱眉头，他喃喃道："罗店派出所的所长被监委留置已经四十天了，我们督察都插不上手，现在那地方肯定是人心涣散，重新凝聚起来怕是难了，我上次去看时，基础工作差得一塌糊涂。"

"什么违纪？"徐丑虎问。

"收受贿赂，私设小金库，几项事呢，区里出事捎带出来了。"潘渊明道。

官场起起伏伏，潘渊明这号过来人早已看惯，有些朝夕相处十几年甚至几十年的同行一朝东窗事发，实在让人唏嘘不已，特别是这些人曾经还是执法者。他黯然下车，且走且道："老徐啊，我当年处分你时，你是什么心态？"

"问这干吗？不是感同身受，我给你形容不出来啊。"徐丑虎笑了。

"不管被处分的是罪有应得，还是矫枉过正，之于我只有一种感觉——痛心啊。你也不会理解，亲自给自己人戴上警械，其实我比他们还难堪。我很清楚执法者有同情心不是好事，是对法律的亵渎，可我仍然无法控制。"潘渊明道。

"没有同情心，是对人性的亵渎。挺好啊，我们警察是国家机器，但总不能真变成机器。"徐丑虎道。

"谢谢你的提醒，可惜我改变不了。犯罪和执法常常是反人性的，所谓人性化的执法，多数时候是个伪命题。"潘渊明背着手道。他站定了，不远就是滨海市出入境管理大厅，也是一组学员的实习地。偌大的停车场里，有一个显得纤弱的身影正指挥着泊车。

是沈筱燕，估计实习学员顶多摊上个这种活。两人看了好一会儿，徐丑虎笑着小声问道："您还在和自己的人性做斗争，是不是考虑把她带上路？"

"嗯，不进刑警可惜了，可要当了刑警，也可惜了。"潘渊明说着自相矛盾的话，他反问着徐丑虎道，"我在她身上看到欧阳的影子，你当年怎么带她入行的？"

"还能怎么样？一手接案，一手接枪，撵着就入行了，哪有考虑时间。"徐丑虎道。

"叫她过来。"潘渊明道。徐丑虎喊了两声，沈筱燕跑步上前，敬礼，看表情有点落寞。

徐丑虎严肃问道："实习感觉怎么样？"

"挺好。"沈筱燕道。

"看你表情，言不由衷啊？"潘渊明问。

沈筱燕羞赧笑笑，却不敢提什么意见。徐丑虎指摘道："这种局机关单位，颜值第一，毕竟是窗口，而且有对外业务，可能对语言也有要求。"

要懂外语，而且说话不能口音太重，这明显是沈筱燕的弱项，她有点难堪，无言以对。

"有个地方很适合你，追捕、审讯、抓人，甚至还可能遭遇枪战，但那儿雄性居多，任务和工作负荷极大，每年的减员率很高。我很想替你做主，但我不确定，我是在做好事还是坏事。"潘渊明道。

"什么地方？"沈筱燕好奇地问。

"刑事侦查，刑警。"潘渊明道。

沈筱燕一挺身，敬礼道："我愿意。"

"这个得靠自己争取，等一会儿，我带你试试去。"潘渊明道。

两人踱进管理大厅，将实习学员看过一遍。在大厅引导办事的陈薇羽和宋佳子亭亭玉立，几乎吸引了里外的全部目光。几位男学员有的是在安检上，有的在值勤上。就这些娃娃警，估计机关的冷板凳得坐上几年才能有起色。两人和这里的负责人打了个招呼，再出来时，沈筱燕还等在车边，叫着她上了车，一行直奔下一目的地。

在滨海这个千万级人口的大都市，有多少警务单位，即便行内人也很难数清。他们一路行驶了近一个小时才到了目的地，看到了一块标着"滨海市尚贤分局刑事侦查支队十大队"的牌子。一位身着便装的男子早就等候在此了，那态度很恭谨，几乎是跟着车把车迎进了队里，然后在车旁认真地敬礼。

他们的关系肯定不只是上下级，否则这种能力为尊的地方，他们不会表现得这么谦卑。很快沈筱燕的猜测被证实了，下车后徐丑虎直接道："秃小子，现在你是大队长，我警衔没你高，得我敬礼。"

"哎呀呀，师父，当着潘处的面您别寒碜我好不好。潘处好。"那位队长问好道。

"不错。"潘渊明伸手擂了擂队长的胸脯赞着，然后背着手且行且道，"队员们怎么样？"

"士气旺盛，随时可战。我们遵照市局和支队要求，思想和训练两手抓，从不懈怠。"队长汇报着，被潘渊明打断了。他直接说道："给你推荐个队员。"

"能自己挑吗？"队长小心翼翼道，眼瞟着沈筱燕。

"哦。"潘渊明怔了下，看向徐丑虎。徐丑虎也愣了下，不过一想又释然了。这个中心大队是支队重点培养的一支劲旅，前身就是重案大队，不管在人员还是装备上都已经养成了挑剔的习惯，估计根本没想接收女生。一念至此，潘渊明笑道："口误口误，我说反了，你推荐几个队员，让我挑挑吧……来健身房吧。"

那队长直接喊了一嗓子，除了值班的，从楼上楼下迅速往健身房会合的，还有原本就在健身房撸铁的汉子，排了三排，更夸张的是还有紧急集合来的，身上还佩着枪。一干大小伙齐刷刷站在前面，雄性荷尔蒙的味道很冲。徐丑虎回头瞅见队长有点小得意，他说："来，出来几个人，捉对练练。"

队长随手点了三对站出来，刚拉开架势，潘渊明喊停，回头对队长笑道："不是让他们捉对……"指着沈筱燕，"上去挑一个，放翻。你们几个，挑着谁都别手下留情啊，万一输了可丢你们队长的面子啊。"

沈筱燕一摔帽子奔上去，那几位傻眼了。这位学员个子小他们半个头，身材更不用说，几个男警双手叉在胸前，戏谑地笑着，有点不屑一顾。

沈筱燕上前冲着一个个子不算太高的男生一鞠躬，说着："这位大哥，您好。"

"别别……别客气。"那男子伸手，不好意思了，却不料瞬间手一紧，他一只手被拉住，然后沈筱燕一转身，拉着他的胳膊，正好形成了背摔，只听一声叱喝，然后"砰"的一声，那男警被重重摔到了垫子上，疼得龇牙咧嘴。沈筱燕赶紧鞠躬道歉，直说"对不起"。

这把那队长看得可直眼了，徐丑虎故意煽风点火道："筱燕，你不要欺负人家反应慢，再挑一个，壮实点的。"

沈筱燕笑了笑，指着其中一个嚣张地说："你，过来。"

众警哄然一笑，那个个子最高、肌肉虬结的男子面红耳赤，拉开架势要和沈筱燕放手一搏。沈筱燕上前重重一鞠躬，说道："请多指教。"

那男警怒道："别耍花招，我不会客气的！"

"大哥，我是诚心请您指教。"沈筱燕又鞠一躬。

那男警放松了些，不屑道："别废话，出手吧。"

"大哥……"沈筱燕再鞠躬，对方分神的一刹那，她叱喝一声，一个前空翻，人倒立过来了，那双长腿直抢上来，拉着架势正防着沈筱燕出手的男警，哪能想到两条腿朝他抽过来，一个不小心被结结实实磕在脑门上，整个人噔噔连连退后，而翻身站过来的沈筱燕步步紧逼，挥着冲拳直奔面门，那男警端是了得，双手护着面门，退而不倒，还伺机要还出一个长拳。

又上当了，说时迟那时快，沈筱燕冲拳是虚招，轻飘飘的，而整个人却是蓄势待发，追上打击距离时，一俟对方空门露出，她瞬间弹腿直踢，正中那男警小腹。接连挨了两下，那男警再也稳不住身形了，噌地退着，然后一屁股坐地上了。这看上去，就像被人一脚踹飞一样。

这会儿可没人笑了，全场鸦雀无声。现场的可都是近身搏击的熟手，而且经验丰富，一个上当是不慎，两个都上当，就不慎也是不行了。毕竟都是枪口刀尖滚过来的，今天这脸丢大了。

"出息不大呀，以后出门别说我是你师父啊，这还是格斗，你们都不行，要是射击呀，你们全队都得被放翻……走了筱燕。"徐丑虎故意道，还吹了声轻佻的口哨。

沈筱燕再鞠躬告别，吓得近处一位男警连连后退，她笑了笑，跟上徐、潘两位出去了。

"这个脸可打疼了，筱燕干得漂亮。"徐丑虎小声道。真打未必能赢，可沈筱燕成功利用了对方的轻视取巧，这就赢得漂亮了。

"不会疼得不好意思吧？"潘渊明小声道。

"您高估他的羞耻心了，越疼他才越买账。"徐丑虎道。

果不其然，还没出门口，那队长就奔出来了，直接拽着徐丑虎道："师父师父，这人我要了，我必须、一定得要，我们全队就缺这种能执行任务的女警，太难找了。"

"别求我，潘处来了你都敢甩脸子。"徐丑虎斥道。

这队长转身奔到潘渊明面前拦住，直求着："潘处，您大人不计小人过，我真不知道她有这水平啊，我要知道，我早八抬大轿去接了……哎呀看我笨的，潘处和我师父找的人，能差吗？哎哎哎，别介……赏光吃个饭呗，师父，我陪您喝两口。"

最后发展到拽着车门不让走了。为难了对方一会儿，潘渊明回头看向忍着笑的沈筱燕道："燕子，就这环境，一群不要命的队员和一个不要脸的队长，你能适应吗？"

"能能能，必须能，你来我们队，指定得把你当姑奶奶供着。"那队长替沈筱燕回答了。

"要不试两天吧，老徐，你说呢？"潘渊明道。

徐丑虎笑道："嗯，筱燕不满意就告诉我，我们来接你……噢对了，筱燕，你什么意见？"

"我……试试吧。"沈筱燕不好意思了。

"好了，走了，人交给你了。"潘渊明道。

徐丑虎指指道："回头跟各大队通个气啊，十队两员干将被个姑娘给放翻了。"

两人上车了，那队长笑道："通气就通气，姑娘也是我们十队的，有什么不好意思的？谁不服来战啊。"

果真是脸皮有点厚。车一走，队长吼着躲在门里的众队员道："看什么？还不出来迎接新队员？就是看你们一天天眼高于顶的，才让你们长长这个记性……燕子，十队有四个组，任你挑。"

"我们组！我们组！"几位男警举手，相互抢上了。有这么一位极具欺骗性的队员，在特殊任务中意味着什么，大家都清楚，有可能是制胜王牌。而沈筱燕可从来没有被这么多男人重视过，一时间她竟有点害羞到无从选择……

舌剑加唇枪

两个小时过去了，从那帮学员接手起，指导员吕大亮就注意着他们在干什么，毕竟是新人，得盯着点，可他发现新人居然比他们老警务还有耐心，愣是在询问室里磨了两个小时，不急不躁，那么热的天，都没有出来的意思。

进去的那人是谁呢？自然是毕启航了。这个蔫巴性子的哥们儿见了陌生人就自动开启轻微社交恐惧症状，轻则一言不发，重则神似自闭，所以一上场就被马一鸣派出来和嫌疑人较量了。

又过了两个小时，整整四个小时的枯坐，嫌疑人豆满宝深切感受到了，沉默也是一种折磨。

比如面前这位，低眉耷眼，一会儿痴痴盯着他，一会儿傻傻看着天花板，又一会儿歪着头仰望头顶并不存在的星空，再过一会儿，翻着眼珠上瞧，你都不知道他瞧什么。反正豆满宝心虚，这人太高深莫测了，一点不像派出所那些大呼小叫的警察。

"警察叔叔，我要撒尿。"

"嗯。"

唯一的一句话换来了一个"嗯"。过了一会儿没反应，嫌疑人小心翼翼又说："警察叔叔，我要撒尿。"

"嗯。"

又是一个"嗯"，然后长久地沉默。

再过一会儿，嫌疑人急了，喊着："我要撒尿！"

"嗯？"

毕启航终于抬头了，这个染发戴耳环小痞子相的不知道是尿憋的还是气憋的，有点恼羞成怒了。他想了半天，顺手在手机上请示了一下隔壁的马一鸣，回复是：不理他。

这个有点不人道了，不人道的事是毕启航不屑去做的。他又想了很久，严肃解释着："你知道马克思主义辩证法吗？"

"啊？"嫌疑人听蒙了。

"学习强国，学习强国，你这都不学习的实在丢国家的脸啊。"毕启航教育道。

"啊？"嫌疑人快哭了，他从来没被扣过这么大的帽子。

"我教教你。"毕启航终于找到自己能说的话了，他道，"马克思主义辩证法坚持用联系的、发展的、全面的观点看世界。"

"啊？和我有什么关系？"嫌疑人总算听明白了。

"联系的观点是，你都没喝水，哪来的尿？发展的观点是，你在这儿待几个小时了，出的汗不少，不可能尿啊！全面的观点是，你都不紧张不害怕，吓尿的情况都没有，不可能要尿啊！"毕启航道。

"我真要撒尿。"嫌疑人道。

"这个事不用汇报，我管不着。"毕启航道。

"可你们铐着我呢！"嫌疑人动着自己的手铐。

"作为警察不能给你讲脏话。这么说吧，又没有铐你用于排泄的器官啊，都不是文化人，那么讲究干什么，憋不住尿吧，没事。"毕启航翻着白眼道。

嫌疑人气得也翻白眼了。

隔壁观摩的笑出声来了，肖景辰阳嘘了声道："别大声，让听到就不好了，指导员没过来吧？"

乔小旦伸着脖子瞅瞅："没有，顾不上管咱们。"

"咱们是不是过了？铐着人家不让撒尿，侵犯人权了。"商利民紧张道。跟着马缺德好是好，就是良心太受谴责。

马一鸣笑道："就这么个货，你觉得人家可怜，人家觉得你可笑呢。"

众人笑着，肖景辰阳出声问道："马哥，接下来呢？这罪名很轻，明知是假货冒充毒品贩售给他人，案值两千块，不达立案标准，顶多够得上治安拘留，这货别看还不到二十岁，被拘留都有好几回了。"

"哎哟，豆满宝，有记录最早十四岁就被传唤监护人，问题少年啊。"乔小旦看着电子资料，惊讶道，再往下看愣住了，作为监护人的父母，都是吸食毒品在册人员。

"毒二代，满嘴瞎话，这点罪吓不住他。"郝昂扬提醒道。

"我试试。老毕给了我启发啊，这没文化其实也能是突破口。"马一鸣道，他开了门，出去了。

这边，嫌疑人正对蔫巴的毕启航吼了句："你们是故意整我是吧？"

"砰"的一声门开了，马一鸣黑着脸进来，一拍桌子吼道："你刚才说什么？"

"我说我要撒尿。"嫌疑人拧着脖子道。

"不是，我进门前一句。"马一鸣道。

"我说你们故意整我，怎么了？"嫌疑人犟道。

"说反了，是你故意整我们，那两包不是毒品，你肯定不知道吧？"马一鸣问。

"我不知道。"嫌疑人道，不过马上一怔，赶紧改口，"不，我知道。"

否定，肯定，否定，绕晕了。马一鸣瞪着他，那嫌疑人自证着："我真知道，我就是包了两小包骗俩钱。"

"即便你包的是假的，但当真毒品卖，也构成贩毒罪，未遂。"马一鸣道。

"不可能，是诈骗。"嫌疑人道。

"不对，是贩毒未遂。"马一鸣纠正。

"绝对不是，你少唬我。"嫌疑人不服道。

"怪不得你连马克思主义辩证法也不知道，没文化很可怕啊，谁骗你干这个事的？明知是假货还当真毒品贩卖，也是以贩毒罪未遂处理的……是不是有人告诉你，拿上假货贩卖以诈骗罪论处，骗一两千顶多拘留罚款？"马一鸣道。

说得这么严肃，那嫌疑人因为缺少文化也真的犯疑了，他纳闷地看着马一鸣，不敢说话。

"明告诉你，你卖的是假毒品，你说你知道是假货，还以毒品卖，这不是贩毒未遂是什么？"马一鸣问。

嫌疑人不信道："不对啊，贩的不是毒品，还能定贩毒？"

"要是的话还跟你废话？正因为不是，才以贩毒未遂计。知道贩毒未遂判多久吗？三年以下有期徒刑、拘役或者管制，你这情况怎么说也得拘你几个月。"马一鸣道。

"不是这么说的吧？"嫌疑人疑惑了。

"是不是有人告诉你，你要知道贩的是假毒品，算诈骗；要不知道是假毒品，算贩毒未遂？"马一鸣问。

"啊，就是啊。"嫌疑人道。

"你个没文化的，不是你记反了，就是你听错了，自己重复一遍怎么听到的。"马一鸣问。

"知道贩的是假毒品去贩了，算……"

"算贩毒未遂……"

"不知道贩的是假毒品去贩了，算……"

"诈骗。"

"这……"

"这什么这，你到底知道不知道？"

"我知道……不……不知道，我……"

嫌疑人的思维被马一鸣搅混了，到底算什么，现在拿不定主意了。这么个思考的表情，明显是在努力挖掘回忆中的细节。偏偏马一鸣催着道："从现在开始记录，说，你到底是知道，还是不知道，你贩的是假毒品……这个算是你知道啊，你刚才说自己搞了两包假货。"

"我……我……我不知道。"嫌疑人怒而否认着。

隔壁观战的笑趴到桌上，嫌疑人被带沟里了，不过由此可见，肯定是被人指使的，否则以这货的年龄和水平，和警察周旋不了。

"这儿有录像啊，你可不能来回反复说瞎话，再问你一遍，你到底知道不知道是假毒品？"马一鸣问。

"不知道，不知道。"嫌疑人选择了一种说法。

"好，我给你看段条文。"

马一鸣起身，翻到手机上的一页，放到嫌疑人的眼前，让他看。他一看就傻眼了，愤愤地看着马一鸣。

明知是假货而贩卖是诈骗，不知道才算是贩毒未遂，条文上写得很明确。知道和不知道，定罪差别很悬殊。那嫌疑人犯愁，苦着脸不吭声了，等了片刻，马一鸣提醒道："把刚才说的记好，让他捺手印。"

"别别，我知道我知道，我真知道就是假毒品。"嫌疑人忙不迭地补充着。

"你确定？现在P张假图也很容易哦？你确定以及肯定教你的人不坑你？"马一鸣笑着道。

"这……"嫌疑人紧张了，本来确定的，被撩了这么半天，反而不敢肯定了。面前这个笑着的警察比先前见过的都可怕，因为你摸不清路数，都不知道自己是不是会被带坑里。

"豆满宝，耍无赖咱们旗鼓相当，你两分钟反复了三回，我们挑最狠的一种当真就行了。咱们简单点，说说这法子谁教你的，作为贩毒的，你一点职业道德都没有，怎么可以明知是假货还卖呢？"马一鸣语重心长，痛心疾首，以恨铁不成钢的语气道。

"我不贩毒，我没真货。"豆满宝吓得赶紧否定。

马一鸣拍着巴掌，话一转问道："你提供的假货虽然不是毒品，可是含有其他有毒化学物质啊，真要加热一熏把人毒死了算谁的？"

"不可能，麻皮说是钙粉，哪能有什么毒？"豆满宝无意识地又掉坑里了。

毕启航再蔫也憋不住了，脸上浮着笑意。豆满宝瞬间惊醒，自知失言了，然后紧张地看着马一鸣。马一鸣坏笑地瞅着他，一瞅那货一激灵，马一鸣"哎"了声，豆满宝极度警惕。

却不料马一鸣问道："你紧张不？"

"不……不紧张。"豆满宝摇头。

"那撒尿不？"马一鸣问。

"不撒。"豆满宝怒摇头，看样子是不准备配合了。

"看来麻皮这个人跟你不错，你不说麻皮的事喽？"马一鸣问。

"不说。"豆满宝愤愤地摇头。

到此又中止了。咦？这岂不是又坐实了还有个人，这个人还跟自己关系不错？豆满宝发怔着不知道该说"不"还是该说"是"了。马一鸣乘虚而入，指摘着："看，你紧张了。"豆满宝摇头："不紧张。"马一鸣又问道："想撒尿了？"豆满宝怒道："不撒尿。"马一鸣怒了，训斥道："麻皮肯定给你说清楚了，是你笨记不清。"豆满宝怒道："我咋记不清？你把我搅糊啦。"

哟，又不对了，豆满宝一愣，刚要否认，马上闭嘴了。那俩警察正笑着呢。几个来回，有点上头的豆满宝思维凌乱了，现在自己说得漏洞百出，恐怕圆不回来了，他气得直吧唧嘴踩人字拖。

绕来绕去，一个绰号"麻皮"的新嫌疑人浮出水面了。不过遗憾的是这位豆满宝不是装蠢，是真蠢，居然真不知道"麻皮"的姓名，只知道姓麻。更让学员们觉得匪夷所思的是，抓豆满宝的时候，那位"麻皮"就在不远处盯着……

一直冷眼旁观的吕大亮到快下班的时候，发现郝昂扬和马一鸣自后院的滞留室出来了。他收拾着桌上的东西，摆了个领导的架子，毕竟不想让这帮小辈看出来，其实他对本案也非常期待。

派出所其实算是个万能机关，所有的警务可能涉及的环节，派出所都管得着，就比如禁毒，监控那些吸食人员以防聚集群抽群乱，特别是得预防这些人在公共场所出乱子，再就是像豆满宝这类，贩个三克两克，甚至有时候一克也贩的小包贩子，禁毒大队是不会浪费警力在这些人身上的，基本也是由派出所处理。他直觉这一次应该有点含金量，但也不会太高，对付这类嫌疑人，除非人赃俱获，否则，谁也不会承认自己贩过毒。

几页成形的笔录交上来了，两位小伙子站在指导员面前。吕大亮翻看完，稍稍有点吃惊。他皱着眉头问道："只有个绰号？而且抓捕时，这个麻皮就在近处藏着？"

"对。"郝昂扬道。

吕大亮有点不信。马一鸣出声解释道："我们判断实际情况应该是这样，我们的化装人员跟对方联系，因为是初次交易不是熟客，麻皮就教唆着豆满宝演这么一出戏，如果不出事，那真毒品就出来了，如果出事，顶多折上一个小喽啰，还是个轻微诈骗罪，没什么损失。"

"那这个证实了吗？"吕大亮问。

"不可能证实啊。有可能麻皮根本没告诉他实情，有可能即便真是合伙贩毒，豆满宝也不可能承认啊，正因为我们逮住的是假货，他才有恃无恐。"马一鸣道。

可能？判断？警察一听这词就发毛，不确定性是办案中的大忌。吕大亮发愁地抚着下颌，毕竟是指导员，主业是思想工作，遇到这种烂案子就觉得棘手了。

马一鸣动动郝昂扬，郝昂扬赶紧道："吕叔，您看多少有点苗头了，要让我们办呢，我们想趁热打铁，挖出这个麻皮来；如果要移交呢，那就移交。给我们分配点杂活，反正是实习，办案也不是我们的长项。"

"说什么呢？办得不错，好歹挖出线索来了，小邵审了一两个小时，屁都没问出来。"吕大亮一听对方想甩包，不客气了。

"那您给一句话，要干我们没二话。"郝昂扬道。

"干，往下干，这移交什么？就两小包假货，充其量拘留十五天。我跟你们讲啊，在咱们罗店区应该有一小撮这种卖小包的，半年前娱乐场所突击检查，查出来几十个吸食毒品的，但毒源一直没找到，唯一知道的就是这么几个绰号，豆满宝是其中一个。"吕大亮指导员道。

"哟，看来很难啊？这么难的案子怎么交给我们实习生了？"马一鸣故意道。

吕大亮省得不该说这话，一时语结。不料郝昂扬圆场了，直道："那是吕叔看得起咱们。叔，给我们配两辆车，经费得有点，估计得熬几天。出门吃个饭啥的，总不能让我们掏钱，对吧？"

"那还用说……开回票来，车下楼找小邵要，警用、民用各一辆，小心点开啊，那车有点老了。"吕大亮道。两人兴冲冲地一点头，扭头就走。吕大亮觉得哪儿不对，赶紧喊停。那俩人停下来转身，吕大亮又说不上来，憋了半天，严肃道："外围摸排走访，得注意纪律啊。"

"请指导员放心，我们集训学的就是这个。"马一鸣道。

吕大亮还要说，郝昂扬补充着："叔，您放心，每隔一两个小时我给您汇报一回，只要您不嫌烦。"

这还有啥说的，指导员一摆手，两人兴冲冲地跑了。听着发动车子的声音，吕大亮摸出手机，拨通了徐丑虎的电话，小心翼翼问道："老徐，你们集训队几个小家伙要实打实上案子追毒贩？可还是临时实习，给他们合适吗？"

"你那儿都拉不出一匹好马来，那就死马当活马医呗。"徐丑虎说话向来很直接。

不过正合吕指导员的脾胃，他笑着道："你不就想找案子练练兵嘛，这个我懂，我们这儿烂头烂尾的案子多呢，但是万一出个什么事，我就一主持工作的，扛不住啊。"

"你不就想听我说句话，有功算你的，出事算我的？我说了，放心吧。"徐丑虎道。

"虽然很难听，不过我还是当真了啊……您忙，有什么我随时通知您。"吕大亮客气了，结束通话，悬着的心整个落地了……

和吕大亮的通话，徐丑虎是直接放着免提的，在场的潘渊明和欧阳惠敏都听了个真切，无他，浓浓的明哲保身味道。挂了电话的徐丑虎怅然说着："一将无能，累死三军啊。即便有几棵苗子，也会淹没在所里那些琐碎烦事中。"

"师父，您和我刚认识您时一样，还在期待改变身边的世界。"欧阳惠敏笑着评价了句。

"呵呵，你是在笑话我，结果是我被现实改变得面目全非了？"徐丑虎自嘲道。

"恰恰相反，是我们面目全非了，您一点没变。"欧阳惠敏道，向徐丑虎投以理解的一笑。

潘渊明看完了最后一页报告，提醒着："走了，一会儿饭桌上再互吹。老徐等我们一会儿啊，丁局汇报得点时间。"

"为什么老挑快下班的时候汇报啊？"欧阳惠敏牢骚了句。

"这你就不懂了，要学会揣摩领导心思，这个点都急着回家，就是有点纰漏也不会收拾你。"潘渊明开了句玩笑。两人一前一后相偕上楼，敲响了局长办公室的门。

厚厚的一摞报告，是今年四个集训队全部依照"以巡代训"的模式，提前进入了各警务单位实习的报告，集训队还保留，临时实习一段时间以后，视情况再拉回去训练。这个方式妙的地方在于，可以给用人单位挑选甄别的机会，而不像以前那样一刀切，可能一分配下去，大部分人一辈子的命运就决定了。

"不错，看来有时候真理是掌握在少数人手中啊，之前大家所有的担心都是多余的，你看着护着常常出事，这扔出去不管吧，嘿，还偶尔给咱们带个惊喜……呵呵，不错。"丁局看后爽朗地笑出声来。

欧阳惠敏代表政治处汇报着："刚开始，还没看出什么来，基本都在一线派出所、刑警队、交警队，以及新成立的食药环大队，时间我初步确定为一个月，我会注意收集一下各单位的反馈情况。"

"好，就这么办……哎对了，老潘，你们那个四队，也全分下去了？"丁局起身，顺口问了句。

"嗯，水警、刑警、出入境大厅、派出所等，他们最分散。对了，还有市局办公室要走了两位。"潘渊明道。

"就那俩搞宣传的？哈哈，文笔不错。厅里对普招其实还是存在质疑的，你搞的这个试点啊，可是不少人在关注着，那个队伍里可是藏龙卧虎啊，注意方式。"丁局笑道。

这是在委婉地提醒背景问题，潘渊明笑道："我又不傻，出入境大厅那么高大上的地方，家长再不满意，那我也没办法了。"

"该照顾的还是要照顾，警务可不是一种两种人能做好的……还有个事，那个人给我印象很深，就是三代从警那位。"丁局拉上了办公室的门，随口问。

"他们在罗店派出所。"潘渊明道。

丁局一怔，皱眉了，以目光征询潘渊明。潘渊明点头道："暂时还没所长的那个地方，士气很低落，工作拖拉，学员们进所后，已经接了街头贩毒的案子。"

"哦，涉毒案的'最后一公里'。禁毒上精力不够覆盖，派出所能力又不足拿下，那也是个治安难点啊。我说老潘，你到底准备把他们打造成什么样子啊？这可有点强人所难了。"丁局笑道。

"那得看他们能做到什么水平。"潘渊明道。

"我知道你期待什么。"丁局突然驻足了，他回头看着潘渊明，凝视片刻后，他道，"但那是万不得已的一步险棋，我们赢面不大，除非出现奇迹。"

说罢，丁局心事重重地走了，怔着的潘渊明都忘了相送，好一会儿才回过神来。只剩下欧阳惠敏在奇怪地看着他，好奇地问道："什么事啊，让您这么失神？"

"就是你一直在猜的事，我不能说，你也不想知道。"潘渊明道，快步下楼，叫上了徐丑虎。两人鬼鬼祟祟离开的样子被欧阳惠敏看在眼里，那件旧事又上心头，无论她如何努力，心里这份好奇都驱不走。

险棋？赢面？

其中还有什么秘密？欧阳惠敏不知不觉地陷入对这个秘密的猜测中，虽然无法找到端倪，但对比那群在潘渊明和师父两人刻意安排下飞速成长的学员，她猜得出会是什么样的秘密。

答案只有一个：最危险的那一种。

第八章

飞鸽运毒案

缺德人不良

"脸再长点……眼睛，眼睛好像还不太对，很凶，那种满眼杀气的感觉。眉毛倾斜度再高点……身高在一米八到一米九之间，更准确点，一米八五左右……脸上有点子，不知道是痦子还是什么，能让人产生密集恐惧症那种。右边……不是，我们视线里的右边，对于他来说应该是左脸。"

郝昂扬推门进办公室的时候，马一鸣、肖景辰阳、乔小旦围坐在电脑前，正在聚精会神地干什么。他凑上去看，电脑屏幕上，一张凶悍的马脸已经快成形了，他好奇地问道："谁呀？麻皮？"

"不是不是，就那天查娱乐场所遇上的那个。"乔小旦隐晦说道。

那天马一鸣吃了个狠亏，以马缺德"小人报仇，从早到晚"的性格，怕是心里放不下这事。郝昂扬笑说："你不是傻吧，执法记录仪里扫一遍不就行了……咦，不对，咱们那天的执法记录仪全被收走了。"

"所以马哥判断，可能任务有特殊用意，我们恰巧遇上的，可能就是要找的特殊人物。"乔小旦道，下意识地摸摸自己脑袋上还没有愈合的伤口。

"我想起个笑话。"郝昂扬凑上来看着马一鸣，笑道，"一个警察追一个坏蛋，最后空手回来了，领导训他，他解释说自己没空手，说把坏蛋的手印和脚印带回来了，你们知道为什么吗？"

他是取笑马一鸣挨了一脚呢，却不料马一鸣狐疑地说："可教你说的，酒瓶子、灭火器、跳窗逃走的窗台，提取生物证据很容易，找到人也不难，但直接就把事咔嚓给了断了，要不是老徐和政治处的都在，我都怀疑他们是黑警察。"

几人哧哧笑了。郝昂扬好歹是警察家庭出来的，他拉着椅子坐下说着："当差听命，有些事不该知道的就别知道，多了闹心呢，大不了也就是想练练咱们呗。小旦，你离那间最近，一点都没看见？"

"我……看见一点。"乔小旦声音放低了。

一听这话，马一鸣顺手揪住他骂着："这都几天了才吭声，说，看见什么了？"

"我进门有个人挡在我面前，里面还有俩男的。就一刹那的工夫。"乔小旦道。

"再细点。"马一鸣道。

"没看清……"乔小旦犯难了。

"那当面挡着你，你能没看清？"马一鸣觉得这里面有什么玄机了。

"正因为当面挡着一个人，我其他的才没看清。"乔小旦扭捏道。几位同事都瞪他，他难为了半天，才声如蚊蚋小声道："我就告诉你们，别乱说啊，正面挡的，是个女的。"

啊！同事几个听蒙了，马一鸣反应最快，脱口道："肤白貌美、胸大颈长、媚眼如丝……对不对？"

"啊？你咋知道？"乔小旦愣了。

马一鸣揪着他"啪啪啪"扇脑门，边扇边骂着："你也就这点出息了，宋二嗲露点胸你就吐了我一脸，女嫌疑人给你笑一笑，你不魂飞魄散才怪。"

乔小旦捂着脸挣脱跑了，气得马一鸣兀自胸口起伏。郝昂扬笑道："消消气，那天换个位置，估计你也得挨瓶子……你们这先放放。豆满宝这事，靠谱不？"

请示所长后，最终的处理方式是给予治安处罚，肯定不能拘，一拘等于把线索掐断了。所以学员队就想了个歪招，让豆满宝打电话联系麻皮，来派出所交罚款，限今天交齐，如果逾期，改拘留十五天，还得罚款。不管是拘留所还是看守所，没人愿意进去体验，这货巴不得呢，下班前就联系了，不过到现在还没音。

说到此事，马一鸣思考的表情又出来了，人沉默，一直在吧唧嘴。郝昂扬不耐烦地道："我说，跟着手机定位摁俩人，这不难吧，咱们以迅雷不及掩耳之势先摁了，说不定真查到几个小包，那就完美交差了。"

"毒贩的智商要和你一样，早被智商和你一样的警察给逮了。"马一鸣否决了。

肖景辰阳在嗤笑，郝昂扬怒道："骂我是吧？我骂不过我还吐不过你？信不信我吐口水给你化化妆？"

"我躲远点。"肖景辰阳赶紧拉开椅子，生怕郝昂扬真吐起来。

马一鸣一指他道："在缺德领域你不要跟我攀比，我有过无数关于此类的奇思妙想，吐口水算什么？"

"哎哟我去，实在是集训太短了，否则咱们可以挨个试试你的损招。"肖景辰阳腹黑道。

这一讨论起来，一路调皮捣蛋成人的郝昂扬，都有点脸红自己太过纯洁了，他指指这俩货，愣是没评价出来。正说着，门"咣"的一声开了，乔小旦去而复返，紧张地说了句："有人来交罚款了。"

"服了吧……快去，黑白脸扮着，把人留下。"马一鸣一拍大腿，得意地说，"这叫足不出户，嫌疑人自投罗网……"还没踅完，那几位已经奔下去了。

守在值班室的商利民把这个来交罚款的带到了谈话室，是一个二十出头，戴着眼镜，白白净净的小伙，梳着中分发型，一开口地道的海派口音，标准的土著，很博人好感。商利民看着身份证上"周申凡"的名字，再看身份证地址，是尚贤区的，距离这里二十多公里呢。

"警察叔叔，人呢？罚款多少？"周申凡问。

"先等等，你和豆满宝什么关系啊？"商利民问。

"朋友啊，他就坑蒙拐骗惯了，没办法。"周申凡道，看商利民疑惑，赶紧自证着，"我知道您怀疑这样的人不会有朋友，不过我们不一样，他帮过我，我好歹也帮他一回啊。"

"但这个电话不是打给你的。"商利民道。

"噢，麻哥告诉我的，麻哥的手机号是139********，麻哥好歹是个老板，总不可能管他这事啊，就跟我说，让我来了。"周申凡对答如流。

两人在里面拖着时间，周申凡的个人信息已经查出来了，马一鸣一瞅，笑道："信用卡逾期，在征信黑名单上，有赌博前科……一个赌鬼，一个骗子，他们说他们是朋友，你们信吗？"

"但说瞎话不能成为滞留理由啊。"郝昂扬小声道。虽然所里让独立办案，但全程都在这个执法机关，这和黑灯瞎火想搞点猫腻可不同。

马一鸣起身一拍郝昂扬的肩膀，安慰着："高手要善于找到对方的破绽，准备好，看我的。"

马一鸣大大方方推门进了谈话室，打断了谈话，坐下随意道："噶亮，开车来的哇？路上堵不堵啊？"

"啊，不堵，都快九点了。"周申凡笑着客气道。说完，突然间蒙了。

其他几位瞬间明白了，刚才马一鸣称呼的是"噶亮"，这是个涉毒线索里的绰号，却没想到在这里对上号了。

警察笑着，那男子周申凡略微失神后也笑了，解释道："'噶亮'是滨海方言里是对戴眼镜的人的称呼，就像'四眼''二饼'一样，玩笑了，玩笑了。"

"但豆满宝可没开玩笑，他说是有人教唆他以贩卖毒品的名义骗钱，你猜他交代的人是谁呀？"马一鸣盯着周凡道。

这一听有点吓人了。周申凡脸上不自然地道："莫吓我，警察总要讲证据的啊。"

"所以请你配合一下，我们要对你进行搜身。请上交个人物品，并且到隔壁接受一下尿检，毕竟你和我们目前已掌握的情况里的嫌疑人绰号一致。"马一鸣道。

"好哇，来哇。"周申凡笑笑，直接开始掏东西了。

一看这架势，估计什么都查不出来了。乔小旦大致摸了摸口袋，两部手机、钱包、车钥匙，除此之外并无他物。商利民和乔小旦一起陪同去隔壁尿检，这头肖景辰阳手脚利索地连着手机，边操作边说着："马哥，你叫缺德，好像冥冥中自有定数，我们一直在干缺德的事。"

"我用哲学的方式告诉你，知道道德才能做到道德。假如为了追捕一个杀人犯，警察故意散布受害人已死的消息让嫌疑人放松警惕，你说道德吗？假如为了逮住一个境外诈骗嫌疑人，警方故意和受害人一起合计骗其回国落网，你说这道德吗？"马一鸣笑着问。

肖景辰阳笑而未语，郝昂扬却是纳闷地问道："哟，原来哲学也这么缺德？"

"必须的。柏拉图说过'群众永久生活在无知的洞穴里'，够损吧？尼采说'女人都需要一根棍子'，他还说'去见女人时，别忘了带上鞭子'，够缺德吧？"马一鸣问。

郝昂扬惊笑着，不确定地问肖景辰阳："肖黑，不是他编的吗？哲学家真这么说过？"

"尼采对付女人的棍子和鞭子，多出名的名言，你不知道啊……完了，我回避一下。"肖景辰阳拿走了拷贝的数据，起身离开了。马一鸣起身安排着："看紧人，把检测的时间放长点，我们商量下。"

接下来就是肖景辰阳的表演时间了。通话记录、微信联系人、手机位置信息，很快数据就有了几个簇，用"簇"这个词形容的意思是，不是少，而是太多了。比如手机联系人，有 500 多个；微信里，有 2000 多个；历史通话更不用说，光各式没有标注名称的，也有数千人，别说靠人脑袋了，恐怕连大数据要从这里面找出嫌疑人都难为。

"不行啊，兄弟们，提供不出精准指向，数据都是一样的。"肖景辰阳双手离开电脑了。几个方向，几个页面，都没有重点方向。此时也看得出周申凡的嫌疑很大，但恰恰这种人准备最充分，你反而拿人家一点办法都没有。

郝昂扬奔上来了，看着众人摇摇头，那意思是：尿检结果正常，周申凡不是吸毒人员。

这就不好办了，好容易抽时间吃着盒饭的毕启航嚼巴着，看着为难的众人，好奇地问："很难吗？我觉得不难啊，要不像潘老黑整咱们那样，提溜到厕所里揍一顿？"

这个老蔫货肚子里坏水敢情不少，有人笑了，有人苦脸了。肖景辰阳郁闷道："老毕，你行不行啊？学马列出身的，还受过警察入职训练，咋想出这么白痴的主意？"

毕启航且吃且笑着："我不见你们发愁嘛！咱们得认清现实，我们是臭皮匠，加一起是一群臭皮匠，成不了诸葛亮。"

"滚，去看住嫌疑人去。"马一鸣训了句，把老毕吓唬走了。

这时候乔小旦上来了，愤愤道："他妈的，那个姓周的根本不理会，得意扬扬的，我看着就来气。"

"坐下坐下。"马一鸣烦躁地说着，提醒道，"碰壁了，我们再从头来一遍。"

"一鸣，事不能这么干，周申凡是来交罚款的，咱们可无权滞留人家，我看这人肯定懂法，别明早投诉一下，该咱们接受讯问了。"商利民提醒道。这事做得有点出格，法制已经是无罪推论的时代，不能证明人家有罪的情况下，无论哪一级执法者都无权限制人家的自由。

"啧啧，派出所办手续拖拉点，不正常吗？"马一鸣道，把商利民怼回去了。其他人哧哧笑，一个挨一个坐下了。陷入困境无计可施的马一鸣捋着思路说："既然是禁毒大队提供的协查线索，那十成十错不了，他们的线索均来自对吸食人员的监管，这一点没问题；而且，豆满宝卖给我们两小包假毒品，那不用说，他十成十是贩小包的。这两人轻易不会交代我们没有证据的事……这个事情的关键在于，如果我们找到真正的毒品，不管多少，那就好办了。"

"噢，这个案情很明了，其实就是不知道嫌疑人是谁。"郝昂扬嗤笑道。

马一鸣没理会嗤笑，自言自语道："案情应该很简单，不要想得太复杂，都是人，谁也玩不出花来。街头贩毒是最危险也是最安全的行当，危险在于经常被抓，安全在于即便抓了也就几克，判得也不重。所以，这一类嫌疑人属于涉毒犯罪的炮灰阶层，别把他们想得太高明，无非是一位大哥胡乱找几个小弟瞎折腾。"

"但这是个聪明的大哥，我查了下，禁毒大队给出的协查最早日期已经是七个月以前了。"肖景辰阳道。

"每个行业其实都有行业秘辛，或者叫默认的规则，行外人不会懂的，可惜我们没有这方面的经验。"马一鸣道。

肖景辰阳又道："无论是手机追踪还是数据追踪都不现实，豆满宝说联系的是麻皮，但你不敢确定是不是正确的。现在发现周申凡和一个叫'麻哥'的人通过话，时间和豆满宝通话时间不远，而以现在的通信水平，多用几个卡、微号和手机号分离或者其他方式都可以办到……这个定位就不对了，你们看，豆满宝通话的这个号码距离派出所只有不到九公里，而周申凡却是从二十多公里外的尚贤区专门来的……"

可能是个坑，万一追着手机号找人，一惊跑了，恐怕再找就难了。虽然都是半吊子警察，但都知道一击致命的重要性。

"我们漏了什么。"马一鸣突然道。

众人一愣，这一句前言不搭后语的话，让众人都陷入思索了。

郝昂扬说："漏掉的东西太多了。"

"不是漏掉了什么，而是我们什么也没找到。"乔小旦道。

"肖黑，把今天上午的抓捕记录放出来。其中有一个疑点，这就是个贩小包的团伙，又危险，赚钱又少，不可能去收买一个警察当保护伞，对吗？"马一鸣问。

众人称"是"，马一鸣又问道："那既然不可能提前得知消息，又是如何识破我们的设伏卖假货呢？"

"说不定他没真货。"乔小旦道。

"说不定他就是专卖假货的。"商利民道。

"说不通。所里是根据禁毒大队提供的线索设的局，联系方式是一个吸食人员提供的，就在这个贩毒供应链上，要是专卖假货，那些吸毒的得弄死他。"马一鸣道。

"应该就是个卖小包的，这些无赖都是不见棺材不掉泪的性子，你说什么漏了？"郝昂扬问。

"漏了的地方就在于，这些人在无法判断要货人安全与否的情况下，如何找到最安全的方式。"马一鸣眼神滞了，看着屏幕。

"我们接受的是从警集训，不是犯罪培训，你这不太难为人了？"商利民道。

"豆满宝的水平，犯罪大师也提高不了多少，答案，似乎并不难……打印出来。"马一鸣慢慢笑了，似乎从那段已经看了无数遍的抓捕视频中看出花来了。

肖景辰阳依言打印出来，马一鸣拿着笔在图片上简单地画了个圈，圈住了那条狗，那条抓捕豆满宝时被惊走的狗。郝昂扬看不明白了，好奇地问道："什么意思？"

"我也不知道，但一定有点意思，让豆满宝告诉咱们。"马一鸣道。

场景重新切换，已经吃了饭、喝了水，在滞留室的长凳上躺下的豆满宝重新坐回了被审的位置，他翻着白眼一副不高兴的样子。对面两位警察，其中就有那位一直撩他说话结果让他说漏嘴的，现在他是一千一万个警惕了。

"豆满宝，提示你一句，有一个姓周的，好像绰号叫'嘎亮'的，落网了。"马一鸣道。

"关我什么事？"豆满宝梗着脖子不屑道。

"他交代了点有关你们的事，我就不说了，省得将来有诱供之嫌。"马一鸣起身，走到了豆满宝面前，然后笑吟吟地说着，"若要人不知，除非己莫为，你不会真以为警察比你还蠢吧。"

　　慢慢地，那张打印纸亮出来了。现场豆满宝被摁倒了，已经跑出很远的那条狗被笔圈了出来。马一鸣食指捏在那个地方，提示着他往那里看。豆满宝眼皮跳跳，眼睛大了一圈，嘴唇明显哆嗦了一下，喉结在慢慢蠕动，马一鸣的笑容之于他，此时仿佛是狰狞鬼相一般，让他下意识地有了恐惧的反应。

　　遗漏的地方就在这里！不管是现场还是在屏幕上观望的，根据豆满宝的反应做出了这个判断。尽管大家还都不知道，这里面究竟隐藏着什么玄机……

穷追欲擒王

　　那条狗是只金毛，自罗店公园门口豆满宝被抓就跑了，像认识路一样走到了路头，拐过丁字路口，在一辆白色的起亚轿车旁停下，然后车门开了，它蹿进车里。

　　这段视频马一鸣几人已经看了无数遍，此时起亚轿车就在眼前，位置是尚贤区襄阳公园前的小广场，除了留毕启航看住那俩嫌疑人，哥儿几个全出来了，终于追到了这辆车。到这儿肖景辰阳又江郎才尽了，抓耳挠腮不知道下一步该怎么办。

　　"这样，警八件都脱了，穿便装……这地方太适合作案了。"

　　马一鸣看看四周的环境，大夏天的，小广场上一群跳舞的大妈大婶，左近不远就是数个居住小区，沿路商铺林立，几个夜市摊点热闹非凡。

众人脱着警服，商利民好奇地问道："作什么案？"

"我是说坏人作案，这种环境太方便了。"马一鸣道。

"喂喂……等等……你们看，那个穿花裤衩的是不是嫌疑人？"郝昂扬眼睛奇好，无意看到白车左近一人，能确定的原因则是他牵了一只狗。

问题来了，乔小旦愣着道："狗不是那只狗啊，差得也太远了。"

"人是不是？"商利民问起肖景辰阳。

肖景辰阳比对着，突然说："就是他。"

"不会吧，我怎么看着就没有像的地方呢？"马一鸣拿着手机，使劲瞪眼看着像素不太清的画面。

肖景辰阳在后面笑着说："傻×，他开车门拿东西了，不用比对。"

马一鸣一惊抬头时，那男子正自车里取了样什么东西，然后摁了钥匙，车闪了两闪。他似极爱狗的样子，俯身抱起狗儿抚了抚，走出好远才重新把狗放下开遛。他没注意到的是，几个素不相识的背影已经前后左右围上他了。

"喂，我到了，你在哪儿？"

"我正往广场的东北角走。"

"我看不到你啊。"

"那儿有张长椅，长椅上坐了一对情侣，我马上就到那儿了。"

"好的，我也过去。"

那男子且走且发着微信语音，且说且四下看着环境。广场的音乐声音奇大，这片居民区消夏的群众又极多，他小心翼翼地穿过车人混行的街道，刚踏上路牙子，一个路边的男子惊喜地夸道："哇，好漂亮的贵妃，先生，这狗得多少钱？"

牵狗的男子没理他，往既定的方向走着。不料又一个好事者差点撞到他，连说"对不起"，而且惊讶地问道："哇，好漂亮！这么热的天还给狗穿衣服啊？"

"多管闲事。"那男子翻了一白眼，继续牵着狗走。那狗似乎发现地上不远有根火根肠，想跑过去时，被男子拉着，不情愿地走了。

在接近长椅的时候，那儿已经出现了一个很瘦的男子，留着长发、穿着宽松休闲衣，像怕冷一样两只胳膊互搂着左右肩。瘦男子看到牵狗男子，迎了上来，牵狗的男子一伸手，瘦男子把紧紧攒在手里的钱递上去。

这时候，已经分布到几个位置的学员蓦地扑上来。马一鸣甩铐子锁右手，郝昂扬别着右胳膊，一下子把人撂倒在地。那个接头的掉头就跑，被乔小旦拽住了。最关键的是那只狗被商利民用根火腿肠哄住了，稳稳地待在他手里，吃得津津有味。拿着执法记录仪的肖景辰阳对准了这一幕，商利民在小狗背上和拴绳连着的小衣服里摸索着，两个烟纸叠成的小包赫然被发现了。

"警察。我们怀疑你贩卖毒品，跟我们走一趟。"马一鸣铐好，拎起了人。郝昂扬顺手将塑料袋给套到了脑袋上。乔小旦拽着另一个跟着走，笑着说："不用怀疑，肯定是，这个瘾犯了，正哆嗦着呢。"

顾不上身旁的喧闹，几人迅速将人带离现场，两人被控制住锁进车里。在嫌疑人刚才从车里取东西的位置，商利民很轻松地发现了藏在车靠背后兜里的另外七个小包。一下子缴获这么多，肖景辰阳激动得手抖了。等两人回到警车上，这两位的情况已经摸清了，吸食者就在禁毒大队的监管名单上，是个复吸人员。至于贩毒的，身份证名叫夏卫，吸食的交代了他的绰号"小眼"。

哎呀，别说还挺形象，这个五短身材的嫌疑人眼睛确实很小，还有点斜视。马一鸣让警车往前开着，车上就开审了，问了几次是什么东西，好半天才吞吞吐吐说了个让学员们惊喜的字眼：冰。

"两包加七包，九包，也就九克，十克以下都算轻罪，不要把事情搞得太复杂，更不要加重自己的刑罚。直接点，今天上午干什么了？"马一鸣问。

"没干什么。"夏卫轻声说着，有点紧张。

"没干什么？你觉得我们怎么找到你的？"马一鸣问，"再说一遍，干什么了？"

"妈的，豆苗那瘪三咬我了。"夏卫明白了。

几位警察并不点破问题在哪儿。再接着不用催促了，夏卫交代着，上午是让豆满宝去蹚雷。蹚雷的意思是和新客户交易，为了安全起见，都是这样把毒品放在宠物身上，万一有情况，警察都是急着抓人，肯定想不到抓狗，那样的话只能抓到假货，拘留几天就放了。

"那你这太没职业道德了啊，如果警察不知道呢，你就卖给人家假货？"马一鸣训道。

"要没出事，打电话让他回来再给调换一下不就行了，那些吸货不在乎这个。"夏卫道。

"哎哟我去。"开车的郝昂扬愤愤说了句。敢情这么简单，看把兄弟们给难为的。

马一鸣笑了笑回头道："合作不错。再问你最后一个问题，上线是谁？机会只有一次啊，现在不只抓了你一个人，对不上很麻烦的啊。"

夏卫想了想，吐了个名字："麻皮。"

"不要老给绰号，你不难为我们吗？"马一鸣道。

"我不知道名字，我也溜冰，后来没钱溜了，他就给我货让我卖。"夏卫道。

"最后一次见他在什么地方？"马一鸣问。

"就是罗店。"

"时间。"

"今天上午，他给了我九个小包让我卖。"

"认认……"

肖景辰阳从禁毒大队提供的数据库里，抽出嫌疑人来一个一个扫过，居然没有。这可能是实话，这是禁毒大队没有掌握的一个嫌疑人，否则不会这么长时间没有发现。可恰恰是这样就麻烦了，现在捕了人家三个手下，恐怕等不到明天就会被发现，逃之夭夭事小，证据可就只有这几个小包，罪责让这一群人分摊了。

正想着呢，事情又来了，路前方出现了警车的设障，过往的车辆都被警察打着手势靠边停车，然后接受检查。郝昂扬顺着一位辅警的手势靠边方停，一位身着警服的上前一敬礼，朗声说着："例行检查，请配合。"

一听声音，好熟悉。郝昂扬乐了，伸着脑袋道："检查个屁呀，没看这是警车？"

"包括警车……啊？"那位警察——居然是丰中华。他低头一瞄，车里几个熟人在偷乐，气得丰中华一杵棍子："吹……不行不过关啊。"

郝昂扬做出努着嘴的陶醉动作，丰中华一指靠边让路，嚷着："嗨，查查这辆车，有问题。"

"哎，我们有事呢，你别捣乱。"郝昂扬道。

"我们马上下班了，不请客，查扣你们啊！"丰中华道。

郝昂扬刚靠边，那几位登记的、提设备的，一瞅伸出来的脑袋，都尖叫着围上来了。敢情是阙骅、戈霆杰几人，实习的内容就是临查酒驾，本来准备拉着郝昂扬几个人消夜呢，往车里一看，哦哟，敢情这几个货没吹牛，抓了两个人呢，一听是毒贩，哦哟，可了不得了，挤着想看看传说中的坏人长什么样，这可比查酒驾有意义得多了。

郝昂扬看这情形，赶紧下车拉着众学员劝着："别乱别乱，刚抓到人，我们得回去呢，改天我请大伙。"

"不够意思，还睡上下铺呢，干大活也不叫上我们。"丰中华埋怨道。

戈霆杰也跃跃欲试，征询地问道："算我们一份嘛，这要参与件案子，将来实习评优可有的说了。"

"不能这样吧？就抓了街头毛贼，屁大点的功劳还得掰成几瓣给你们分？早干吗去了，我们分派出所你们可看好笑话了？"郝昂扬气愤道。

"分享懂吗？大不了明天查酒驾叫上你，反正人手一直不够，都快把我们查晕了。"阙骅道。

这几个同舍的脸皮不比郝昂扬薄，正想怎么拒绝时，不料马一鸣伸脑袋说："光你们仨不行，有几个叫几个，跟着我们，干把大活去。"

"够意思。"丰中华二话不说，几人奔向领队的交警说了几句，转眼间几个实习的都钻上了一辆车，跟着派出所这辆警车。

"有点过分了啊，这几个货脑袋削得尖呢，有好事跑得比谁都快。"乔小旦说道，对这干滨海土著向来没好感。

"所以就干把大的，有事也一起扛，再往下可能就不是咱们几个顶得住的了。"马一鸣道。一想也是，接下来处理的事可能就要以几何倍数增长了。

两车快速驶回罗店派出所，一群交警、辅警、特勤乱七八糟标志服装的年轻人，走马灯似的审这几个嫌疑人，根本没什么章法。但乱有乱的好处，乱得嫌疑人也摸不着头脑，也乱了。特别是押解夏卫回所，故意让他们见过一面后，这几个嫌疑人根本没有传说中那种坏人的仗义，很没出息地开始互相咬了。

有关"麻皮"的支离破碎的信息更多了，那辆回所的车悄无声息地又驶离了。

此时已经到晚上十点多了，最先被惊动的是派出所指导员吕大亮，一听逮了四个嫌疑人，把他吓了一跳。除非执勤遭遇或者有确凿的证据，否则抓捕人员要慎之又慎，最起码得他这个指导员签字，这些学员倒好，扯着传唤的虎皮，居然就真跑出去抓人了，可把他气得勃然大怒。不过下一刻又听到汇报说直接摁了个毒贩，而且起获了九克毒品，吕大亮由狂怒转狂喜，跟着就通知全员集合，又亲自到现场，要看看拿下这起头疼案子的究竟是何方神圣。

接着被惊动的是罗店禁毒大队。理论上，派出所抓了涉毒人员、吸食人员都要给他们通气，以防有其他的余罪、漏罪，如果起获毒品，也需要他们禁毒大队检测。本来是让送过来，可一听是几个人，而且是九个小包，更意外的是居然是那起只有绰号线索，一直没有找到毒源的悬案。好吧，值班的一通知，禁毒大队的几辆车载着人就风驰电掣地来了。因为他们都清楚，抓到毒贩带出毒源，黄金时间就是那么几个小时，案值能有多大，就看你深挖的速度有多快。

还有一个被惊动的是徐丑虎。他正在公安大学那间秘密的办公场所和几位保密处人员研判案情。一个月的短期实习其实是给集训队员一个练兵的时间，特别是马一鸣、郝昂扬这一组，以他的想法，用一个月能查到点眉目就已经很不错了，却不料这一天还没结束，这群捣蛋学员居然真抓回了个货真价实的毒贩，可把他惊得不轻。

第一反应是初生之犊不畏虎，抓毒贩哪怕是那些小包毒贩，禁毒民警可都是荷枪实弹，这些人的危险性极大，你不可能知道他们会藏着什么管制武器，这群学员可好，估计揣着根甩棍就去当英雄了。

他那个心揪得啊，啥也不说了，急急告辞，往罗店派出所来了……

"没错，甲基苯丙胺……纯度很高，这个毒源应该不是我们掌握的。"

罗店派出所里，禁毒大队一位女技侦用简易的测试方法给出了结论，然后奇怪地看着几位服装各异的同行，清一水的稚嫩娃娃实在让人印象深刻。

来的另一位副队长笑着道："不错，没想到从你们这儿打开了突破口，嫌疑人呢？"

"后面，正审着，您等结果吧。"阙骅背了个接待任务，提醒道，"对了，还抓了个买货的毒虫，正搁谈话室打哆嗦呢，没事吧？"

"快去看看，别毒瘾犯了出麻烦事。"副队长道。

两位禁毒队员奔进去，那位毒虫正蜷缩在角落里发抖。不得已，只能先通知救护车来。等待的工夫，接到通知的民警已经陆续赶回来了。吕大亮迟了一步，进门时和副大队长握手问好，这位还一头雾水呢，那边已经谢声不绝了。

吕大亮摆手道："别别，别谢我，这功我可不敢居，是老徐带的队员，今天刚把案子交给他们。"

"今天？您确定？"副队长愣了。

"可不，他们上午才来啊。"吕指导员道，补充问了句，"检测确认了？"

"确认，九个小包。"技侦道。

"哎呀，这不是神了，我是撞见鬼了。"吕大亮羞愧道。

另一位更羞愧地问道："老徐是谁？"

"原来监管支队的徐支队长，徐丑虎嘛。"吕大亮道。

"啊？这样啊。"副大队长释然了。徐老虎名声在外，要是徐老虎带的弟子，那就能理解了。

说曹操，曹操就到。徐丑虎风风火火奔着进了派出所的门，大声嚷着："老吕，到底怎么回事？"

"我不清楚，我刚到，毒品确认了。"吕大亮回道。

"哎呀，这几个兔崽子真够野的，揣着甩棍就觉得自个儿是警王，都赶着去抓毒贩去了……咦？你怎么在这儿？"徐丑虎看到了阙骅，这位凭空出现的人让他愣了。

吕大亮也纳闷："你谁呀？"

"报告，2021届集训四队学员阙骅，我们在检查酒驾过程中遇到了执勤的同学，就赶着来帮忙了……徐教官好，吕指导员好。"阙骅敬礼，努力给两位一个好印象。

明显两人的心思都不在这个上面，那位副大队长小声提醒着："吕指导员，徐支，虽然这话难以开口，但我还是得说。尽快移交给我们，毒贩的组织很严密，抓了四个人，他们很快会察觉，然后掐断所有的线索，留给我们的机会不多了。"

"嗯，我看行。"吕指导员道。

徐丑虎尽管有点遗憾，可还是点头了。毕竟打死老师傅的乱拳不能一直用，万一对方有了防备，这帮菜鸟恐怕就不够看了。他问道："其他人呢？哦对了，马一鸣呢？"

"这个……"阙骅挠脑门，眼神游移。

徐丑虎一瞪眼骂着："这可不是训练啊，有猫腻瞒着信不信我抽你呀？"

一吓管用了，阙骅苦着脸道："兵贵神速，他们去找毒窝去了。他们说等警力集合，或者审出结果，然后领导们再一犹豫，怕误了事，就直接去了……已经过去三十二分钟了。"

我滴个娘咧！副大队长以及禁毒大队几位瞠目结舌，那是给吓的。吕大亮听得呼吸声都重了。徐丑虎二话不说，上前一把揪着阙骅的耳朵，阙骅"哎哎"喊着疼，不由自主跟着走，直被揪着出了后院。徐丑虎怒喊着："我是徐丑虎，2021届四队集训实习学员，有一个算一个，都滚出来。"

他感觉到了，这些学员肯定是受了蛊惑在故意拖延时间。果不其然，在办公室楼上磨叽的、在审讯室里磨叽的，一个接一个磨磨蹭蹭地露面了，又磨磨叽叽地在他面前站了一排。他数了数，少了好几个。他默念着："马一鸣、肖景辰阳、乔小旦、郝昂扬……商利民，你怎么没去呢？"

"他们嫌我老，嫌我碍事。"商利民不好意思道。

"还有谁？"徐丑虎问。

阙骅揉着耳朵道："戈霆杰和丰中华。"

"老徐，马上把他们叫回来？"吕大亮跟出来，看看时间道，"都快十一点了，万一有个闪失……"

"不……开武器库，组一个队。这位队长，你来组这个队，马上和他们会合策应，以防万一。"徐丑虎道。

这一说吕指导员犯难了，小声道："我们的武器管理是枪弹分离的，再说这种任务得报分局，这合适吗？"

"对啊，老徐，我们属支队指挥，如果跨区，也需要支队报备审批……现在情况不明，先把他们叫回来吧。"那位副大队长犹豫了。滨海这种国际性大都市对于出警有明文规定，除非遇到特殊情况，否则枪弹不能出库。

徐丑虎一听像被气到了，他顺手摸摸阙骅的耳朵道："我不该揪你，你们是对的。我现在没有权力调动任何警力，但我准备去和他们站到一起。我知道我应该冷静，可我做不到。他们的鲁莽和冲动不值得效仿，可我很欣赏。骨子里没有热血的人不配穿警服……愿意跟我走的，上车，抓毒贩去。"

他怒而转身，大步流星朝所外奔去。身后站着的学员们撒开腿追着，一行人上车，疾驰消失在夜幕中。身后留下的那些警员又凌乱了，看看禁毒大队的，看看指导员，又相互看看，然后检视着自己，并没有做错什么呀。

可为什么什么都没做错，却觉得像做错了一样，满心都是羞愧呢……

夤夜抓捕忙

一声悠扬的汽笛响在江面上，远处城市的灯光和近处水中的倒影相映成趣，成了滨海夜色中最美的一个剪影。

一艘船的船板上，暗影中一个男子小心翼翼地起身，扬手，手里的一只飞禽扑棱棱扇着翅膀飞起来，然后消失在晦暗的夜色中。极力分辨，间或能看到它的影子飞过了江面，飞进了这座城市的某个角落。过了一会儿，那个男子的手机屏幕亮了亮，他俯身重复着刚才的动作，又一只鸟儿飞进了夜色里。

这次，站在不远处舷边的女人看清了，是鸽子。女人问道："这系干乜嘢？"

男人看了看她，小声道："唔识得，别乱噅嘢。"

女人不说话了，可还是掩不住满腹疑虑。一晚上那个家伙都在干这事，如果不是那天晚上突然出事，她和同伴被人藏到船上，这臭烘烘的地方她是一刻也不愿意待。还有那个放鸽子的，她实在想不通，这大晚上的放鸽子，这人不是有鬼就是有病。

在这儿待了两三个小时，一艘小型游船靠近了他们，接近时，一个大个子跳上了船，径直朝他们走去。这个丑兄弟那晚跑出去引开了警察，让他们成功脱身，已经赢得了他们初步的信任。男子上前和他握手，称吴哥。吴哥面无表情地道："没事了，可以下去了，老板给你们安排好了地方。"

"吴哥，KTV是怎么回事？"女人问。

"老板的消息说是实习警察随机临检，市局统一安排的，不只查了咱们那一家。"吴哥道，右边脸整个都是黑麻点子，让人看上去有点发怵。

"那就好……吴哥，仙妹把差佬打了，不会有事吧？"男子随口一问。

"呵呵，我也打了，抓到才算有事。"吴麻子笑笑，跳上了小游船。接着，他往这艘船上放着板子，接引着这两位上了小游船，随后三人一矮身，消失在舱里。两船分离了，江面上船来船往，依然如故……

飞翔的鸽子扇着翅膀越过路面，越过树木，绕过高楼，在一处平顶的弄堂尽头，落到了矮楼顶上，钻进了鸽子窝里。

一只手伸进巢里，轻轻地抓住了它，小心翼翼地顺着下方的活动板拿下来。于是鸽子进入了一个阁楼样式的空间，不大，灯光也不刺眼，它咕咕地叫着，这是主人，它并不惊慌。就见主人小心翼翼地把它背上缠绕的线取了下来，套着翅膀的两条线中间拴着一支比香烟稍粗的玩意儿，它就这样被鸽子神不知鬼不觉地背到了这里。

男子小心翼翼地把鸽子放回笼子，盖上黑布，桌上已经有了十几支那样的小玩意儿。同在阁楼的另一个已经看得眼都直了，小声地说："麻哥，这法子太牛了。"

"牛？你试试去，光训练这些鸽子夜飞就得大半年。"叫麻哥的男子道。

"所以说牛啊，鬼都想不到……赶紧拆吧？"同伴说。

"等等，还有两支。"麻哥轻轻关了灯，坐在黑暗里，静静听着头顶上的动静。黑暗里，腕上表针已经指向 23 点了……

23 点 15 分，追踪的学员小组艰难地找到了最后一个目标地，泾渭小区入口和河南路交会处。

这是根据"小眼"夏卫的手机位置记录搜寻的起始地，就在这段路上，"麻哥"把毒品交给了夏卫，但这已经是中午的事了，再往后，豆满宝提供的"麻哥"手机号此时尚在罗店地区。也不知道带队的马一鸣是怎么想的，找到了这个最隐秘的地点。

"不可能吧？直线距离两公里多点就是市公安局啊！"郝昂扬看着肖景辰阳放大的电子地图，惊讶道。即便这时候，这里依然是车水马龙，热闹得紧，沿路监控遍地，要在这地方偶尔交易一下能说得通，可要把窝点放在这种地方，那就太蠢了。

"也不是不可能，往弄堂里进就是老旧小区。"马一鸣道。

"如果是那样，就更难了，这地方我知道。"丰中华从车后凑上来说，"这里以前是轻纺厂的家属院，后来才陆续建楼的，现在泾渭小区里还有一部分老工人，不过都成富人了，这儿的老房子，接近十万一平。"

"别跑题。"乔小旦道，马上自己也跑题了，"不对呀，既然住这儿的都是坐拥千万的，还贩什么毒啊？"

"两人都闭嘴。咋办，组长？"肖景辰阳问郝昂扬，郝昂扬看马一鸣。马一鸣犹豫间，电话又响了，这回是戈霆杰的手机，他顺手一接，说："老商，再帮我们拖会儿，快找到了。"

"可把你能的，我都看见你们搁那地儿犯傻了，都等着别动。"是徐丑虎的声音。

完了，终究是功亏一篑。戈霆杰低头瞄瞄，一辆大面包逆行停在了他们对面，跳下车的不是徐丑虎还有谁？他上前瞧瞧车窗，直接道："都别下车，马一鸣你下来……肖景辰阳，你也下来。"

教官不傻，知道领头的就是这俩货。两人耷拉着脑袋下来，站在徐丑虎面前，半晌无语。

徐丑虎说："挺能的啊，自己都组团出来抓毒贩了，呵呵。"

"就差一点点，很小的一点点。"肖景辰阳遗憾地道。

徐丑虎道："我们离犯罪永远只差一点点，但这一点点往往是天堑，无法逾越。"

"已经抓到实锤证据了，不至于还跟我们过不去吧？"马一鸣问。

"是你跟自己过不去啊！九克毒品，三个嫌疑人，搁禁毒大队都能给你请个功了。嗨，我就不明白了啊，一鸣，何苦呢，还费劲找毒窝？"徐丑虎问道。

这话可能关心居多，马一鸣道："原因有三，第一，顺藤摸瓜的黄金时间顶多也就十几个小时，等上线反应过来，我们就没机会了；第二，罗店所里连所长都没有，我不敢期待他们能组织起有效的追捕行动来；第三，这是个比较低级的街头团伙，我们从审豆满宝到现在一直都是突袭，如果一路突袭到窝点，那他们肯定是措手不及，不至于有准备地反抗，所以我认为没有多大危险……够吗？"

"我不觉得你的觉悟水平有这么高啊？"徐丑虎问。

"这需要觉悟多高吗？哪怕只有最低的做人底线，也不可能对毒贩漠然视之啊！"马一鸣道。

肖景辰阳竖起大拇指，点赞道："没错，教官，你别想阻止我们，我们穿上警服，好歹也算警察了，这种事你让我们坐视不理？"

"哦，我没阻止啊。"徐丑虎突然道。

一听这话，马一鸣和肖景辰阳一愣，对视一眼，然后惊讶地仰头，眼里重燃起了希望。

徐丑虎笑着道："我不是来打断的，我是来参与的。现在学员可来了一半啊，我见证一下你们是丢人现眼，还是扬眉吐气。"

"哎呀我去，不早说。"肖景辰阳乐了，回头拿出车上的电脑。

马一鸣瞅瞅，果真留在所里的学员都跟着来了。他狐疑地问道："徐教官，不是被撵出来了吧？这个出警不合规章制度，像这种行动至少得分局批才能出警。"

"运气不可能永远站在你这一边，只要捅了一次娄子，可能就会被撵出体制内，没有哪个领导会喜欢不听话的属下，哪怕你是出于一片公心。"徐丑虎笑道，躬身问，"还继续吗？要是丢人现眼了，回头收不了场，这个锅得你扛。"

"无所谓，干……最后一个大招，不试我不死心。"马一鸣考虑都不考虑，钻进了车里。等他再钻出来时，徐丑虎愣了，他抱了只小狗，一只雪白的小贵妃犬。

"保持距离……耗子，你带两个人往前跑，和我们拉开至少二十米的距离；华子，你路熟，有几个路口你数一下，一会儿别走散……老商，你来，你在后面跟着……各人带好装备，注意不要扰民。"马一鸣说，肖景辰阳补充着。然后就见马一鸣把狗儿放下，那小狗蹦蹦跳跳，自己走起来了，马一鸣牵着狗绳，准确地说，应该是被狗牵着，寻找方向。

"这行吗？"徐丑虎跟着肖景辰阳，眼看着这群学员兴奋地消失在弄堂里，心里有点打鼓了。

肖景辰阳小声道："这只狗是麻哥给小眼的，小狗头部瘦长，耳宽且长，耳根位置高，两眼之间距离宽，背部短，腰部的肌肉发达。我查过，这应该是个名贵品种，而且这小狗的毛和爪子被护理得很好，甚至牙齿都被护理过……您想啊，被照顾得这么好的小狗，不至于找不着家吧？"

"其中没有必然联系啊？这是靠动物本能，不确定因素太多了。"徐丑虎故意说。

"是啊，如果放在很远的地方，还真不确定；如果在家门口，那就不至于了，就是遛狗也得走几公里啊。"马一鸣道。说话时，那狗儿兴奋地汪汪叫了两声，然后抬着腿靠着一根突出的杆撒尿。马一鸣笑道："这里肯定是它的卫生间。"

"这个点了，万一找到谁家门口，进不去怎么办啊？"肖景辰阳犯愁道。弄堂的前方，就是泾渭小区的入口。马一鸣跟着脚步明显加快的狗儿，那狗儿却没有进小区，而是沿路往后走，一路汪汪叫着，那欢快的情绪越来越明显了。

徐丑虎和肖景辰阳追过拐角时，却发现马一鸣站定了，他伸手拦住两人，示意了下前方。哦哟，徐丑虎眼一直，前方的视线里，出现了昏暗灯光下的一个招牌：宠物小会所。

那是一幢沿着小区围墙而建的旧建筑，应该是老式小区的热水房或者什么建筑改建的，沿路尚有几家便民小店，此时均已关门打烊。马一鸣放了狗绳，那小狗奔上前去，站在店门口汪汪汪直叫。

"有应对办法了吗？"徐丑虎小声问。

"明显没有。"马一鸣道。

肖景辰阳笑了，一路误打误撞走到这儿，能有才见鬼。可此时更大的问题摆在面前，如果对方有武器怎么办？如果此地没人怎么办？如果找错了地方怎么办？如果找对了地方，但没有找到证物，又该怎么办？

当警察难也就难在这儿，哪怕到最后一刻，也有着无数的犹豫、紧张和疑虑在考验着你的坚持，对了，还是错了？这不是一个简单的选择，一旦错了，那针对普通人采取的任何措施，都等同于犯罪。

"教官，怎么办？"有学员在轻声问。到这个时候可不是一腔热血能管用的了，要顾及的问题实在太多。

黑暗里，半晌无语的徐丑虎出声了："所有能用的装备全部拿出来，这儿的地形太复杂，万一被察觉就麻烦了。来不及通知了，我们组织一次突袭，原则就一条，照面就往死里摁，千万……千万不能给他们有任何反应时间。"

黑暗里传来窸窸窣窣的声音，能拿出来的装备无非甩棍、辣椒水、手铐几件冷兵器，最中用的防刺手套只有两副，用这些对付可能极度危险的毒贩，行吗？

徐丑虎心里其实也紧张无比，他看着黑暗中闪着的一双双眼睛，又看向那栋旧建筑，轻声道："楼顶阁楼有出口，好像不对啊，我总觉得哪儿不对……"

这时候，头顶上扑棱棱一声微响，一只飞禽飞过头顶，落在宠物会所的屋顶上，钻进了小小的窝口里。在钻进去的一刹那，似乎有一道微微的反光……

"麻哥，欢欢回来了？"同伴纳闷地道，手机连接的监控屏幕上，一只小狗对着摄像头汪汪叫，这是让"小眼"带着去送货的，安排他明天才送回来。

麻哥的手已经捉住了那只鸽子，他心头一丝不祥之兆袭来，手抖了抖，来不及拆货，把鸽子关进笼子里，心慌地问道："不会出事了吧？"

上午折了个炮灰豆满宝，按他估计现在还在派出所耗着呢，中途有电话让交罚款也正合他的判断。此时才想起，这几个手下似乎都没消息了，可他又不敢打电话询问。眼珠子骨碌碌转了几圈，看看桌上的货，压力更大了。

"不会是……"同伴比他还紧张。

"不会，这儿一直是你经营，没人知道我认识你，也没人知道这儿。"麻哥道。

"那……我问问小眼？"同伴道。

"你看清了，是欢欢吗？送这儿美容的狗多着呢。"麻哥抱着侥幸心理。

"不可能不是，我养的我能不知道？就扔江那边它都能自己跑回来。"同伴道。

"那肯定是出事了。"麻哥一阵心悸，思忖着对策。这时候，手机嗡的一声，吓了他一跳。同伴赶紧拿起来，是一条微信语音，一摁，是"小眼"急促的声音："麻哥，我没看住，狗自己跑啦，咋办啊？"

麻哥拿过手机轻声骂道："狗跑了你问我？我哪知道该怎么办？"

片刻后，又一条语音回来了："可它背上那兜里，还塞了几包货呢。"

麻哥一听，差点气昏过去，来不及思考了，他摆手道："快去，把狗放进来。"

同伴"哎"了声，钻着爬下阁楼。

这时候，在他们看不到的角度，戈霆杰几人顺着墙根趴伏在门不远处，正盯着吠声不断的小狗。

丰中华一队攀上了围墙，守着二层的窗户，他正和楼底的肖景辰阳打着手势，二层漆黑一片，不，有人下来了。

另一队马一鸣和郝昂扬，踩着徐丑虎的肩膀轻轻爬到了阁楼上，两人刚趴下，这时候见识到徐教官的本事了，他在围墙上一蹬一攀，攀着楼檐，凭着臂力把上半身托举起来，然后一撑，整个人像狸猫一样爬上来。他摁着马一鸣和郝昂扬的脑袋，自己贴着楼层听动静。

嘘声中，又一只鸽子飞回来了。三人眼看着阁楼的小门洞开，鸽子归巢了，一开而合的小门透出来点光亮，旋即又暗下去了。

“肯定有问题，谁他妈这时间点遛鸽子啊？”郝昂扬极细的声音道。

“下楼一个，里面最少还有一个人。”徐丑虎道。

“顶多是搞批发的，比卖小包的稍大点，不用那么紧张啊。”马一鸣道。

“我紧张的不是毒贩，是你们啊。”徐丑虎道。

这时候，楼下的灯亮了，下楼的那位到了一楼。他看了眼监控，走向门口，看看四下无人，只有狗儿在叫，这时候差不多完全放心了，“咣啷”开了门。就在他弯腰抱狗的一刹那，几个黑影蹿出来，他紧张地尖叫一声，紧跟着“刺”的一声，眼前迷雾一起，眼睛一疼，跟着整个人被死死压在地上了。

楼上那位看着监控里这一幕，吓得一操家伙起身，不过不是去救同伴，而是准备从楼顶跑。不料他开门的一刹那，一个黑影直朝他扑来。

“咣——”两人从楼门口重重摔在地板上，压着嫌疑人的徐丑虎喊着：“抓住手……哎哟我操！”

跟着跳进来的郝昂扬和马一鸣，一人一边抢着嫌疑人的手，不过跳的时候不小心踩住徐丑虎了。姜果真还是老的辣，死死把嫌疑人抱在怀里摁着的徐丑虎还捏着他的另一只手，那只手上赫然是一只小火铳，目不视物的嫌疑人正嘶吼着要把枪口掉过来。郝昂扬整个人扑上去，死死地压着手，一根一根地掰指头。被抱压着的嫌疑人急了，狠狠咬了徐丑虎一口，吃痛的徐丑虎一阵痛吼。这头的马一鸣也急了，铐着嫌疑人的手使劲一拽一扭，一肘狠狠击向徐丑虎身下压着的那人头部，那人吃痛，手一下子松了。

这一松就再没机会了，卸掉了武器，铐上了嫌疑人，郝昂扬一屁股颓然而坐，大喘着气，眼前那杆磨得乌亮的枪让他心里有点发毛。

徐丑虎如释重负地出了口气，悻悻地看着自己胸前，揉了揉，踢了脚嫌疑人骂着："属狗的呀，咬人这么狠。刚才你们俩跳下来，谁踩我腰上了，哎哟喂。"

"他！"马一鸣和郝昂扬互指着对方，谁也不认了。

"两个兔崽子，现在还觉得简单吗？"徐丑虎道。

就这小窝点都藏着火器，虽然那手工铳只能射一两发子弹，可要近距离真干一枪，那也不是闹着玩的。

马一鸣尴尬地笑了笑道："这不有教官您吗？再厉害的毒贩不照样拿下。"

"少拍马屁，保护好现场。"徐丑虎道。

他们这会儿才想起为啥来的。此时再看这个狭窄的空间，除了低矮的几个鸽笼之外，就是满地鸽屎……不对，还有一堆纸包着的东西，长条形。郝昂扬矮着身上前，仔仔细细一瞧，当看到有只鸽子腿上绑缚的还没来得及取下的东西时，恍然大悟了。

马一鸣惊叫道："天哪，飞鸽运毒！"

"潘处，我现在向您汇报一条紧急案情。"

"我已经知道了。老徐，你脑子进水了吧？学员们胡闹，你也跟着胡闹？抓个街头卖小包的就膨胀得不得了啊？就是把禁毒大队拉出来，他们也不敢吹这个牛皮啊。还找毒窝，把你能的！"潘渊明劈头盖脸就是一顿训斥。

"训我随后再说，现在有人向您汇报。"

"2021届集训四队学员郝昂扬、马一鸣、丰中华、戈霆杰等，现在向您汇报，我们刚刚查获了一个毒窝，缴获疑似毒品若干，抓获嫌疑人两名，具体位置在泾渭小区大门往东200米宠物会所，请指示。"

"保护现场。"潘渊明的声音颤抖了。

潘渊明的电话迅速拨到了市局值班室，市局值班室向关联部门通传，一时间，禁毒局与辖区支队、大队，风驰电掣地往出事地赶。一路上步话通信不断，问得最多的一句是：喂，哪个队组织的行动？能确认吗？

询问之后大多是一脸愕然，敢情是被一帮实习的小学警狗拿耗子了，可把这些专业人士给郁闷得不轻。

经历了几分钟的慌乱，现场局势全部在控制之下了。两个嫌疑人被铐在二楼席地而坐，没等好奇的学警们仔细瞄瞄毒贩究竟长什么样，人就被徐丑虎找个袋子扣脑袋上了。

"教官，这大半夜没外人的，还怕他们丢脸啥的？"戈霆杰好奇了。

徐丑虎嘘了声，把这小浑球拉过一边教着："保护的是你这张脸。禁毒是个特殊领域，毒贩的记性总比你想象的好。一边守着，保持距离……小肖，下去看看，怎么还没有到位？"

肖景辰阳领命奔下楼了，在那儿等着大部队来呢。信步而上的徐丑虎又到阁楼里，生怕这群好奇宝宝手忙脚乱，伸出头来一看尚可，钻在阁楼里的几位却是把角角落落搜了一遍，枪支、银行卡、手机、现钞。当然，最关键的是一堆条状的毒品，放在阁楼居中显眼的位置。

"没有了吧，再刨就是鸽子粪了。"郝昂扬趴在地上仔细瞅。

"仔细点。"坐在一旁歇着的马一鸣命令着。

另一头，丰中华怒道："你狗日的咋不干？"

"哟教官。"马一鸣没回怼，看到徐丑虎上来了。

现身的徐丑虎道："歇会儿吧，马上禁毒的来接手了。"

就这？兴奋劲还没过去呢，丰中华兀自懊悔地说着："就这么俩货，早知道我不守窗口了。"

"我操，你不知道凶险，不是我和教官死死压着胳膊，那开一枪还了得？"郝昂扬作为亲历者，想想都有点后怕。

不过不是亲历者，感觉就差点了，丰中华瞅瞅那枪，撇嘴道："老式发令枪改的小火铳，只能塞一发子弹，没膛线还老卡壳……这不搜来搜去，他一共才四发子弹。"

这站着说话不腰疼的，把徐丑虎气笑了，他随手给了丰中华一个脖拐子，骂道："你以为是打游戏呢？中一枪还能重来？你们俩，啥感觉？"

问的是马一鸣和郝昂扬。两人愣了下，几十秒心有余悸的惊心动魄之后，反正说不清那种感觉了。郝昂扬可能头回经历这事，悻然道："有点后怕。"再看马一鸣，眼里却泛着异样的光芒，进了一个字："爽！"

看众人不解，他兴奋道："人在遭遇危险的时候，肾上腺激素会急速分泌，就是血往上涌、头皮炸裂的那种感觉，难道你们不觉得这种感觉爽吗？"

这货神采奕奕的，看得郝昂扬和丰中华愕然互视，倒是有那种感觉，但爽也不至于啊。

"回头好好写份检讨啊，你这性格有严重暴力倾向。"徐丑虎道。

马一鸣愣了，不服气地回怼着："那咋？有温柔的方式可以对付这些毒贩啊？"

"闭嘴。"徐丑虎训道。听到楼下的声音，他起身下楼迎接了。

教官一走，郝昂扬埋怨上了："我说你是不是有病啊，看徐叔本来想表扬咱们几句的，你愣是刺激得人家又训上咱们了。"

"就是，这肯定要立功了，你态度好点。"丰中华道。

"滚。"马一鸣不耐烦地道。

"喂喂，我就看不懂了，拍人家个马屁会死呀？好歹办这么件大事呢，咱们图啥啊？别让人回头给你穿个小鞋功劳全抹了。"郝昂扬道。

"图啥？"马一鸣无所谓，嘿嘿一笑，回味无穷道，"刺激啊！暴力也是一种美学啊。我告诉你，别看老徐装腔作势，他这号人绝对是暴力美学的拥趸，看他扑人多狠。"

那兴奋的表情和在集训队恶作剧得逞之后如出一辙，郝昂扬和丰中华愕然片刻之后，觉得徐丑虎的定义一点没错，这货骨子里可能真有暴力因子。

楼下荷枪实弹的警员接管后，迅速对整个场所进行了封闭，要对整幢小楼进行一次重新搜查，而且要对被捕的嫌疑人进行突审，那个藏毒的阁楼就成了最佳的场地。

马一鸣几人移交下楼后，二楼已经站满了警察，有人示意着他们下楼集合。那帮学员已经集合在了门口，此时脸上还是掩饰不住的兴奋。

"照片上那只金毛就在二楼关着，他们街头交易的货肯定都是通过宠物携带的，即便当场抓到人，也可能漏掉宠物携带的毒品。"

"教官，还是你更厉害啊，让小眼发语音的招数不错，诓不开门还真不好办。"

"这回有点狠了啊，宠物携毒、飞鸽运毒……是不是要创下全国首例啊。"

"我好像听过，我查查……2017年在国内有过报道。对此的描述是：正常30克，训练后的军鸽60克左右，极限可能达到100克，不过这是在中东地区发现的案例。"

"啧，查个屁呀，咱们查到的，就是首例。"郝昂扬发着声，故意站到了队伍里显眼的位置，距离徐丑虎最近，他说话仿佛是故意引起徐丑虎注意似的，而且成功了。

徐丑虎回头瞄着他，郝昂扬得意道："叔，我知道你想夸我们，那就使劲夸呗，我们又不脸红。"

"夸什么夸？明明是只狗找到这儿的，你非抢人家功劳？"徐丑虎脸一拉，不笑了。

郝昂扬一愕，居然无法反驳，他一结巴，其他人可哈哈大笑了。拉着脸的徐丑虎也憋不住，大笑道："哈哈哈，傻耗子……自古英雄出少年，不用我夸，从今天开始，全警都要知道你们的大名了。"

他笑得很爽朗，不过片刻后，脸上又是落寞之色。他回头时，恰和表情淡定的马一鸣对视。马一鸣笑了笑，像是看懂了他。徐丑虎心里怪怪的，他无言地揽住了身旁的学员们，像是在回忆曾经意气风发的时刻。可为什么重温时，却又有着如此多的愁绪？

十分钟后就来了第一拨警察，这一拨带走了徐丑虎一行人。又过了十分钟，接连几拨次第赶来，自弄堂巷子到河南路上，警灯闪烁、警察林立，一片肃杀之气，直到清晨都没有消散……

喜来黯神伤

在凌晨的时候，突审有了进展。在禁毒支队的统一部署下，沿着宠物店线索扩大战果，"麻哥"这条线下尚余的几位贩小包人员悉数落网。试着往上查毒源的时候，却发现了一个让禁毒警员心惊肉跳的线索。"麻哥"真名麻继纲，据他交代，他把训练好的鸽子送到码头交给一位叫"大毛"的人，然后对方确认安全后会把货系在鸽子身上放出，让鸽子自行归巢。匪夷所思的是，据说这拨毒贩从来不上岸，所有的分送都是在船上完成的，滨海贯通全市的江流以及广阔的水域，成了他们最好的屏障。

于是这起"宠物携毒案"，以及使用禽类实现短途空运的新发现，让整个禁毒领域震动了，自支队到总队，连夜召开案情分析会议，沿江排查船只的行动会议中途就开始了。

可惜奇迹也就此中止了。贩毒的组织和策划的头目很难被警方抓到，特别是水域地带，对付缉查的方式很简单，直接扔进江里基本就查无证据了。更何况，自滨江往东，一个多小时就是出海口，想在这里设卡拦截，要比内陆地区难得多。

押解、突审、追捕……按照程序有条不紊地进行着，凌晨3点，给禁毒支队送检的缴获物检验报告出来了，即便有心理准备，禁毒警员仍然吃了一惊。高纯度甲基苯丙胺，使用特殊模具压制后由鸽子携带，每只携带20克，13只鸽子，运送了整整260克。这种高纯度的冰毒，即便稀释四分之一后，在滨海的市价仍然可达每克千元以上。

潘渊明看到这份报告时，正在禁毒支队的大院里踱步。因为学员们越俎代庖了，全部被带回到了禁毒支队，现在都被滞留在支队会议室呢，支队要对他们做一次详细的笔录，以了解这宗涉毒案件起获的全过程，整个禁毒领域现在恐怕都被这起案子牵动着，即便不在案中，潘渊明也能感觉到紧张气氛。不时地有警车进出，可能要把涉毒人员重新捋一遍了。

"潘处。"

有人喊他，自队部奔出来了，是徐丑虎。潘渊明驻足稍等，跑上来的徐丑虎道："我先问完了，我知道的最少，他们还得一会儿，您要不先回去休息吧？"

"扯淡话，我睡得着吗？"潘渊明道，顺手递给了徐丑虎一张检验报告。

徐丑虎一看，撇嘴道："运气太好了，滨海是全国禁毒先进城市，经过这么多年努力，现在基层各大队，能抓个十几克的毒贩都罕见了。"

"如果说撞到飞鸽运毒是运气的话，那之前的宠物携毒绝对不是运气。第一个落网的嫌疑人持的假毒品，根本定不了罪，谁能想到突破不是嫌疑人，而是嫌疑人带的那条狗。"潘渊明回味着，不禁莞尔。这队学员凭的不是秘密武器，而是格外淘气，愣是追着一只狗不放。

"还好，结果不错。哎，潘处，我问您个问题。"徐丑虎道。

潘渊明却是打断说："你想问我，如果抓错了人，或者没有找到证据，我会怎么办？"

"对，这相当于那道难题——老婆和老娘同时掉水里，该先救谁？"徐丑虎道。

选哪一个都对，但选哪一个，也可能都不对。就像罗店派出所的选择，要先汇报，再研究定夺，这符合组织程序，是对的。但此时看，如果这样做，就会错失一宗涉毒大案，又大错特错了。之于学员同样亦然。此时看是对了，可要是抓不住毒品和毒贩，可能就要面对各方的诘难了。

"这个题只有一个答案，都救上来就对；救不上来，说什么也对不了。"潘渊明回答了，不过明显让人难以信服。

徐丑虎笑道："那太难为人了。"

"不难，怎么叫男人？"潘渊明道。

"好吧，现在该为难的是您了。一直想打压一下，结果膨胀起来了。不信您等着，过不了今天，禁毒支队都得朝局里要这几位实习生。"徐丑虎道。他对警中太了解了，碰上个胆大敢想敢干的不容易，各队都得争着抢着要。

"这有什么为难的，让他们选吧。我在考虑，是不是可以亮牌了。803计划缺一个灵魂人物，我们已经数月寸步未进了。"潘渊明道。

徐丑虎摇摇头，很不确定，轻声道："太早了，连实习期都没完，把运气当能力，我担心他走不出多远。"

这份担心可能潘渊明同样也有，他轻声喟叹着，在院子里来回逡巡，可能是真的为难了……

"老大，老大……你听说了没有？"

"听说什么？"

"耗子马缺德他们，昨晚抓了个贩毒大案，好几百克呢。"

"佳子，你不发春，改发神经了？"

"什么呀，二巧早上打电话说的，她们都去采访了，很快官媒就要宣发了。"

"啊？"

出入境大厅门口，宋佳子拦住了陈薇羽一通八卦，听得陈薇羽一怔一怔的。没说完电话就来了，是刁乃春向她求证同样的八卦。通话没结束，同队实习的从厅里出来，兴冲冲地八卦这个传奇：据说一群派出所实习警员大发神威，抓了个毒枭，整个滨海公安系统都轰动了。

"不会搞错吧？四个队呢，就是咱们队的学员？"陈薇羽纳闷了，脑海里闪过南堡那些学员，没见哪个像有英雄潜质的啊？

"绝对错不了。"宋佳子拨着电话，开了免提，是郑委的电话。

一接通，宋佳子直说道："姐们儿，问个事。"

"这儿只有本直男，没有你姐们儿，挂了啊，忙着呢。"郑委的声音。

"别呀，班长都在这儿呢，你就去市局实习一下，真把自己当领导了？"宋佳子损道。

"哎呀，真忙着，我一大早就来了……你还不就想问是不是他们？"郑委道。

陈薇羽急着问道："那到底是不是？我怎么觉得不科学啊？"

"不光你们不相信，禁毒支队都不相信，这不把他们关了一晚上问过程呢。具体我也不知道，好像是他们盯上了一条狗，不对，好像是两条狗，跟着狗找到了毒贩。"郑委抑扬顿挫道。

听得一头雾水的宋佳子斥着："你怎么说话有点缺逻辑啊，到底几条狗？狗和毒贩有必然联系吗？"

"要不让你等着？我还没将清逻辑呢，不说了啊，我要采访写通稿。"郑委道。

宋佳子急着插话问道："嗨，那他们人呢？我打电话没人接。"

"那就对了，都成英雄人物了，能随便接你们电话？等着吧，我见了替你们转达一下。"郑委说着，结束了通话。

这几位你看看我，我看看你，一个队出来的，为啥差别就这么大呢？曾经到这个窗明几净、条件优渥单位实习的自豪感，又为什么在这一瞬间消失得一干二净呢？

开始上班了，来自四队的实习学员，变得心不在焉。队员群里，讨论的一直是这一个话题，可惜的是，那些平时插科打诨发恶心图的几位，齐齐静默了……

"欧阳处长，快递。"门房在喊。

"哦，稍等。"匆匆奔向办公楼的欧阳惠敏折返回来，拿上一封快件快步走进办公室，另一只手拿着手机已经刷了无数遍，还没有刷出要看的新闻通稿。她是集训的负责人，反而是最迟知道消息的。昨晚涉事的派出所、禁毒大队、支队，以及尚贤等几个分局紧急集合，到清晨早传遍了，她是路上才听到消息的。

匆匆赶到办公室坐下，第一件事就是拨潘渊明的电话，一通就直接问道："潘处，到底怎么回事？"

"你听到的是什么？"潘渊明的声音。

"一队实习警员端了个贩毒窝点，是罗店派出所那几位吧？"欧阳惠敏直接道。其他组就是有这本事，也不可能有这机会。

"呵呵。"潘渊明在电话里笑道，"传闻属实，260克高纯度冰毒，而且是前所未见的宠物携毒，在滨海尚属首次发现。这也是罗店一带街头贩毒长期存在的原因，被他们给起底了。"

哦哟，欧阳惠敏长舒了一口气，悬着的心放下了，又问道："人没事吧？！"

"呵呵，你这个人太感性了，别人都盯多大战果，只有你关心人有事没事。没事，你师父带的一群小老虎，能有什么事？"潘渊明道。

"那就好，那就好。"欧阳惠敏算是完全放心了，她想想道，"我有责任提醒您啊潘处，刚从警的年轻人容易冲动，我们有义务鼓励他们的热情，但没权利利用他们的冲动啊，这就不是普通警员的职责，何况他们还是实习生。"

"我很负责地提醒你一句，没有调查就没有发言权。这群学员多有个性你不清楚？他们不愿意干的事，我撺都不管用。实情是他们自己组织去的，现在局长都难为是该表彰还是该处分这群狗拿耗子的。"潘渊明振振有词说完，不废话了，直接挂了电话。

欧阳惠敏把手机往办公桌上一拍，知道这可能就是实情了。她从来就没有认同过潘渊明的训练方式，可现在却有点犹豫了。一群个性张扬的特招生，一次又一次突破想象，搞得她现在都不敢想象这群新人能力的天花板究竟在哪儿了。

哎……跳得高，摔得惨！

她心里是这样一个判断，只是屡屡出现失误，她等待的摔得惨的场景迄今为止都没出来，反而是一浪高过一浪，像她和师父徐丑虎这样的前浪，已经越来越相形见绌了。

不过终归是办了案子脸上有光，欧阳惠敏心情颇好，顺手拿着收到的快递看了一眼，是五原市兄弟单位寄来的，或是外调情况，或是人事档案，或者是其他公文往来，她在记忆里搜寻，似乎和五原市公安局没有什么交集啊。

顺手一撕，一揭，一沓厚厚的资料抽出来了，一看扉页，让她皱眉，草草再翻，然后她惊慌地拨通了潘渊明的电话，很郑重地道："潘处，急事，马上来我这儿一趟。"

"我真顾不上，市局几位领导都在禁毒支队这儿。"潘渊明道。

"那我去一趟，您等着。"欧阳惠敏道。

"嗨，到底什么事？你好像紧张了。"潘渊明说。

"马一鸣的事，很严重，五原市一位同行发来了一些资料。"欧阳惠敏收起了资料，边通话边奔出了办公室……

会议桌上、椅子上，横七竖八躺着、半躺着、坐着一干服装各异的学员，有的穿着值勤服，有的还穿着裤衩花衬衫，一夜忙碌疲累之极，就搁这临时休息地方呼呼大睡上了。

推门而入的徐丑虎一看，这实在不像个样子，上前推这个，踢那个，顺手揪一个，耳光轻轻扇一个，嘴里道："快醒醒，醒醒……起来洗把脸，一会儿局长要见你们，还要接受一下市局的采访，回头还要出个代表，今天四个队有个座谈，你们可是标杆啊。"

一个接一个揉着眼睛起来了，打哈欠的，伸懒腰的，问几点的，气得徐丑虎训斥着："我说，像点样行不？等参加工作了，熬夜那是基本功，一夜就累成这样？"

"不光一夜，我们从昨天接手开始就没歇着，神经高度紧张呢。"乔小旦道。

商利民附和道："确实紧张，我都没有这么激动过……教官，战果怎么样？"

"又抓住几个团伙分子，不过再往上恐怕没机会了。"徐丑虎应了句，顺手一揪郝昂扬，捏着他鼻子。

郝昂扬挣扎着："哎呀，我再睡会儿，自己人比嫌疑人还能折腾，一直问我过程，我现在头都是晕的。"

"滨海首例呀，首例，调查都有难度啊，别说亲手抓住了……嗨，马一鸣，你给点兴奋表情啊，不能你也是这么个瞌睡样啊。"徐丑虎笑道。

"哦，我早知道这么难受，昨天我们就不去了。"马一鸣道。

徐丑虎上前一把揪住他，问道："禁毒上几位领导对你很欣赏啊，刚才还讨论了，豆满宝和周申凡都治拘过，一直没找到证据，你小脑袋瓜怎么长的，怎么一下子就反应过来狗身上有问题了？"

"哎呀，教官，这是个常识问题呀。你说这话，我马上判断得出你没有爱心，特别是对动物。"马一鸣道。

"何以见得？"徐丑虎问。

"如果是豆满宝自己养的狗，咱们抓人，那狗护主，冲着抓主人的总该汪汪叫几声吧？但事实上没有，他一松手那狗就跑，明显不是他养的狗嘛……不过他要是咬死不认，我也没办法，但把狗照片往他面前一放，都不用说，他就露馅了。很难吗？"马一鸣反问。

徐丑虎一愣道："好像……确实不难。"

"那你为什么还觉得奇怪？"马一鸣道。

众学员一阵哄笑，尴尬得徐丑虎顺手给了马一鸣一个脖拐子，把他撵出去了。

确实是好事，强打起精神的学员抹了把脸，重新进了会议室整理会场。不一会儿，局长和禁毒支队的一干领导进来了，就一个短会，慰问，极亲切那种，把没见过世面的学员们激动得都忘记瞌睡了……

欧阳惠敏急急赶到禁毒支队时，已经是一个小时后了。这时候现场会还在继续着，潘渊明没有参会，就在路边等她，车一停直接跳上了车。欧阳惠敏把收到的函件递给他，他拿出来，仔细看。

看着看着，潘渊明像掉进冰窖里一样，表情和心情冷下来了。资料其中一部分是住院资料，山大医院眼科和外科手术记录，记录说患者眼球部分结构性损伤，接受了右眼视网膜手术。

手术倒不是重点，重点是这个患者的姓名叫：马一鸣。

另一份是情况反映，对于马一鸣受伤一事进行了详述。起因是马一鸣到当地一家叫"浪漫之夜"的KTV会所找一个坐台的女生，随后与在此消费的客人发生了冲突，双方大打出手，结果是两败俱伤，双双进了医院，经鉴定都达到了轻伤标准，后经警方介入，KTV雇用未成年人坐台有错在先，对方动手在先，最终赔偿和解。

"这就是他无法射击的原因，这种患者会突然看到眼前有块状的黑影，或者小斑点，也会突然眼球震颤，严重的可能导致眼睛出现闪光感或者视力丧失……医院记录他裸测视力恢复记录是4.1，眼球结构性伤害是不可逆的，这应该是他能恢复到的最好纪录了。"欧阳惠敏道。正常招警要求裸眼视力在4.8，这是个一票否决的标准。

潘渊明知道这意味着什么，如果查实，只有一个结果：清退。还不包括可能追究体检舞弊的问题。他不信地问道："那怎么可能通过体检啊？而且这都多久了，没露馅？"

"这个得问他了。我说我怎么感觉他怪怪的，一点也不在乎好容易才考上的这个职业。原因就在这儿，他可能就是来体验体验生活，干多久算多久，就算被打发了也无所谓。"欧阳惠敏道。对于这种弄虚作假的人，一般情况下政治处会毫不留情，可现在就为难了，即便是她，也能看出这个人身上的优秀潜质和无限可能。

"一个打三个，还伤了对方两人？"潘渊明的思路游移了，又拿起了这份资料。

欧阳惠敏点点头道："你头回见面都在他手里吃过亏，何况他还在盛怒之下。我有点怀疑他的性格有暴力倾向。"

"原因呢？莫名其妙啊。是这个女人？"潘渊明纳闷道。

猜对了，欧阳惠敏证实道："来时我问了下五原同行，事发时马一鸣上高三，那位女生是他同学，具体怎么进入那个行业的不太清楚，不过当天是她脱不了身，打电话叫马一鸣去接她的，然后马一鸣在带走她时和客人发生了冲突。"

简单之至，冲冠一怒为红颜，这个原因让潘渊明牙疼了。年少轻狂毁了一生的事倒不鲜见，只是这个人，因为这么点瑕疵被清退，实在让他于心不忍。他翻着资料，喃喃道："这是谁提供的？是不是有人蓄意针对他，故意在这个节骨眼上捅出来，让他穿不成警服，当不成警察？"

"这是实名提供信息，对方留下了姓名及身份信息。"欧阳惠敏道，提示着潘渊明在最后一页。翻到那儿，潘渊明脱口念道："马从军，也姓马？"

"对，他是五原市当阳分局的局长，还有一个身份是：马一鸣的父亲。"欧阳惠敏为难地道。

"天哪，这事难办了。"潘渊明抚着额头，剧痛一般的表情。

父子关系僵到这种背后拆台的程度，那得是多大的仇恨啊？而且，有这么个行内的父亲，想包庇着恐怕都难了，这摞资料什么时候扔出来都是一颗雷。

两人静默犯愁的时候，手机嘀嘀作响，潘渊明无心翻看，欧阳惠敏拿出了手机，是很多同行发来了祝贺信息，附带着刚刚出炉的《滨警快讯》头条：昨夜罗店派出所实习警员小组快速出击，端掉一涉毒窝点，缴获高纯度冰毒 260 克，滨海市局特此对 2021 届集训四队通报表彰……

市局通报表彰一个尚在集训期间的实习队伍尚属首例，作为负责领导，潘渊明和欧阳惠敏都与有荣焉。不过此时两人的表情一点变化也没有，喜讯没有带来任何喜悦，只是徒增愁绪而已。

马一鸣从警记

作者 _ 常书欣

产品经理 _ 杨霞　　装帧设计 _ 邵飞　　产品总监 _ 程峰　　技术编辑 _ 谢彬

责任印制 _ 刘世乐　　出品人 _ 程峰　　营销编辑 _ 胡韵洁

果麦
www.guomai.cn

以 微 小 的 力 量 推 动 文 明

图书在版编目（CIP）数据

马一鸣从警记 / 常书欣著． -- 成都：四川文艺出
版社，2025. 1. -- ISBN 978-7-5411-7051-5

Ⅰ．Ⅰ247.5

中国国家版本馆CIP数据核字第2024R658Y3号

MAYIMING CONGJING JI

马一鸣从警记

常书欣　著

出 品 人　冯　静
特约编辑　杨　霞
责任编辑　王思鈜
封面设计　邵　飞
责任校对　段　敏
出版发行　四川文艺出版社　（成都市锦江区三色路238号）
网　　址　www.scwys.com
电　　话　021-64386496（发行部）　028-86361781（编辑部）
印　　刷　嘉业印刷（天津）有限公司
成品尺寸　145mm×210mm
开　　本　32开
印　　张　12
字　　数　266千
印　　数　1-9,000
版　　次　2025年1月第一版
印　　次　2025年1月第一次印刷
书　　号　ISBN 978-7-5411-7051-5
定　　价　58.00元